AF141011

KATHARINA EIGNER

Salzburger Saitenstich

EXITUS RETTENBACHER! Der Tod war sein Lebenszweck – der leblose Körper des Hypochonders Rettenbacher ist dennoch kein schöner Anblick. Aufgeschwemmt und mit einem großen Rätsel um den Hals, wirft sein Leichnam Rosmarie Dorn aus der Bahn. Als Arzthelferin fühlt sie sich dazu verpflichtet, den Tod ihres Lieblingspatienten aufzuklären und übernimmt die Ermittlungen.

Es wirken mit: ein liebestoller Onkel, eine übereifrige Geigerin, Tante Martha, ein Pate und ein Polizist –so knackig wie frisch gepflückt. Molto vivace! Außerdem bekommt Rosmarie endlich den Hauch einer Chance, ihre leiblichen Eltern zu finden. Statt auf der Ermittlungsbremse zu stehen, will ihr Ehemann Laurenz diesmal die erste Geige spielen, und Sohn Max steht am Rande einer Katastrophe. Rosmarie braucht Nerven aus Stahl und verfolgt eine Spur, die sie zur Philharmonie Salzburg führt.

© weissbild Martina Weiss

Katharina Eigner, Jahrgang 1979, ist in Salzburg aufgewachsen und flirtete an der Uni Wien mit Publizistik und Kunstgeschichte, bevor sie nach Salzburg zurückkehrte. Dort absolvierte sie eine kaufmännische Ausbildung. Neben ihrer Arbeit schreibt sie Krimis, Thriller und Kurzgeschichten und fegt leidenschaftlich gern übers Parkett. Sie ist Mitglied der Salzburger Autorengruppe, des Syndikats und der Krimiautorinnen und -autoren Österreichs. Für die Mörderischen Schwestern verfasst sie monatlich Kolumnen. Katharina Eigner lebt mit ihrer Familie am südlichen Stadtrand von Salzburg.
Mehr Informationen zur Autorin unter: www.katharinaeigner.at

KATHARINA EIGNER

Salzburger Saitenstich

KRIMINALROMAN

GMEINER

Immer informiert

Spannung pur – mit unserem Newsletter informieren wir Sie
regelmäßig über Wissenswertes aus unserer Bücherwelt.

Gefällt mir!

Facebook: @Gmeiner.Verlag
Instagram: @gmeinerverlag
Twitter: @GmeinerVerlag

Besuchen Sie uns im Internet:
www.gmeiner-verlag.de

© 2023 – Gmeiner-Verlag GmbH
Im Ehnried 5, 88605 Meßkirch
Telefon 0 75 75 / 20 95 - 0
info@gmeiner-verlag.de
Alle Rechte vorbehalten
1. Auflage 2023

Lektorat: Claudia Senghaas, Kirchardt
Herstellung: Mirjam Hecht
Umschlaggestaltung: U.O.R.G. Lutz Eberle, Stuttgart
unter Verwendung einer Stickerei von Herbert Eigner
Druck: GGP Media GmbH, Pößneck
Printed in Germany
ISBN 978-3-8392-0442-9

»Verstoßen sei auf ewig!
Verlassen sei auf ewig!
Zertrümmert sei'n auf ewig
alle Bande der Natur!«

Wolfgang Amadeus Mozart, *Die Zauberflöte*

Ein Glossar zu den Salzburgischen Ausdrücken
findet sich auf Seite 345.

PROLOG

Beim Probespiel entscheiden die ersten Takte: Sein oder nicht Sein, Weiterkommen oder Ausscheiden? Man braucht Willenskraft und Fleiß. Runde eins passiert hinter dem Vorhang, man spielt als Nummer, als unsichtbarer Niemand. Der Vorhang ist eine wärmende Decke, ein Schutzschild für beide Seiten, Musiker und Kommission. Die Optik hat Pause, es geht allein um das Spiel. Drei Minuten lang, danach ist alles vorbei. 180 Sekunden, um die Kommission zu überzeugen, zu überwältigen, bestenfalls sprachlos zu machen. 180 Sekunden, um es in Runde zwei zu schaffen. Es braucht technischen Feinschliff, die richtige Interpretation und Nerven aus Stahl. Wer spielt das Stück am besten? Wer nimmt sich selber aus dem Rennen? Das Violinsolo aus Tschaikowskis Schwanensee *ist berühmt und gefürchtet zugleich. Ein Mix aus Schwermut, Grazie und Virtuosität. Ich habe mich monatelang auf diese eine Stelle vorbereitet, habe sie studiert, inhaliert, verinnerlicht. Ich habe sie alle in Grund und Boden gespielt, weggefegt habe ich sie mit meiner Kunst! Niemand konnte mir das Wasser reichen, das war von Anfang an klar. Wer das Probespiel fürchtet, hat schon verloren. Ich habe es genossen. Runde zwei war ein Fest! Kein Vorhang mehr, stattdessen Blickkontakt mit der Kommission. Wer weicht aus, wer hält Stand? Wer zeigt Präsenz, wer versteckt sich? Hier geht es um Format. Ich habe mich durchgesetzt, alle anderen aus-*

gestochen. Ich habe den Sieg verdient und ihn verteidigt. Mit allen Mitteln.

Es war die richtige Entscheidung.

ERSTES KAPITEL

Erzählt von irdischem Dasein und großem Kino, von Hierarchien, Flatulenzen und Taktgefühl. Der Roderich ist im Out, und Hermi ist not amused. Es gibt zu viel Fleisch und zu wenig Aufmerksamkeit, und irgendwann reißt mir die Hutschnur.

Darf man »endlich« sagen, wenn jemand gestorben ist? Also, wenn dieser Jemand sich genau das immer schon gewünscht hat? Ich kenne nur einen einzigen Menschen, auf den das zutrifft. Wo Verständnis die Pietät überholt, wenn der Tod seine Arbeit macht.

Es ist also endlich passiert: Der Rettenbacher ist tot. Er ist über die große Brücke gegangen, über den Regenbogen, wenn man so will, und hat das Diesseits hinter sich gelassen. Nach langem Sehnen und Hoffen ist er jetzt dort angekommen, wo er immer hin wollte, der arme Kerl. Endstation.

Wolfgang Rettenbacher hat den Langstreckenlauf seines irdischen Daseins erfolgreich hinter sich gebracht. Mehr als einmal wollte er Linienrichter seines eigenen Lebens spielen und den weißen Strich ein kleines bisschen verschieben, zu seinen Gunsten natürlich. Was in seinem Fall bedeutete: lebensverkürzend. Denn der Rettenbacher, muss man wissen, ist dem Tod quasi freiwillig auf die Schaufel gekrabbelt. Die meisten Menschen fangen, wenn es ernst wird, zu beten, zu jammern oder zu verhandeln an, um noch ein paar Jährchen herauszuschinden. Da war der Rettenbacher anders gestrickt: Dem konnte es gar nicht schnell genug gehen. Sterben stand ganz oben auf seiner Wunschliste, das muss man so sagen, und mit dieser Liste ist er hausieren gegangen. Alle wussten von seiner Todessehnsucht, wirklich alle. Von seinen Recherchen in Sachen Begräbnis sowieso, ich sage nur Leichenwagen und Probeliegen. Lang und breit hat er über seine unheilbaren Krankheiten referiert, den anderen Patienten im Wartezimmer die Ohren blutig geredet und mich mit Sonderwünschen genervt.

»Rosmarie, ich brauch eine Gastroskopie, es drückt im Magen!«

»Meine Nieren sind kaputt, ich muss zum Nephrologen!«

»Mach denen beim MRT Dampf, ich spür doch ganz genau, wie der Tumor wächst!«

Aber wohin ich den Hypochonder auch überwiesen habe: Keine einzige Untersuchung bestätigte seine Befürchtungen. Oder Wünsche, wie man's nimmt. Der Magendruck jedenfalls war eine harmlose Flatulenz, das Nierenleiden eine Muskelverspannung vom Zumbatanzen und der vermeintliche Tumor nur ein kleiner Abszess. Dass er demnach kerngesund und noch lange nicht bereit für das Finale Grande war, hat den Rettenbacher selbst am allermeisten geärgert, denn wie gesagt: Er wollte einfach nicht mehr leben. Zeit zu gehen, hat er gemeint, schließlich war er lange genug Gast auf dieser Erde. Er nähme den Jungen nur den Platz weg, und das wäre das Letzte, was er wollte. Großes Kino, wenn er sich in Szene gesetzt hat, jedes Mal. Die geborene Dramaqueen. Am liebsten wäre ihm gewesen, seine Organe hätten den Dienst quittiert und den Laden einfach dichtgemacht. Und laut latest news haben sie das ja auch.

Jetzt rede ich schon in der Vergangenheitsform von ihm. Wie oft habe ich mir das gewünscht. Wie oft habe ich mir ausgemalt, wie herrlich ruhig und sanft mein Praxisalltag vor sich hin plätschern könnte, brächte mich der Rettenbacher nicht jeden Vormittag aus dem Tritt. Ich habe ihn verflucht, den Jammerlappen mitsamt seiner beigefarbenen Jacke und dem Flachmann. Mehr als einmal.

Und jetzt ist es tatsächlich soweit: Die Horrorvision aller Ärzte, mein schlimmster Patientenalbtraum, ist nicht mehr.

»Sie haben ihn aus dem Almkanal gefischt«, flüstert mir meine Chefin verschwörerisch zu und nimmt mich am Arm. Ihr Blick huscht über die Sessel im Wartezimmer – full house heute. Ein klassischer Montag, noch dazu Urlaubszeit. Einige stocken ihre Reiseapotheken auf, drei Malariaimpfungen stehen an, die alte Lienbacher braucht Stützstrümpfe für den Langstreckenflug zu ihrer Tochter. Aber der Großteil der heute Anwesenden ist mir gänzlich unbekannt. Wahrscheinlich, weil gleich drei Arztpraxen im Umkreis wegen Urlaub geschlossen sind und uns deren Patienten die Tür einrennen. Aber wie's aussieht, tangiert das meine Chefin heute nur peripher. Normalerweise ist sie ein echtes Arbeitstier, ein Workaholic, und arbeitet konzentriert und pflichtbewusst ihre elendslange To-do-Liste ab. Aber wenn der längstgediente Patient der Praxis stirbt, ticken die Uhren eben anders. Schließlich hat der Rettenbacher jeden Tag einige Stunden in unserem Wartezimmer verbracht. Wir waren Teil seines Lebens, quasi ein Fixstern an seinem kümmerlichen Firmament. Da gebietet es der Anstand, ihm wenigstens ein paar Minuten unserer Zeit zu schenken.

Die Frau Doktor zieht mich ins Behandlungszimmer und schließt sachte die Tür. Sie lehnt sich mit dem Hintern gegen die Behandlungsliege. Das ausgebreitete Papier raschelt leise.

»Aus dem Almkanal gefischt?« Ehrlicherweise habe ich mir das Ende vom Rettenbacher spektakulärer vorgestellt. Tod durch Ertrinken – für jemanden, der so lange am eigenen Abgang von dieser Welt gefeilt hat, eine ziemlich banale Variante. Beinahe enttäuschend. Jedenfalls aber unerwartet.

»Wann ist das passiert?«

Die Frau Doktor zuckt mit den Schultern. »Eine Spaziergängerin hat ihn gestern Abend im Wasser treiben sehen. Sie wurde neugierig, weil ihr Hund auf eine bestimmte Stelle am Ufer fixiert war und nicht zu ihr zurückkehrte.« Sie seufzt und verschränkt die Arme. »Anscheinend hat sich der Leichnam dort verhakt, mehr kann ich dir momentan nicht sagen.«

»Aber woher wissen Sie, dass es überhaupt der Rettenbacher ist, der gefunden wurde?«

Obwohl meine Chefin mich längst duzt, sage ich immer noch »Sie« und »Frau Doktor Fleischer« zu ihr. Klingt komisch nach all den Jahren der Zusammenarbeit, fühlt sich aber richtig an.

»Ich weiß es von der Spaziergängerin. Sie hat ihn eindeutig identifiziert.« Die Frau Doktor klaubt eine imaginäre Staubfluse von ihrem pinkfarbenen Poloshirt und schaut mich an. Ich kenne sie mittlerweile richtig gut, die Frau Doktor, aber aus ihrer Mimik werde ich nicht schlau. Pokerface kann sie. Ich aber auch, also hake ich nicht nach. Zumindest nicht gleich. Die Frau Doktor mustert mich abwartend und verschränkt die Arme vor der Brust. Komm selber drauf, heißt das dann wohl.

»Die Spaziergängerin kennt also den Rettenbacher *und* Sie?«, denke ich laut. »Dann ist sie Patientin in unserer Praxis?«

Die einzig logische Erklärung dafür, dass die Frau Doktor heute Früh schon über den Leichenfund von gestern Abend Bescheid weiß. Meine Chefin wackelt mit dem Kopf; ein Zeichen, dass ich nahe an der Lösung dran bin, aber noch nicht punktgenau.

Normalerweise haut der Rettenbacher höchstpersönlich den neuesten Klatsch in die Nachrichtenumlaufbahn, aber jetzt hat's ihn eben selbst erwischt. Die Spitze der Kommunikationspyramide ist also unbesetzt. Temporär, zumindest. Normalerweise ist der Fischer Xaverl, ein rüstiger Mittsiebziger mit roter Jacke, *Head of Investigation*, zumindest wenn es ums Grödiger Gemeindegebiet geht. Er hat damals, man erinnert sich, beide toten Tschechen entdeckt. Der Xaverl ist aber wegen einer Hüft-OP momentan auf Reha und somit außer Gefecht. Aber das Grödiger Informationssystem ist straff organisiert und einer strengen Hierarchie unterworfen – so manch italienischer Verbrecherclan könnte da noch was lernen. Klar, dass es eine Vize-Buschtrommlerin gibt, die im Fall der Fälle einspringt. Also jetzt. Die Vize ist keine Geringere als meine Schwiegermutter Hermi. Wie ich sie kenne, scharrt sie schon mit den hühneraugenübersäten Hufen und übernimmt liebend gern die Agenden des Rettenbacher. Qualifiziert genug ist sie. Aber in diesem speziellen Fall ist nicht einmal Hermi eine echte Hilfe, denn die dreht ihre Informantenrunde immer am Nachmittag, nicht am Abend. Außerdem ist Hermi nie am Almkanal unterwegs, sondern ganz woanders. Mit dem Ortsteil Eichet, in Grödigs Osten gelegen, wird sie nicht so richtig warm, sagt sie. Meine Schwiegermutter grast bevorzugt Glanegg und Fürstenbrunn nach Neuigkeiten ab. Und da sie keinen Hund hat, scheidet sie für das Auffinden der Leiche aus. Bleibt nur mehr eine.

»Die Pelzinger Miri!«, rufe ich, einen Tick zu laut. Aus dem Wartezimmer summt und quietscht es in unangenehmen Frequenzen: wie es eben klingt, wenn Dutzende Hörgeräte gleichzeitig auf maximale Lautstärke gedreht werden. Die Frau Doktor legt reflexartig den Zeigefinger auf ihre Lippen, nickt aber.

Die Miri hat also den Rettenbacher gefunden. Eine aus dem A-Team der Grödiger Informanten. Hundebesitzerin. Und seit Jahren mindestens zweimal pro Woche in unserer Praxis, obwohl nicht sie selbst Patientin bei uns ist, sondern ihre Großtante.

»Die Heidemarie hat mich angerufen, als sie ihn auf dem Tisch hatte.« Meine Chefin zupft am zerknitterten Papier herum.

Mit »Heidemarie« kann nur die Gerichtsmedizinerin, Doktor Heidemarie Putschauer, gemeint sein. Beste Freundin meiner Chefin, ein Ass am Seziertisch. Ihr entgeht nichts, auf ihr Adlerauge ist Verlass. Das war schon bei meinem ersten Fall und der Krumbichler Ella so, man erinnert sich. Dafür ist ihr Charme eher spröde und herb. Aufs Wesentliche reduziert, könnte man es auch nennen. Aber, wie gesagt: beste Freundin meiner Chefin. Und somit unglaublich nützlich, wenn's ums Ermitteln geht. Aber ich schweife ab.

»Frau Doktor Putschauer kannte den Rettenbacher?« Ein Hypochonder mit ausgeprägter Todessehnsucht – klar, dass der über kurz oder lang in der Pathologie landet. Aber tote Patienten kommen nur einmal. Ein Wiedersehen zwischen dem Rettenbacher und Frau Doktor Putschauer ist also ausgeschlossen.

»Naja, ich hab ihr halt einmal von ihm erzählt.« Meine Chefin streicht die Falten am Papier wieder glatt und dreht den Kopf weg.

»... als die ärztliche Schweigepflicht auf Urlaub war?« Ich muss grinsen. Weil ich es mir schwer bis unmöglich vorstelle, jemandem *nicht* vom Rettenbacher zu erzählen. Sein operettenhaftes Auftreten zwingt einen ja geradezu zum Plaudern und Mitteilen, da würde sogar ein Beichtvater einknicken. Aber meine Chefin geht nicht darauf ein. Sie stemmt sich von der Liege ab und peilt den grünen Gymnastikball hinter ihrem Schreibtisch an, den sie seit Neuestem als Sitzgelegenheit benutzt. Soll anscheinend den Beckenboden stabilisieren und gleichzeitig die Hüften lockern. Nix für mich, aber meine Chefin liebt's. Sie lässt sich daraufsinken, starrt vor sich hin und schweigt. Offenbar Phase eins der Gewöhnung an eine rettenbacherfreie Praxis. Quasi neuer Lebensabschnitt.

Draußen im Wartezimmer steigt der Lärmpegel. Die Patienten werden unruhig, beschweren sich über die lange Wartezeit und den unbesetzten Checkpoint. So nenne ich meinen Arbeitsplatz, den halbrunden Schreibtisch, hinter dem ich sitze: der Kontrollpunkt, an dem alle vorbei müssen, die zur Frau Doktor wollen. Ich kontrolliere eCards, nehme Daten auf, frage nach Befindlichkeiten, lege Patientenakten an und vergebe Termine. Schriftverkehr, Blutabnahmen und Geräte desinfizieren versteht sich von selbst. Pflanzen gießen, Stuhlproben umfüllen und Rechnungen ausstellen sowieso. Was man als Arzthelferin eben so macht. Ich bin sozusagen Mädchen für alles. Und im Moment nicht an meinem Platz. Das missfällt der Meute, die da draußen mit ihren Gesundheitsschuhen Kerben ins Parkett pflügt.

Ich lege die Hand auf die Türklinke, obwohl mich das Ableben vom Rettenbacher weit mehr interessiert als der Schmelztiegel der Wehwehchen da draußen.

»Der Herr Rettenbacher war übrigens ein ausgezeichneter Schwimmer!« Die Frau Doktor wickelt ein Taschentuch um ihrer Zeigefinger. »Er war sogar bei der Wasserrettung.«

Sie tupft eine Träne aus dem Augenwinkel. Wegen dem Rettenbacher! Für ihre sonst eher britische Gelassenheit ist das schon ein gewaltiger Gefühlsausbruch. Es berührt mich peinlich, meine toughe Chefin so zu sehen. Und überhaupt: der Rettenbacher bei der Wasserrettung? Das kann ja wohl nur ein Witz sein. Der hätte sich doch niemals für antialkoholische Flüssigkeiten interessiert, oder? Geschweige denn für lebensrettende Maßnahmen.

»Da hat sich der Rettenbacher dann wohl selbst nicht aus dem Bach gerettet.« Ich finde, der Moment könnte ein bisschen Schwung vertragen, bereue das pietätlose Wortspiel aber sofort. Meine Chefin stoppt abrupt das Wippen auf dem Ball, ihre Augen sind zu Schlitzen verengt. Glatteis.

»Eine von uns beiden hat kein Taktgefühl.« Mit ihrer Stimme könnte man einen Marmorblock schneiden.

Das Blut schießt in meine Ohren. Wahrscheinlich leuchten sie schon purpurrot. »Wir sollten jedenfalls einen Kranz spenden«, versuche ich, wieder die Kurve zu kriegen, »mit einer bedruckten Schleife. Cognacfarben, was meinen Sie? Ich denk mir was Nettes aus.«

»Wer Rettenbacher sagt, muss auch Alkohol sagen, was?« Die Miene meiner Chefin ist eingefroren. »Du findest sicher etwas Besseres als Cognac, Rosmarie«, sagt sie frostig, »man muss einem Verstorbenen nicht auch noch beim Begräbnis seine Fehler aufs Brot schmieren. Und *nett* ist die kleine Schwester von *scheiße*.«

Ich nicke betreten. Besser, ich mache die Biege, bevor ich mich noch um Kopf und Kragen rede.

»Sie geben mir Bescheid, sobald die Pathologie seinen Leichnam freigibt? Dann kann ich alles in die Wege leiten.«

Die Frau Doktor nickt einen Tick versöhnlicher. Bilde ich mir ein.

»Also dann«, ich atme tief durch und öffne die Tür zum Wartezimmer. Und kann es immer noch nicht glauben.

Die Sache mit Kruella und dem Ur-Dirndl im vorigen September hat der Karriere vom Roderich Fuchs nicht gutgetan. Unser Verhältnis, eigentlich noch ein zartes Pflänzchen nach dem ersten Fall, das mit ein bisschen Pflege, gutem Willen und geteilten Ü-Eiern aus der Schreibtischschublade vom Roderich zu einer robusten Staude gediehen wäre, hat gelitten. Was sage ich: Es wurde totgetrampelt. Vom Roderich höchstselbst. Ermittler-Pfusch vom Feinsten, der meine älteste Tochter ordentlich in Schwierigkeiten gebracht hat. Was sich der Roderich geleistet hat, war eine krude Mischung aus Arroganz, Fälschung von Beweismitteln und Amtsmissbrauch. Aber der Reihe nach.

Der ruhmreiche Roderich, wie ihn die Vroni und ich immer genannt haben, war Inspektor auf der Polizeiinspektion Anif. Leicht untersetzt, mit flächendeckender, feuerroter Körperbehaarung und Hang zu Schwermut und Überraschungseiern. Das gefundene Fressen für Häme, Spott und Mobbing. Nach einigen unschönen Vorfällen auf seiner ehemaligen Dienststelle Hinterschlapfing, irgendwo im oberösterreichischen Nirgendwo, hat er sich nach Anif versetzen lassen. Die Geschichte vom nackten Roderich, der Seife und der Gruppendusche hätte mir die Vroni besser nie erzählt; das Bild hat sich bei mir eingebrannt. Was hier passiert ist, war Mobbing aus der ganz rohen Ecke, einfach nur übel. Um eines klarzustellen: Das mit der Körperbehaarung weiß ich ebenfalls aus Vronis Berichten. Keine Erfahrungswerte meinerseits. Ich bin glücklich verheiratet und schere nie aus der Bahn der ewigen Treue aus. Wobei … darüber möchte ich nicht reden.

Jedenfalls ist der Roderich Fuchs im Grunde seines leicht verfetteten Herzens ein richtig armer Kerl. Vom Leben gebeutelt, Spielball seiner Emotionen und zum Scheitern verdammt.

Damals, als die erste Leiche in Fürstenbrunn aufgetaucht ist, hat er sich an Vronis Schulter ausgeweint. Die Vroni und ich sind beste Freundinnen, seit ich denken kann, und sie hat diese spezielle Mutter-Theresa-Aura. So etwas gibt's ja auch jenseits von Kalkutta: Menschen, denen man, ohne sie näher zu kennen, treuherzig alles anvertraut, und die einem schon beim ersten Treffen signalisieren: Hier werden Sie geholfen.

Die Vroni und der Roderich waren beim selben *Geocacher*-Stammtisch: rückblickend gesehen die Stunde null unserer Ermittlertätigkeit. Dem Roderich, damals frisch verwitwet, seelisches Wrack und Greenhorn am Posten Anif, ist nämlich das Herz übergegangen. Er war überfordert. Massiv unzufrieden mit der Gesamtsituation. Hin und her gerissen zwischen dem Wunsch nach einer steilen Karriere als Ermittler beim LKA und dem Druck, einen Mord aufzuklären, um als Bewerber dort überhaupt eine Chance zu haben. Der selbst auferlegte Stress hat ihn beinahe zermalmt, er war seelisch am Ende, kurz vor dem zweiten Burn-out. Alles zu viel. Und wem das Herz schwer ist, dem geht der Mund über. Sagt meine Tante Zenzi immer. Der Roderich hat also die Vroni an seinen Nöten teilhaben lassen. Über laufende Ermittlungen hätte er eigentlich mit niemandem reden dürfen, schon klar. Da er seinen halb fertigen Bericht zum ungeklärten Mordfall aber einfach in der Schublade bei den Überraschungseiern abgelegt hat, sind die Ermittlungen allerhöchstens ins Stocken geraten und waren kurz vorm Absterben. Von *laufend* keine Rede.

Also Beichte seitens Roderich. Gott sei Dank, muss man im Nachhinein sagen, denn sonst wäre der Bauarbeiter-Fall bis heute ungeklärt. Der leicht labile Gesetzeshüter mit dem exotischen Namen war nämlich kein besonders heller Stern am Ermittlerfirmament. Chancenlos ohne die Vroni und mich. Wir zwei dagegen: Dream-Team. Das geborene Ermittlerduo. Gut geölte Investigationsmaschinen: knallhart, blitzschnell und kongenial. Matula und Doktor Lessing, Hubert und Staller, Rizzoli und Isles stinken ab gegen uns Ladies aus Salzburg.

Fast vier Jahrzehnte Freundschaft haben uns zusammengeschweißt, wir verstehen uns quasi blind und sind ein Herz und eine Seele. Nichts kann uns trennen. Abgesehen von Vronis Klugschiss-Anfällen, die mich in den Wahnsinn treiben. Aber sonst: die pure Harmonie. Bis auf Vronis staccatoartigen Telefonstil, der mir den letzten Nerv raubt. Aber abgesehen davon: alles in Butter.

Realistisch gesehen hätte uns der Roderich, nachdem wir uns um Beweissicherung, Zeugenbefragung, Recherche und schließlich finale Aufklärung des Falles gekümmert haben, die Füße küssen müssen. Immerhin haben wir zwei Morde aufgeklärt – zweieinhalb eigentlich, aber das ist eine andere Geschichte – und ihn gut dastehen lassen. Die Vroni und ich haben die Drecksarbeit erledigt und ihm erlaubt, sich mit fremden Federn zu schmücken. Nur durch unser selbstloses Engagement ist ihm der Ärger mit seinem Chef, der schon dauernd nach dem Bericht gefragt hat, erspart geblieben. Ein paar Worte der Anerkennung wären da nicht zu viel verlangt gewesen, möchte man meinen. Zumal – abgesehen von der enormen Zeitersparnis – der psychologische Nutzen für den Roderich beachtlich war: Zum ersten Mal seit Langem konnte er Lob und Anerkennung ernten. Ich stelle mir vor, wie die Kollegen ihn von da an schulterklopfend und mit anerkennendem Kopfnicken auf der Polizeiinspektion begrüßt haben. Wie er endlich zu den Insidern gehörte, die sich in der Kaffeeküche über Schulungen und Aufstiegsmöglichkeiten unterhalten. Wie die Kollegen bei Geburtstagsjausen Platz machten, damit sich der Roderich zu ihnen setzen konnte, anstatt sein Kuchenstück im Stehen runterschlingen zu müssen. Ich stelle mir vor, wie der Roderich an seinem neuen Arbeitsplatz angekommen ist, und wie sehr er dieses Gefühl genossen hat. Der pure Frischekick für sein verschrumpeltes Ego. Beste Voraussetzungen für einen raketenhaften Start in Richtung Landeskriminalamt. Da hätte was draus werden können.

Allerdings: Dankbarkeit gehört nicht zu den Stärken vom Roderich. Loyalität schon eher, aber die hat weder der Vroni noch mir gegolten. Ich will nicht zu viel verraten, schließlich ermitteln die Behörden in dieser Causa noch. Nur so viel: Der Roderich hat sich beim Kruella-Fall nicht mit Ruhm bekleckert und seitdem die Staatsanwaltschaft am Hals. Sehr unangenehm, das Ganze, wo er doch so gern zur Kriminalpolizei wollte. Aber: keine Chance. An wem der Verdacht des Amtsmissbrauchs klebt, der kann sich gleich nach der ersten Sprosse schon wieder von der Karriereleiter verabschieden. So ein Verdacht – selbst, wenn er noch nicht amtlich bestätigt ist – ist wie ein Rest Hundekot, der auch nach gründlichem Schrubben noch immer an der Schuhsohle klebt. Der üble Duft begleitet einen auf Schritt und Tritt, nicht loszuwerden. Wer kann, macht einen großen Bogen um die Quelle der olfaktorischen Belästigung und vermeidet gemeinsame Mittagspausen, Busfahrten oder Schreibtischdienste.

Der Roderich hat sich also selbst aus dem Rennen genommen. Einen Kriminalkommissar Fuchs wird's so schnell nicht geben. Hätte ich mir aber ohnehin nicht vorstellen können. Der Roderich hat ein handfestes Phlegma, keinen Killerinstinkt.

Seine Karriere beim LKA liegt jedenfalls auf Eis. Fürs Erste. Er wurde ins Polizeianhaltezentrum versetzt, die Sammelstelle für Schub- und Verwaltungsstrafhäftlinge, kurz PAZ genannt. Dort schmort er jetzt und tut Buße, statt im großen Stil Kapitalverbrechen aufzuklären.

Zu Hause am Mittagstisch hat der Tod vom Rettenbacher keine Chance auf einen Platz der Top-Themen. Platz eins geht an die fleischlastige Küche meiner Schwiegermutter Hermi, Platz zwei an eine Messe, die für einen längst Verstorbenen gelesen werden soll.

»Der Metzger glaubt wirklich, er kann sich alles erlauben«, schimpft sie und stellt einen großen Topf Chili con Carne auf den Tisch. »Zwei Kilo Rinderfaschiertes hab ich bestellt, und was verkauft er mir?« Sie stemmt die Hände in die Hüften. »Gemischtes Faschiertes.« Hermi deutet mit dem Kinn auf den Topfinhalt. »Halb Schwein, halb Rind. Weil das billiger ist, für ihn natürlich. Aber mir hat er zwei Kilo Rind verrechnet. Ganz geschickt hat er das eingefädelt, immer wieder fall' ich auf ihn rein. Dabei hätt ich es wissen müssen. Der Siebenstädter Toni, der war damals als Bub schon rotzfrech und odraht. Ganz ein hinterfotziger Kerl, der einen bescheißt, wo's grad geht. Seine Mutter geht jeden Sonntag brav in die Kirche, mit der werd ich mal ein ernstes Wörtchen reden nach der nächsten Messe.«

Konfliktbewältigung à la Hermi. Warum sie nicht den Metzger wechselt, fragt Onkel Stefan, lädt sich den Teller randvoll mit Chili und salzt, was das Zeug hält. Schönen Gruß an den Blutdruck.

»Weil er halt das beste Fleisch hat, der Toni. Er bescheißt, er ist ein aalglatter Schleimbolzen und ein wildschiacher Ast noch dazu, aber er hat eben das beste Fleisch weit und breit. Selbst wenn es nur zur Hälfte vom Rind ist.«

»Schon wieder Fleisch«, mault Laurenz, mein Mann, und stochert mit dem Suppenschöpfer lustlos im Chilitopf herum.

»Suchst du etwas da drin?«, grantelt Hermi und schaut ihrem Sohn zu, wie er Bohnen und Mais auf die Seite schaufelt.

»Außerdem: Was heißt hier *schon wieder*? Heute ist Dienstag, Tag zwei in dieser Woche.« Sie nimmt ihrem Sohn den Suppenschöpfer weg. »Und es gibt zum ersten Mal Fleisch.«

Sie schwenkt den vollen Schöpfer vor Laurenz, bereit, die Portion auf seinen Teller zu kippen. Aber Laurenz zieht seinen Teller weg.

Hermi hält mitten in der Bewegung inne. Ein Batzen Chili schwappt aus der Kelle auf das weiße Tischtuch.

Einen Augenblick lang ist alles still am Tisch. Höchste Zeit, das Thema zu wechseln, bevor die Lage eskaliert. Ein Toter im Almkanal ist definitiv interessanter als zwei Kilo Faschiertes. Meine Neuigkeit aus der Praxis wird einschlagen wie eine Bombe, da bin ich sicher. Schließlich war der Rettenbacher weit über die Grenzen von Grödig bekannt. Ich straffe mich und schaue in die Runde.

»Der Rettenbacher ist tot.« Keine Reaktion. Onkel Stefan gießt sich ein Bier ein und schlürft Schaum vom Glas, der Laurenz presst trotzig seinen Teller an die Brust.

»Wie weit bist du denn mit deiner Arbeit, Bub?«, fragt sie meinen Sohn Max. Und an Laurenz gewandt:»Jetzt gib halt deinen Teller her, zefix!« Hermi wird ungeduldig, hin- und hergerissen zwischen Fürsorge und Beleidigtsein.

»Du musst doch was essen. Wie willst du denn deine Pläne fertig zeichnen, wenn dir der Magen knurrt, ha?«

Max übergeht das Hacheln zwischen seiner Oma und Laurenz.

»Ein paar Seiten fehlen mir noch«, antwortet er zwischen zwei Bissen Chili, »aber dann hab ich's geschafft. Wird eh höchste Zeit, ich muss bis Mitte September fertig sein.«

»»Brav, Bub«, freut sich Hermi und streicht meinem Sohn über den Kopf. »Dann iss ordentlich, das Hirn braucht Futter, wenn es was leisten soll. Besonders Eiweiß!«

Die letzten Worte gehen an ihren Sohn. Laurenz betreibt ein Architekturbüro und steht enorm unter Stress. Ganz oben auf der Liste seiner schlimmsten Feinde stehen Abgabetermine. Aber gleich dahinter auf Platz zwei rangiert Hermis Küche, wobei er maßlos übertreibt.

Meine Schwiegermutter schwingt täglich den Kochlöffel für die ganze Familie. Und wenn ich Familie sage, dann meine ich Onkel Stefan, Tante Zenzi und meine drei Kinder. Susi, Lisi und Max haben unterschiedlich lange Schultage, was die Kocherei mühsam macht: Keiner von ihnen will allein am Mittagstisch sitzen, aber auf jeden Einzelnen zu warten, würde mich den ganzen Nachmittag kosten. Der Laurenz pendelt zwischen Baustellen, Besprechungen und seinem Schreibtisch hin und her, und Onkel Stefan vergisst regelmäßig Zeit und Raum, wenn er mit Uni-Kollegen über Vorlesungen diskutiert oder selber unterrichtet. Einzig Tante Zenzi, die nach ihrer Pensionierung als Krankenschwester ehrenamtlich im Altersheim aushilft, ist jeden Tag pünktlich zur Stelle. Der Laurenz müsste also froh sein, dass seine Mutter jeden Tag frisch kocht und pünktlich um 12 Uhr zu Tisch bittet: Die Mittagszeit ist wie ein Booster fürs Familienleben. Bei Hermi kommen, wenn nicht gerade Ferien sind und die Kinder schulfrei haben, alle zusammen, was ohne gemeinsame Mahlzeiten sicher nur selten der Fall wäre. Trotzdem ist der Laurenz nie zufrieden. Im Gegenteil: Er ist Hermis schärfster Kritiker, immer findet er etwas auszusetzen, egal was sie kocht. Zu viel Knoblauch, zu wenig Gemüse, zu viel Essig im Salat, zu wenig Kräuter, zu viel Fleisch, zu wenig Omega-Drei-Fettsäuren. Mein Mann ist ein extrem heikler Esser, und beinahe täglich geraten er und Hermi sich zu Mittag in die Haare. Same procedure as every day!

Mein Arbeitsalltag sähe düster aus ohne fremde Hilfe. Meistens komme ich erst am frühen Nachmittag aus der Praxis und bin froh, dass mir die Kocherei erspart bleibt. Nicht falsch verstehen: Ich liebe Kochen. Kochen entspannt und regt gleichzeitig zum Nachdenken an. Den Bauarbeiterfall hätte ich ohne Gemüseschnipseln und Ciabattabacken wahrscheinlich nicht lösen können. So ganz unauffällig und nebenbei habe ich damals den Laurenz über Baustellen ausgefragt. Nicht nur die Liebe, sondern auch Ermittlungen gehen durch den Magen, da bin ich sicher! Aber ich schweife ab.

»Großartig, eine VWA zur Philharmonie Salzburg zu verfassen!« Onkel Stefan nickt Max anerkennend zu.

»Eine was?« Hermi runzelt die Stirn.

»Vorwissenschaftliche Arbeit.« Onkel Stefan tunkt einen Rest Soße mit einem Stück Weißbrot auf. »Wissenschaftliches Arbeiten trainiert den Geist, das ist enorm wichtig, um Zusammenhänge schnell zu erfassen und den Blick auf das Wesentliche zu schärfen.«

Tante Zenzi verdreht genervt die Augen. »Nicht alle können Akademiker sein, Bruderherz.«

»Natürlich kann man sein täglich Brot auch mit manueller Arbeit verdienen, aber Gott sei Dank muss man ja nicht.« Und an Max gewandt: »Wie lautet der genaue Titel?«

»Der Mozart-Effekt im Spannungsfeld zwischen Arzt und Orchestergraben.«

»Was ist denn bitte der Mozart-Effekt?« Wieder Hermi.

»Die vorübergehende Leistungssteigerung der visuellräumlichen Verarbeitung nach dem Hören von Mozart-Musik«, klugscheißt Onkel Stefan. Tante Zenzi ächzt und träufelt großzügig Tabascosoße auf ihr Chili, und Onkel Stefan holt sich bereits die zweite Portion.

Höchste Zeit für einen Themenwechsel, bevor es hier zu akademisch wird. »Der Rettenbacher ist tot!«

Wieder keine Reaktion. War ich zu leise? Und noch bevor ich Luft holen und meine Nachricht hinaustrompeten kann, meldet sich Hermi wieder.

»Um welche Uhrzeit beginnt denn die Messe für den

Felix heute?«, fragt sie und rührt mit dem Suppenschöpfer im Chili um.

»18.30 Uhr.« Tante Zenzi kostet vorsichtig vom Chili und ächzt; zu viel Tabasco. Mit der Serviette tupft sie sich Schweißtropfen von der Stirn und beißt von einem Salzstangerl ab, um die Schärfe im Mund zu neutralisieren. Brot hilft besser als Wasser.

»Woran ist er denn eigentlich gestorben?«

»Ach«, Hermi winkt ab, »das ist schon Ewigkeiten her. Mehr als 40 Jahre, aber ich kann mich noch genau erinnern. War ja nicht weit entfernt von hier, drüben in Eichet. Der Pernerstätter Felix, der war ja nicht ganz richtig im Kopf.«

»Aber daran ist er ja wohl kaum gestorben, oder?«, mischt sich Onkel Stefan ein.

»Nein, natürlich nicht.« Hermi verschwindet in der Küche und kommt mir drei Flaschen Radler wieder zurück an den Tisch. »In eine Regentonne ist er gefallen und darin ertrunken, der arme Kerl. Kopfüber ist er dringesteckt in so einer großen blauen Tonne, nur die Beine haben herausgeschaut. Mag jemand Radler zum Chili?« Sie öffnet bei allen drei Flaschen den Drehverschluss und deutet Onkel Stefan und Tante Zenzi, sich zu bedienen. Für Laurenz hat sie keine Flasche mitgebracht.

»Ganz schrecklich war das damals, ich kann mich noch erinnern. Den Felix kann man nicht alleine lassen, hat seine Mutter immer gesagt, weil er alles aufrisst, was ihm in die Quere kommt. Blätter von Sträuchern, Schnecken … einfach alles. Übrigens, Todesfall: Eine aus dem Chor hat's jetzt auch erwischt. Unerwarteter Tod, steht auf der Parte. Naja, ihre Zeit war halt abgelaufen.«

Hermi hält die Flasche über das Glas, um sich einzuschenken, und trinkt schließlich doch aus der Flasche.

»Sie haben den Rettenbacher aus dem Almkanal gefischt«, versuche ich es lauter, weil es gerade zum Thema passt. Jetzt *müssen* es doch alle gehört haben!

»Fisch könntest du wieder einmal machen, Mama, das wär wesentlich gesünder.«

»Ah geh, das glaubst du ja selber nicht. Gesund, dass ich nicht lach! Zu viel Mikroplastik, zu wenig Fisch. So schaut's aus in unseren Weltmeeren!« Hermi grabscht nach dem Teller ihres Sohnes, aber er duckt sich mitsamt dem Teller weg, und sie greift ins Leere. Tante Zenzi schüttelt tadelnd den Kopf in Richtung Laurenz und löffelt weiter.

»Antibiotika, nicht zu vergessen!«, mampft Onkel Stefan und wischt sich mit einer Serviette über den Mund. »Sämtliche Abwässer, die in die Meere geleitet werden, sind übervoll mit Antibiotika. Der Lebensraum der Fische ist getränkt mit Medikamenten. Zu gebratenem Seelachs oder Calamari gibt's die Arzneimittel als gratis Draufgabe.«

»Also in Zukunft Fisch statt Nasenspray, wenn man Schnupfen hat?« Hermi lädt sich endlich eine eigene Portion auf, lässt sich ächzend auf einen Stuhl fallen und beginnt zu essen. Der Laurenz fischt das nächste Stück Baguette aus dem Brotkorb. Irgendwie muss er seinen Hunger ja stillen.

»Fisch gegen Schnupfen?« Onkel Stefan faltet die Serviette andächtig zusammen, rülpst, dass sein Bauch nur so wackelt, und tupft sich noch einmal den Mund ab. »Da müsste man natürlich noch Studien heranziehen, aber überspitzt gesagt: ja!«

Ich bin sicher, Onkel Stefan durchforstet noch heute die Unibibliothek nach passenden Statistiken und Fallbeispielen.

»Jeden Tag Fleisch, ich halt das nicht aus!« Mein Mann schnappt sich das dritte Stück Weißbrot aus dem Brotkorb.

»Gestern hat's Schinkenfleckerl gegeben!«, verteidigt sich Hermi.

Laurenz schüttelt den Kopf. »Als ob Schinken kein Fleisch wäre!«

»Jetzt sag bloß, du wirst Vegetarier. Oder, noch schlimmer«, sie funkelt ihren Sohn an, »Veganer!«

Achtung, würde ich meinem Mann am liebsten zurufen, Minenfeld! In Sachen Fleisch versteht meine Schwiegermutter keinen Spaß. Ich glaube, Hermi würde täglichen Fleischverzehr am liebsten gesetzlich verankern. Überhaupt hat sie, was die Nahrungsaufnahme betrifft, ihre eigenen Prinzipien. Um nicht zu sagen: radikale Ansichten. Wer laut über Gemüse als Hauptspeise nachdenkt, begeht Hochverrat an der österreichischen Fleischwirtschaft und landet auf Hermis Watchlist. Der Kauf von veganen Ersatzprodukten berechtigt zur öffentlichen Steinigung (Ein Grund, warum ich gemeinsame Einkäufe mit ihr ablehne. Es ist einfach zu riskant, länger als nötig vor dem Veggie-Regal zu stehen und von ihr dabei beobachtet zu werden). Fleischverzicht innerhalb der Familie hat eine Streichung aus dem Testament zur Folge. Und Hermi bleibt sich auch außerhalb der eigenen vier Wände treu; bei Einladungen zu Hochzeiten oder Begräbnissen mit anschließendem Leichenschmaus ruft sie, natürlich mit unterdrückter Nummer, beim jeweiligen Wirt an und erkundigt sich nach dem festgelegten Menü. Bei Backhendl, Ripperl oder Schweinsbraten ist sie mit von der Partie. Für Gemüselaibchen oder Quinoa-Burger gibt sie sich nicht her, sterbe, wer da wolle.

Es würde mich nicht wundern, wenn sie – quasi als Gegenpol zu Dominik Wlaznys Bierpartei – eine Fleischpartei gründen würde.

Gerade als sie zu einer Laudatio auf tierisches Eiweiß ansetzt, klingelt mein Handy: Anruf von Frau Doktor Fleischer. Das, schlussfolgere ich, kann nur mit dem jüngsten Ereignis zu tun haben, denn meine Chefin ruft so gut wie nie bei mir an.

Besser, ich führe das Telefonat draußen, in Hermis Vorzimmer. Das akustische Konglomerat aus Geschirrklappern, Fleischhymne und Biergerülpse könnte sonst als neuerliche Respektlosigkeit gegenüber dem toten Rettenbacher ausgelegt werden – ich will mir nicht noch einen Rüffel einfangen. Blöd nur, dass ich auf der Eckbank quasi mittig zwischen Onkel und Tante eingeklemmt bin. Mit dem Handy am Ohr quetsche ich mich in Richtung Freiheit und will nach draußen. Was meine Schwiegermutter prompt in den falschen Hals bekommt.

»Noch eine, der's nicht schmeckt!« Hermi starrt zuerst auf meinen halb leeren Teller und dann zu mir. Offenbar hält sie mich für eine Überläuferin zur vegetarischen Front. »Fängst du jetzt auch noch an mit dem Schmarrn?«

Ich schüttle den Kopf und deute aufs Handy. Es geht um den Obduktionsbericht vom Rettenbacher, soviel ich verstanden habe. »Muss nur kurz telefonieren«, erkläre ich, »dann esse ich fertig. Versprochen!«

»Ruf halt zurück! Was kann denn so wichtig sein, dass man sein Essen stehen lässt?«

»Rosmarie? Rosmarie, hörst du mich?« Meine Chefin, am anderen Ende der Leitung.

»Moment, Frau Doktor, gleich.« Ich deute Hermi, sie möge meinen Teller bitte stehen lassen, weil ich ja zurückkomme, aber: zu spät. Nicht ihr Tag heute. Der odrahte Metzger und Laurenz haben ganze Arbeit geleistet, quasi vorgeglüht. Jetzt reicht nur mehr ein Funke, damit Hermi explodiert.

»Kann das nicht warten bis nachher?«, faucht sie. »Da rackert man sich ab, steht stundenlang in der Küche, und dann wird alles kalt. Typisch, so etwas.« Sie schleudert ihre Serviette neben den Teller. »Als ob ich sonst nix zu tun hätte den lieben langen Tag! Meine Zeit ist schließlich auch was wert!«

»Jetzt lass sie halt telefonieren, davon geht die Welt auch nicht unter!«

»Bei uns hätt's das nicht gegeben, einfach so abhauen zum Telefonieren. Telefonzelle oder Viertelanschluss, mehr haben wir nicht gehabt!«

»Meine Güte, habt's ihr keine anderen Sorgen?«

Alle reden durcheinander: Tante Zenzi versucht es mit Sanftmut, Onkel Stefan referiert über das Verhältnis von Mobiltelefonen und Desozialisierung, und Max regt sich darüber auf, dass sich alle anderen aufregen. Ein lautes Stimmenchaos. Und am anderen Ende, mittlerweile leicht säuerlich, meine Chefin.

»Rosmarie, was ist denn da los bei dir? Hättest du gütigerweise Zeit für ein Telefonat, oder brauch ich einen Termin?«

Und jetzt reicht es mir. Mein Geduldsfaden ist am Ende, der Bogen überspannt. Ich schaffe es gerade noch, die Frau Doktor wegzudrücken, dann gibt es kein Halten mehr.

»Spinnt ihr jetzt komplett? Kontrollfreaks, alle miteinander! Ich telefoniere, wann's *mir* passt, klar?« Und, an meine Schwiegermutter gerichtet: »Ich bin ein großes Mädchen und entscheide selber, wann ich aufesse!« Dann reiße ich die Tür auf und dampfe nach draußen.

»Und was hat das große Mädchen auf einmal so Dringendes zu besprechen?« Hermi, schnippisch und neugierig zugleich.

Und weil ich weiß, dass offene Fragen sie noch mehr ärgern als Fleischverzicht, sage ich nur: »Die Todesursache vom Rettenbacher.«

ZWEITES KAPITEL

Erzählt von Leckerlis, Surfwellen und einsamen Herzen, von Verzweiflung, Novembernächten und Ohrläppchen. Es geht um die Mendelschen Gesetze und dunkelblaue Wollpullis. Laurenz macht Bella figura und überrascht mich.

Nach meinem Wutausbruch habe ich keine Lust mehr auf Familie und noch weniger Lust, in Hörweite zu telefonieren. Also setze ich mich, trotz Septemberhitze, aufs Rad und fahre zurück in die Praxis. Am Nachmittag kommen zwar keine Patienten mehr, aber aufgrund der Ereignisse vom Vormittag ist viel Büroarbeit liegen geblieben. Die Abrechnungen mit den Krankenkassen stehen an, ich muss Kanülen und Tupfer nachbestellen, die Termine für morgen koordinieren, beim Labor nachhaken wegen ausstehender Analysen und die Instrumente reinigen. Kurz: Ich bin massiv im Rückstand. Die Frau Doktor ist also kein bisschen verwundert, als ich die Praxistür aufsperre. Vor ihr auf dem Schreibtisch liegt der Obduktionsbericht – hat Heidi Putschauer eine Sonderschicht eingelegt? Anders als erwartet ist der Rettenbacher nicht ertrunken. Laut Obduktionsbericht war er bereits tot, als er in den Almkanal gefallen ist.

»Tödlich war nicht das Einatmen von Wasser, sondern eine schwere Kopfverletzung«, berichtet meine Chefin, fischt zwei lila Dragees aus einer Dose und stopft sie sich in den Mund. Was seltsam ist, denn diese Dragees bekommen normalerweise nur Patienten, wenn sie neben der Spur sind. Die »Leckerlis« sind unser letztes Ass im Ärmel, bevor Patienten mit niedrigem Stresslevel explodieren und uns womöglich die Praxis zerlegen. Hochkonzentrierter Baldrian und Lavendel – seit wann braucht meine Chefin so etwas? Sie wippt auf ihrem grünen Gymnastikball auf und ab.

»Schädelfraktur«, sagt sie knapp und mustert mich aufmerksam. Habe ich einen Chilifleck am Pulli? Wippen, kauen, Becken kreisen.

»Eine Kopfverletzung – hervorgerufen wodurch?« Und, noch bevor meine Chefin antworten kann: »Wo wurde er denn gefunden?«

»Bei der Surfwelle. Gefährliche Stelle, das Wasser hat dort eine enorme Kraft. Und der Kanal ist mit Beton eingefasst. Wahrscheinlich ist der Rettenbacher ausgerutscht und rückwärts gefallen. Du weißt ja, wie schnell so etwas geht: glitschige Steine, ein falscher Schritt, Aufprall mit dem Hinterkopf – Exitus! Außerdem darf man nicht vergessen: Der Rettenbacher war so gut wie nie nüchtern. Betrunken am Ufer herumzutorkeln ist eben keine gute Idee. Ganz egal, an welchem Gewässer.«

»Er hatte also Alkohol im Blut?«

Die Frau Doktor schaut mich an, als hätte ich eine sehr dumme Frage gestellt. »Rosmarie, wir reden vom Rettenbacher. Der hat sich schon in der Früh den Kaffee mit Schnaps aufgebessert. Ein Wunder, dass er gestorben ist, bevor die Leberzirrhose zugeschlagen hat!«

Sie hat ja recht. Trotzdem: So einfach sang- und klanglos dahinscheiden, das passt nicht zum Rettenbacher. Das

Bild ist nicht stimmig, irgend etwas stört mich. Es ist nur eine Kleinigkeit, ein winziges Sandkörnchen im Getriebe, eine kaum merkliche Disharmonie im großen Ganzen. Ich lehne mich an die Patientenliege und denke nach. Warum war er gestern eigentlich nicht in der Praxis? Ich überlege: War der Rettenbacher überhaupt während der letzten Tage bei uns? Normalerweise ist er der Erste, der am Morgen wartet, dass ich aufsperre. Vergangenen Freitag war er da und hat mir von Konzertkarten erzählt. Irgendwas im *Großen Festspielhaus*. Und dann war da noch sein Termin mit einer Geigerin, die er für seinen Begräbnis-Soundtrack angeheuert hat. Seine To-do-Liste für die perfekte Zeremonie war elendslang. Und unerledigt. Ich schüttle den Kopf und stoße mich von der Liege ab.

»Der hätte sich nie umgebracht! Er hatte noch so viel vor!«

»Er hat sich ja auch nicht umgebracht – ausgerutscht ist er! Und was soll das heißen: noch so viel vor?« Die Frau Doktor lacht kurz auf. »Machst du Witze? Der Wolfgang wollte seit Jahren sterben! Das war sein Markenzeichen! Nichts anderes hat ihn interessiert, er hatte praktisch nur dieses eine Thema!«

Dass meine Chefin den Rettenbacher beim Vornamen nennt, wundert mich. Aber nur kurz; sie kannte ihn schließlich in- und auswendig. »Stimmt, er wollte unbedingt auf die andere Seite«, sage ich, »und genau deshalb glaube ich nicht, dass er Ernst gemacht hat! Hunde, die bellen, beißen nicht!«

Die Frau Doktor schnaubt ungeduldig. Als suche sie einen Weg, dieses lästige Hin und Her endlich zu beenden. Ich werde aus ihr nicht schlau. Die Sonne heizt durch die milchig-trüben Glasscheiben, Staubpartikel flirren in der Luft. Meine Chefin steht auf und öffnet einen Fensterflügel.

»Ich kann dir nur sagen, was im Bericht steht, Rosmarie.«

Sie kehrt zum Schreibtisch zurück und hält einen Zettel in die Höhe, abgestempelt und unterschrieben von der Heidemarie Putschauer, der Gerichtsmedizinerin.

»Exitus durch fractura cranii, also Schädelbruch. Ganz klare Sache. Ob der Rettenbacher freiwillig ins Wasser gehen wollte oder beim Spazierengehen einfach nur ausgerutscht ist, werden wie nie mehr erfahren.«

Sie legt den Zettel bedächtig zur Patientenakte vom Rettenbacher und klappt die dunkelrote Flügelmappe zu. Für immer? Bei dem Gedanken wird mein Hals eng. Dann steht sie auf, geht mir entschlossen entgegen und bleibt knapp vor mir stehen.

»Was ich dir eigentlich sagen wollte«, sie räuspert sich, »ganz abgesehen von der Todesursache … also was nicht im Obduktionsbericht steht …« Sie stockt.

»Jetzt sagen Sie bloß, der Rettenbacher hat mir seine beigefarbene Jacke vermacht?«

Ein Erbe, das ich niemals antreten würde. Nicht einmal mit dem Flachmann als Draufgabe. Die Frau Doktor schaut betreten und nimmt mich an den Schultern.

»Rosmarie, manche Dinge geschehen aus gutem Grund.«

Sie wirkt ausgelaugt, erschöpft. Ihre Augen glänzen feucht. Wie viele Leckerlis hat sie denn intus?

»Geht's vielleicht ein bisserl genauer?« Ich mustere sie besorgt.

Meine Chefin holt tief Luft und atmet konzentriert aus.

»Es wäre durchaus im Bereich des Möglichen, dass der Rettenbacher absichtlich jeden Tag bei uns war. Weil ... verdammt, wie sag ich das jetzt am besten? Weil er jemanden sehen wollte.«

»Ach, deshalb«, sagte ich gedehnt und atme erleichtert aus. Jetzt wird mir einiges klar: Wolfgang. Baldrian zur Beruhigung. Hätte ich mir denken können. Die Frau Doktor und der Rettenbacher ... schräg! Aber irgendwie auch wieder logisch. Zwei einsame Herzen, die nicht länger allein durch den Strom ihres traurigen Daseins schwimmen wollten. Die das Schicksal gnädig zueinander gespült hat, wenn auch nur für kurze Zeit. Ich nicke verständnisvoll. Jetzt ist alles klar!

»Sie müssen nicht ins Detail gehen, Frau Doktor, ich versteh das. Ihr Mann ist verstorben, Sie sind allein. Eine junge Witwe, eine gut aussehende Medizinerin. Vielleicht hat der Rettenbacher genau das gesucht.«

Intuitiv tätschle ich den Arm meiner Chefin und bin gerührt. Deshalb also hat sie angerufen: Sie braucht jemanden zum Reden! Mich! Aber Frau Doktor Fleischer lässt mich los, als hätte sie sich an mir verbrannt. Sie macht einen Schritt zurück.

»Was redest du denn da?« Sie kneift die Augen zusammen, als müsste sie das Bild nachschärfen, das sie von mir hat. »Bist du übergeschnappt? Ich würde mir nie ... Das ist doch krank! Ich und der Rettenbacher!« Kurzes freudloses Lachen. »So verzweifelt bin ich auch wieder nicht!«

»Nein?« Das Blut schießt mir in die Wangen. Wohin mit der Hand, die eben noch ihren Arm getätschelt hat? Ich drehe mich um, gehe zum Wandspiegel und zupfe alibihalber meine Stirnfransen zurecht. »Gut zu wissen«, murmle ich beschämt, »es gibt bestimmt bessere Partien für Sie als den alten Zausel. Der hätte ja Ihr Vater sein können!«

»Oder deiner«, sagt meine Chefin knapp.

Als Findelkind hat man nur einen Wunsch: seine leiblichen Eltern kennenzulernen. Tante Zenzi hat mich vor 42 Jahren gefunden, in einer neblig-eisigen Novembernacht. Gott sei Dank ist sie von Fürstenbrunn, wo sie eine alte Dame gepflegt hat, durch die Rotbuchenallee zurück nach Glanegg geradelt und nicht an der Hauptstraße entlang. Vorbei an der kleinen gelb gestrichenen Schlosskapelle, halb in den Berg gebaut, und einem winzigen Friedhof, der letzten Ruhestätte der Familie Mayr-Melnhof. Genau dort, auf der obersten Stufe vor dem schweren, hölzernen Kapellentor, hat meine Mutter mich ausgesetzt. Wenigstens hat sie noch daran gedacht, mich in Tuchent und Überdecke einzuwickeln, damit ich wenigstens die Chance hatte, noch lebend in der Eiseskälte gefunden zu werden. Die zarte Halskette mit dem Kruzifix, die ich damals um den Hals hatte, ist – abgesehen vom Weidenkorb – alles, was mir von ihr geblieben ist.

Es war klirrend kalt, sagt Tante Zenzi. Kalt und still. Kein Hirschröhren, kein Uhuschrei, kein Mausgetrappel. Nur das leise Knacksen gefrorener Blätter, die unter ihrem Fahrrad zerbrochen sind. Sie wollte so schnell wie möglich nach Hause, sich aufwärmen. Die Finger waren taub von der schneidenden Kälte. Ihre Handschuhe hatte sie zu Hause vergessen. Das bisschen Mondlicht, das sich durch den Nebel gekämpft hat, konnte die Allee längst nicht erhellen. Ein Schleier aus Stille, Kälte und Dunkelheit. Bis ein Wimmern Tante Zenzis Atem übertönt hat. *Mein* Wimmern.

»Zuerst hab ich geglaubt, da schreit eine Katze«, erzählt Tante Zenzi immer, wenn ich sie nach jener Nacht frage. »Hätte ja sein können. Katzengeschrei klingt furchteinflößend und grauslich. So etwas willst du gar nicht hören, wenn du in einer finsteren Allee mausallein unterwegs bist, das sag ich dir! Richtig unheimlich war das. Zappenduster außerdem. Nur von den Stufen der Kapelle haben ein paar Kerzen geflackert. Zum Andenken an irgend jemanden, der ein paar Tage zuvor gestorben ist.

Die Kerzen waren dein Glück, Rosmarie! Sonst hätte ich das Körbchen mit dir drin gar nicht bemerkt!«

»Soll heißen: Ich wäre sonst erfroren?«

Und an dieser Stelle enden solche Gespräche immer. Erstens, weil Tante Zenzi durch und durch Realistin ist und mit beiden Beinen fest im Leben steht. Hätti-tati-wari hat sie längst aus ihrem Wortschatz gestrichen. Sie *hat* mich ja gefunden, mit nach Hause genommen und liebevoll aufgezogen. Ich wurde erwachsen und bin ergo damals *nicht* erfroren. Und zweitens, weil es schlicht und einfach nicht mehr zu sagen gibt in dieser Angelegenheit.

Tante Zenzi hat mir alles gegeben, wozu meine Mutter nicht bereit war: Liebe, Geborgenheit, ein Zuhause. Sie hat nie verlangt, dass ich sie *Mama* nenne, und dafür bin ich ihr ewig dankbar. Tante Zenzi, die eigentlich Kreszentia heißt, hat die Mutterrolle übernommen und alles getan, um mir eine fröhliche Kindheit und gute Ausbildung zu ermöglichen. Trotzdem hat sie den Titel *Mama* nie für sich beansprucht. Tante Zenzi hat mir die Hoffnung, meine leiblichen Eltern zu finden, nie genommen. Sie wusste, dass ich mir das Wort *Mama* freihalten will; falls ich je Gelegenheit hätte, es zu benutzen, sollte es nicht schon für jemand anderen vergeben sein. Über jene

Nacht und die möglichen Gründe, warum ich weggelegt worden war, wurde nur wenig gesprochen. Ich hatte auch gar kein Bedürfnis. Nach der Ursache zu graben, warum ein Mensch sich vom eigenen Kind trennt, hätte zu sehr geschmerzt. Tante Zenzi hat gespürt, was mir wichtig ist, und danach gehandelt.

»Reden ist wichtig, aber in der richtigen Dosis«, sagt sie immer. »Man kann Dinge auch zer-reden, das macht alles wieder kaputt.« Weise Worte. Und nach dieser Maxime handelte sie auch. Meine Teenagerjahre, in denen ich mehrmals abgehauen bin, um meine Eltern zu suchen, hat sie dank ihrem eigenen Rezept überstanden: reden und tolerieren, aber nicht alles kommentieren. Ich war nach jedem Ausbruch froh, nach Hause zurückkommen zu dürfen. Tante Zenzi hat mir meine Recherche-Versuche nie vorgeworfen.

Mehr, als dass mein Goldkettchen mit dem Kruzifix eine Sonderanfertigung war, habe ich ohnehin nicht herausgefunden. Einen gutmütigen Juwelier hat meine Findelkind Geschichte dermaßen berührt, dass er eine Gratis-Expertise erstellt hat.

Aber wer meine Kette in Auftrag gegeben hat, weiß ich bis heute nicht. Körbchen und Tuchent verstauben jedenfalls auf Tante Zenzis Dachboden vor sich hin. Genau genommen wissen wir nicht einmal, wer mich in das Weidenkörbchen gelegt und bei der Schlosskapelle meinem Schicksal überlassen hat. Beziehungsweise, warum genau dort. Der erste Verdacht fällt immer auf die Mutter – klar. Geschichten von Frauen, die ihre Schwangerschaft verheimlicht oder, noch schlimmer, nicht bemerkt haben und bei der Geburt sich selbst überlassen waren, spuken immer wieder durch die Medien und bleiben bilderreich und mit üblem Nachgeschmack in unseren Köpfen hängen, als hätten sie Widerhaken. Selten bis nie hört man von Männern, die mit der Vaterschaft überfordert sind und ihr Kind an der nächstbesten Straßenecke oder Babyklappe abgeben. Kindesweglegungen durch Männer sind selten. Was nicht heißt, dass sie ausgeschlossen sind.

Sicher ist nur, dass ich höchstens zwei Tage alt war, als ich ausgesetzt wurde. Und dass sich niemand reuig gemeldet und mich wieder abgeholt hat. Trotz Zeitungsartikeln, Aufruf im Radio und Befragung durch die Polizei hat niemand etwas gehört oder gesehen in dieser Nacht. Keines der umliegenden Spitäler vermisste eine junge Mutter und ihr Kind. Vielleicht wurde ich bei einer Hausgeburt entbunden – das wäre zumindest die hübschere Variante als öffentliche Toilette mit Blutlache und Nachgeburt am dreckigen Fliesenboden. Aber es meldete sich auch keine Hebamme, der ihre Patientin abhandengekommen war. Sogar Befragungen in den bayerischen Nachbargemeinden blieben ergebnislos. Keine Eltern.

Meine Lebensgeschichte ist also übersät von weißen unentdeckten Flecken, die nur darauf warten, gefüllt zu werden. Und bekanntlich befeuert nichts die Fantasie so sehr wie Lücken in der Vergangenheit. Ich habe mir seit frühester Kindheit einige Dutzend Versionen meiner Herkunft ausgemalt; mal bunt, mal in Grauschattierungen, verschwommen oder gestochen scharf. Meine Mutter mit und ohne meinen Vater an ihrer Seite. Ich habe Bilder erstellt, sie auseinandergeklaubt wie ein Puzzle, das zurück in den Karton muss, und sie dann neu zusammengesetzt, je nach Alter, Tagesverfassung und aktuellem Anlass. Von der drogenabhängigen Schulabbrecherin, die sich auf der Straße durchschlägt, bis hin zur Zuckerbäckerin, die die Sehn-

sucht nach ihrem Kind mit der Herstellung von quietschbunten Torten kompensiert und melancholisch durch die
Auslage ihres Cafés starrt, war alles dabei. Gesetzesbreche-
rinnen, Huren, geistliche Schwestern, gut behütete Töchter
aus dem Hochadel und Landarbeiterinnen auf dem Spar-
gelfeld, Autistinnen und Polizistinnen, Nobelpreisträge-
rinnen oder Erotikdarstellerinnen: Ich habe nichts ausgelassen. Was meinen potenziellen Vater betrifft, war meine
Fantasie weit weniger ergiebig. Vielleicht, weil ich angenommen habe, dass sich mein Erzeuger sowieso nicht für
mich interessiert oder nicht einmal von meiner Existenz
gewusst hat. Und genau deshalb trifft mich die Nachricht
meiner Chefin jetzt doppelt.

In meinen Ohren rauscht das Blut, mein Herz rast. Frau
Doktor Fleischer geht um den Tisch herum und öffnet
die Rettenbacher-Akte noch einmal, schaut zu mir, seufzt,
klappt sie wieder zu.

Sie sucht nach Worten, denke ich dumpf. Nach der
schonendsten Art, das Unerklärliche auszusprechen. Frau
Doktor Fleischer greift nach der Maus, klickt ein paarmal,
öffnet ein Fenster am Bildschirm und winkt mich zu sich
herüber. Offensichtlich fehlen ihr die Worte, also setzt sie
auf die Macht der Bilder.

»Heidemarie hat ein Foto vom Rettenbacher geschickt.«

Ausgerechnet. Mir ist nicht danach, ihn als Wasserleiche zu sehen. Schon gar nicht, nachdem das Wort »Vater«
gefallen ist. Trotzdem trete ich vor den Bildschirm und
straffe mich.

Es ist schlimmer, als ich dachte. Der Almkanal, auch
wenn der Rettenbacher nicht lange darin gelegen ist, hat
ganze Arbeit geleistet. Das vertraute Gesicht ist grau und

aufgedunsen. Seitlich am Kopf klafft eine Wunde; der Schädelknochen ist gebrochen. Über die ganze Rettenbacherbrust verläuft ein Y-Schnitt, genau wie in den Fernsehkrimis. Ein dicker, bläulicher unentschlossener Wurm, der vom Rumpf Richtung Kopf kriecht und sich zweiteilt, um beide Schultern erreichen zu können. Und dann sehe ich es. Ich lasse mich auf den grünen Gymnastikball sinken, greife nach meiner Halskette und atme schwer. Grundgütiger!

»Warum ist mir das nie aufgefallen?«, flüstere ich. All die Jahre, die unzähligen Male, als ich dem Rettenbacher gegenübergestanden bin. Der Hinweis war die ganze Zeit über direkt vor meiner Nase. Ich taste nach dem Kruzifix an meiner Kette und starre auf den Bildschirm. Zarter Goldschmuck, der so gar nicht zum schlimmsten Hypochonder aller Zeiten passt, und trotzdem alles ändert: Der Rettenbacher trägt dieselbe Kette wie ich.

Frau Doktor Fleischer zupft ein Taschentuch aus der Box und reicht es mir. »Ich habe es auch nie bemerkt«, sagt sie leise und legt mir eine Hand auf die Schulter. Und dann brechen alle Dämme. Schluchzen und Wimmern quellen aus mir heraus und schütteln mich, über mein Gesicht rinnen Tränensturzbäche.

Minutenlang sitze ich nur auf dem Ball, weine hemmungslos und starre auf die filigrane Goldschmiedearbeit, die einzige Spur zu meinen leiblichen Eltern. Mein Kopfkino meldet sich brüllend und tosend, knallt mir Bilder vors innere Auge und spielt einen Film der verpassten Chancen ab. Ungesagte Worte und verstrichene Momente in Endlosschleife. Meine Chefin reicht mir stumm die Dose mit den lila Leckerlis, und ich greife beherzt zu. Lavendelgeschmack mischt sich mit salzigen Tränen, die viel zu viele sind, um sie wegzuwischen. Irgendwann sind alle Tränen geweint. Ich schnäuze mich geräuschvoll und stehe auf. Lasse mir beim Waschbecken eiskaltes Wasser über die Handgelenke fließen und tupfe mit einem Kleenex an meinen schwarz verschmierten Augen herum.

»Soll ich dich nach Hause bringen, Rosmarie?«

Ich winke ab und kehre zum Schreibtisch meiner Chefin zurück, wische mir noch einmal über die Nase.

»Später. Zuerst will ich wissen, was noch im Bericht steht.« Ich setze mich wieder auf den grünen Ball. Meine Chefin legt den Kopf schief, als müsse sie über eine Erlaubnis erst einmal nachdenken.

»Und ich will ihn sehen«, sage ich entschlossen und greife nach dem unbenutzten Wasserglas, das auf dem Schreibtisch steht. »Also, bevor der Bestatter kommt und ihn einsargt.«

Meine Chefin nickt und nimmt ein zweites Glas vom Tablett, das auf einem kleinen Servierwagen neben ihrem Schreibtisch steht.

»Ich versteh dich, Rosmarie.«

Ich konzentriere mich wieder auf den Obduktionsbericht.

Männliche Leiche, 73 Jahre alt, ca. 180 Zentimeter groß, stark abgenutzte Totalprothese im Oberkiefer.

Ich schüttle ungläubig den Kopf. »Totalprothese?«

»Für seine Zähne war ich nicht zuständig«, meine Chefin zuckt mit den Schultern, »aber Prothesen sind nichts Ungewöhnliches in dem Alter. Was jedenfalls interessant ist: Sein rechtes Ohrläppchen war gespalten. Muss aber eine alte Verletzung gewesen sein.«

»Gespaltenes Ohrläppchen«, murmle ich. Wieder etwas, das mir nie aufgefallen ist am Rettenbacher. Ich atme tief durch und stehe auf. »Da sind einige Fragen offen. Die Kette, die Todesursache …«

»Moment«, meine Chefin hebt die Hand, »die Todesursache ist eindeutig geklärt, Rosmarie. Der Rettenbacher ist an einer massiven Schädelverletzung gestorben und dann ins Wasser gefallen. Er war schon tot, als er im Almkanal gelandet ist.«

»Na gut, die Todesursache ist bekannt«, setze ich leicht gereizt entgegen, »aber die Umstände, wie es dazu gekommen ist, nicht.«

Meine Chefin tippt mit dem Zeigefinger auf den Obduktionsbericht. »Eins Komma acht Promille Alkohol im Blut, Rosmarie. Wenn das kein Umstand ist …«

Überzeugt mich nicht. »Und was ist mit der Kette?«, rufe ich.

»Die Polizei wird sich sicher dafür interessieren, warum der Tote exakt dieselbe Sonderanfertigung um den Hals hat wie ich.«

»Gar nix wird die Polizei. Keine Ermittlungen diesmal, Rosmarie. Nicht wegen einem Säufer, der in den Almkanal gepurzelt ist.«

Aber damit erwischt sie mich auf dem falschen Fuß, die Frau Doktor. Ich greife wieder nach dem Kruzifix an meiner Kette und halte es in die Höhe. »Dieser Anhänger ist kein Standardmodell! Davon gibt es nur ganz wenige Stücke, und jeder, der eines besitzt, hatte irgendwie mit meinen Eltern zu tun.« Das ist zumindest die neutralste Erklärung, die mir in diesem Moment einfällt.

»Du weißt aber schon, dass eine Kette allein keine Vaterschaft beweist, oder?« Die Stimme meiner Chefin ist jetzt einen Tick schärfer. Schluss mit Schonprogramm.

»Klar weiß ich das«, ich schiele auf die Rettenbacher-

Akte, »aber der Rettenbacher hatte die Blutgruppe AB.«
Ich verschränke die Arme vor der Brust. »Ich habe A!«

»Was bedeutet?«

»Dass er mein Vater sein könnte. Zumindest nach den Mendelschen Gesetzen!«

»Ich kenne die Mendelschen Gesetze, Rosmarie.« Jetzt klingt sie leicht eingeschnappt, meine Chefin. »Auch ich habe Blutgruppe AB und bin trotzdem nicht deine Mutter! Um so etwas zu beweisen braucht's einen DNA-Abgleich, jetzt tu doch nicht so, als ob du noch nie davon gehört hättest!« Sie stellt ihr Wasserglas heftiger als nötig auf dem Tablett ab. »Herrschaftszeiten, mir ist das V-Wort vorhin rausgerutscht!«

Ich starre sie an. Rudert sie gerade zurück? Und wenn ja, warum?

»Ich verstehe ja, dass du deine Eltern finden willst, aber deswegen muss ja nicht gleich jede Wasserleiche dein Vater sein!«

Volltreffer in die Magengrube! Ich halte die Luft an, in meiner Kehle brennt es.

»Warum haben Sie mir dann das Foto vom Rettenbacher gezeigt? Sie hätten genauso gut einfach nichts sagen können!«

Es kostet mich alle Selbstbeherrschung, nicht wieder laut zu werden. »Ich will wissen, warum der Rettenbacher gestorben ist! Und ich will wissen, wie er zu der Kette gekommen ist! Ob er mein Vater ist oder nicht, und wer ihm den Schädel eingeschlagen hat.«

Und dann, als ich im Türrahmen stehe, drehe ich mich noch einmal um. »Der Rettenbacher wollte sterben, stimmt. Er war ein schwerer Alkoholiker, stimmt auch. Trotzdem darf man ihm nicht ungestraft den Schädel einschlagen!«

Bis vor ein paar Monaten hat der Laurenz geglaubt, Ermittlungen wären Sache der Polizei. Dass man auch jenseits staatlicher Strukturen aktiv werden kann, war für ihn schlicht nicht vorstellbar. Er hat es nicht als nötig erachtet, sich selbst den Kopf über Motive, Alibis und Fakten zu zerbrechen. Noch weniger notwendig war für ihn *meine* Ermittlerarbeit. Dass ich im Bauarbeiterfall aktiv geworden bin, war ihm hochnotpeinlich, denn: Er hatte Angst, blamiert zu werden. Falls ich scheitern würde nämlich, denn davon ist er fix ausgegangen. Der Laurenz legt großen Wert auf seinen guten Ruf. »Bella figura«, wie die Italiener sagen. Im Klartext: niemanden blamieren und – viel wichtiger – sich nicht blamieren lassen. Dumm dazustehen schmerzt den Laurenz mehr als jeder entgangene Auftrag. Und diesen guten Ruf sah er gefährdet. Architekt Laurenz Dorn fürchtete, von Kollegen oder Auftraggebern auf die Miss-Marple-Spielchen seiner Frau angeredet zu werden, und am meisten Angst hatte er davor, dass ich kläglich scheitere und er sich zu mir bekennen muss. Zu einer erfolglosen Miss Marple nämlich, einer Gschaftsnasen im Wetterfleck. Sein Spruch. Dann wäre er weg gewesen, der mühsam aufgebaute gute Ruf, der ihm vorauseilt, und den er hegt, pflegt und poliert wie das Familiensilber. Nicht, dass mich das je gebremst hätte. Im Gegenteil: Den Laurenz unauffällig auszuhorchen und ihm den Recherchetrip nach Tschechien aufzuschwatzen, war der Tupfen auf dem I im ersten Fall. Quasi der Extrakick. Und in Sachen *Bella figura* hat er sich eh selber aus dem Rennen genommen, Stichwort Weinkeller und Architektentreffen. Mehr will ich dazu nicht sagen.

Spätestens beim Kruella-Fall hätte er wissen müssen, dass ich meine Füße nicht stillhalte, aber auch da hat er sich nicht grade mit Ruhm bekleckert, mein Göttergatte. Während unsere Tochter Susi abgängig war und des Mordes verdächtigt wurde, hat er auf die Vogel-Strauß-Taktik gesetzt: Kopf in den Sand und erst wieder auftauchen, wenn die Luft rein ist. Im übertragenen Sinn natürlich. Tatsächlich war der Laurenz, während ich ermittlungstechnisch alles gegeben habe, bei einer Architektentagung im Ausland. Moralische Unterstützung? Fehlanzeige! Manche haben mir hinterher vorgeworfen, ich hätte mir zu wenig Sorgen um Susi gemacht. Ganz falsch. Aber der einzige Weg, ihr zu helfen, war, kühlen Kopf zu bewahren und den Fall zu lösen. Kruellas Mörder zu finden. Was mir im Übrigen auch gelungen ist, das möchte ich ohne Eigenlob anmerken. Seither frisst mir der Laurenz quasi aus der Hand. Ein Macho ist er zwar immer noch, aber er hat seine Allüren von Stufe zehn auf, sagen wir, Stufe vier heruntergeregelt. Wenn's nach mir geht, muss er sie gar nicht komplett ablegen, denn: Ich mag Machos. Wirklich. Emanzipation hin oder her: Geballte Männlichkeit fasziniert mich. Aber eben alles zu seiner Zeit und in der richtigen Dosis.

Als ich nach Hause komme, wartet Laurenz an der Tür auf mich. »Ich halte das nicht mehr aus!«, ächzt er.

»Die Hitze?«

Laurenz ist wie immer in seine klassisch-dezente Architekten-Galauniform gehüllt: dunkelblauer Wollpulli, Jeans, weißes Hemd. Er trägt diese todsichere, immer gleiche Kombination seit Jahren, unabhängig von Jahreszeiten und Temperaturschwankungen. Mir klebt das T-Shirt am Körper und die Zunge am Gaumen. Die zwei Kilometer von der Praxis nach Hause haben sich angefühlt wie eine

Radtour durch geschmolzenes Glas; das reinste Inferno. Aber am Laurenz und seinem Schafwollpulli scheint die flirrende Hitze abzuperlen wie Regentropfen an einer Lotusblüte.

»Nein, die Musik!«

Er deutet mit dem Kopf in Richtung Hermis Gartenhäuschen, das hinter einer Thujenhecke auf dem benachbarten Grundstück steht. Die hellgrau gestrichene Hütte mit blütenweißen Fensterläden und üppigen Petunien vor den Fenstern wirkt wie aus einem Journal gefallen. Oder einem Katie-Fforde-Film. Normalerweise überwintert Hermi darin ihre Gartenmöbel, bewahrt Arbeitsgeräte und Schneckenkorn auf. Aber vor zwei Monaten hat sie die paar Quadratmeter radikal entrümpelt und an eine Musikstudentin vermietet. »Als Proberaum«, war die knappe Erklärung, denn die junge Geigerin war in ihrer Wohnung mit den Nachbarn angeeckt, weil sie bis zu acht Stunden täglich üben musste. Eine junge Frau mit großen Zielen: Kalliope Spinner ist Mitglied der *Philharmonie Salzburg* und finanziert sich damit ihr Studium am *Mozarteum*. Als ihr die Hausverwaltung bereits die Rute ins Fenster gestellt und mit Delogierung wegen übermäßiger Lärmbelästigung gedroht hat, schaltete sie ein Inserat in der Zeitung. »Suche günstiges Probelokal und verständnisvolle Ohren.«

Hermi, Zuverdiensten nie abgeneigt, zumal an der Steuer vorbei, hat angebissen. Und weil Thujen als Schallmauer komplette Versager sind, kommen wir seither täglich in den Genuss von Sibelius, Richard Strauß und Händel.

»Du bist gar nicht im Büro?«, frage ich misstrauisch, hauche Laurenz ein Küsschen auf die Wange und drängle mich an ihm vorbei ins Haus. Nachmittags brütet er normalerweise über seinen Plänen und Ent-

würfen im Nebengebäude, das er sich zum lichtdurch-
fluteten Arbeitsbereich umgebaut hat. Büro, Bespre-
chungsraum, Kaffeeküche, Toilette. Wenn er wollte,
könnte er wochenlang im Nebengebäude überleben. Laurenz ist die Disziplin in Person: Sein Arbeitstag endet nie
vor 20 Uhr abends. Nur der eigene Tod wird entschuldigt.
»Unmöglich bei diesem Gefiedel! Seit Stunden übt sie ein-
und dieselbe Stelle! Wenn das so weitergeht, kann ich die
Frist nicht einhalten und bekomme Probleme mit dem
Auftraggeber! Dann muss sich die Mama etwas einfallen
lassen. So kann ich jedenfalls nicht arbeiten!«

Ich bezweifle, dass Hermi auf ein paar 100 Euro Miete
bar auf die Kralle kampflos verzichtet, aber: tatsächlich!
Aus dem Nachbargarten sind seit Minuten dieselben Takte
in Endlosschleife zu hören. Kalliope Spinner ist offensichtlich Perfektionistin, und die Stelle, an der sie feilt, stammt
aus der *Wassermusik* von Händel. Glaube ich zumindest.
Aber eine Teufelsgeigerin ist heute mein geringstes Problem.

»Wie war's in der Praxis?«, fragt Laurenz und schließt
die Tür hinter mir. Ich winke müde ab. Ich will nicht darüber reden. Er nimmt mir die Tasche ab, wuselt in die
Küche und öffnet den Gefrierschrank, während ich mir
im Bad die Hände wasche und den Nacken mit einem
feuchten Tuch abtupfe.

»Wann wird er denn beerdigt, der Rettenbacher?«, ruft
der Laurenz gut gelaunt herüber. Er weiß es also schon.
So schlimm kann der Musikfrust nicht sein. Gläserklir-
ren, Eiswürfel-Geplumpse, Flasche aus dem Kühlschrank.
Mein Mann hantiert in der Küche. Ein Grund mehr für
Misstrauen: Laurenz ist mehr so der »Was gibt's heut zum
Essen?«-Typ, der mit meinen Kochkünsten zwar gern vor

seinen Kollegen angibt, sich selbst aber erfolgreich vor der Nahrungszubereitung drückt. Was mir nicht ganz unrecht ist, denn mein Mann ist pedantisch bis dorthinaus. Für ein simples Butterbrot mit Schnittlauch braucht er alle Zeit der Welt. Da krieg ich schon beim Zuschauen Herzrhythmusstörungen, denn sämtliche Schnittlauchröllchen müssen exakt gleich lang sein. Vorher gibt's keine Freigabe und demnach nichts am Tisch. Genau deshalb ist er für die Kinder-Schuljausen nicht mehr zuständig. Das Ergebnis war, statt erhoffter Zeitersparnis, ein Vielfaches der morgendlichen Hektik, bedingt durch Laurenz' Perfektionismus. Er ist der reinste Monk, schwer auszuhalten, eine Zumutung in der Küche. Als Helfer nur mit klaren Kommandos und einem straffen Zeitplan zu gebrauchen und deshalb, auch wenn ich prinzipiell nichts gegen Kochen zu zweit habe, viel zu oft im Weg. Aber ich schweife ab.

Ich komme vom Bad in die Küche, und Laurenz reicht mir ein Glas, aus dem ein blau gestreifter Papp-Trinkhalm ragt.

»Prosecco, Minze und Limette!« Seine Miene ist feierlich, als hätte er die Formel für den Weltfrieden geknackt.

»*Hugo*?«, frage ich nach dem ersten Schluck. Immerhin hat er sich meinen Lieblings-Sommerdrink gemerkt. Schmeckt sogar. Ein bisschen zu viel Holundersirup vielleicht, aber sonst ganz passabel. Laurenz beobachtet jede meiner Regungen. Erst nach ein paar weiteren Schlucken dämmert es mir, dass er gelobt werden will.

»Köstlich!«, ringe ich mir mit letzter Kraft ab und trinke noch ein bisschen. Wahrscheinlich hat er meinen Frust beim Mittagessen gespürt und sinnt auf Wiedergutmachung. Lieb von ihm, wirklich, aber wenn ich ehrlich bin, will ich jetzt nur meine Ruhe. Das Bild vom toten Rettenbacher auf dem Edelstahltisch der Prosektur spukt mir im Kopf herum. Und das Goldketterl mit dem Kruzifix, das uns verbindet, auf welche Weise auch immer. Mir ist nicht nach Reden, nicht einmal nach *Hugo*. Ich will nachdenken, ausdampfen, vielleicht ein Nutellabrot. Zur Kapelle gehen und allein sein. Nur die frischen Blumen am Altar, die holzwurmzerfressenen Kirchenbänke und ich. Laurenz schlürft geräuschvoll, nickt bedächtig und dreht den Trinkhalm zwischen Daumen und Zeigefinger.

»Der Rettenbacher ist also tot«, versucht er es noch einmal, »weiß man schon Näheres?«

»Nein«, antworte ich matt und fische eine Limettenscheibe aus dem Glas, »und es will auch niemand Näheres wissen.«

Laurenz zieht die Augenbrauen hoch und saugt am Trinkhalm.

Eine Zeit lang wartet er auf Antwort und hakt dann schließlich nach. »Soll heißen?«

»Soll heißen, dass sich niemand für den Tod eines Säufers interessiert, der sich nichts sehnlicher gewünscht hat, als zu sterben.« Das Kreuz erwähne ich erst einmal nicht. Erstens, weil ich noch zu aufgewühlt bin und alleine darüber nachdenken will. Und zweitens, weil es nicht mehr lange dauern kann, bis der Laurenz seine »Halt-dich-aus-der-Sache-raus«-Nummer abzieht. Vermute ich jedenfalls, daran ändern auch der *Hugo* und sein treuherziger Blick nichts. Selbst wenn er nach der Dirndlsache Besserung gelobt und eingesehen hat, dass ich der Susi extreme Schererereien erspart habe: In Wahrheit missfällt ihm meine Ermittlerei noch immer. Theorie und Praxis klaffen oft auseinander, wenn es um Männer-Versprechen geht. Erfahrungsschatz, sage ich nur. Und für Vorhaltungen und

Mansplaining bin ich nicht in der Stimmung. Werde ich auch nie sein, so viel Alkohol kann ich gar nicht trinken.

»Aber du hast dir doch sicher schon die Stelle angeschaut, oder?«

»Welche Stelle?«, frage ich und sauge fest am Trinkhalm. Ein Melisseblatt hat sich im Pappröhrchen verfangen.

»An der sie den Rettenbacher aus dem Almkanal gefischt haben.«

»Ach, das hast du dann schon mitbekommen, trotz Fleisch-Diskussion?« Langsam werde ich grantig. Das Melisseblatt bewegt sich keinen Zentimeter, ich sauge noch einmal kräftig.

»Kennst ja die Mama«, Laurenz stochert in den Eiswürfeln herum, »sie meint es nicht so.« Die Eiswürfel sind nicht gleich groß, was Laurenz normalerweise aus der Bahn wirft. Aber nicht heute. Die Stimmung ist anders. Sein Blick ist anders. Nicht vorwurfsvoll, eher lauernd. Bilde ich mir aber vielleicht nur ein. Missmutig klopfe ich mit dem Papp-Trinkalm auf den Boden des Glases. Immer noch verstopft.

»Der Fundort muss ja nicht zwingend der Tatort sein.« Laurenz fischt den größten Eiswürfel aus dem Glas und legt ihn ins Abwaschbecken, was mich irgendwie erleichtert. »Aber das fällt der Polizei womöglich gar nicht auf. Hat der Roderich schon …?«

»Keine Polizei diesmal, Laurenz!« Langsam reicht es mir. Obwohl ich selber nicht an einen tödlichen Unfall glaube, nervt mich die Fragerei extrem. Ich kippe den *Hugo* auf Ex hinunter, ohne Trinkhalm. »Der Rettenbacher war besoffen wie immer und hat einfach Pech gehabt, okay? Ausgerutscht, Schädel eingeschlagen, ins Wasser gefallen. Blöde Geschichte, aber bei einem schweren Alkoholiker absolut im Bereich des Möglichen. Niemand wundert sich, niemand ermittelt, basta!« Und damit er auf dem letzten Stand ist: »Der Roderich ist übrigens im PAZ. Soweit ich weiß, ist sein Posten momentan unbesetzt. Selbst wenn er ermordet wurde: Es ist niemand zuständig!« Das mit der Zuständigkeit ist frei erfunden, aber mir ist gerade danach.

»Stört dich doch sonst nicht!« Laurenz ist unbeeindruckt. Der Eiswürfel neben der Abwasch ist mittlerweile auf die Größe der beiden anderen geschmolzen und darf wieder zurück ins Glas. »Und was, bitte, ist ein Batz?«

»Laurenz, bitte!« Ich stelle mein Glas auf die Steinarbeitsplatte und will aus der Küche, aber er hält mich am Arm zurück. Jetzt kommt's, denke ich mir, jetzt spult er seine Leier von Einmischung, Behördenwegen, Zuständigkeiten und Gesetzen ab. Die Fragerei, der *Hugo*: alles kein Zufall. Pures Kalkül. Er wollte mich abklopfen, sichergehen, dass ich die Füße stillhalte. Aber ich bin vorbereitet, denn der Moment war absehbar. Niemand kann aus seiner Haut, nicht einmal mein Mann. Schon gar nicht mit einem dunkelblauen Wollpulli als Extra-Panzer. Laurenz' gute Vorsätze sind geschmolzen wie Speiseeis in der Sommerhitze, übrig bleibt nur eine labbrige Tüte mit schalem Geschmack und ein paar vertrockneten Worthülsen. Keine Überraschung.

»Wenn du denkst, du kannst mir das Ermitteln ausreden, dann hast du dich geschnitten!«, keife ich und will mich losreißen.

»Gar nix will ich dir ausreden!« Laurenz lässt mich los und schüttelt betroffen den Kopf. Da ist er wieder, der Dackelblick. Laurenz' Mittel, um direkt an meinem schlechten Gewissen anzudocken und eine Kehrtwende einzuläuten. Sofort tut er mir leid. War ich zu hart mit ihm? Habe ich mich doch geirrt? Ich lasse die Türklinke los. Laurenz nestelt etwas hinter der Kaffeemaschine hervor. Ein flaches Packerl in Schulheftgröße, das er mir entgegenstreckt.

»Für dich!« Er druckst herum wie ein Erstklässler, der seine Lehrerin anhimmelt.

Ich greife zögernd danach. »Was ist das?«

Laurenz legt verlegen den Kopf schief. Wird er ernsthaft rot? »Mach's halt auf!«

Die Ecken am Geschenkpapier sind akkurat gefaltet, die Klebestreifen alle gleich lang und in gleich großen Abständen in einer Linie zueinander verklebt. Um Laurenz' Mühen zu würdigen, reiße ich das Papier nicht auf, sondern entfalte es vorsichtig und streife es glatt. Dann erst konzentriere ich mich auf den Inhalt.

Ein Notizbuch, pink, mit Bändchen als Lesezeichen und einem Spruch am Einband. »Keep calm and ask Miss Marple!« Der Name *Miss Marple* ist durchgestrichen, darunter steht in fetten Lettern: ROSMARIE.

»Gefällt's dir?« Laurenz schaut mir über die Schulter. »Bleib ruhig und frag Rosmarie!« Er platzt fast vor Stolz, als er den Spruch vorliest. »Schau«, nimmt er mir das Notizbuch aus der Hand und beginnt zu blättern, »darin kannst du alles eintragen. Die Seiten sind durchnummeriert, es gibt ein Inhaltsverzeichnis und hinten sogar eine Falttasche für lose Zettel. So bleibt alles ordentlich, nichts geht verloren.« Er strahlt. »Sogar ein Gummibändchen, damit das Notizbuch geschlossen bleibt! Aber das Beste kommt noch …!« Er deutet mir zu warten und fischt ein pinkfarbenes Etwas aus seiner Hosentasche. Ein kleines Quadrat aus rosa Kunstleder mit aufgenähter Gummischlaufe und selbstklebender Rückseite. »Ein Stifthalter!«

Laurenz entfernt die Schutzfolie und pappt das Quadrat hinten auf die Innenseite des Einbandes.

»Na?« Er hält mir einen Bleistift entgegen, frisch gespitzt und – erraten – pink.

»Wahnsinn«, murmle ich erschlagen. Und gleich noch einmal: »Wahnsinn.« Was nicht einmal gelogen ist.

Den Sarkasmus überhört Laurenz. Er ist im Geber-Glück.

»Ab jetzt kannst du alles festhalten, was dir verdächtig vorkommt. Notizheft aus der Tasche holen, Stift aus der Schlaufe und – zack! – alles aufschreiben.«

»Wow!« Mehr fällt mir im Moment nicht ein. Ich drehe das grellpinke Notizbuch hin und her. »Echt praktisch, danke!«, ächze ich, »und so unauffällig!«

»Natürlich«, Laurenz nickt ernst, »muss ja nicht jeder mitbekommen, dass du ermittelst.«

DRITTES KAPITEL

Erzählt von Fliesen, Friedhöfen und dem perfekten Mord, von Gießkannen, Krampfadern und Eisblumen. Ich habe ein schlechtes Gewissen, sehe doppelt und denke an Professor Boerne.

Alles ein bisschen viel für heute – ich bin total aus dem Gleis. Hier hilft nur mehr *Nutella*. Und ein Telefonat mit meiner besten Freundin. Ich tauche den Löffel ins bauchige Glas, während ich Vronis Nummer wähle. Vroni ist fasziniert, als ich ihr am Telefon vom toten Rettenbacher und dem Halsketterl erzähle. Negativ fasziniert, wenn man so will, denn sie kennt ja die weißen Flecken auf der Landkarte meines Lebens. Vroni kennt mich, seit ich sechs Jahre alt war.

»Und du hast das Ketterl echt nie bemerkt?«

Im Hintergrund läuft ein Werbejingle für Akkuschrauber.

»Obwohl der Rettenbacher beinahe täglich bei dir aufgekreuzt ist?«

Eine Frauenstimme flötet: »Minus zehn Prozent für Privatcard-Besitzer!«

»Wo, zur Hölle, bist du, Vroni?« Ich tauche den abgeschleckten Löffel wieder ins Glas. Brot wird überbewertet, ich jage den Zucker direkt ins Blut.

»Im *Bauhaus*«, schmettert sie schwungvoll, »Fliesen aussuchen fürs Badezimmer.«

»Bist du allein unterwegs?« Vronis Mann Franz ist eine herzensgute Seele, Elektrotechniker und Spezialist in Sachen Alarmanlagen. Aber der Gedanke, dass er vor Laurenz von der Rettenbacher-Ketterl-Sache erfährt, behagt mir nicht.

»Ich hab den Franz zum Holzzuschnitt geschickt«, sagt die Vroni vergnügt, »Bretter holen für den neuen Kleiderschrank.« Sie ist eine Meisterin im Delegieren.

»Jedenfalls«, lenke ich wieder zum Thema zurück, »will ich ihn mir anschauen, bevor er eingesargt wird. Und … ich könnte echt seelische Unterstützung brauchen.«

Die Vroni reagiert erst zeitverzögert. Einen Moment lang glaube ich sogar, sie handelt mit einem Verkäufer einen Rabatt für Fiesen aus. Ich höre nur Restposten, leichter Mangel und Sonderpreis. Aber dann ist sie wieder voll da.

»Bist du irr? Ich schau mir doch keine Leichen an!«

»Nicht mehrere. Einzahl, Vroni! Nur den Rettenbacher!«

Die Geräuschkulisse ändert sich. Im Hintergrund sind Männerstimmen, eine Kreissäge und Bretter, die aneinander gelehnt werden, zu hören. Vroni nähert sich also dem Holzzuschnitt. Und ihrem Franz.

»Warum willst du ihn sehen? Wegen dem Ketterl? Oder weil du nicht glaubst, dass er einfach so in den Almkanal gefallen ist?«

Touché! Die Vroni kennt mich eben lang genug.

»Beides«, gebe ich zu. »Weil: So ein Ausrutscher in den Almkanal mag ja nach Unfall ausschauen. Aber ob es einer war …«

»… findet üblicherweise die Polizei heraus.«

»Ist doch nicht dein Ernst, Vroni!«, wettere ich. »Die Polizei, dass ich nicht lach! Außerdem: Der Roderich ist im PAZ geparkt. Momentan ist sein Posten in Anif unbesetzt! Was wär denn schon dabei, wenn wir …«

»Du, ich muss auflegen«, unterbricht die Vroni eilig. »Leiche schauen: ja! Ermitteln: nein! Wir bauen grad die halbe Wohnung um, ich hab jetzt keine Zeit für Miss-Marple-Geschichten!«

»Morgen um 10 Uhr!«, donnere ich ins Telefon, »Eingang Gerichtsmedizin!«

So einfach ist es dann natürlich doch nicht. Schließlich sind wir in Salzburg, respektive Glanegg, und nicht in Münster bei Professor Friedrich Boerne vom *Tatort*, wo Thiel und die kettenrauchende Staatsanwältin Klemm in der Prosektur Witze reißen. Außerdem, das muss man an dieser Stelle festhalten, sind Fernsehkrimis meist realitätsfremd in Sachen Gerichtsmedizin. Die Dramaturgie eines Drehbuchs verlangt es eben, dass ein Fall in 90 Minuten gelöst ist. Und: Der Fachkräftemangel hat längst die heiligen Hallen und Seziertische erreicht. Die Gerichtsmedizin hat ein massives Personalproblem. Was zur Folge hat, dass die Obduktionsfrequenz sinkt. Todesursachen bleiben ungeklärt, Kriminalfälle ungelöst. Oder es kommt zu massiven Verzögerungen, was wiederum die Ermittlungen der Polizei beeinträchtigt. Hab ich in der Zeitung gelesen. Und jetzt, da der Tod wieder einmal in mein Leben getreten ist, kreisen meine Gedanken um dieses Thema wie die Raben vom Untersberg um den Kaiser Karl.

Der perfekte Mord ist der nicht sezierte Mord. Das neue Mantra aller, die dem Tod unter die Arme greifen. Und genau an diesem Punkt kommt der Rettenbacher ins Spiel.

Vor 24 Stunden war er noch am Leben, denke ich und steige auf mein Rad. Offiziell, um am Grödiger Friedhof die Blumen zu gießen. Die anschließend geplante Almkanal-Runde hab ich Laurenz tunlichst verschwiegen. Wer weiß, wohin seine Drehung um 180 Grad noch führt? Vom peinlich berührten Ehemann, der sich für sein ermittelndes Eheweib schämt, hin zum rührigen Kümmerling, der mir das pinkfarbene Notizbuch hinterherträgt und in den Fahrradkorb legt, damit ich es immer dabeihabe. Demnächst bewirbt er sich womöglich als Co-Ermittler! Das hätte gerade noch gefehlt.

Ich gebe es zu: Friedhöfe ziehen mich magisch an. Ich liebe diese Orte der Stille, auch wenn Stille das Letzte ist, was man auf Friedhöfen findet. Viel eher springt einem Tratsch entgegen, aber auch penible Ordnung, purer Vandalismus, heimliche Blicke, gereckte Hälse, grüne Daumen und Kies-Minimalismus, vergilbte Fotos und vereinzelt sogar Plastikblumen. Friedhöfe sind viel mehr als letzte Ruhestätten. Sie sind Wirtschaftsfaktor, Bühne, Mikrokosmos, Nachrichtenplattform und Navigationshilfen durch Österreich. Während im Osten schon zu Lebzeiten auf überdimensionierte Grabsteine und -platten gespart wird, die jedem Steinmetz Freudentränen in die Augen treiben, erstirbt man sich im Westen die *Small is beautiful*-Version. Größengenormte schmiedeeiserne Kreuze in Ischgl, einheitliche holzgerahmte Gräber in Lessach, schlanke Urnennischen am Hochkönig. Nur nicht durch Pomp oder Größe auffallen! Im Tod sind alle gleich.

Mehr oder weniger. Manche Gräber bestechen nicht durch Größe, sondern durch dezent in Stein gemeißelte und vergoldete Lettern. Hinweise auf den mühsam erworbenen, erschwindelten, erheirateten und post mortem stolz zur Schau getragenen gesellschaftlichen Status der Verbli-

chenen. Mein unangefochtener Favorit: »K.u.K. Reichs-
bahngepäckträgers Witwe«. Schöne Grüße aus dem Land
der Titel!

Meinen alten Drahtesel mit der Blumengirlande am Korb
parke ich vor dem Pfarrhaus. Beide Parkplätze, vor und
hinter dem Pfarrhaus, sind brechend voll. Am Friedhof
geht's heute, dank sengender Hitze, zu wie in einem Tau-
benschlag. Die alte Lienbacherin rettet, was an Pflanzen
noch zu retten ist, ein Herr jenseits der 80 lästert über unge-
pflegte Gräber. Vor der kleinen Sammelstelle, an der man
sich mittels Euromünze einen der grünen Wasserbehäl-
ter wie einen Einkaufswagen mieten kann, hat sich bereits
eine Warteschlange gebildet. Sämtliche Gießkannen sind
besetzt, gut drei Viertel der Wartenden sind Patienten in
unserer Praxis. Dem einen oder anderen hoffnungsvol-
len Blick weiche ich gekonnt aus, denn Patienten in freier
Wildbahn sind schlimmer als die hartnäckigsten Groupies
vor dem Hotel einer Rockband. Es wäre nicht das erste
Mal, dass ich in der Reihe der Gießkannen-Schlange einen
Platz ganz weit vorne angeboten bekäme. Ich müsste nur
im Gegenzug dafür sorgen, dass Patient XY am kommenden Montag zufällig auf Platz eins der Warteliste vorrückt.
Ganz im Vertrauen natürlich und nur ausnahmsweise. Nein
danke. Den Blick der alten Kronschlägerin, die mir listig ihr
krampfaderndurchzogenes Bein entgegenstreckt, schmet-
tere ich mit meinem persönlichen Schutzschild ab: meiner
eigenen pinkfarbenen Gießkanne. Bestechung sinnlos! Ein
paar Jahre Berufserfahrung als Arzthelferin haben mich
gelehrt, den Friedhof nie ohne meinen persönlichen Har-
nisch zu betreten: Schaufel und Gießkanne.

Grabpflanzen und heiße Sommertage sind übrigens Indi-
katoren für die Robustheit zwischenmenschlicher Bezie-

hungen. Oder für botanische Kenntnisse. Wer es schafft, die Flora am Familiengrab über den Juli und August zu retten, hat sich erstens für die richtige Blumensorte entschieden und zweitens ein gutes Gieß-Netzwerk aufgebaut. Ohne helfende Hände, die während des Urlaubs die Bewässerung übernehmen, kann Grabgestaltung nämlich zur Herausforderung werden. Und die Resultate sorgen am Ende des Sommers für Gesprächsstoff im Wartezimmer.

»Die Christl hat schon wieder Schattenlieschen statt Sonnenlieschen gepflanzt, dabei ist ihr Familiengrab in der prallen Sonne. Die lernt's auch nimmer.«

»Schade um das Geld. Heuer tut er sich das nicht an, hat mir der Hias gesteckt. Bei ihm gibt's ab jetzt nur mehr Efeu und Kies.«

»Typisch Mannsbilder! Portulakröschen müsst' er nehmen! Die sind unverwüstlich und blühen den ganzen Sommer lang!«

»Mit denen kannst mich jagen! Die Wurzeln kriegst nie wieder aus der Graberde raus, da hilft nur mehr umstechen! Ich bleib bei den Eisblumen!«

Eisblumen. Auf meiner persönlichen Hitliste der Hässlichkeiten ganz oben. Gott kann doch nicht ernsthaft gewollt haben, dass Österreichs Gräber einheitlich mit dieser Zumutung bedeckt sind! Er muss einen schlechten Tag gehabt haben, als er dieses Zeug erschaffen hat. Das Grab von Laurenz' Oma habe ich mit weißen Rosen und Lavendel bepflanzt. Eine trotzige Bastion gegen die Welle an Einfallslosigkeit, die den kompletten Friedhof mit Eisblumen flutet.

Erleichtert, dass ich nicht in der prallen Hitze warten muss, gehe ich an dem Grüppchen vorbei zum steinernen

Wasserbecken und tauche mein Plastikkännchen in die dunkle Brühe. Kleine Erdbrocken, ein paar welke Blütenblätter und ein toter Käfer schwimmen darin. Luftblasen steigen auf, als ich die Gießkanne fülle, wie von einem Körper, der unter Wasser gedrückt wird. Lungen, die den letzten Sauerstoff ausatmen. Ich muss wieder an den Rettenbacher denken. Stelle mir vor, wie sein Körper langsam ins Wasser geglitten ist. Oder hat ihn jemand geschubst? Nein, laut Gerichtsmedizin war er tot, noch bevor er im Almkanal gelandet ist. Außerdem hätte er sonst vielleicht noch um Hilfe gerufen. Ich stelle mir vor, wie sich seine beigefarbene Jacke auf der Wasseroberfläche aufgebläht und dann mit Flüssigkeit vollgesogen hat. Und ich stelle mir vor, wie –

»Rosmarie?«

Ich schrecke hoch. Eine Hand auf meinem rechten Arm, eine vertraute Stimme. Mit allen hätte ich am Grödiger Friedhof gerechnet, aber nicht mit meiner Chefin. Ihr Mann, den sie bei einem tragischen Unfall kurz nach der Hochzeit verloren hat, ist in seiner Heimatgemeinde Wals begraben.

»Sind Sie zum Blumengießen bei einem der Gräber eingeteilt?«, frage ich. Die schlüssigste Erklärung, die mir momentan einfällt.

»Nein.« Die Frau Doktor zieht mich außer Hörweite und senkt die Stimme. »Ich habe dich angerufen, aber offensichtlich hast du dein Handy zu Hause liegen gelassen!«

Ich schüttle den Kopf, krame mein Smartphone aus der Umhängetasche und halte es in die Höhe.

»Auf stumm geschalten!« Weil ich meine Ruhe haben wollte, wäre jetzt passend, aber das verkneife ich mir gerade noch. Das Display zeigt fünf entgangene Anrufe innerhalb der letzten Stunde: einen von meiner Chefin, vier von Laurenz. Das passt zu ihm.

»Ich hab deinen Mann am Festnetz erreicht.« Sie sieht mich an, als wäre ich eine aussterbende Spezies, die sich immer noch mit Telefonkabeln und Ladestationen herumschlägt. Bin ich wahrscheinlich auch. Aus irgendeinem mir nicht bekannten Grund hänge ich an diesem Kapitel der Kommunikationstechnik ebenso wie an Telefonzellen. Die winzigen Häuschen mit den schmierigen schwarzen Hörern und den zwölf Tasten, auf denen die Ziffern meist nicht mehr erkennbar sind, haben etwas Magisches. Telefonzellen sind Orte der Geheimnisse, die nicht bewahrt werden können, weil sowohl Stimme als auch Mimik für jeden außerhalb deutlich wahrnehmbar sind. Vor Jahrzehnten waren sie die Stars der diskreten Gespräche, denen wir mit Telefonwertkarten gehuldigt haben. Heute bekommen sie nur dank nostalgischer Drehbuchautoren hie und da noch einen staksigen Auftritt in einem Landkrimi, um Altbackenheit mit einem einzigen Bild auszudrücken. Trotzdem fühle ich mich in Telefonzellen seltsam geborgen. Sie sind quadratische Schutzhüllen der Privatsphäre, die wir dank Mobiltelefonie längst abgestreift haben. Schade eigentlich.

»Dein Mann wusste, wo ich dich finde. Also bin ich hierher gekommen.« Sie macht eine kurze Pause. »Lust auf eine kleine Fahrradtour?«

Normalerweise würde ich sofort dankend ablehnen. Erstens ist mir bei über 30 Grad eher nach einer kühlen Dusche als nach einer Fahrradtour. Und zweitens bin ich noch ein bisschen eingeschnappt wegen vorher – ja, ich gebe es zu. Momentan lege ich auf die Gesellschaft meiner Chefin keinen allzu großen Wert.

Mich zuerst mit Informationen aus dem Gleis hauen und dann so tun, als hörte ich das Gras wachsen – mein Bedarf ist gedeckt.

»Fahren Sie, wohin Sie wollen, aber ohne mich«, würde ich gern sagen. Mache ich aber nicht. Denn: Ihr tatendurstiger Blick macht mich jetzt doch neugierig.

Außerdem schert Herr Mooshammer gerade aus der Gießkannen-Warteschlange aus und bittet die Frau Doktor, seine Mandeln abzutasten, wenn sie schon da ist. Dann bräuchte er morgen nicht seine Zeit in ihrem Wartezimmer zu vertrödeln, meint er, und könnte eine Bergtour machen.

»Sie alter Charmeur«, kontert meine Chefin launig, »aber ich soll meinen Feierabend mit Ihren Mandeln vertrödeln, verstehe ich das richtig?« Dann wendet sie sich ab, ohne ihn noch eines Blickes zu würdigen. »Bergtour!«, schimpft sie leise, »so schlimm kann das Halsweh nicht sein!«

Herr Mooshammer trollt sich beleidigt wieder an seinen Platz.

Und noch während ich die vom Fahrtwind zerzauste Blumengirlande an meinem Radkorb zu entwirren versuche, schwingt sich meine Chefin auf ihr quietschgrün lackiertes Waffenrad und tritt in die Pedale. Ohne mir zu verraten, wohin die Reise geht, und ohne sich nach mir umzudrehen.

Wieder eine, die immun gegen die Hitze ist, denke ich und komme nur mühsam in die Gänge. Aber ich reiße mich zusammen. Vielleicht schaffe ich es, den Schatten, der sich heute Vormittag über mein Gemüt gelegt hat, beim Radfahren loszuwerden. Vielleicht ist Bewegung genau das, was ich jetzt brauche.

Wir fahren vom Friedhof Richtung Eichet, vorbei an Bauernhöfen, so ordentlich und aufgeräumt wie aus dem Bilderbuch. An Sonnenblumenfeldern, einem Wäldchen und dem *Lagerhaus*, schmucklose Sammelstelle für Gartenfreunde und Heimwerker aus Grödig und Salzburgs Süden.

Am Ortsende, an der Grenze zur Stadt, empfängt *Die Pflegerbrücke* mit ihrem Gastgarten sandige Kehlen und müde Radfahrer. Sämtliche Stühle unter der großen Kastanie sind besetzt, Gläser klirren, kühles Bier und Radler fließen in Strömen, und Kinder spielen matt im Baumschatten. Für den Spielplatz interessiert sich bei dieser Hitze niemand.

Dass mich Frau Doktor Fleischer nicht zum Biertrinken oder auf einen weißen Spritzer einladen will, kann ich mir denken. Obwohl ich nichts dagegen hätte.

Ein schmaler Radweg an der Rückseite der *Pflegerbrücke* führt in den Wald und direkt zum Almkanal, der ab jetzt parallel zum Weg bis in die Stadt führt. Ich habe den Almkanal immer schon gemocht. Salzburgs Wasserader ist voll von aus der Zeit gefallenen Kraftorten. Schattige Bänke mit Blick auf die Felder, ein kleiner Weiher, Häuser mit Stegen, die in den Kanal führen, und vereinzelt sogar Terrassen direkt am Wasser. Der Almkanal ist wie ein kleines Stück Holland mitten in der Stadt, ein Ortswechsel für Auge und Seele. Man kann nicht daran vorbeifahren, ohne sich sofort Hals über Kopf in den Zauber dieses Gewässers zu verlieben. Finde ich jedenfalls.

Ganz profan und praktisch gesehen war der Almkanal auch wirtschaftlich immer wichtig für Grödig und Salzburg. Bis zu 40 Wasserräder schaufelten Anfang des 20. Jahrhunderts Kraft für Sägen, Schmieden, Mühlen oder

Hammerwerke. Die Mozartstadt und das kleine Dorf am Untersberg sind eng mit der Kraft des Wassers verwoben.

Ich spüre mit jedem Tritt in die Pedale, mit jedem Atemzug, wie sich die Luft ändert und ich ruhiger werde. Wohin mich meine Chefin lotsen will, spielt plötzlich keine Rolle mehr.

Erst als wir aus dem kühlen Wäldchen kommen und den großen Platz passieren, an dem die Buslinie 5 wendet, bin ich wieder im Hier und Jetzt. Es sind nur mehr wenige Meter bis zur Surfwelle, einer Stelle im Almkanal, die von Männern und Frauen in Neoprenanzügen, von Surfbrettern, Gummischuhen und Handtüchern beherrscht wird. Die Stelle, an der der Rettenbacher gestern spätabends aus dem Almkanal gefischt wurde.

Meine Chefin bremst, steigt vom Rad ab und lehnt es an das Holzgeländer zwischen Spazierweg und Wasser. Ich bleibe ebenfalls stehen.

»Hier also?« Mit den Ellenbogen auf die Lenkstange gestützt, starre ich auf die Fundstelle. Nichts, aber auch gar nichts weist darauf hin, dass hier vor weniger als 24 Stunden ein lebloser Körper aus dem Wasser geborgen wurde. Keine Spurensicherer in weißen Anzügen, die mit Pinseln und Kolofonium herumwerken. Kein gelbschwarz gestreiftes Absperrband, das uns die Filmindustrie als Symbol für Tatorte eingetrichtert hat. Das Leben geht weiter, hier herrscht Urlaubsfeeling. Stirbt es sich an einem Ort wie diesem anders? Ist das Ende hier weniger bedrückend? Ich stelle mir den Tod vor, wie er lässig auf einem Surfbrett den Almkanal entlangpflügt, geschmeidig den Arm nach dem Rettenbacher ausstreckt und ihn mitnimmt. Zack und weg. Ein junger Mann im schwarzen Neoprenanzug mit grellgelbem Reißverschluss winkt mir zu. Er war an derselben Schule wie mein Sohn Max und bei ein paar unserer gemütlichen Gartenfeste dabei. Ich winke matt zurück.

Meine Chefin zeigt auf den kleinen Strudel, an dem der Almkanal tost und sich von seiner starken Seite zeigt. Ein paar Minuten beobachten wir nur die Surfer und hängen unseren Gedanken nach. Zumindest sieht es danach aus. In Wirklichkeit fräsen sich Fragen durch meinen Kopf wie Wasserstrahlschneider: warum hier? Wann genau? Hat denn niemand etwas bemerkt?

»Und? Was sagst du?« Meine Chefin sieht mich von der Seite an.

Ich zucke die Schultern und schaue mich um. Momentan sind keine Spaziergänger oder Läufer in Hörweite. Die Surfer sind ein wenig flussabwärts mit sich selbst beschäftigt. Ich steige ebenfalls vom Rad ab und lehne es an das Holzgeländer.

»Nicht unbedingt die ideale Stelle, um jemanden unbemerkt ins Wasser zu schubsen«, sage ich und schiebe hinterher, »gesetzt den Fall, man glaubt nicht an einen natürlichen Tod.«

Womit ich den Ball meiner Chefin zuspiele. Sie schreitet ein paar Meter am Holzgeländer entlang zur Stelle, an der die Surfer ihre Boards ins Wasser lassen und ihren Wellenritt beginnen.

»Sonnenuntergang war gestern um exakt 20.26 Uhr. Miri Pelzinger hat den Rettenbacher um 22.30 Uhr genau hier gefunden.«

Keine Frage, sie ist stolz auf diesen Informationsvorsprung. Und sie genießt meine Überraschung, zumindest huscht ein ganz kurzes Grinsen über ihr Gesicht. Aber sie hat sich schnell wieder im Griff.

»Woher wissen Sie das?«, flüstere ich. Sinnlos übrigens, denn das Tosen des Wassers übertönt sowieso mein Gekrächze. Aber Frau Doktor Fleischer weiß auch so, was ich meine.

»Zuverlässige Informanten sind die Basis jeder erfolgreichen Ermittlung, oder?«

Da ist es wieder, das Pokerface. Sie lässt nicht durchblicken, was diese Faktenoffensive sein soll: eine Entschuldigung für ihre unglückliche Wortwahl am Vormittag, ein Sinneswandel in Sachen Todesursache oder ein erster vorsichtiger Schritt auf das rutschige Parkett eines neuen Falls. Vielleicht ein bisschen von allem, denke ich und lächle versöhnlich. Automatisch greife ich nach dem Kreuz an der Kette und atme tief durch. Und treffe eine Entscheidung. Eigentlich ist es keine Entscheidung, sondern nur das Eingeständnis dessen, was ich seit dem Vormittag mit mir herumtrage. In welcher Beziehung auch immer der Rettenbacher zu mir gestanden haben mag: Ich finde heraus, warum er gestorben ist.

Die exakten Zeiten für Sonnenauf- und Untergänge liefert die Zentralanstalt für Meteorologie und Geodynamik, kurz ZAMG. Lässt sich kinderleicht googeln. So viel zum zuverlässigen Informanten Nummer eins, den meine Chefin angezapft hat. Bei Nummer zwei handelt es sich um eine Informantin aus Fleisch und Blut, sprich diejenige, die den Rettenbacher gefunden hat, sprich: Pelzinger Miri.

Miri ist zwar selbst keine Patientin bei uns, aber sie pflegt ihre bettlägerige Großtante Martha, und zwar hingebungsvoll und schon seit Jahren. Martha leidet an Demenz, und deshalb besucht Miri, die im Haus nebenan wohnt, ihre Großtante mehrmals täglich. Sie wacht über ange-

68

messene Kalorienzufuhr, regelmäßige Toilettengänge und ausreichend Schlaf. Sie besorgt Rezepte und Medikamente, kümmert sich um Arzt- und Massagetermine und sieht sich alle paar Monate nach einer neuen Physiotherapeutin um. Der Verschleiß ist groß, denn Großtante Martha, muss man wissen, ist ein Ekel. Jedem, der ihr Haus betritt, schlägt die Herzenskälte einer lebensmüden Frau entgegen, die Gesellschaft noch nie besonders geschätzt, Dienstleistungen aber immer erwartet hat. Tante Martha ist das, was man in Österreich einen »Drachen« nennt. Das Wort »Danke« hat sie längst aus ihrem Wortschatz gestrichen und durch »Na also!« ersetzt. Sie erachtet jede Art der Unterstützung als Selbstverständlichkeit und gibt sich nicht mit dem kleinen Finger zufrieden. Die ganze Hand muss es sein, was in Marthas Fall bedeutet: ganze Aufmerksamkeit rund um die Uhr.

»Ein Fulltimejob«, hat mir Miri einmal geklagt, als sie wegen eines Rezepts für Großtante Martha in der Praxis war.

»Ich könnte mich 24 Stunden um sie kümmern, es wäre ihr immer noch zu wenig.«

Die Frage nach einer Heimhilfe spare ich mir – der Pflegebereich kämpft mit Personalmangel, Miri kämpft mit Marthas Geiz.

»Und ins Altersheim?«

»Will sie nicht«, sagte Miri damals zu mir, »und sie steht auch auf keiner Warteliste, weil sie sich nie angemeldet hat. Martha ist eine starke Persönlichkeit und immer alleine zurechtgekommen. Sie hat nie jemanden neben sich im Haus akzeptiert und war schon schwierig, als sie noch gesund war. Aber seitdem sie auf Hilfe angewiesen ist, macht sie mir das Leben zur Hölle.«

An dieser Stelle wischte sich Miri über die Augen. »Sie demütigt und beschimpft mich, schreit im Garten herum und macht Telefonterror. Ich weiß, dass die Krankheit sie verändert hat. Aber ich kann nicht mehr. Mein ganzer Tagesablauf dreht sich um sie, um ihre Krankheit und ihre Bosheiten. Sie nimmt mir die Luft zum Atmen! Meine Ehe ist am Sand, ständig hetze ich zwischen meinem und Marthas Haus hin und her.«

Sie beugte sich über meinen Tisch und flüsterte: »Dieses Problem löst sich nur biologisch!«

Ein denkwürdiger Satz aus tiefstem Herzen. Und deshalb war ich, ehrlich gesagt, auch ein wenig überrascht, dass der Rettenbacher aus dem Almkanal geborgen wurde und nicht Tante Martha.

Nein, wirklich! Was ist verführerischer als der Wunsch eines alten Menschen, noch einmal die Sonne am Wasser untergehen zu sehen? Es muss ja nicht der Almkanal sein. Eine wild bewachsene, uneinsichtige Stelle an irgendeinem anderen Gewässer hätte den Zweck ebenso erfüllt und wäre für Miri und die Tante im Rollstuhl leicht erreichbar gewesen. Miri wohnt in einer Streusiedlung in Eichet, gerade noch im Gemeindegebiet von Grödig. Bewegungseingeschränkt, wie Martha seit Jahren ist, hätte sich eine Rollstuhlfahrt zum Kneissl Weiher geradezu angeboten. Vielleicht, um Erinnerungen aufleben zu lassen, noch einmal das Glitzern des Wassers zu sehen, sich an sinnlichen oder heimlichen Momenten aus ihrer Jugend zu wärmen. Das Verlangen, die Hand ins kühle Nass zu tauchen, die sanften Wellen zu spüren, die bei den verbotenen Treffen mit der heimlichen Liebe so leise geplätschert haben. Stumme Zeugen unter dem milchigen Vollmond.

Tante Martha, bleib sitzen, beug dich nicht so weit hinaus!

Lass mich, ich weiß schon, was ich tue! Ich hab's immer schon gewusst, noch lange bevor du auf der Welt warst! Ich kann schon selber auf mich aufpassen!

Nein, Tante Martha, du verlierst das Gleichgewicht, ich kann dich nicht mehr halten – ups! Weg ist sie.

Die Tabletten, die sie vor dem Abendspaziergang gegen ihre Schlafstörungen bekommen hat, machen sie träge und wehrlos. Es geht schnell, schneller als gedacht, denn Tante Martha ist schwer. Sie sinkt in die Tiefe. Normalerweise drehen Läufer hier ihre Runden, oder Liebespaare schotten sich auf einer Bank ab. Heute ist alles verlassen und still, niemand bekommt etwas mit. Bald ragen nur noch Tante Marthas Haare und die Kaschmir-Strickjacke aus dem Wasser. Der Weiher holt sich den Körper, der vor Jahrzehnten vielleicht heißblütig am Ufer, eng mit einem anderen umschlungen, zum ersten Mal davon gekostet hat, wie die Liebe schmeckt. Tante Martha?

Ihre Hand ist viel zu weit weg, unerreichbar. Und sie will auch nicht gerettet werden, sie kann alleine aus dem Wasser steigen. Zumindest würde sie das sagen, wenn sie jetzt noch könnte. Schließlich hat sie immer alles alleine gemacht. Na gut. Alibihalber steigt man ins Wasser, macht die Jeans bis zur Hüfte nass und streckt sich ein letztes Mal und nicht ganz so weit, wie man eigentlich müsste, um die faltige Hand noch zu erreichen, aber es ist sinnlos. Redet man sich zumindest ein. Irgendwann steigen die letzten Luftblasen auf, und weg ist sie, die Tante Martha. Hoppala.

Wie gesagt: Es hätte mich nicht gewundert. Aber Tante Marthas Herz schlägt immer noch den Takt des Bösen, nicht gewillt, sich vorschreiben zu lassen, wann es damit aufhören soll.

»Miri war also spätabends noch mit ihrem Hund unterwegs?«, frage ich meine Chefin. Ich zwinge mich, nicht mehr an weiße Haarbüschel, die aus dem Kneissl Weiher ragen, zu denken. Wie heißt Miris Hund? Sie hat ihn bestimmt nach einem Mafioso-Film benannt. Meine Chefin nickt.

»Der Hund ist ihre Rettung, sagt sie immer. Eigentlich hatte sie zwei Hunde: Corleone und Padrino, aber Corleone ist seit gestern verschwunden. Wahrscheinlich davongelaufen, er war nicht besonders folgsam. Aber die beiden Tiere waren das perfekte Alibi, um mehrmals täglich das Haus zu verlassen und eine Runde an der frischen Luft zu drehen. Die Hunderunden sind die einzigen Momente, die sie ganz für sich allein hat.«

Miris Schicksal rührt die Frau Doktor, das weiß ich ganz genau. Aber es ist eben kein Einzelfall. Pflege von Angehörigen ist herausfordernd, ein gordischer Knoten aus Bürokratie, Fachkräftemangel und dem festen Vorsatz, niemanden ins Altersheim abzuschieben. Gott bewahre mich vor diesem Schicksal, sagt Tante Zenzi immer.

»Miri ist also von Eichet Richtung Almkanal spaziert, als es längst dunkel war.«

»Sagte sie, ja.«

»War um diese Uhrzeit noch jemand bei der Surfwelle?«

»Nein.«

»Wann hat sie Ihnen das erzählt?«

»Nach dem Hausbesuch, den ich heute bei Tante Martha absolviert habe. Kurz nach Mittag, als du zu Hause warst, habe ich meine Patientenliste abgearbeitet. Tante

Martha war als Letzte dran, deshalb wollte ich dich unbedingt gleich danach sprechen.«

Ich deute meiner Chefin, zum Punkt zu kommen.

»Weil Miri Ihnen *was* verraten hat?« Dieses aus-der-Nase-Ziehen von Informationen ist fast nicht auszuhalten.

»Dass sich der Hund seltsam verhalten hat.« Wieder Schweigen.

»Nämlich wie???«

»Padrino hat geknurrt. Was eigenartig ist, denn normalerweise ist er außer sich vor Freude, wenn er den Rettenbacher sieht. Oder er winselt, wenn er sich von ihm verabschieden muss.«

Logisch. Die beiden sind einander schließlich mehrmals pro Woche in unserer Praxis begegnet, woraus sich eine Wartezimmer-Freundschaft entwickelt hat. Der alte Hypochonder mit dem Flachmann und die kniehohe Promenadenmischung mit den Schlappohren sind Ordinations-Buddies. Respektive: waren.

An dieser Stelle hätte die gemeinsame Radtour eigentlich enden können, zumindest, wenn es nach mir geht. Ich muss die Flut an Informationen, die mir dieser Tag beschert hat, erst einmal sacken lassen. Aber meine Chefin setzt noch eins drauf.

»Und jetzt geht's ab zur Gerichtsmedizin!«

»Was? Aber warum?«

Frau Doktor Fleischer richtet sich den Kragen ihres pinkfarbenen Poloshirts und streicht eine blonde Strähne aus dem Gesicht. »Damit du nicht wieder heimlich in den Berichten blättern musst, Rosmarie!«

Touché! Damit ist der Bauarbeiter-Fall gemeint und der Moment, als sie mich über ihren Akten erwischt hat. Dabei wollte ich nur ein gekipptes Fenster schließen, damit sich niemand Zutritt zur Praxis verschaffen und am Medikamentenschrank bedienen kann. War alles schon da. Dass dabei ein Stapel Papiere zu Boden gesegelt ist, war nicht beabsichtigt, ehrlich! Beim Einsammeln der Blätter hat mich meine Chefin überrascht und ... na ja, lassen wir das. Sie steigt auf ihr Rad und lächelt einem Endvierziger zu, der sie gerade ansprechen wollte. Ihrem Charme kann man sich nur schwer entziehen, auch wenn er manchmal eher spröde ist. Dass sie hammergut aussieht, weiß sie jedenfalls.

»Ich dachte, ich begleite dich. Damit du nicht allein bist, wenn du ihn zum letzten Mal siehst.«

Ihre Worte treiben mir Tränen in die Augen. Ich fische ein Taschentuch aus dem Fahrradkorb. »Das klingt so endgültig!«

»Dann bringen wir's hinter uns!«

»Zutritt nur für medizinisches Fachpersonal« steht auf dem gelben Schild. Für einen Moment muss ich an Vroni denken, und mein schlechtes Gewissen meldet sich. Es flackert auf wie eine mahnende Kerze, weil ich ja eigentlich meine beste Freundin gebeten habe, mich zur Pathologie zu begleiten. Aber die ist momentan eh mit anderen Sachen beschäftigt, Stichwort Fliesen aussuchen und Wohnungsumbau, also schrumpft die stattliche Kerze auf die Größe eines Teelichts zusammen. Und darum kann ich mich später immer noch kümmern.

»Willkommen in den heiligen Hallen!«

Die Gerichtsmedizinerin wartet bereits am Eingang, nickt uns kurz zu und schreitet zügig ins Innere der Pathologie. Ich verstehe sofort, warum meine Chefin und sie eine jahrelange Freundschaft verbindet: der gleiche spröde

Charme. Nicht mehr Konversation als nötig. Nur mit dem Unterschied, dass meine Chefin aussieht wie das blühende Leben, während die tägliche Arbeit mit dem Tod tiefe Spuren ins Gesicht von Frau Doktor Putschauer gepflügt hat. Das schmallippige Lächeln kommt nicht bei den Augen an und wirkt aufgesetzt, Lachfältchen sucht man vergebens. Ihre Züge sind fein und der Teint gepflegt. Frau Doktor Putschauer muss einmal eine sehr schöne Frau gewesen sein, aber die Zornesfalte zwischen den Augen lässt unweigerlich auf großen Kummer schließen, auf eine Brille in der falschen Sehstärke oder auf Sodbrennen. Ihr Schritt ist entschlossen, und man ahnt schon: Diese Frau ist eine toughe Chefin. Keinesfalls der kumpelhafte Typ, mit dem man gern vor dem Kaffeeautomaten plaudert.

Der Weg zum Sektionssaal räumt endgültig mit allen Klischees auf, die sich vom jahrelangen Fernsehkrimikonsum in meine Fantasie gebrannt haben. Keine weiß gekachelten Gänge, keine Richard-Wagner-Opern aus dem Lautsprecher wie bei Karl-Friedrich Boerne, keine zwergwüchsige Assistentin, die den Spitznamen Alberich mit Humor erträgt, keine verranzte Kaffeeküche wie beim Aufschneider Josef Hader. Es ist viel schlimmer. Am liebsten würde ich auf dem Absatz umdrehen und sofort verschwinden. Welcher Teufel hat mich da nur geritten?

Aber meine Chefin legt ihren Arm um meine Schulter und führt mich mit sanftem Druck weiter. Auch ohne dass sie es sagt, weiß ich, was sie meint: Das ist deine letzte Chance, die kommt nicht wieder. Wenn du jetzt den Schwanz einziehst, gibt's kein Zurück mehr.

Und da liegt er. Aufgeschwemmt und zerzaust, bis zum Hals mit einem grünen Leintuch bedeckt, damit man den Y-Schnitt nicht sieht. Ob der leicht süßliche Geruch von ihm kommt oder sich einfach im Laufe der Jahre in diesem Raum festgesetzt hat, weiß ich nicht. Ich schlucke tapfer gegen den Brechreiz an und zwinge mich, nicht wegzusehen. Der Schädelknochen ist auf der linken Seite gebrochen, regelrecht zertrümmert.

Den Obduktionsbericht, den Frau Doktor Putschauer herunterleiert, nehme ich nur wie durch Watte wahr. Mein Herz pocht bis zum Hals, die Hände schwitzen.

»Chronische Schleimhautentzündung des Magens, beginnende Pankreatitis, Fettleber und Muskelschädigungen an den unteren Extremitäten. Wernicke-Korsakow-Syndrom aufgrund von langjährigem Alkohol-Suchtverhalten. Rechtes Ohrläppchen gespalten, alte Verletzung, Totalprothese im Oberkiefer. Multiple Schädelfraktur, Spuren von Kalkgestein und gelbem Lack in der Kopfwunde.« Wenigstens erspart sie mir die lateinischen Fachausdrücke, die ich sowieso nicht verstanden hätte.

»Spuren von gelbem Lack?« Meine Chefin runzelt die Stirn.

Frau Doktor Putschauer nickt. »Habe ich unter den Gesteinspartikeln gefunden. Gibt es bei der Fundstelle Bodenmarkierungen?«

Ich zucke die Schultern und starre weiterhin auf die reglose Gestalt vor mir. Meine Chefin nimmt Frau Doktor Putschauer den Bericht aus der Hand und liest ihn sich nochmals durch.

Der Rettenbacher war also ein körperliches Wrack. Ich habe ihn vitaler in Erinnerung, vielleicht ist das auch gut so. Frau Doktor Putschauers Aufzählung geht weiter, irgendetwas mit zerstörten Nervenbahnen in den Fingern. Ich kapsle mich vom medizinischen Soundtrack ab und konzentriere mich nur mehr auf die bleiche Gestalt vor mir.

Die Prothese wurde aus dem Oberkiefer entfernt und liegt in einem Schälchen neben dem toten Rettenbacher, seine Oberlippe ist nach innen eingesunken. Die Wangen hängen teigig nach hinten in Richtung Ohren, sein Mund ist leicht geöffnet. Als ob er im nächsten Moment seinen Flachmann aus der beigefarbenen Jacke fischen und einen heimlichen Schluck daraus nehmen würde. Mein Hals ist eng. Die Edelstahlliege und die blank polierten Schneidwerkzeuge auf einem Beistelltisch jagen das letzte bisschen Wärme aus meinem Körper. Mich fröstelt. Ich greife nach dem Kreuz an meiner Kette.

Frau Doktor Putschauer mustert mich. Ihr Blick bleibt an meiner Hand mit dem Kettenanhänger haften und schwenkt dann zum Hals vom Rettenbacher, den das gleiche zarte Geschmeide umschließt.

»Welche Blutgruppe haben Sie?«

»A«, krächze ich tonlos und kann den Blick nicht vom toten Rettenbacher lassen. Seine linke Hand ragt unter dem grünen Leintuch hervor. Die Finger fühlen sich kalt und trocken an, als ich danach greife. Warum kann ich nicht einfach aufwachen aus diesem Albtraum? Warum kann *er* nicht einfach wieder aufwachen? Ich wünsche mir den alten Zausel zurück.

Frau Doktor Putschauer seufzt, geht zu ihrem Schreibtisch und blättert in einer Akte. Dann schüttelt sie den Kopf.

»Ich würde ja gern für Sie herausfinden, ob Sie blutsverwandt mit dem Verstorbenen sind. Aber«, sie klappt die Akte zu, hebt die Schultern, »bei einer normalen Leichenbeschau bringe ich die Kosten für eine DNA-Analyse nicht unter, tut mir leid. Das sprengt das Budget. Unsere finanziellen Ressourcen sind knapp.«

Ich wische mir mit der rechten Hand eine Träne von der Wange. Die Hand vom Rettenbacher halte ich mit der linken umklammert. »Wissen Sie, wer Ihre Eltern sind?«, presse ich hervor. Ich schaue kurz zu Frau Doktor Putschauer auf, habe meine Stimme gerade noch im Griff, bevor sie kippt.

»Kennen Sie das Gefühl, ganz allein auf dieser Welt zu sein, weil Mutter und Vater Sie nicht haben wollten, als Sie geboren wurden? Können Sie sich vorstellen, wie sich das anfühlt, wenn andere Kinder auf den Schultern vom Papa reiten dürfen, und Sie stehen daneben und sehnen sich so sehr nach einem solchen Moment? Haben Sie eine Ahnung, wie es ist, allein durch die Kirche zum Traualtar zu gehen, weil Sie keinen Vater haben, der Sie stolz am Arm dorthin führt und sich mit Ihnen freut, am schönsten Tag Ihres Lebens?«

Ich schniefe. Meine Chefin lehnt stumm an einer leeren Edelstahlliege und starrt auf ihre Schuhe. Frau Doktor Putschauer setzt zu einer Antwort an, aber ich schüttle den Kopf, hebe die Hand. Ich bin noch nicht fertig.

»Stellen Sie sich vor, Sie hätten nichts als eine Kette mit einem Anhänger. Ein Kreuz, das Ihre Eltern gütigerweise zurückgelassen haben, quasi als letzten Gruß vor dem Abschied für immer.« Ich deute mit dem Kinn auf den toten Rettenbacher. »Und dann?«

Meine Nase läuft, aber das ist mir egal. Von den beiden Frauen kommt kein Mucks, also rede ich weiter. Entschlossener diesmal.

»Dann fischt man eine Leiche aus dem Wasser. Nicht irgendeine Leiche, sondern jemanden, dem Sie im letzten Jahrzehnt täglich begegnet sind. Dem Sie tagtäglich etwas Liebes sagen hätten können, wenn Sie gewusst hätten, wer er ist. Weil er denselben Anhänger trägt, von dem es nur wenige Stücke auf dieser Welt gibt. Drei vielleicht. Vater, Mutter, Kind. Der Anhänger ändert alles. Auf einmal ist er da, der Gedanke, dass dieser Mensch, der Ihnen in den letzten Jahren so oft auf die Nerven gegangen ist, womöglich Ihr Vater sein könnte.«

Ich streiche dem Rettenbacher über die wenigen Flusen, die er noch am Kopf hat, und schluchze jetzt hemmungslos.

Eine Hand legt sich auf meinen Rücken. Ich spüre Frau Doktor Putschauers Atem an meinem Hals.

»Also gut, ausnahmsweise. Weil ich mit Ihrer Chefin befreundet bin. Sie hat mir alles erzählt. Aber ich muss Sie bitten …«

Weiter kommt sie nicht, denn die Tür zum Sektionssaal fliegt auf. Und draußen steht der Rettenbacher.

VIERTES KAPITEL

Erzählt von Sternzeichen, Bodenmarkierungen und Ketten, von Killerphrasen, Orchestern und Romanzen. Laurenz leckt Blut, ich kann nicht schlafen und habe einen Flow.

»Was?« Vroni ist platt, als ich es ihr später am Telefon erzähle. Dass ich ohne sie in der Pathologie war, ist kein Thema mehr.

»Das ist jetzt nicht dein Ernst, oder?«

Ich habe das Headset aus meiner Tasche gefischt und telefoniere, während ich von der Pathologie heimwärts radle. Meine Chefin ist noch bei Frau Doktor Putschauer auf eine Tasse Kaffee im Sektionssaal geblieben. Gedanken flitzen durch meinen Kopf wie ein Schwarm Flussbarsche. Erst nach gut einer Stunde war der lebendige Rettenbacher fertig mit seiner Erzählung. Danach haben wir alle einen großen Schluck aus seinem Flachmann gebraucht, meine Chefin, die Frau Doktor Putschauer und ich.

»Der Rettenbacher ist ein Zwilling!«, schnaufe ich und schlängle mich mit dem Rad zwischen zwei Fußgängern durch Richtung Salzach. Irgendwie habe ich heute keine Lust auf die Route über die Moosstraße.

»Wolfgang und Klaus Rettenbacher sind am 30. Mai 1950 im Pinzgau zur Welt gekommen. Sie sind eineiige Zwillinge!«

Die Vroni ist sprachlos, kurz zumindest. »30. Mai«, sagt sie gedehnt, »das heißt, sie sind auch im Sternzeichen Zwillinge!«

»Vroni, darum geht's jetzt nicht im Entferntesten!«

»Ich mein' ja nur«, murmelt sie beleidigt, und nach ein paar Sekunden: »Jedenfalls hast du jetzt zwei potenzielle Väter!«

Darauf fällt mir nichts mehr ein. Ich fühle mich ausgelaugt, leer gepumpt und trotzdem vollgestopft mit Gefühlen, die heute auf mich eingeprasselt sind. Um ein Haar kollidiere ich mit einem anderen Radfahrer, der ebenfalls den Kai entlangfährt.

»Zuerst ist keiner in Sicht, und dann sind es plötzlich zwei«, kichert Vroni, und als sie merkt, dass mein Humorlevel heute eher niedrig ist: »Schöne Scheiße!«

Eine Weile trete und schnaufe ich nur und bin froh, dass Vroni nicht auflegt. Obwohl sie nicht mehr tut, als stumm in der Leitung zu bleiben, bin ich extrem dankbar. Um nichts in der Welt möchte ich jetzt allein sein. Ich biege vom Rudolfskai Richtung Nonntaler Hauptstraße ein. Das Viertel, das während der Schulmonate Tausenden Schülern und Studenten gehört, wirkt staubig, einsam und verlassen. Sogar die Imbissstände, vor denen sich in Mittagspausen und am Nachmittag Schlangen bilden, haben sich der Situation angepasst und ihre Läden dichtgemacht. Touristen verirren sich selten in dieses Viertel, und von den paar Anwälten, die sich nach geschlagener Verhandlung am Landesgericht mit Debrezinern oder Kebap stärken, kann man nicht leben.

»Die erste Frage lautet jedenfalls: Wo war der Rettenbacher zur Tatzeit?«, schnaufe ich.

»Welchen meinst du?«

»Beide.« Eine Frau tippt sich an die Stirn, als ich ihr vor dem Zebrastreifen den Weg abschneide. »Wo war der Wolfgang Rettenbacher, als sein Bruder ins Wasser gefallen ist? Und wo genau ist Klaus Rettenbacher in den Almkanal gestürzt? Denn die Fundstelle ...«

»Moment«, unterbricht mich Vroni, »du hast etwas von Surfwelle gesagt. Oder habe ich das falsch verstanden?«

»Die Surfwelle am Almkanal ist der Fundort, aber nicht zwingend der Tatort. Wasser fließt und nimmt alles mit, was hineinfällt. Die Frage ist also: Wo genau ist Klaus Rettenbacher ausgerutscht und ins Wasser gefallen?«

»Beziehungsweise«, spinnt Vroni den Faden weiter, »ist er überhaupt ausgerutscht? Oder wollte jemand, dass er ausrutscht?«

»Ganz genau«, sage ich und fühle mich ein bisschen besser. Über das Ganze zu reden, als sei es ein Fall, macht es erträglicher. Die nüchterne Betrachtungsweise tut gut und gibt mir die Distanz, die ich jetzt so dringend brauche. Ich drossle mein Tempo ein wenig.

»In seiner Kopfwunde wurden Gesteinspartikel und gelber Lack gefunden.«

»Gelber Lack?«

»Könnte laut Gerichtsmedizin ein Produkt sein, das für Bodenmarkierungen verwendet wird.«

»Schritt eins«, doziert Vroni, »die Stelle suchen, an der Klaus Rettenbacher ins Wasser gefallen ist. Möglicherweise ist in der Nähe eine Baustelle. Schritt zwei: Motive suchen. Hatte der Rettenbacher Feinde? Klaus, meine ich. Und wenn ja, warum? Schritt drei: Wie war die Beziehung der Brüder zueinander? Gab es Streit? Vielleicht um ein Erbe?«

Auch wenn es die abgedroschensten Phrasen aus den

Fernsehkrimis sind: Meine Laune steigt mit jedem einzelnen Satz, den mir Vroni um die Ohren knallt.

»Und last but not least: Woher kommt die Kette mit dem Anhänger?«

Bäm! Der letzte Satz ist wieder ein Schlag in die Magengrube und fegt die gute Laune beiseite. Ich schlucke und gebe der Träne im Augenwinkel keine Chance. Genug geweint für heute!

»Jedenfalls war es kein natürlicher Tod«, sage ich und biege in die Fürstenallee ein. »Was im Klartext heißt: Wir haben einen Fall!«

»Ich kenne niemanden, der so lange fürs Gießen am Friedhof braucht! Oder hast du deinen verstorbenen Patienten Blumen geopfert?«

Kleiner Seitenhieb auf unsere praxisinterne Sterbestatistik. Im letzten Jahr hat sich unsere Kundenkartei tatsächlich auf natürliche Weise ausgedünnt. Der Tod hat einen Teil der Schiffsladung gelöscht, könnte man sagen, und sich dabei auf die »90-plus«-Gruppe konzentriert.

Laurenz steht wieder in der Tür, als ich heimkomme, wie Chronos, der Hüter der Zeit. Spielt er jetzt täglich Empfangskomitee? Sein Blick ist finster. Könnte an einer Blockade beim aktuellen Projekt liegen. Oder an Kalliopes Fingerübungen auf der Geige, die durch die Hitze zu uns herüberflirren.

»Warum bist du nicht erreichbar?« Laurenz gestikuliert wild, seine Stirn ist in Falten gelegt. »Ich hatte keine Ahnung, was los ist, ich mach mir doch Sorgen! Kannst du nicht wenigstens anrufen und mir sagen, dass es länger dauert?«

Als hätte ich eine Reise zum Mittelpunkt der Erde angetreten und ihn für immer verlassen. Er nimmt mir das Rad aus der Hand, als ich absteige, und schüttelt den Kopf.

»Wo warst du überhaupt?«

Und da ist sie, die Killerphrase. »Wo warst du?« steht ganz oben auf meiner persönlichen Abschussliste. Drei kleine Worte, in denen mehr Misstrauen steckt als in jedem Ehevertrag und jeder Handyortung. Ich hasse es, mich rechtfertigen zu müssen.

»In der Pathologie«, sage ich gereizt und stelle mein Rad vor die Garage. Lisi winkt mir zu und schlägt ein paar Räder in der Wiese. Laurenz mustert die zerzauste Blumengirlande auf meinem Fahrradkorb. Sie hat ihm noch nie gefallen.

»Was machst du in der Pathologie? Ich dachte, du bist für die Lebenden zuständig?«

»Bin ich auch. Normalerweise jedenfalls. Aber meine Chefin hat vorgeschlagen, dass wir den Rettenbacher ...«

»Ach, gut, dass du mich erinnerst! Deine Chefin hat bei mir angerufen, weil sie dich nicht erreicht hat. Hast du dein Handy zu Hause vergessen?«

»Nein, nur auf lautlos gestellt. Am Friedhof hab ich's gern ruhig.«

»Damit du nicht verpasst, was dir die Toten zuflüstern?«

Laurenz und Humor – ganz was Neues. Er zupft an der Girlande und versucht, Ordnung in das zerfledderte Chaos zu bringen. »Weißt du, Rosmarie, ich ...«

Ich seufze und entschließe mich zur Flucht nach vorn. Vielleicht hat er sich ja wirklich Sorgen gemacht.

»Okay, ich hätte anrufen sollen. Es tut mir leid.«

Laurenz sieht von der Girlande auf. »Ja?« Dann fischt er das pinkfarbene Notizbuch aus meinem Fahrradkorb. »Hast du schon etwas eingetragen?«

»Nein«, ich starre ihn entgeistert an, »hätte ich sollen?«

Die Enttäuschung in Laurenz' Gesicht hätte größer nicht sein können, aber er hat sich schnell wieder im Griff.

»Ist ja noch Zeit. Aber lass nicht zu viel zusammenkommen. Ich kenn das: Kreativität ist eine Diva, die gepflegt werden will. Die besten Gedanken und Ideen huschen an einem vorbei. Wenn man sie nicht sofort festhält, aufschreibt und Zeit mit ihnen verbringt, sind sie beleidigt und kommen nie wieder.«

Ich bin fassungslos. Das klingt so gar nicht nach dem rationalen Laurenz, den ich kenne. Er hält die entwirrte Blumengirlande stolz in die Höhe und lächelt mich an. Vielleicht versteht er mich doch besser, als ich je erwartet habe. Und so sitzen wir bis spätabends im Garten, und ich erzähle meinem Mann von den Rettenbachers.

Kain und Abel, Romulus und Remus, Wolfgang und Klaus Rettenbacher. Der Konflikt zwischen Brüdern ist der älteste der Welt.

Die Rettenbacher-Zwillinge verließen früh ihr Zuhause im engen Pinzgau, um die Welt zu erobern. Weiter als bis Salzburg kamen sie zwar nicht, aber verglichen mit der 1.000-Seelen-Gemeinde Hinterwaldberg war die Mozartstadt eine Metropole. Hier steppte der Bär. Die Brüder hatten klare Vorstellungen und Ziele: Wolfgang, der Erstgeborene, war geschäftstüchtig und clever. Nach seiner Ausbildung zum Versicherungskaufmann verdiente er gutes Geld bei einer Agentur und tüftelte nebenbei an seiner eigenen Geschäftsidee. Klaus, der sportliche Sonnyboy, schlug eine Laufbahn als Lehrer ein. Als Turnlehrer konnte er seiner Leidenschaft Tennis nachgehen und genoss trotzdem Beamtenstatus. Das erste Jahr in der Stadt war hart für die Zwillinge. Für mehr als ein unbeheiztes Zimmer, das sie gemeinsam nutzen mussten, reichte ihr Geld anfangs nicht, aber sie hielten durch. Wolfgang, immer schon vom Tod fasziniert, eröffnete eine Agentur für Sterbeversicherungen und zwackte seinem ehemaligen Chef nach und nach Klienten ab. Klaus unterrichtete Vormittags am Gymnasium und gab Nachmittags Tennis-Einzelstunden. Die Arbeit machte sich bezahlt: Wolfgang und Klaus erwarben eine geräumige Eigentumswohnung nahe dem Salzburger Kommunalfriedhof. Ihr Leben lief nach Plan, alles in Butter. Bis die Liebe dazwischen funkte.

Wolfgang verliebte sich die naive Schönheit Iris, Klaus war der ehrgeizigen Musikerin Charlotte verfallen. Während die Herzen von Wolfgang und Iris im Gleichklang pochten, war die Liebe zwischen Klaus und Charlotte eher Ringkampf als Romanze. Die klassische On-Off-Beziehung. Klaus sehnte sich nach Familie und einem Haus mit Garten, Charlottes hatte andere Pläne: Sie wollte erste Geigerin im besten Orchester der Welt werden, auch wenn es noch Jahrzehnte dauern sollte, bis Frauen dort zugelassen waren. Außerdem war sie flatterhaft, wusste von ihrer Wirkung auf Männer und hatte nicht vor, sich ewig zu binden, nicht einmal mit Klaus. Sie ließ ihn schmachten, am ausgestreckten Arm verhungern und schließlich doch wieder ganz nahe an sich heran. Klaus kam trotzdem nicht los von ihr.

Eine Zeit lang lebten die Zwillinge und ihre Herzdamen zu viert; die Wohnung war schließlich groß genug für zwei Paare. Leider waren weder Iris noch Charlotte WG-tauglich. Iris meckerte über das stundenlange Geigenspiel, Charlotte ätzte über Iris' Vorliebe für Groschenromane. Zu laute Akkorde, herumliegende Heftchen – es gab praktisch ständig Zündstoff für Konflikte. Der Alltag wurde immer schwieriger, die Liebe zu ihren Frauen spaltete die Zwillingsbrüder. Irgendwann kam der ganz große Krach, und Wolfgang und Iris zogen aus. Klaus und Charlotte waren bei ihrer Hochzeit unerwünscht.

Hausbau, Firmengründung, Familie – Wolfgang Rettenbacher schlug den klassischen Weg ein, mit Iris als treuer und eher willenloser Gefährtin an seiner Seite. Dass sie sich – Jahrzehnte später – mit ihrem spanischen Fitnesstrainer vergnügen würde, stand damals noch in den Sternen. Iris Rettenbacher verzichtete als frisch verheiratete Frau auf einen Beruf, blieb bei den Kindern zu Hause und hielt ihrem Mann den Rücken frei. Nicht ungewöhnlich Mitte der 70er. Wolfgang Rettenbacher hätte froh und dankbar sein müssen, ein Eheweib ergattert zu haben, das ihm den roten Teppich ausrollte. War er aber nicht. Gut möglich, dass ihm das Gesamtpaket »Leben mit Iris« dann doch zu unaufgeregt war. Wolfgang Rettenbacher hasste Langeweile und stand gern im Mittelpunkt. Er war ein Rastloser, ein Suchender, geschäftlich wie privat. Immer dem Abenteuer auf der Spur, nie zufrieden mit sich und der Welt. Und mit seiner Frau, die von der einst blühenden Schönheit allmählich zum Hausmütterchen verkümmerte. Wolfgang wollte mehr als die treu ergebene, lockengewickelte Iris, die ein Hemd in weniger als zwei Minuten bügeln konnte. Er sehnte sich nach Feuer, nach Leidenschaft und dem Gefühl, eine Frau zu erobern. Immer öfter kam er erst spät von der Arbeit nach Hause, ließ die Familie warten und die Rindsrouladen kalt werden. Im Schlafzimmer hielt er Iris auf Abstand. Das verständnisvolle Weibchen dachte, ihr Mann sei müde, weil er arbeite wie ein Stier.

Nur, dass Wolfgang nicht Akten auf dem Schreibtisch

wälzte, sondern sein Gspusi Charlotte. Die unbezähmbare Flamme seines Bruders wiederum lechzte nach Abwechslung, denn Klaus und sein treu-doofer Dackelblick gingen ihr zusehends auf die Nerven. Im Prinzip der Klassiker: zwei Menschen, die ihre Ehepartner bescheißen und regelmäßig übereinander herfallen. Jede dritte Ehe in Österreich wird geschieden, irgendwoher muss die Statistik ja schließlich kommen.

»Lass mich raten«, sagt Laurenz, als ich mit meinem Bericht fast fertig bin, »Klaus hat rausgefunden, dass Charlotte sich mit seinem eigenen Bruder vergnügt, und ist auf ihn losgegangen. Wolfgang war stärker, hat sich verteidigt und Klaus zu Brei geschlagen.«

Mittlerweile ist es fast dunkel. Lisi und Max haben sich ins Haus verzogen und das restliche Chili con Carne vertilgt. Laurenz legt den Kopf zurück und schaut in den Nachthimmel.

»Gespaltenes Ohrläppchen und Totalprothese im Oberkiefer«, murmelt er abwesend, »die Brüder müssen sich ordentlich in die Haare geraten sein.«

»Knapp daneben«, sage ich und starre ebenfalls nach oben zu den Sternen. »Die beiden haben sich zwar nichts geschenkt, aber die härtesten Schläge hat nicht Wolfgang ausgeteilt, sondern Charlotte. Sie hat Klaus damals fast krankenhausreif geschlagen.«

»Charlotte?« Laurenz starrt mich fassungslos an. »Aber wieso denn? Ich dachte, sie und Klaus waren ein Paar? Also, bevor sie sich mit Wolfgang vergnügt hat!«

»Waren sie auch, sogar noch danach. Die beiden sind nie wirklich voneinander losgekommen. Aber Charlotte ist ausgerastet, als Klaus Besitzansprüche gestellt hat. Die beiden waren bei einem Faschings-Gschnas, kurz nachdem Klaus seiner Charlotte den ersten Seitensprung verziehen hatte.«

»Es gab mehrere?«

Ich nicke und reibe mir mit den Händen über die Oberarme; der Abend ist überraschend kühl. »Laut Wolfgang Rettenbacher: ja. Die freiheitsliebende Charlotte hat es nicht ertragen, dass Klaus ihr auf Schritt und Tritt gefolgt ist und sie überwacht hat. Sie hatte zu diesem Zeitpunkt schon drei seiner Heiratsanträge abgelehnt.«

»Autsch!« Laurenz saugt scharf die Luft ein. »Ganz schlecht fürs männliche Ego.«

»Und wie das bei einem Gschnas eben ist: Man ist nicht mehr nüchtern, ein Wort ergibt das andere, und – zack!«

»Das erklärt den Kieferbruch«, denkt Laurenz laut, »aber das gespaltene Ohrläppchen?«

»Piraten-Ohrring«, sage ich knapp. Laurenz verzieht schmerzhaft das Gesicht. »Jedenfalls war ab diesem Zeitpunkt endgültig Funkstille zwischen den Brüdern.«

»Und das alles, weil sie sich in dieselbe Frau verliebt haben.«

Laurenz erhebt sich ebenfalls und sammelt unsere leeren Weingläser ein.

»Und danach? Haben Klaus und Charlotte weitergemacht, als wäre nichts gewesen? Oder womöglich sogar zusammen gewohnt?«

Ich hebe die Schultern. »Anscheinend sind sie über die Jahre ruhiger geworden, geheiratet haben sie trotzdem nie. Sie können nicht miteinander, aber auch nicht ohne einander, sagt der Rettenbacher. Jedenfalls hält er sich von Charlotte fern.«

»Verständlich«, Laurenz pustet die zwei heruntergebrannten Kerzen aus, »bevor seine Ehe endgültig vor die Hunde geht.«

»Ach«, ich winke ab, »mit der Treue nimmt es keiner der vier so genau, glaube ich. Wolfgang Rettenbacher ist Stammgast bei der Grödiger Dorf-Domina, Klaus hat eine uneheliche Tochter. Charlotte hat sowieso immer gemacht, was sie wollte, und Iris hat ihren spanischen Fitness-Trainer.«

Laurenz schüttelt den Kopf. »Und der Tote, also Klaus, hatte ebenfalls ein Suchtproblem, sagst du?«

Ich reagiere nicht sofort, und Laurenz stupst mich mit dem Ellbogen an. Ich bin mit dem Kopf woanders, bei einem winzigen Detail, das ich ihm verschwiegen habe: der Kette.

»Hallo? Erde an Rosmarie?«

»Wie bitte? Ach so, ja. Laut Frau Doktor Putschauer hatte Klaus Rettenbacher eins Komma acht Promille Alkohol im Blut.«

»Dann macht es keinen Unterschied, wer von den beiden Rettenbacher-Zwillingen betrunken am Ufer entlanggetorkelt ist: Ausgerutscht wären sie wahrscheinlich alle beide, so oder so.«

»Auf das Suchtproblem heruntergebrochen: ja«, sage ich betont sachlich. Ich habe nicht vor, dem Laurenz vom postmortalen Vaterschaftstest zu erzählen. Was bedeutet, dass ich nicht zu emotional auf seine nüchterne Betrachtungsweise reagieren darf, auch wenn ich sie keinesfalls angebracht finde. Wie lange dauert eigentlich ein DNA-Abgleich?

»Aber der Rettenbacher ist ein Opfer, und da spielt es keine Rolle, *welchen* Rettenbacher es erwischt hätte. Jeder hat seine eigene Geschichte und seine eigene Vergangenheit. Und die große Frage ist immer: Was hat das Opfer zum Opfer gemacht?« Ein Detail aus dem Obduktionsbericht fällt mir ein. »Was ich dich noch fragen wollte: Gibt es in der Nähe des Almkanals irgendwo gelbe Bodenmarkierungen?«

»Nicht, dass ich wüsste. Warum fragst du?«

»Weil Spuren von gelbem Lack in Klaus Rettenbachers Kopfwunde gefunden wurden.«

Laurenz schüttelt den Kopf. »Gelber Lack kann im Prinzip überall sein – auf Blumentöpfen, Dekoobjekten… was weiß ich.«

Falls jemand bei Klaus Rettenbachers Tod nachgeholfen hat, war die Farbe Gelb im Spiel. Laurenz legt den Kopf schief und lauscht. Bis auf das Zirpen einer Grille ist nichts zu hören. Er geht zur Hecke, schiebt ein paar Thujenzweige zur Seite und lugt in Hermis Garten. Ein paar Solarleuchten, locker in den Staudenbeeten verteilt, schwächeln um die Wette, ansonsten ist alles still und dunkel. Kein Licht aus dem Gartenhäuschen, keine Fingerübungen mehr auf der Geige. Kalliope hat den Laden für heute dichtgemacht.

Vielleicht liegt es am Mond, der so hell ins Zimmer scheint. Vielleicht am Bild vom aufgeschwemmten, grauen Rettenbacher-Gesicht, das ich nicht aus dem Kopf bekomme, am süßlichen Geruch aus dem Sektionssaal, der sich in meinen Nasenschleimhäuten festgebissen hat oder einfach daran, dass sich das alte Was-wäre-wenn-Gedanken-Karussell wieder zu drehen beginnt: Ich finde keinen Schlaf. Ich stehe auf, koche mir Honigmilch, hole die Schuhschachtel mit dem Stickzeug und hervor und brainstitche ein bisschen. Das Wort Brainstitching gibt es eigentlich gar nicht, ich hab's erfunden. Eine Mischung aus Brainstorming und Sticken. Es entspannt mich, es hilft mir, den Kopf freizubekommen, meine Gedanken zu ordnen oder Ideen festzuhalten, je nach Anlass. Das monotone Führen von Nadel und Faden ist wie ein Mantra und bringt mich zur Ruhe. Fürs Brainstitchen braucht man keine Anleitungen oder Zählmuster – ich bin ohnehin nicht der Weihedeckerl-Typ. Freestyle ist das Gebot der Stunde. Blind in die Schachtel greifen, den erstbesten Faden durch das Nadelöhr fädeln, und los geht's. Gestickt wird, woran gerade gedacht wird. Und das hat meistens mit Mordfällen zu tun. Wenn man auf den Perfektionismus pfeift, ziellos vor sich hin stickt und sich fallen lässt, kommt man unweigerlich in einen ermittlerischen Flow. Eine Autorin, die sich manchmal Antidepressiva bei uns verschreiben lässt, hat mir von einer ähnlichen Übung für Schreiberlinge erzählt: *Morgenseiten*. Man bringt die ersten Gedanken des Tages zu Papier, ohne den Stift abzusetzen oder nachzudenken. Kurbelt anscheinend die Kreativität an und soll Schreibblockaden lösen. Na ja, sie kann's brauchen. Der Durchbruch ist ihr bis jetzt nicht wirklich gelungen. Mit Brainstitching sind jedenfalls schon die bizarrsten Stickarbeiten entstanden: Totenkopfborten, fleischfarbene Penisse, tiefrote Blutlachen oder Mordwerkzeuge. Was einem eben so durch den Kopf geht, wenn man über einem Fall brütet und nicht schlafen kann. Denn dass es sich beim Tod vom Klaus Rettenbacher um einen Fall handelt, ist mir längst klar. Ob Mord oder nicht, muss ich erst herausfinden.

Noch im Sektionssaal musste ich dem übrig gebliebenen Rettenbacher in die Hand versprechen, dass ich herausfinde, warum sein Bruder gestorben ist. Ziemlich schmeichelhaft, wenn so eine Aufgabe an einen herangetragen wird; ich kann eben schon auf zwei geklärte Fälle zurückblicken, und das weiß der Rettenbacher auch. Die Grödiger Buschtrommeln schlagen schnell, und wer immer Diskretion erfunden hat, war nie in einer Arztpraxis. Sprich: Mir eilt ein gewisser Ruf voraus. Kinder ziehen in Supermärkten mit schuldbewusstem Blick den Kaugummi aus der Hosentasche und legen ihn zurück ins Regal, wenn ich einkaufen gehe.

Ich bekomme zweifelhafte Angebote von drittklassigen Privatdetektiven, mich als Senior-Partnerin an ihrem Business zu beteiligen. Ein Gratis-Schmierblatt hat, als der Dirndlmord aufgeklärt war, sogar mein Foto abgebildet. Ungefragt, versteht sich. »Grödiger Miss Marple in Inzestfall verwickelt!« *Verwickelt*! Das war der Gipfel! Die Headline völlig aus dem Kontext gerissen und neben einer Werbung für ein Potenzmittel platziert; ja herzlichen Dank, auf die Art Publicity kann ich verzichten! Dass Ermitteln Knochenarbeit ist und ich um meine Tochter bangen musste, wurde mit keinem Wort erwähnt. Hat mich gekränkt, das gebe ich zu. Die Nadel flutscht jetzt energischer durch den Stoff; Brainstitchen wühlt eben auch in offenen Wunden. Aber jetzt habe ich den Faden verloren.

Bruderhass hin oder her, der Rettenbacher hätte seinen Zwilling ganz gern noch einmal lebendig gesehen und nicht auf einem Edelstahltisch, umgeben von weißen Kacheln, Skalpellen und Knochensägen. Aber g'storb'n is g'storb'n, das hat sogar den todessehnsüchtigen Rettenbacher volle Breitseite getroffen. Für ihn ist das Sterben seit Jahren nur ein Projekt, mit dem er sich beschäftigt um der Beschäftigung willen. Der Tod höchstselbst wird da schon konkreter und handelt zielorientiert; das Ergebnis kennen wir ja. Der lebende Rettenbacher hat mir – im Gegenzug zu meinen Nachforschungen – angeboten, sich in der Ketterl-Sache schlau zu machen und mich auf dem Laufenden zu halten. Ich glaube, die Möglichkeit, auf irgendeine Weise mit mir verbunden oder sogar verwandt zu sein, war ihm in diesem Moment ein kleiner Trost. Zum Abschied hat er mich umarmt und mir über die Wange gestrichen. Und mich gefragt, ob ich ihm beim Sargaussuchen für seinen Bruder helfen will, aber ich habe abgelehnt. Irgendwann ist der Faden zu Ende, und ich versuche zu deuten, was ich frei von der Leber weg gestickt habe: Wellenlinien in Blau. Wasser. Leuchtet ein, schließlich war der Almkanal der Star des Rettenbacher-Dramas. Ich stopfe das Stück Stoff wieder zurück in die Schachtel. Ich hab mir den Tag von der Seele gestickt und bin endlich müde genug fürs Bett. Bleibt noch die Frage: wo mit den Ermittlungen anfangen?

FÜNFTES KAPITEL

Erzählt von Synkopen, Waffen und der Briefträgerin der Herzen, von Qualitätsmanagern, Presslufthämmern und Teamwork. Es geht um Grashalme, Surfer und den Tatzeitpunkt. Ich schreibe eine Liste, und Vroni punktet mit Fernsehwissen.

Um 7.50 Uhr, viel später als sonst, werfe ich mich am nächsten Morgen gegen die dunkelgrün lackierte, schwere Holztür der Praxis. Der tägliche Gruß an die rechte Schulter.

In der Nebenstraße richten gerade Straßenarbeiter eine Baustelle ein, die Vorankündigung war in der Gemeindezeitung zu lesen. Der Asphalt soll aufgestemmt und eine Leitung erneuert werden. Könnte ein lauter Arbeitstag werden. Ich reibe meinen rechten Oberarm. Notiz an mich: unbedingt herausfinden, ob die Krankenkasse Physiotherapie für angeknackste Schultern zahlt, wenn die Eingangstür zum Arbeitsplatz die Verletzungsursache ist. Und wer ist verantwortlich: Arbeitgeber oder Hausbesitzer? Wobei sich hier die Katze in den Schwanz beißt, denn meine Chefin hat das alte Bauernhaus erst vor Kurzem ihrem Vermieter abgekauft und ist somit beides in einem. Oder, andersherum: Gilt es als gesundheitsgefährdend, sich mit Gewalt Zutritt zum Arbeitsplatz verschaffen zu müssen? Besser ich bespreche das mit meiner Chefin anstatt mit der Kran-

kenkasse. Die schaltet sonst schlimmstenfalls das Arbeits-
inspektorat ein, und diese Gesellen wünscht man seinem
ärgsten Feind nicht an den Hals. Ich weiß, wovon ich rede.

Apropos Feind: Die dunkelblaue Uniform sehe ich erst
jetzt. Hinter dem üppigen Wandelröschen, das meine Chefin zum Praxisjubiläum geschenkt bekommen hat, sitzt
wie ein armer Sünder ein blutjunger Hüter des Gesetzes.
Ein Polizist, kaum älter als mein Sohn, wahrscheinlich
frisch von der Polizeischule. Ein Adonis, zart und frisch
wie der Morgentau. Markante Wangenknochen, raben-
schwarze Locken, die nach einem Haarschnitt schreien,
und riesige Füße. Größe 47 mindestens. Er sitzt auf dem
Holzstoß, der nur zu Dekozwecken an der Hausmauer
aufgeschlichtet ist, und starrt auf sein Smartphone. Wartet er auf jemanden?

»Guten Morgen?«

Meine Begrüßung klingt wie eine Frage und reißt ihn
aus seiner Handystarre. Er springt zackig auf, schwankt,
stützt sich an der Hausmauer ab und sinkt wieder zurück
auf den Holzstoß. Einige Scheite krachen zu Boden, der
Polizist kippt nach hinten und bleibt wie hingegossen liegen. Ein männliches Dornröschen in Uniform.

Wahrscheinlich eine orthostatische Synkope, denke ich,
Ohnmacht durch zu schnellen Lagewechsel. Das kann
passieren. Der Blutdruck fällt, das Blut sackt in die untere
Körperhälfte, das Gehirn ist für Sekunden unterversorgt.
Vielleicht hat er zu wenig getrunken – Flüssigkeitsmangel
kann Ohnmachtsanfälle zusätzlich begünstigen. Jedenfalls
hoffe ich, dass es nichts Schlimmeres ist.

Ich trete näher und taste an seinem Handgelenk nach
dem Puls – schwach, aber da. Sein Brustkorb hebt und
senkt sich. Mit dem Ohr knapp über seinem Mund spüre

ich den Atemstrom: Die Atmung ist stabil. Er liegt ruhig da, ohne zu krampfen: ein gutes Zeichen. Alles halb so schlimm, der wird wieder. Nur die Beine, die sollten gestreckt und angehoben sein. Ich fasse den schwarzlockigen Schönling an den Knöcheln und bringe seine Beine in die ideale Position. Jetzt liegt er in voller Länge auf dem Holzstoß. Passt eigentlich, mehr kann ich im Moment nicht tun. Obwohl ... sein Gürtel. Scheint ziemlich eng zu sitzen, das ist nicht optimal. Er kommt sicher wieder schneller zu Bewusstsein, wenn ihn nichts einengt. Also öffne ich die Schnalle und lege die beiden Enden zur Seite. Die gesamte Polizei-Ausrüstung hängt an diesem Lederriemen. Das müssen gut zwei Kilo sein, die der Kerl da mit sich herumschleppt. Mit diesem Arsenal könnte man spontan ein Land erobern. Auf Dauer kein Spaß für die Bandscheiben. Ich stemme die Hände in die Hüften. Nein, immer noch nicht gut. So wie der junge Schöne jetzt daliegt, ist er quasi ein Selbstbedienungsladen für Nahkampffreaks. Pistole, Pfefferspray, Taschenmesser: alles da. Ich will auf keinen Fall schuld sein, wenn hinterher etwas fehlt. Oder noch schlimmer: wenn das Zeug zum Einsatz kommt und jemand verletzt wird. Also löse ich vorsichtig das Wichtigste aus den Halterungen. Bewaffnet wie Angelina Jolie in *Tomb Raider* betrete ich endlich die Praxis. Sobald sleeping Beauty erwacht ist, kriegt er alles zurück.

Normalerweise nutze ich die Zeit vor Praxiseröffnung für einen Espresso und letzte Handgriffe: Gummibaum gießen, Computer einschalten, Termine verinnerlichen, den Spruchkalender im Patienten-WC umblättern, ein paar Atemübungen machen. Aber heute hat mir der uniformierte Märchenprinz da draußen ordentlich dazwischen gepfuscht, die Zeit ist fast um. Sechs Minuten vor

8 Uhr. Der Gummibaum muss warten, ein Espresso geht sich noch aus. Pistole, Pfefferspray und Handschellen verstaue ich schnell in der obersten Schreibtischschublade. Eigentlich ist die Lade wegen Überfüllung geschlossen, das Taschenmesser hat beim besten Willen nicht mehr Platz.

»Guten Morgen, Rosmarie!«

Christine Unger, die Briefträgerin der Herzen, steht strahlend in der Tür und tippt sich an ihre dunkelblaue Baseballkappe. Pessimisten und Grantler sagen ihr chronische Neugier nach, aber damit tun sie ihr Unrecht. Die Christl von der Post ist der Garant für mehr Menschlichkeit im Alltag. Für sie ist Briefträgerin kein Beruf, sondern eine Berufung. Zu jedem Kuvert, das sie von ihrer dunkelblauen Umhängetasche in die Welt entlässt, gibt's eine große Portion Herzenswärme als Draufgabe. Das bisschen Zeit, das sie investieren muss, um die Briefe mit dem Empfänger gemeinsam zu lesen, ist es ihr wert. Einladung zur Hochzeit, aber keine Lust hinzugehen? Christl kennt die perfekte Ausrede. Drohbrief eines unzufriedenen Patienten? Die Christl markiert das Kuvert mit »verzogen« und schickt es zurück. Wenn jemand all seine Begabungen in den Beruf einfließen lässt, dann die Christl. Sie ist Styling Guru, Seelenklo und Motivationscoach in einem, eine Mutter Theresa der frankierten Botschaften. Das Schicksal hat sich schon etwas dabei gedacht, als es die Christl am 29. September auf die Welt kommen ließ, immerhin Gedenktag des Heiligen Gabriel, Schutzpatron der Postboten. Sollte die Christl je ihr gelbes Outfit an den Nagel hängen, wird ein Raunen der Erleichterung durch die Reihen der privaten Zusteller gehen, denn gegen die Christl stinkt jeder stressgeplagte Billig-Paketdienst einfach nur ab.

Aber soweit ist es noch lange nicht. Die Christl schnuppert.

»Gibt's schon Kaffee?«

Wohin mit dem Taschenmesser? Christl ist nicht gerade für ihre Diskretion berühmt. Im schlimmsten Fall bringt sie das Polizeimesser mit unserer Praxis in Verbindung. Direkt unterhalb der Lade steht meine offene Tasche am Fußboden – ich lasse das Messer hineinfallen und schiebe die Tasche mit dem Fuß weiter nach hinten. Gerade noch rechtzeitig: Christl steht schon vor meinem Schreibtisch und überreicht mir einen Stapel Briefe.

»Servus!« Ich gehe zur Kaffeemaschine und tippe auf die Tasse, die extra für Österreichs Vorzeige-Postlerin bei uns in der Praxis deponiert ist. »Mit Milch und Zucker?«

Die Christl nickt. »Für deinen Mann ist auch was dabei«, sagt sie und deutet auf ein Kuvert mit italienischem Absender.

»Guten Morgen, allerseits«, Frau Doktor Fleischer erscheint und bleibt im Türrahmen stehen, »hast du draußen umdekoriert, Rosmarie?« Sie deutet mit dem Daumen in Richtung Holzstoß.

»Falls Sie den Polizisten meinen …«, sage ich, stelle Christls Tasse unter die Maschine und schäume Milch auf.

»Genau den meine ich.« Meine Chefin nickt. »Gefällt mir gut.« Anzügliches Lächeln und eine hochgezogene Augenbraue.

»Aber lass ihn nicht zu lange in der Sonne liegen, sonst bleicht er aus.« Sie kichert, streift ihre Sneakers ab und schlüpft in *Birkenstock*-Schlapfen. »Außerdem kommt es nicht gut an, wenn Patienten vor der Praxis liegen.« Sie zwinkert mir zu. »Auch wenn sie sehr dekorativ sind.« Und dann, an Christl gewandt: »Hast du etwas für mich?«

Die Christl nickt ernst, stellt ihre Kaffeetasse auf meinem Schreibtisch ab und zieht ein Kuvert aus ihrer Umhängetasche.

»Die gute Nachricht: Ihre Konzertkarten von der *Philharmonie Salzburg* sind da.«

Das Gesicht meiner Chefin verdunkelt sich, zwischen ihren Augen entsteht eine Falte. »Und die schlechte?«

Die Christl schaut etwas zerknirscht. »Naja, da war ein Brief von der *Ökumed* länger unterwegs, als er hätte sein sollen.«

Sie nimmt die Baseballkappe ab, streicht sich eine Haarsträhne hinters Ohr und trippelt unruhig auf der Stelle. Schlechtes Zeichen.

»*Ökumed*?«, frage ich dazwischen.

»Eine Abkürzung«, knurrt meine Chefin, »für *Österreichische Gesellschaft für Qualitätssicherung und Qualitätsmanagement in der Medizin.*« Sie reißt der Christl Kuvert Nummer zwei aus der Hand. »Was meinst du mit: länger unterwegs?«

Die Christl knetet ihre Finger. »Also, unsere Abteilung leidet unter Personalmangel«, stammelt sie, »eigentlich schon seit Jahren, aber momentan ist die Lage prekär, hört man ja auch immer wieder in den Medien.« Sie schaut mich ratlos an. »Ja, und da kann es schon mal vorkommen, dass …«, sie weicht dem Blick meiner Chefin aus, »also, dass suboptimal qualifizierte Aushilfen, auf die wir leider händeringend angewiesen sind, falsche Entscheidungen treffen.«

»Was. Willst. Du. Mir. Sagen.« Frau Doktor Fleischer spuckt Christl jedes einzelne Wort vor die Füße.

Die Christl nimmt wieder Anlauf. »Ich will damit sagen, dass Briefe, die dem Empfänger aufgrund mangelnder oder fehlerhafter Daten nicht zugestellt werden konnten, zurück in die Verteilerstelle kommen. Wo sie erneut einer Prüfung hinsichtlich Zustellbarkeit und Zumutbarkeit eines eventuell anfallenden Mehraufwandes überprüft werden und dann, sofern das entrichtete Entgelt es erlaubt …«

Meine Chefin reißt das Kuvert auf und überfliegt den Inhalt.

»Was steht denn drin?«, frage ich, obwohl ich es mir schon denken kann. Frau Doktor Fleischers Miene ist mehr als finster.

»Eine Kontrolle.« Sie stopft den Brief zurück ins Kuvert und durchbohrt die Christl mit ihrem Blick. »Wahrscheinlich wieder irgendein Schreibtischhengst, der seine Kontrollliste Punkt für Punkt abspult und keine Ahnung hat, wie es in einer Arztpraxis tatsächlich zugeht.«

»Alles halb so schlimm, darauf kann man sich vorbereiten«, meint die Christl beherzt.

»Normalerweise schon.« Frau Doktor Fleischers Stimme klingt wie aus der Tiefkühltruhe. »Wenn die Post rechtzeitig zugestellt wird.«

»Wann ist denn die Kontrolle?«, fragt die Christl noch.

»Jetzt!« Jemand klopft mit dem Knöchel an den Türrahmen. »Um exakt 9 Uhr!«

Der restliche Vormittag lässt sich unter *VUU* einreihen, Verkettung unglücklicher Umstände. Denn natürlich macht sich ein synkopischer Polizist vor einer Arztpraxis nicht gut, nicht einmal, wenn er gerade wieder zu sich kommt. Meine Chefin zerrt den armen Kerl sogleich ins Behandlungszimmer und schließt ihn ans EKG an, um Pluspunkte beim Qualitätsmanager zu generieren. Aber der Obduktionsbericht vom Rettenbacher, der offen auf ihrem Schreibtisch liegt, ist dem Herrn vom Amt ebenfalls ein Dorn im Auge, Stichwort Diskretion. Die Christl lässt es sich nicht nehmen, ihre Story von Personalmangel und dem verspäteten Brief abzuspulen, um uns zu entlasten. Sie trage die volle Verantwortung dafür, dass wir uns nicht angemessen auf die Qualitätskontrolle vorbereiten konnten, meint sie, und macht damit alles nur schlimmer. Denn Qualität, doziert der ungebetenste Gast des Tages, sollte nicht an Vorbereitung gebunden seit, sondern eine Konstante in jeder Praxis. Der Supergau ist erreicht, als sich der Qualitätsmanager auf meinen Schreibtischsessel plumpsen lässt, um seinen Bericht zu schreiben, und überall nach einem Kugelschreiber sucht.

Was eine *Glock 17*, Pfefferspray und Handschellen in der Schreibtischlade einer Arztpraxis verloren haben, sollte ich der Ärztekammer zeitnah erklären, hat er mir empfohlen.

Nach einer gefühlten Ewigkeit in der Vorschriftenhölle verabschiedet sich der graugesichtige Unsympathler, und meine Chefin schließt die Praxis für heute. Eigentlich ist es nicht ihre Entscheidung, sondern eine Anordnung vom Qualitätsmanagement, bis die Sache mit der Waffe geklärt ist.

»Tut mir leid«, murmle ich zerknirscht, als wir wieder allein sind. Die Christl hat sich aus dem Staub gemacht. Dafür steht jetzt, zerzaust und immer noch ein bisschen blass um die Nase, Lukas Kainberger vor meinem Schreibtisch. So heißt er nämlich, der Auslöser allen Übels am heutigen Tag. Er deutet stumm auf meine offene Schreibtischlade. Sein Uniformhemd steht offen, auf seiner Brust sind noch rote Flecken von den Elektroden sichtbar.

»Das war ja kein besonders schöner Start unserer

Bekanntschaft.« Ich stelle ihm eine Tasse Espresso hin und lege noch einen verpacktes Keks auf die Untertasse. Nicht, dass sich der Ohnmachtsanfall hier herinnen wiederholt.

Kein Kommentar. Lukas Kainberger knöpft sein Hemd zu und lässt mich nicht aus den Augen. Er stopft sein Hemd in die Hose und schließt die Schnalle seines Gürtels, Clint Eastwood kann baden gehen. Die Tür zum Behandlungsraum steht offen. Frau Doktor Fleischer wippt auf ihrem grünen Ball auf und ab. Genießt sie gerade den Anblick auf Lukas' trainierte Kehrseite?

»Weswegen sind Sie eigentlich heute hergekommen?«, versuche ich es noch einmal mit Konversation und reiche Lukas seine Waffe.

»Sie haben schon genug damit angerichtet«, knurrt er und steckt die *Glock* zurück ins Holster, »das hätte echt schiefgehen können.« Er geht um den Schreibtisch herum und fischt Handschellen und Pfefferspray aus meiner Lade.

»Auf der Polizeiinspektion Anif ist ein Posten frei geworden. Ich habe mich beworben und wurde genommen.«

Das beantwortet zwar nicht meine Frage, trotzdem ziehe ich die Mundwinkel nach oben. »Gratuliere.« Ich fische unauffällig in meiner Handtasche nach dem Messer, »dann sind Sie also der Nachfolger vom Roderich Fuchs?« Ohne ihn aus den Augen zu lassen, lege ich das Messer in die Schublade.

Auf Lukas' Gesicht breitet sich Neugier aus und vermischt sich mit seinem Misstrauen. »Sie kennen Inspektor Fuchs?«

Dazu sage ich jetzt lieber nichts, auch nicht zum schweren Erbe, das Lukas nach dem Roderich antreten muss. Also behandle ich ihn wie einen ganz normalen Patienten; ist schließlich mein Job.

»Sie haben unsere Praxis aufgesucht, Herr Kainberger, was kann ich für Sie tun?«

Lukas kippt seinen Espresso auf Ex hinunter, den Keks rührt er nicht an. »Ich ermittle im Fall Rettenbacher.« Er trägt die Tasse brav zum Spülbecken, und ich nicke ein knappes Danke.

Hab ich mir schon gedacht, dass er nicht zum Sonnenbaden vor der Hausmauer gesessen ist. Trotzdem stelle ich mich ahnungslos.

Erst einmal abchecken, wie gut er informiert ist. »Rettenbacher?«, flöte ich unschuldig. Meine Chefin schüttelt im Hintergrund den Kopf und deutet mir, den Mund zu halten.

»Ja, Herr Rettenbacher war Patient in Ihrer Praxis.«

Lukas strafft sich und greift an seinen Gürtel. Die ewige Polizeigeste, um Macht und Überlegenheit zu demonstrieren. Kenne ich alles schon, da muss der junge Schöne schon andere Geschütze auffahren, wenn er mich beeindrucken will. Ich setze einen erschrockenen Blick auf.

»Wieso *war*?«

»Weil er am Abend des 4. September tot aufgefunden wurde.« Kurze Pause. »Also vorgestern.«

Egal, wo Lukas Kainberger recherchiert hat: Er war nicht besonders gründlich. Falls er überhaupt recherchiert hat. Dass es zwei Rettenbachers gibt, ist noch nicht zu ihm vorgedrungen. Was man vielleicht als Anfängerfehler oder Schlamperei verbuchen kann. Passiert immer wieder, wenn es um Zwillinge geht. Es ist gar nicht lange her, dass sich ein unschuldiger Zwilling vor Gericht für das Verbrechen seines Bruders verantworten musste.

»Ich muss Sie bitten, mir alle Daten des Herrn Rettenbacher auszuhändigen!«

Es soll forsch klingen, aber ich höre Lukas an, dass er

diesen Satz gerade zum ersten Mal sagt. Meine Chefin erhebt sich vom grünen Gymnastikball und kommt langsam aus dem Behandlungszimmer.

»Sie wissen, dass wir der ärztlichen Schweigepflicht unterliegen, Herr Kainberger?« Sie steht jetzt neben Lukas. Die beiden sind fast gleich groß, aber Frau Doktor Fleischers aufrechte Haltung und der Blick, mit dem sie den jungen Polizisten gerade seziert, lassen ihn optisch zusammenschmelzen. Die Schultern sacken unwillkürlich ein, er wirkt ein wenig ratlos. Dann sammelt er sich, als hätte ihm ein Dozent von der Polizeischule soeben souffliert, dass er sich nie und nimmer einschüchtern lassen darf. Also zweiter Versuch.

»Ich benötige …« Der Rest geht in pneumatischen Hammergeräuschen unter: Nebenan wird die Straße aufgestemmt. Drei Bauarbeiter mit orangefarbenen Arbeitshosen und Gehörschutz machen sich am Asphalt zu schaffen.

»Was?«, schreit meine Chefin und legt die Hand ans linke Ohr.

Lukas Kainberger versucht es mit Brüllen, auf seiner Stirn schwillt eine Ader an. Meine Chefin versteht nichts, schüttelt nur den Kopf. Lukas gibt noch einmal alles, aber der Presslufthammer gewinnt. Nach einer wütenden Handbewegung gibt er auf und stürmt aus der Praxis.

Knallende Autotür, heulender Motor: Lukas Kainberger dampft ab.

Meine Chefin beugt sich aus einem der winzigen Fenster und wartet, bis das Polizeiauto außer Sichtweite ist. Dann schließt sie die uralten Fensterflügel, schlüpft wieder in ihre Sneakers und deutet mir mitzukommen. Es ist sowieso sinnlos nach einer behördlichen Schließung, auch wenn sie nur vorübergehend ist, in der Praxis zu sitzen.

Also hängen wir ein Schild an die Tür – »Heute geschlossen« –, schließen sorgfältig ab und steigen auf unsere Räder. Wohin die Reise geht, wissen wir beide.

Lagebesprechung am Fundort. Weil gerade noch Sommerferien sind und Vroni schulfrei hat, gebe ich ihr Bescheid. Erstens, weil ich nicht riskieren will, dass sie informationsmäßig hinterherhinkt, und zweitens, weil ich finde, dass es Zeit ist für ein neues Kapitel: Teamwork. Sowohl meine Chefin als auch meine beste Freundin waren maßgeblich an den Fortschritten vergangener Ermittlungen beteiligt, aber begegnet sind die beiden einander nie. Einen Fall zu lösen, verlangt nach vielen Ideen und kreativem Denken. Was diesmal schwierig werden könnte, gebe ich zu. Denn aufgrund der rätselhaften Ketterl-Angelegenheit könnte es sein, dass ich mit meinen Überlegungen zu sehr ins Private abdrifte, mich im Kreis drehe und womöglich nur im eigenen Saft schwimme, sprich: Wichtiges übersehe. Der Tod jeder Ermittlung! Ein No-Go!

Daher kann es nicht schaden, Verbündete ins Boot zu holen. Ermittlerische Allianz, quasi. Einen Versuch ist es wert.

Als Frau Doktor Fleischer und ich bei der Surfwelle ankommen, sitzt Vroni schon auf der Rückenlehne einer Bank und starrt missmutig auf herumliegende Boards, klatschnasse Surfer und deren mitgebrachte Getränkekühltaschen. Ferienglück sieht anders aus.

Nach einer knappen Vorstellrunde verrät sie uns auch den Grund für ihre Laune: Baufrust. Die Lieferung der bestellten Fliesen verzögert sich, das Badezimmer ist eine Schutthalde und somit unbenutzbar, die gesamte Wohnung eine einzige Staubhöhle, und ihr Mann Franz fällt wegen Sommergrippe für alle handwerklichen Tätigkeiten aus. Chaos pur und kein Ende in Sicht, und das bei mehr als 30 Grad im Schatten, wo andere gemütlich an irgendeinem See herumfläzen.

»Ihr könnt euch gar nicht vorstellen, wie sehr ich mich nach einer kühlen Dusche sehne!«, jammert sie. Mir fällt kein Trost ein.

Eine Zeit lang sitzen wir stumm zu dritt auf der Bank – knapp nach 9 Uhr vormittags ist am Almkanal noch nicht viel los. Die Schüler schlafen noch und machen es sich erst ab dem Nachmittag mit Handtüchern, Sonnencremes, Getränkedosen und Kopfhörern am Ufer gemütlich. Ein paar Pflegerinnen schieben Rollstühle mit ihren Schützlingen vor sich her und tippen nebenbei am Handy. Zwei Jogger, eine Dame mit Hund, ein junger Vater mit Kind – das war's dann auch schon. Vroni reißt einen Grashalm aus und spannt ihn zwischen ihren Daumen ein. Ein paarmal hält sie den Grashalm an die Lippen und versucht, darauf zu pfeifen, aber außer blubbernden Furzgeräuschen tut sich nichts. Frau Doktor Fleischer zieht plötzlich scharf die Luft ein und stupst mich von der Seite an.

»Da!«, flüstert sie. »Siehst du, was ich sehe, Rosmarie?«

Ich folge ihrem Blick. Dort drüben, dicht am Holzgeländer bei der Surfwelle, steht Lukas Kainberger. Vroni setzt gerade wieder zu einem Grashalm-Furz an, aber ich lege ihr die Hand auf den Arm.

»Jetzt nicht!«, wispere ich.

Sie weicht meiner Hand aus. »Wieso, was ist denn?«

»Dort drüben steht Lukas Kainberger!«, zischt meine Chefin ungehalten, »der muss nicht unbedingt wissen, dass wir hier sind!«

Zu Vronis Verteidigung muss man sagen, dass sie Lukas Kainberger zuvor nie gesehen hat und ihn ergo nicht erkennen konnte.

»Ein Polizist am Almkanal – na und? Ich seh das Problem nicht!«

Sie hat ihre Lautstärke zwar um gute drei Stufen herunter geregelt, aber zu spät. Lukas Kainberger, eben noch im Gespräch mit einem klatschnassen Surfer, hat Vronis Worte wohl vernommen. Er dreht sich zu Vroni und mustert sie erstaunt. Aber als er meine Chefin und mich erkennt, grinst er süffisant. Keine von uns sagt etwas, auch Vroni checkt, dass jetzt Schweigen angesagt ist. Lukas nickt dem Surfer kurz zu, greift mit beiden Händen an seinen Gürtel und schreitet in unsere Richtung. Er wirkt noch größer als vorhin in der Praxis, aber weniger schlaksig. Selbstbewusster, auf eine gewisse Art sogar imposant.

Knapp vor unserer Bank baut er sich auf. Er überragt uns um gut zwei Köpfe.

»Die Damen sind zufällig hier, nehme ich an?«

»Ist das verboten?« Vroni spannt den Grashalm wieder zwischen die Daumen und pustet.

»Verboten nicht, seltsam ist es trotzdem. Vor weniger als einer halben Stunde haben wir uns über den verstorbenen Rettenbacher unterhalten, und jetzt sitzen Sie genau hier am Tatort!«

Meine Chefin strafft sich und setzt ihr Pokerface auf.

»Er war ein langjähriger Patient, wir sind in Gedanken bei ihm.« Kein Wort darüber, dass nicht Wolfgang, sondern Klaus Rettenbacher aus dem Almkanal gefischt wurde. Coolness kann sie, keine Frage.

»Außerdem ist das hier der Fundort der Leiche, nicht zwingend der Tatort.« Vroni! Das darf nicht wahr sein!

Meine Chefin schließt kurz genervt die Augen, hat sich aber sofort wieder in Griff.

Lukas Kainberger grinst schief. »Ein Tipp, falls die Damen mit dem Gedanken spielen, privat zu ermitteln: Finger weg! In Österreich ist dafür immer noch die Polizei zuständig!«

Und Abgang. Dem Surfer, der unsere Konversation mit einem hellblauen Handtuch auf den Schultern verfolgt hat, gibt er ein kurzes Zeichen. Keine weiteren Fragen mehr, soll das wohl heißen. Dann steigt er in seinen Dienstwagen. Der Motor heult auf, und aus dem Radio wummern Techno-Beats. Lukas Kainberger ist eindeutig mehr auf Zack als der Roderich – das könnte schwierig werden.

»Du weißt aber schon, dass der junge Inspektor Kainberger uns gegenüber massiv im Vorteil ist, oder?«, sagt Vroni schließlich. Sie schmeißt den Grashalm weg und sucht nach einem neuen, breiteren.

»Was meinst du?« Ich schiebe meine Sonnenbrille hoch und schaue sie an. »Weil er der Nachfolger vom Roderich ist?«

»Weil er mehr Möglichkeiten hat als du«, sagt die Vroni, und meine Chefin nickt. »Er kann Spuren sichern lassen, Befragungen anordnen, einen Hausdurchsuchungsbefehl erwirken, Fahndungen veranlassen ...« Bedeutungsvolle Pause. »Und er kann schießen.«

Aber solche Argumente lasse ich nicht gelten. »Komm schon, Vroni, nenn mir eine Situation, in der mir eine Waffe geholfen hätte! Oder eine Fahndung!«

Ein Marienkäfer hat sich auf meinem Unterarm niedergelassen und krabbelt Richtung Handgelenk. »Außerdem nützen ihm die besten Verbindungen nichts, wenn er nicht weiß, wo er zu suchen anfangen soll!«

»Und das hat er ja ganz offensichtlich nicht«, schaltet sich meine Chefin ein, »denn er wusste noch nicht einmal, dass es zwei Rettenbachers gibt.« Kurze Pause. »Beziehungsweise: gab.«

»Genau.« Ich nicke. »Und deshalb sind *wir* entscheidend im Vorteil. Das Wichtigste ist halt, dass wir diesen Vorsprung jetzt nicht vertrödeln, sondern die richtigen Fragen stellen und Antworten darauf finden.« Ich stehe auf und gehe näher ans Ufer des Almkanals. »Zum Beispiel: Wo ist Klaus Rettenbacher ins Wasser gefallen? Denn dass hier Fundort nicht gleich Tatort ist, liegt auf der Hand. Aber wenn wir den Tatort kennen, kann man sich nach möglichen Zeugen umsehen.«

»Oder den Tatzeitpunkt ermitteln«, ergänzt meine Chefin.

»Oder nach Blutspuren suchen«, kommt es von der Vroni.

Geht doch, denke ich zufrieden. Ich fische mein pinkfarbenes Notizbuch aus dem Fahrradkorb und setze mich wieder zwischen den beiden auf die Bank. Zeit für ein paar Notizen.

Die ersten Seiten, auf denen man die eigenen Kontaktdaten und sogar ein Inhaltsverzeichnis eintragen könnte, überspringe ich. Das ist mir dann doch einen Tick zu nerdig. Aber auf die fünfte Seite schreibe ich in Großbuchstaben: MOTIV.

Und darunter

LEHRERKOLLEGEN
ZWILLINGSBRUDER
CHARLOTTE
VERWANDTE
ERBE?

ALIBI W. RETTENBACHER
FLIESSGESCHWINDIGKEIT!
ANHÄNGER!!!

Vroni links und meine Chefin rechts von mir lesen mit.

»Hast du deinem Mann endlich von dem Anhänger erzählt?«

Die Vroni mustert mich streng. Ich schüttle den Kopf.

»Aber warum denn nicht, in Dreigottesnamen?«, donnert sie.

»Weil ...«, druckse ich herum, »... weil das nichts ist, was ich der ganzen Welt auf die Nase binden will. Das ist mein ganz privater Part dieser Ermittlung.«

»Aber *wir* wissen doch auch Bescheid!« Vroni verdreht die Augen und kippt in ihren oberschlauen Volksschullehrerinnen-Ton. Zwei Dinge, die ich hasse, zumal in dieser Kombination. Ich habe nicht vor, mich zu rechtfertigen, auf gar keinen Fall. Vroni und meine Chefin lehnen sich erwartungsvoll nach vorn und warten.

»Dieses plötzlich übersteigerte Interesse vom Laurenz an meiner Ermittlerei geht mir auf die Nerven«, sage ich, nicht als Entschuldigung, sondern nur, um die Dinge klarzustellen. »Er schenkt mir ein Notizbuch, erkundigt sich nach Ermittlungsfortschritten und kontrolliert sogar, ob schon Einträge vorhanden sind.« Ich deute auf das pinkfarbene Büchlein und seufze. »Das ist mir irgendwie zu viel. Ich bin das nicht gewohnt von ihm, versteht ihr?« Keine der beiden sagt etwas, also rede ich weiter. »Es engt mich ein, dass er ständig nachfragt und auf dem neuesten Stand sein will, auch wenn er es nur gut meint. Damals, als die Susi in Schwierigkeiten war, hätte ich mir mehr Anteilnahme gewünscht, eine Schulter zum Ausweinen oder zumindest ein bisserl Verständnis für das, was ich tue. Aber gut, vielleicht hat er da noch nicht begriffen, dass man sich besser nicht auf die Polizei verlässt. Er war halt einfach noch nicht soweit, das muss ich akzeptieren. Aber diesen Teil des Falles«, ich greife nach meiner Kette, »den behalte ich für mich. Der betrifft nur mich und meine Vergangenheit, und so bleibt es auch!«

Damit wäre alles geklärt. Ich klappe das Notizbuch betont laut zu und lasse das Gummiband schnalzen. Man soll Entscheidungen akustisch untermalen, um die Wirkung zu unterstreichen. Hab ich aus dem Seminar *Durchsetzungsvermögen für Arzthelferinnen.*

Meine Chefin seufzt und streckt sich. Mit Sentimentalität hat sie wenig am Hut. Mit Eheproblemen übrigens auch, denn ihre Ehe war ja – aus traurigem Anlass – rekordverdächtig kurz.

»Die beiden Brüder hatten also jahrelang mehr oder weniger Funkstille«, sinniert sie, »zumindest sagt das der überlebende Bruder. Aber kann man dem Rettenbacher tatsächlich trauen?« Sie schaut mich fragend an. »Womöglich steckt mehr dahinter. Ein Streit ums Erbe, womöglich, oder ein aufgewärmter Konflikt, der entgleist ist.«

»Unser Rettenbacher soll ein Mörder sein?« Ich schüttle den Kopf, obwohl ich weiß, dass man keine Möglichkeit ausschließen darf. Der Rettenbacher ist zwar unser täglicher Kunde, trotzdem frage ich mich gerade, wie gut ich ihn tatsächlich kenne.

»Warum hat er nie von seinem Zwillingsbruder erzählt?«

Vroni nuckelt an ihrer Flasche und denkt kurz nach. »Vielleicht, weil der Konflikt mit Klaus ein Dorn war, den er nie richtig losgeworden ist. Ein Dauerschmerz, den man so gut es geht ignoriert.«

»Mich wundert eher«, schaltet sich meine Chefin ein,

»dass Klaus Rettenbacher nie bei uns in der Praxis aufgetaucht ist. Nicht einmal, als ich die Urlaubsvertretung für Kollegen in der Nähe übernommen habe.«

»Vielleicht war er generell nicht oft bei Ärzten«, sage ich. »Ganz im Gegensatz zu seinem Bruder.«

»Jedenfalls muss diese Charlotte befragt werden!« Vroni schraubt ihre Flasche zu. »Irgendeine Idee, wie man an die rankommt?«

Kollektives Kopfschütteln. Meine Chefin knetet ihre Hände und dreht den Ehering, den sie nie abgelegt hat. »Übrigens: Im Obduktionsbericht ist Heidi noch auf den Mageninhalt des Toten eingegangen.«

Auf den Namen »Heidi« sind seit meiner Kindheit Bilder von saftigen Wiesen und Schwyzerdütsch programmiert. Gar nicht so leicht, auf weiße Kacheln und eine Gerichtsmedizinerin mit Zornesfalte umzuschalten. Offensichtlich geht es Vroni auch so.

»Heidi – ist das die Pathologin?«

Meine Chefin schüttelt den Kopf. »Heidi ist keine Pathologin, sondern Gerichtsmedizinerin. Dass es hier Unterschiede gibt«, sie räuspert sich, »wissen typischerweise Konsumenten von Fernsehkrimis nicht.«

»Aha.« Volltreffer! Vroni verzieht leicht beleidigt das Gesicht.

»Beide haben Medizin studiert, aber sonst gibt es nicht besonders viele Gemeinsamkeiten. Pathologen untersuchen Gewebeproben unter dem Mikroskop, allerdings von lebenden Patienten. Sie stellen Diagnosen von Krankheiten mit vermuteter innerer Ursache oder finden heraus, welche Krebstherapien zum Erfolg führen könnten.«

»Pathologen obduzieren also keine Leichen?«, frage ich erstaunt.

»Doch, schon.« Meine Chefin lächelt. »Aber nicht, um Straftaten nachzuweisen. Dafür sind die Gerichtsmediziner zuständig …«

»… und die finden dann heraus, ob ein Mensch eines natürlichen oder unnatürlichen Todes gestorben ist?« Vroni ist wieder im Krimi-Modus. Ich glaube, sie hat noch keinen *Tatort* ausgelassen.

»Ganz genau.« Meine Chefin bindet sich die Haare mit einem Gummi zusammen, das sie von ihrem Handgelenk streift. »Falls eine natürliche Todesursache vorliegt, wird nicht weiter ermittelt.«

»Wie im Fall Klaus Rettenbacher«, sage ich und seufze. »Mit seiner Vorgeschichte als Alkoholiker deutet nichts auf Fremdverschulden hin, oder? Offiziell liegt also kein Mord vor. Kein Mord, keine polizeilichen Ermittlungen. Was aber bedeutet, dass Lukas Kainberger ebenfalls auf eigene Faust mehr herausfinden will. Er sitzt im selben Boot wie wir. Nur, dass er Uniform trägt.«

Wieder kollektives Nicken. Von der Surfwelle dringt ein begeisterter Schrei zu uns herüber – eine Surferin hat sich besonders lang auf der Welle gehalten und genießt den Applaus der Zuschauer.

Ich lotse meine Chefin wieder zum eigentlichen Thema. »Also, was ist jetzt mit dem Mageninhalt?«

»Schon mal etwas vom Wydler-Zeichen gehört?«

Die Frage geht hauptsächlich an Vroni und ihr Fernsehkrimiwissen. »Dabei geht es um einen gerichtsmedizinischen Befund. Der Mageninhalt einer Person, die mutmaßlich ertrunken ist, wird entnommen, in ein Becherglas gefüllt und beobachtet.«

»Igitt.« Mir graust.

»Nach einer gewissen Zeit ergibt sich eine Dreischichtung, eben das Wydler-Zeichen. Der Mageninhalt teilt sich in drei Phasen auf: schaumige Phase oben, flüssige in der Mitte und feste Phase am Boden des Glases.«

»Und das bedeutet im Fall Rettenbacher konkret was?«

»Beim Rettenbacher gab es keine schaumige Phase. Also kein Ertrinken.« Kurze Pause. »Das allein reicht zwar nicht aus, um Ertrinken als Todesursache auszuschließen, aber es gibt auch keine Paltauf-Flecken.«

»Was ist das jetzt wieder?«, ächze ich.

»Paltauf-Flecken sind Einblutungen, circa einen Zentimeter groß, die in oder unter der Pleura visceralis auftreten können.« Auftritt Vroni. Sie grinst triumphierend zu mir herüber.

»Alle Achtung, da hat jemand gut aufgepasst«, lobt meine Chefin. »Die Paltauf-Flecken treten beim Erstickungstod oder beim Tod durch Ertrinken ein. Pleura visceralis ist das Lungenfell.«

Sie streicht eine Strähne, die sich aus dem Pferdeschwanz gelöst hat, hinters Ohr. »Auf diese Geigerin, in die sich Klaus Rettenbacher verliebt hat, bin ich irgendwie neugierig«, überlegt sie. »Sie hatte mit beiden Brüdern etwas am Laufen, aber letztlich ist sie von Klaus doch nie losgekommen.«

»Und er nicht von ihr«, ergänze ich.

»Die kommt bestimmt zum Begräbnis!« Vronis Augen glitzern. »Genau wie der Mörder.«

Meine Chefin beugt sich nach vorn und sieht zu Vroni hinüber. »Warum sollte der Mörder zum Begräbnis kommen?«

»Schauen Sie keine Krimis, Frau Doktor?« Vroni nuckelt schon wieder an ihrer Wasserflasche. »Der Mörder kommt *immer* zum Begräbnis.«

Meine Chefin ist nicht ganz d'accord. »Aus welchem Grund?«

»Eitelkeit«, sagt die Vroni, »um den Erfolg seiner Anstrengungen zu genießen. Und um nicht verdächtig zu wirken, natürlich. Denn wer nicht beim Begräbnis auftaucht, erweckt den Anschein, Angst vor der Polizei zu haben. Wer plötzlich untertaucht, wirkt verdächtig. Begräbnisse sind das Filetstück jeder Ermittlung.«

»Aha.« Meine Chefin lehnt sich wieder zurück. Auch für meinen Geschmack hat Vronis Theorie ein bisserl zu viel Pathos, aber im Kern stimmt die Aussage. Meine Chefin brummt unwillig.

»Und deshalb«, Vroni saugt die letzten Schlucke aus ihrer Flasche, »müssen wir unbedingt hin.« Sie wischt sich über den Mund. »Gibt's schon einen Termin?«

SECHSTES KAPITEL

Erzählt von Kränzen, Vitaminen und Laugenbrezen, von Impulsen, Hunger und einem Rollstuhl. Ein Vierbeiner ist schlecht drauf, wir suchen Tante Martha und finden Onkel Stefan.

Den gibt es tatsächlich. Wolfgang Rettenbacher scheint allen Bruderzwist wieder ausmerzen zu wollen und geht in die Vollen, was die Begräbnisfeierlichkeiten betrifft.

»Ich hab der Charlotte versprochen, mich darum zu kümmern«, verrät er mir später am Telefon. »Auch, wenn meine Iris nicht ganz damit einverstanden ist. Finanziell passt uns ein großes Begräbnis grad nicht wirklich ins Konzept, aber der Klaus war mein Bruder, da darf man nicht knausern, finde ich.«

Interessant, dass ausgerechnet der Rettenbacher in Sachen Sterben knapp bei Kasse ist, aber bitte. Mit seinem Businessmodell für Sterbeversicherungen war er in den 8oer-Jahren Wegbereiter der Versicherer und ist mit Bestattern, Sargtischlern und Steinmetzen seit Jahren eng verbandelt. Er kennt die Branche wie seine Westentasche und hat im Zuge seiner Recherchen unzählige Erfahrungen gesammelt. Probeliegen in Leichenkutschen, Testessen von Trauermenüs, Saatenmix für Grabbepflanzung: Was der Rettenbacher einst zu Selbstzwecken erforscht hat, um noch zu Lebzeiten sein ideales Begräbnis zu planen, kommt ihm jetzt zugute.

»Weißt, Rosmarie, eine Trauerfeier darf nie 08/15 sein. Das fängt schon beim Blumenschmuck an«, hat er mir einmal verraten. »Ein Kranz mit Gerbera und einer Schleife, auf der nur ›In Dankbarkeit‹ draufsteht, ist nichts anderes als ein Mangel an Kreativität. Weil, dankbar kann ich auch dem Pizzaboten sein, wenn er sich gemerkt hat, dass ich meine Pizza mit extra viel Mozzarella drauf haben will. Das ist nichts Persönliches, nur so eine ausgelutschte Allerweltsfloskel.«

»Und was, wenn die Trauernden einfach ehrlich waren und dem Verstorbenen tatsächlich für irgendetwas dankbar sind?«, wollte ich damals wissen.

»Dann ist die Sachlage natürlich anders«, hat der Rettenbacher geantwortet, »aber nicht weniger bedenklich. Wenn so etwas auf der Schleife steht und die Hinterbliebenen nicht einmal Tränen heucheln, haben sie ein fettes Minus am Konto und sind froh, dass sie es mit dem Erbe endlich tilgen können. Und der Termin für die Verlassenschaft beim Notar ist längst rot im Kalender markiert.«

Soweit also die nüchterne Analyse damals. Der Tod seines Zwillingsbruders hat jedenfalls versteckte Saiten im Rettenbacher zum Klingen gebracht; er hat sein Selbstmitleid auf Standby gesetzt und sich seit dem Tod seines Bruders nicht mehr in der Praxis blicken lassen. Ich gehe nicht davon aus, dass er zum dauerhaften Praxis-Abstinenzler wird, aber momentan widmet er sich voll und ganz der Aufgabe, seinen Bruder zu verabschieden. Und zwar mit allem Pomp und Getöse, das diese Welt zu bieten hat. Leider sieht er mich als Teil dieses ganzen Irrsinns. Ich bereue es bitter, dass ich ihm im Sektionssaal meine private Handynummer verraten habe; gut fünfmal täglich schneien Anrufe oder Textnachrichten herein, wenn er Entscheidungshilfe braucht.

»Sarg weiß oder bordeauxrot auskleiden?«, »Kranz aus
Fichte oder Tanne?«, »Servietten zu Schwänen oder Lilien
falten lassen?«

Der Rettenbacher nervt, denn obwohl die DNA-Analyse immer noch aussteht, sieht er mich bereits als vollwer-
tiges Familienmitglied an und lässt mich an der Planung
teilhaben. Ob ich das will, spielt keine Rolle. Das geht mir
alles viel zu schnell, ich muss aus der Nummer raus, bevor
ich wahnsinnig werde. Einziger Vorteil: Ich sehe der Frage,
inwieweit wir verwandt sein könnten, gelassener entgegen.
Während sich also der Rettenbacher damit beschäftigt, *wie*
sein Bruder die irdische Welt verlassen wird, konzentriere
ich mich mehr auf das *warum*.

Nach unserem Treffen fährt meine Chefin mit dem Rad
zurück in die Praxis, um ein paar Telefonate zu erledigen.
Schließlich kann sich eine verhängte Sperre, abgesehen
vom Imageschaden, zu einem veritablen, wirtschaftlichen
Problem auswachsen. Je schneller sie also aufgehoben wird,
desto besser. Vroni holt Vitamin-C-Präparate für ihren
Franz aus der Apotheke und setzt alle Hebel in Bewegung,
um die Fliesenlieferung irgendwie zu beschleunigen, was
schwierig werden könnte. Aber wenn ich sie richtig verstanden habe, sitzt der Sohn des Fliesenhändlers in ihrer
Klasse. »Vitamin C für den Franz, Vitamin B für die Fliesen.«

Mit diesen Worten schwingt sie sich auf ihr Rad und
strampelt davon.

Den Rest des unerwartet freien Vormittags grase ich das
Almkanal-Ufer ein wenig ab, obwohl ich keine Ahnung
habe, wonach konkret ich Ausschau halten soll. Besonders
weit komme ich ohnehin nicht, denn flussaufwärts führt

der Radweg nur durch das kleine Wäldchen, bevor sich das *Gasthaus Pflegerbrücke* zwischen den holprigen Waldweg und das Gewässer schiebt. Im Waldgebiet finde ich keine einzige Stelle, die zu Klaus Rettenbachers Kopfverletzung passt. Kein Beton am Ufer, keine größeren Steine. Der Almkanal ist hier natürlich eingebettet. Was natürlich die Frage aufwirft, ob jemand dem Rettenbacher den Schädel eingeschlagen und ihn dann in den Almkanal gekippt hat. Die Hitze trifft mich mit voller Wucht, als ich mit dem Rad aus dem kühlen Wäldchen zur Hauptstraße fahre. Am Ende der Berchtesgadener Straße, die stadtauswärts bis zur Stadtgrenze bei Eichet führt, ist eine provisorische Ampel eingerichtet. Die Straße ist ab hier nur einspurig befahrbar, Baustellengitter versperren die Sicht auf den Almkanal. Zwei Bagger sind am linken Ufer abgestellt, momentan scheint hier aber niemand zu arbeiten. Vom Gasthof weht Grillhendlduft zu mir herüber. Es ist schon 10.30 Uhr, mein Magen meldet sich mit lautem Knurren. Ich muss mich kolossal beherrschen, mir nicht eine Portion Hendl mit Pommes zu holen; das wäre Hochverrat an Hermis Kocherei. Fremdgehen mit Gemüselaibchen oder einem großen gemischten Salat, würde sie mir vielleicht gerade noch verzeihen, aber die direkte Konkurrenz zur Fleischküche bräche ihr das Herz.

Bei der kleinen Brücke, die über den Almkanal zum Gasthaus führt, stelle ich mein Rad ab. Eine Windbö trägt wieder einen Schwall Essensduft in meine Richtung, das Wasser läuft mir im Mund zusammen. Nein, kein Grillhendl, ermahne ich mich, soweit habe ich mich gerade noch im Griff. Der Tag ist ohnehin schon problematisch genug. Aber eine Laugenbreze, die könnte ich mir gönnen. Nach getaner Arbeit, versteht sich. Beim Gedanken an das hölzerne Gestell, auf dem bei jedem Wirt frische Brezen an der Schank baumeln, wird mir fast schwindelig vor lauter Vorfreude. Aber ich reiße mich zusammen: Zuerst wird das Ufer abgesucht.

Ich nehme mein Notizbuch aus dem Fahrradkorb, schlage es auf und lese als Erstes: Fließgeschwindigkeit. Das Wort hüpft mir direkt entgegen. Allein der Gedanke an Wasser verstärkt die gefühlte Hitze, den Hunger und meine Ratlosigkeit nur noch. Ich ächze; mit der Physik bin ich immer schon auf Kriegsfuß gestanden. Ausgerechnet jetzt steht sie da unten am Bachbett und lacht mich aus. Stelle ich mir zumindest vor. Ich sehe es ganz genau, das naturwissenschaftliche Luder, wie es die Hände zum Trichter formt und mir etwas zuruft. »Ohne Formel keine Tatortbestimmung!« Und dann beißt sie von einer Breze ab, winkt mir provokant zu und dreht sich einfach um.

Aber so leicht lasse ich mich nicht einschüchtern, so nicht! Also steige ich, vom Parkplatz des Gasthauses kommend, zum Ufer des Almkanals ab. Zwei Baustellengitter, die mit Werbebannern bespannt sind, muss ich dabei verschieben, aber es ist ohnehin weit und breit kein Bauarbeiter zu sehen, also was soll's.

Die Sonne brennt jetzt unbarmherzig auf mich und den achtlos weggeworfenen Unrat am Ufer herab: Zigarettenpackungen, leere Getränkedosen, benutzte Taschentücher. Unglaublich, wie viel Müll hinter ein paar Metern Baustellenabsperrung einfach so entsorgt wird. Wirklich interessant ist nichts davon, den Weg hätte ich mir sparen können. Und gerade, als ich überlege, ob ich mir trotz detektivischem Misserfolg eine Breze leisten soll, sehe ich es. Zuerst ist es nur gleißendes Licht, das mich trotz Sonnenbrille blendet. Ich halte die Hand über die Augen und blinzle. Metall, an dem Sonnenlicht abprallt und als blendender Strahl direkt zu mir reflektiert. Ich stapfe vom Parkplatz, den ich bereits fast erreicht habe, wieder zurück zum Bachbett. Und erkenne schon von Weitem, was dort unten im Almkanal liegt, verdreht und mit der Rückenlehne im Wasser: ein Rollstuhl.

An einem der Reifen sind beide Reflektoren zerbrochen, die weinrote Sitzbespannung aus Mikrofaserstoff ist nass und schmutzig. Ansonsten ist der Rollstuhl einigermaßen in Ordnung. Ein älteres Modell, soweit ich das auf den ersten Blick feststellen kann, nichts Besonderes. Leichte Bauweise, zusammenklappbar, mit zwei verstellbaren Stützplattformen aus dünnem Plastik für die Füße.

Als ich nochmals am Baustellengitter stehe, fällt mir der gelbe Lack ein. Bodenmarkierungen! Wenn überhaupt, gäbe es die doch hier auf einer Baustelle, oder? Ich stakse vorsichtig zwischen Bachbett und Gitter entlang, auf der Suche nach gelber Farbe. Die einzigen Markierungen, die ich finde, sind rot. Zwei Linien sind parallel zueinander auf die Einfassung des Bachbetts gesprüht, wahrscheinlich als Anhaltspunkt für Baggerarbeiten, die hier in Kürze stattfinden werden. Aber gelb: Fehlanzeige! Also wieder zurück zum Rollstuhl. Ich wuchte das Teil aus dem Almkanal und zerre es das Ufer hinauf, Richtung Parkplatz. Dort setze ich mich schnaufend auf einen Randstein und überlege. Auf einem verblassten Aufkleber, der sich bereits halb vom Gestänge des Rollstuhls aufgelöst hat, steht der Name eines bekannten Sanitätshauses. Der erste Impuls: den Rollstuhl sofort dorthin zurückbringen. Aber irgendein kluger Kopf hat einmal gesagt, dass es Sinn macht, dem ersten Impuls nicht immer gleich nachzugeben und stattdessen abzuwägen: Gibt es eine bessere Alternative? Allerdings. Mit etwas Glück finde ich nämlich heraus, wer das gute Stück beim Sanitätshaus gekauft oder geliehen hat, und behalte es trotzdem. Nicht für den Eigenbedarf, sondern zu Ermittlungszwecken. Was man hat, das hat man. Wer darin zum Almkanal transportiert wurde, kann ich mir schon denken. Denn dass mein Fund mit dem toten Rettenbacher zu tun hat, steht für mich außer Frage.

Ich werde den Rollstuhl erst einmal mitnehmen und in der Praxis abstellen. Zu Hause kann ich ihn nicht brauchen, das würde wieder viel zu viele Fragen aufwerfen. In der Praxis hingegen, in der gut zwei Drittel der Patienten über 70 sind, fällt ein Rollstuhl kaum auf. Vielleicht erkennt ihn sogar jemand wieder und kann mir mehr darüber erzählen. Der Transport könnte jedoch schwierig werden, denn mit einem Rollstuhl *und* einem Fahrrad kann ich unmöglich allein nach Hause fahren. Gerade als ich überlege, ob es vielleicht doch klug wäre, mich vom Laurenz abholen zu lassen, klingelt mein Handy.

»Rosmarie?« Meine Chefin, atemlos, als würde sie laufen. »Bist du noch unterwegs?« Sie klingt alarmiert, aber nicht hektisch. Ein Notfall. Ich höre das vertraute Knallen der Praxis-Haustür, wenn sie von außen geschlossen wird.

»Ja«, antworte ich, sofort unter Spannung, »was ist passiert?«

»Miri war gerade in der Praxis und hat nach Tante Martha gesucht.«

Ich gehe in Windeseile die Patientenliste für heute durch. Tante Martha war nicht dabei. Und selbst wenn: Ich habe alle heutigen Patienten angerufen und sie von der Schließung informiert. Meine Ansprechpartnerin für Tante

Marthas Termine ist immer Miri, sie hätte also Bescheid gewusst.

»Tante Martha hatte heute gar keinen Termin!« Ich zerre den Rollstuhl mit einer Hand Richtung Brücke, wo mein Rad steht.

»Das ist es ja. Aber als ihr Miri heute Morgen das Frühstück richten und die Medikamente bringen wollte, war Martha nicht da. Sie war weder im Haus noch im Garten zu finden.«

Im Hintergrund scheppert die Fahrradklingel meiner Chefin. Ein Zeichen, dass sie gerade aufs Rad steigt und losfährt.

»Bist du noch am Almkanal?«, schnauft meine Chefin.

»Ja, direkt bei der *Pflegerbrücke*!«

»Wir treffen uns bei Miris Haus!« Dann legt sie auf, meine Chefin. Miris Haus ist keine zwei Fahrradminuten von hier entfernt, ein Katzensprung. Gegenüber Frau Doktor Fleischer bin ich zeitlich voraus. Ich sehe mich um: Irgendwo werde ich den Rollstuhl parken müssen, denn hier auf der Brücke kann ich ihn nicht stehen lassen. Erstens, weil er sonst womöglich eine andere Bestimmung findet, und zweitens, weil die Stelle von allen Himmelsrichtungen einsehbar ist. Das könnte Probleme mit sich bringen, denn Rollstuhl und Brückengeländer sind die perfekten Zutaten für ein Kopfkino, bei dem die Polizei nicht lange auf sich warten lässt. Nichts kann ich weniger gebrauchen. Aus dem Gastgarten der *Pflegerbrücke* höre ich Schritte im Kies und das Klirren von Besteck. Was, wenn ich den Rollstuhl einfach dort abstelle, hinter der Hecke zum Beispiel? Notfalls müsste ich mir eine Ausrede einfallen lassen und um Erlaubnis bitten, ihn für eine Weile hier zu lassen. Ich schiebe meinen Fund Richtung Gastgarten-Eingang, was gefühlt eine Ewigkeit dauert. Zum ersten Mal fällt mir auf, wie mühsam es ist, einen Rollstuhl durch Kies zu wuchten. Ein Kellner verteilt Bierkrüge mit in Servietten eingewickeltem Besteck auf den Tischen. Seine Kollegin kontrolliert den Bestand von Speisekarten, Salz- und Pfefferstreuern auf einer Anrichte an der Hausmauer, ein junger Mann in grünem Polohemd eilt mit einem Stapel Sitzpolster zu einzelnen noch unbedeckten Sesseln. Gäste sehe ich keine – doch, dort hinten am Gartenzaun, fast zur Gänze verdeckt vom dicken Stamm der Kastanie. Ein Mann im viel zu engen, blau karierten Kurzarmhemd sitzt an einem der Tische im Schatten. Sein Arm liegt auf den Schultern seiner zierlichen Begleiterin, die deutlich jünger ist. Sie kichert und drückt ihm einen Kuss auf die Wange. Vor ihnen steht jeweils eine Espresso-Tasse, und mittig zwischen den beiden, bedeckt mit einem Riesenberg Schlagobers, ein Eisbecher. Zwei langstielige Löffel und zwei Waffeln in Herzform ragen aus dem Eiskugelgebirge. Ich halte den Atem an, als ich die beiden erkenne. Die junge Frau bemerkt meinen Blick und fixiert mich. Ohne den Blick von mir zu lassen, stößt sie ihrem Begleiter den Ellbogen in die Seite. Er reagiert nicht gleich, sondern will sie mit einem Löffel Eis füttern. Sie schüttelt den Kopf, weicht dem Löffel aus und stupst ihn wieder an. Und dann schauen sie alle beide her: Onkel Stefan und Kalliope.

Stefan Felsberger, der zwar nicht mein richtiger Onkel, aber Tante Zenzis Bruder ist, zockelt der Liebe gemächlich, ausdauernd und erfolglos hinterher wie das Pferd einer Karotte, die man ihm vor die Nase hält. Er wäre so gern fix vergeben oder zumindest glücklich verliebt, aber leider tut sich amoremäßig rein gar nichts bei ihm. Seit Jahren ist er auf der Suche nach der ganz großen Liebe, bereit, sich und sein Herz bedingungslos zu verschenken und seine Angebetete auf Händen zu tragen. Onkel Stefan ist kein Mann der Kompromisse; Fernbeziehungen zu führen oder der Nebenbuhler in einer schal vor sich hin köchelnden Ehe zu sein, käme für ihn nie infrage. Wenn schon Liebe, dann mit allem Drum und Dran. *Con tutto*. Mit Blumen, Städtereisen und romantischen Bootsfahrten, mit Ausritten am Strand, Croissants in den Gassen von Mont Saint Michel bei Sonnenaufgang und Opernarien, die beim gemeinsamen Kochen geträllert werden. Quasi *amore giocoso*, um in der Sprache der Musik zu bleiben, denn Musik gibt im Leben meines Onkels das Tempo vor, allen voran die Oper. Er ist der ungekrönte König der Libretti, er kennt alle tragischen Geschichten um Musiker und zählt, ohne mit der Wimper zu zucken, zehn unterschiedliche Besetzungen für Rollenpartien der letzten fünf Jahrzehnte auf. Oper ist immer Drama, und nichts passt besser zu meinem Onkel.

Die einzige große Liebe, die ihm je vergönnt war, währte nur kurz und hätte bühnenreifer nicht enden können. Auf einer Weltreise von den Pyramiden von Gizeh bis zu den Niagarafällen, vom Taj Mahal bis zum Tango-Kurs in Argentinien hat sich seine damalige Frau für immer von ihm verabschiedet. Und zwar noch vor dem Heimflug. Es passierte am Kraterrand eines Vulkans beim Posieren für das ideale Urlaubsfoto. Ein Schritt zurück, noch einer und dann einer zu viel. Der Vulkan hat sich Onkel Stefans bessere Hälfte geholt, und wer weiß, was meinem Onkel dadurch erspart blieb. Seitdem konnte er auf der Habenseite der Liebe nicht mehr viel verbuchen; bis auf eine Gerichtsverhandlung wegen versuchten Mordes. Onkel Stefan kocht gerne, und es war Pilzsaison, muss man mehr dazu sagen? Mit dem Pilzgericht wollte er seine damalige Flamme beeindrucken. Leider waren seine Kenntnisse, was giftige Gewächse betrifft, recht überschaubar. Das hat sogar der Richter eingesehen und die Anklage schließlich fallen gelassen. Das Drama hat also einen fixen Platz in Onkel Stefans Leben, und obwohl er weder ungepflegt noch sonst wie abstoßend ist, schießt Amor regelmäßig daneben, wenn er einen Pfeil auf ihn abfeuert. Immer im Herbst verliebt sich mein Onkel neu, bündelt Kräfte für einen Langstreckenlauf an einseitiger Verliebtheit, verpatzten Treffen und schlussendlich bitterer Enttäuschung.

Als ehemaliger Professor für Geschichte an der Universität Salzburg ist er süchtig nach geistreichen Gesprächen, und vielleicht liegt genau hier der Hund begraben: Onkel Stefan hat einen Akademiker-Fimmel. Er trägt seinen Titel als Hofrat und Universitätsprofessor ebenso stolz vor sich her wie seinen Bauch und umgibt sich am liebsten mit seinesgleichen. Und damit ist er nicht allein in Österreich. Die Titelsucht ist hierzulande ein Erbgut, die seit der K.u.K.-Zeit fixer Bestandteil unserer Identität ist und sich darüber hinaus gemütlich fortgepflanzt hat. Wie sonst kann man es sich erklären, dass es mehr als 100 Jahre nach Abschaffung der Monarchie immer noch Hofräte gibt?

Nach einer Bibliothekarin, die ihm nach der ersten gemeinsamen Nacht gleich ihre Dissertation zum Lektorieren aufgedrängt hat, und einer langen Durststrecke ist Onkel Stefans Wahl nun also auf die Studentin Kalliope gefallen. Kein alltäglicher Name, aber wer weiß schon, was sich das Universum dabei denkt, wenn es einen

Geschichtsprofessor und eine Geigenspielerin aufeinander loslässt. Ich stelle mir vor, wie das Universum sich eins kichert und Menschen wie Murmeln auf dem Boden hin und her rollen lässt. Die einen prallen aufeinander und stoßen sich ab, andere rollen eine Zeit lang nebeneinander her, und wieder andere begegnen sich überhaupt nicht. Kalliope, nach der Muse des Saitenspiels und der Wissenschaft benannt, starrt mich jedenfalls kugelrund an, und in diesem Moment weiß ich, dass sie mich erkennt.

»Das hat ja ewig gedauert, hast du einen Umweg genommen?«

Meine Chefin verzieht leicht säuerlich den Mund. Sie sperrt gerade ihr Rad ab, als ich auf Miris Haus zurase. Das Bild von meinem liebestollen Onkel und der Musikstudentin vor dem Liebesbecher hat mich den ganzen Weg hierher begleitet. Muss ich erst einmal sacken lassen.

Miris Haus ist alt, aber top gepflegt. Dunkelgrüne Fensterläden, eine blendend weiß gestrichene Hausbank, ein perfekt aufgeschlichteter Holzstapel. Auf die Hausbank sind zwei Pölster mit aufgedruckten Hundeköpfen drapiert: Padrino und sein Zwillingsbruder Corleone, der erst letzte Woche entlaufen ist. Ein Garten, sauber wie geleckt. Die Grashalme trimmt Miri, glaube ich, mit der Nagelschere. Neben einem Apfelbäumchen wuchert ein Sommerflieder, den Schmetterlinge umschwirren. Um einen riesigen Lavendelbusch summen Hummeln, daneben blühen vanillefarbene Rosen. Karl Ploberger hätte seine Freude.

»Musste noch etwas erledigen«, murmle ich und stelle mein Rad neben dem meiner Chefin ab. Jetzt ist nicht der Moment, um vom Rollstuhl zu erzählen.

Miri Pelzinger öffnet die Haustür und springt die vier Stufen zum kleinen Vorgarten herab. Padrino, dicht neben ihr, scheint seinen Zwillingsbruder Corleone zu vermissen. Oder er spürt die Sorge seiner Besitzerin. Die Wiedersehensfreude, mit der er mir sonst immer entgegenläuft, wenn er mich sieht, ist heute sparsam dosiert. Kein Bellen, Schwanzwedeln oder Hochspringen. Immer wieder schaut er zu Miri auf. Meine Chefin und mich würdigt er keines Blickes.

»Am besten, wir suchen sie gemeinsam!«, ruft Miri grußlos und verschwindet in einem Nebengebäude, das fast zur Gänze mit Efeu bewachsen ist. Ein Fahrradständer wird nach oben geklappt, Miri schlängelt sich mit ihrem Drahtesel an einem geparkten Fiat 500 vorbei, schließt die Schnalle ihres Helms und sitzt auf.

»Laut Wildkamera hat sie um 3 Uhr nachts das Haus verlassen.« Miri deutet auf die kleine Kamera, die am Hauseck angebracht ist. Interessanterweise zielt die nicht auf Miris eigenen Garten, sondern auf den Eingangsbereich von Tante Marthas Haus, das direkt daneben liegt. Rein rechtlich gesehen ein No-Go: Überwachungskameras dürfen keinesfalls das Grundstück oder den Privatbereich von Nachbarn erfassen. Aber in diesem speziellen Fall gehe ich davon aus, dass die Kamera installiert wurde, um Tante Marthas nächtliche Ausflüge zu überwachen, die immer wieder vorkommen, und die Suche nach ihr zu erleichtern. Ob sich die alte Dame je darüber beschwert hat, dass sie gefilmt wird, wenn sie das Haus verlässt, ist fraglich. Wahrscheinlich wurde die Kamera erst nach ihrer Demenz-Erkrankung angebracht, und sie bekommt es gar nicht mehr mit.

»Und wohin ist sie gegangen?« Ich starre auf die Kamera.

Miri zuckt die Schultern. »Keine Ahnung. Leider wird nur der Bereich bis zu ihrem Gartentor gefilmt. Ich weiß also nicht, in welche Richtung sie verschwunden ist, sondern nur, dass sie das Haus verlassen hat. Und zwar um 3.10 Uhr.«

Also ist die Kamera doch keine so große Hilfe, denke ich. Großtante Martha alleine um 3 Uhr nachts in der Birkenstraße – Gott sei Dank war die Nacht wenigstens warm. Laut Miri war Martha nur mit einem dünnen langen Nachthemd bekleidet.

»Wo könnte sie denn sein? Wir können effektiver suchen, wenn wir Anhaltspunkte haben.« Meine Chefin spricht mir aus der Seele.

Das sieht Miri ein. »Die unmittelbaren Nachbarn habe ich schon abgeklappert. Sie könnte zu den Altenburgers gegangen sein, die wohnen ein bisschen weiter stadteinwärts. Tante Martha und Marianne Altenburger waren früher Kolleginnen am Finanzamt. Sie haben manchmal Kaffee gemeinsam getrunken.« Miri lässt die Schultern hängen. »Das letzte Mal ist allerdings schon eine Ewigkeit her.«

»Gibt es sonst irgendjemanden, dem sie einen Besuch abgestattet haben könnte?«, frage ich.

»Nein, leider.« Miri schüttelt den Kopf, als sei es ihre Schuld, dass die Tante vereinsamt ist. »Zumindest nicht absichtlich, wenn du verstehst, was ich meine. Seit die Demenz sich verschlimmert hat, ist sie immer wieder in den einen oder anderen Garten geschlichen. Manchmal, weil ihr Blumen dort besonders gut gefallen haben, oder weil sie dachte, jemand hätte ihr etwas gestohlen und dann in seinem eigenen Garten vor ihr versteckt.« Miri seufzt wie nur jemand seufzen kann, der das Schlimmste befürchtet, es aber nicht verhindern kann. »Tante Martha war sich immer zu gut für ihre Nachbarschaft. Als sie noch gesund war, meine ich. Sie war eine sehr belesene Frau, aber leider hat sie die Leute um sich herum geistig unterschätzt. So eine Einstellung rächt sich irgendwann: Man ist allein.«

»Umso wichtiger, dass wir sie schnell finden.« Meine Chefin klingt entschlossen. »Das heißt also, sie könnte in jedem Garten sitzen, an dem sie vorbeikommt und der ihr gefällt. Vielleicht haben wir Glück und irgendjemand hat sie gesehen!« Sie steigt auf ihr Rad. »Gehen wir's an!«

Drei Stunden lang grasen wir die Gegend nach Tante Martha ab. Wir schwärmen aus und fragen bei Familie Altenburger, bei Bauernhöfen, im Lagerhaus und beim *Gasthof Mostwastl* nach ihr. Wir halten sogar einen Busfahrer an und bitten ihn, eine Personenbeschreibung von Tante Martha an seine Kollegen weiterzugeben und sich bei uns zu melden, sobald ihnen eine verwirrte Frau im Nachthemd auffällt. Aber es ist so, wie Miri gesagt hat: Fast niemand kennt die alte hagere Dame mit den stechend blauen Augen und dem Kommandoton, die so zurückgezogen gelebt hat. Das macht die Suche noch viel schwieriger. Je näher wir dem Almkanal kommen, desto unruhiger wird Miri. Ihre Gesichtszüge verhärten sich, und auch Padrino, der bis jetzt immer wieder vorausgeeilt und dann wieder zu Miri zurückgekehrt ist, bleibt dicht an ihrer Seite.

»Hat sie oft Spaziergänge bis hier zum Wasser gemacht?«, frage ich, aber Miri antwortet nicht. Meine Chefin wirft mir einen vielsagenden Blick zu. Vor dem Gasthaus *Pflegerbrücke* bremst Miri.

»Es ist zwar unwahrscheinlich, dass Tante Martha hier ist, aber wir dürfen nichts unversucht lassen.« Miri steigt vom Rad ab und betritt den Gastgarten. Ich bleibe vor der Hecke stehen und spähe in Richtung Kastanie. Onkel Stefan und Kalliope sind nicht mehr da.

»Tante Martha?« Miri sucht den Gastgarten systematisch ab und ruft nach ihrer Tante. Der Kellner, den ich vorhin um Erlaubnis gebeten habe, den Rollstuhl abstellen zu dürfen, nickt mir zu und bietet an, ihn für mich aus dem Gebüsch zu ziehen. Als ich abwinke, starrt er mich an, als wäre ich eine der Untersberger Wildfrauen und wollte ihn verhexen.

»Sie haben Rollstuhl, aber Tante ist weg? Besser aufpassen!« Sein starker Ost-Akzent lässt den Satz noch vorwurfsvoller klingen.

»Nicht meine Tante«, ich deute auf Miri, die gerade aus dem Gasthaus kommt, »ihre Tante!«

Der Kellner schüttelt missbilligend den Kopf und mustert jetzt Miri kritisch. Miri, ganz mit der Suche beschäftigt, bemerkt den Blick gar nicht und schüttelt den Kopf.

»Hier ist sie auch nicht«, sagt sie unnötigerweise. Mittlerweile wirkt sie ehrlich verzagt. »Sollten wir die Polizei verständigen?«

30 Grad im Schatten, Demenz und ein weitläufiges Gebiet: nicht gerade die idealen Bedingungen, um jemanden gesund und munter wiederzufinden. Das kann ich in Miris Gegenwart natürlich nicht so direkt sagen, aber ich sehe meiner Chefin an, dass sie ähnlich denkt. Mittlerweile ist es nach 14 Uhr, wir haben keinen einzigen Hinweis. Niemand hat etwas gehört, gesehen oder bemerkt. Als wäre Tante Martha nur eine Erfindung, als hätte sie nie hier gewohnt. Es ist frustrierend. Auf meine Frage, warum Tante Martha keinen Piepser trägt, mit dem man sie einfacher orten könnte, lacht Miri nur bitter.

»Glaub mir, das dabe ich alles schon versucht. Sie hat sich noch jedes Band vom Handgelenk geschnitten.«

Tante Martha hat also konsequent allem entsagt, das Miri das Leben erleichtert hätte. Die Suche könnte noch länger dauern, denke ich säuerlich, und tippe eine kurze Nachricht an Laurenz: »Sobald Tante Martha gefunden ist, komme ich nach Hause.« Aus meinen Erzählungen weiß Laurenz, wer gemeint ist. Er soll sich keine Sorgen machen und mich bei Hermi für das Mittagessen entschuldigen, schreibe ich noch. Mit einem extragroßen Schluck aus meiner Sportflasche versuche ich, den Appetit auf frische Laugenbrezen und Hermis Küche zu vertreiben, und wende mich wieder an Miri.

»Hat Tante Martha irgendwelche Lieblingsorte, die sie an früher erinnern?« Hört man ja öfter, dass demente Patienten vermehrt in Erinnerungen schwelgen und an Orte zurückkehren, die ihnen in jüngeren Jahren wichtig waren. Sofern sie in der Lage dazu sind.

Wir biegen in das kleine Wäldchen ein, in dem ich heute schon zwei Mal unterwegs war. Miri vor mir fährt langsam, bleibt immer wieder stehen, steigt ab und geht ein paar Schritte ins Unterholz.

Mit ihrer Antwort lässt sie sich so lange Zeit dass ich schon denke, sie hat meine Frage gar nicht gehört.

»Tante Martha hat nie besonders viel erzählt, aber ...« Miri biegt einen Ast zur Seite. »Aber den Kneissl Weiher hat sie einmal erwähnt, fällt mir jetzt gerade ein. Ich glaube, sie war als junges Mädchen öfters dort.« In Miris Gesicht blitzt ein kurzes Lächeln auf und macht der Sorgenfalte Konkurrenz. »Vielleicht war der Weiher ein geheimer Treffpunkt zwischen ihr und einem Verehrer. Sie hat einmal so etwas angedeutet.« Das Lächeln verschwindet wieder. »Ich bin allerdings nicht sicher, ob sie den Weiher in ihrem Zustand überhaupt noch findet. Ich war nie mit ihr dort, und das Treffen, von dem sie erzählt hat, liegt sicher Jahrzehnte zurück.«

Meine Chefin und ich wechseln einen Blick – derselbe Gedanke.

SIEBENTES KAPITEL

Erzählt von Lieblingsplätzen, Wasser und Kuchen, von Chorproben, Aufklebern und Bandscheiben. Vroni ist im Jagdmodus und sieht die Fakten, ich lese Sinnsprüche, lasse Laurenz rechnen und bekomme zwei Ergebnisse.

Salzburg und seine Umgebung sind ein Sammelsurium an verzauberten Orten. Orte, die in keinem herkömmlichen Reiseführer zu finden sind, weil sie vielleicht gar nicht gefunden werden wollen. Man kann sie nicht per App oder knackiger Info-to-go kennenlernen, sondern man braucht Zeit und Mut. Mut, abseits der touristischen Trampelpfade zu wandeln.

Ich habe irgendwann begonnen, eine Liste meiner geheimen Lieblingsplätze zu führen, und wenn ich mir die Liste ins Gedächtnis rufe, haben fast alle Plätze etwas gemeinsam: Sie liegen am Wasser. Da ist zum Beispiel diese eine Bank an der Glan, knappe zehn Minuten von der Ortsgrenze zu Fürstenbrunn entfernt: Hier erlebt man die schönsten Sonnenuntergänge. Oder die Aussicht vom Hellbrunner Berg auf die Stadt und die Fischbecken im Park: Höhepunkt jeder Laufrunde. Ein wunderbarer Ort, um in Ruhe nachzudenken, ist der Rosittenweiher in Glanegg, direkt am Fuß des Untersbergs. Hier tost der Rosittenbach so wild und eiskalt aus den Felsen, dass die Luft in seiner unmittelbaren Umgebung um ein paar Grad abkühlt.

Oder die winzige Brücke über den Fiebingergraben nahe der Moosstraße, die man nur zu Fuß oder mit dem Rad erreicht, und die gleichzeitig mitten in den Feldern liegt und mitten in der Stadt. Plätze am Wasser haben etwas Magisches, finde ich. Das Plätschern beruhigt, schlechte Gedanken werden weggeschwemmt, und manchmal vergisst man sogar alles um sich herum, starrt in das Nass und will nur diesen einen Stein herausfischen, glattgeschmirgelt und wohlgeformt. Man greift danach wie nach einem Schatz, steckt ihn in die Jackentasche und genießt das wohlige Gefühl und die Erinnerung an das Wasserrauschen, wann immer man ihn betastet.

Wahrscheinlich hat auch Tante Martha Plätze am Wasser geliebt.

Der Kneissl Weiher, der auf keiner Karte Salzburgs unter diesem Namen zu finden ist, weil er schon seit mehr als 60 Jahren »Schleienlacke« heißt, stand sicher auf ihrer Liste, falls sie je eine geführt hat, und er steht übrigens auch auf meiner. Ein unbeachtetes Juwel am Ende des Sternhofweges, parallel zum Almkanal. Die Schleienlacke ist ein kleiner Weiher, nicht länger als 200 Meter, kaum 30 Meter breit. Zwei Zuläufe aus dem Almkanal speisen das idyllische Gewässer, das früher für reich gedeckte Tische im fürsterzbischöflich regierten Salzburg sorgte. Die wenigen, denen es das Fischereirecht erlaubte, ließen sich Schleien, Karpfen und sogar Krebse aus Salzburgs Süden liefern und auftischen. Ein Fischhüter wachte über den Bestand und passte auf, dass sich die Fauna nicht durch Schwarzfischen seitens des hungrigen Fußvolkes dezimierte.

Es ist ein verwunschener Ort, wo Trauerweiden ihre langen Äste ins Wasser hängen lassen und das Ufer von dichtem Gebüsch bedeckt ist. Man denkt an Feen und

Fabelwesen, vielleicht an Wassermänner und -frauen oder andere zarte Geschöpfe, die an diesem Ort aus der Zeit gefallen sind. Denn hier, stelle ich mir vor, spielt Zeit keine Rolle. Es gibt keine Eile. Hier ist alles fließend, verborgen und still. Wie Tante Martha, die mit ihrer feingliedrigen Gestalt und dem hellen Nachthemd in dieses Bild passt, als habe sie schon immer dazugehört. Als sei sie ein Wasserwesen, anmutig, durchscheinend und schwimmend, dem etwas entglitten und auf den Grund des Weihers gesunken ist. Als müsse sie angestrengt nach diesem Etwas Ausschau halten und es aus den Tiefen des Wassers wieder nach oben befördern. Ein Seufzen neben mir, ein Rascheln: Ich fange Miri gerade noch rechtzeitig auf, bevor sie zusammenklappt, als sie ihre Großtante sieht. Denn Tante Martha schwimmt in der Schleienlacke, mit dem Gesicht nach unten.

»Zwei Tote innerhalb von drei Tagen, und alle beide waren Patienten in eurer Praxis!« Hermi schüttelt den Kopf und stellt einen Teller mit gebratenem Fisch und Röstkartoffeln vor mich hin. Mittlerweile ist es fast 17 Uhr nachmittags. Mein Hunger meldet sich brüllend, schließlich habe ich ihn seit Stunden immer wieder verdrängt. Die Breze bin ich mir selber schuldig geblieben, also hatte ich seit dem Frühstück nichts im Bauch.

Nach dem Leichenfund war, zumindest aus organisatorischer Sicht, noch lange nicht Schluss. Nachdem meine Chefin Martha Pelzingers Tod festgestellt hat, mussten wir noch auf den Bestatter und die Polizei warten, Stichwort: Lukas Kainberger. Man sieht sich immer zweimal, sage ich nur. Beziehungsweise dreimal. Die arme Miri war total neben der Spur. Muss man sich einmal vorstellen: Eine Wasserleiche zu entdecken ist grundsätzlich schon eine Herausforderung für die Magenschließmuskeln. Nichts für schwache Nerven. Ein Erlebnis, das sich tief in die Seele frisst, einen bis in die Träume verfolgt und sich zeitlebens nicht mehr vertreiben lässt. Aber das Ganze gleich zweimal, innerhalb von wenigen Tagen? Ich habe mit Engelszungen auf Lukas Kainberger eingeredet und ihm versichert, dass er Miri in diesem Zustand nicht befragen kann, zittrig und verheult, wie sie war. Er hat sich nur ungern bremsen lassen; seinem Blick nach zu urteilen hätte er Miri am liebsten sofort mit Handschellen abgeführt. Ein Ehrgeizling der übelsten Sorte, der vorschnelle Schlüsse zieht. Das genaue Gegenteil vom phlegmatischen Roderich, trotzdem nicht minder herausfordernd.

Während meine Chefin zusammen mit Miri auf den Bestatter gewartet hat, bin ich zur *Pflegerbrücke* zurückgeradelt und habe den Rollstuhl hinter der Hecke hervorgezogen. Was sich der strenge Kellner gedacht hat, war mir in diesem Moment egal. Ohne fahrbaren Untersatz hätte es Miri nicht nach Hause geschafft, die arme Haut. Dank der Beruhigungsmittel, das ihr meine Chefin in die Venen gejagt hat, schläft sie wahrscheinlich bis morgen durch.

»Naja, das mit der Praxis stimmt nur so halb«, mampfe ich als Antwort auf Hermis Bilanz. Sie schaufelt mir unaufgefordert ein weiteres Fischfilet auf den Teller.

»Der tote Rettenbacher war nie bei uns in Behandlung.«

»Das darf man nicht so eng sehen.« Hermi winkt ab. »Rettenbacher bleibt Rettenbacher.« Sie setzt sich zu mir an den Tisch, mustert mich von der Seite und knetet ihre schmerzenden Fingerknöchel.

»Und? Schon einen Verdacht?«

Ich verschlucke mich fast am Salat. »Wie bitte?«

»Ich bin vielleicht eine alte Schachtel, aber ich krieg immer noch mit, was um mich herum los ist.« Hermi grinst. »Und dass der Roderich im Batz ist, weiß ich schon lange.«

Batz – so wie Hermi das Wort ausspricht, klingt es nach einer unappetitlichen Speise. Bemerkenswert, dass sie überhaupt davon erfahren hat, in welcher Abteilung der Roderich jetzt vor sich hin schmort. Oder, muss ich mir ehrlicherweise eingestehen, vielleicht doch nicht so bemerkenswert, sondern nur die logische Folge ihres dicht gewebten Nachrichten-Netzwerks. Ich habe meine Schwiegermutter unterschätzt und einfach vergessen, wie weit oben sie auf der Informationspyramide steht. Ich mustere sie kurz von der Seite. Jetzt, wo sie selber mit dem Thema Ermittlungen angefangen hat: Warum sollte ich ihren Nachrichtenpool nicht für mich nutzen?

»Kennst du vielleicht jemanden aus Klaus Rettenbachers Umfeld?« Ich lege Messer und Gabel auf den Teller, staple die leere Salatschüssel darauf und trage alles in die Küche. Hermi kommt nach und schaltet die Kaffeemaschine ein.

»Kuchen?«, fragt sie statt einer Antwort und deutet auf ein Blech mit frischen Ribiselschaum-Schnitten. Mein Herz macht einen Freudenhopser. Die Kombination aus süßem Baiserschaum, sauren roten Ribiseln und Rührteig gehört zu meinen Lieblingen. Das leise Knistern von Baiserschaum, der im Mund zusammenfällt, die aufplatzende Haut der Johannisbeeren, wenn sich fruchtige Säure auf der Zunge verteilt … Ribiselschaum-Schnitten sind die gebackene Verheißung des Sommers, Widerstand zwecklos.

Ich kann jedes Geheimnis bewahren, stumm sein wie ein Fisch und dichthalten wie ein Aquarium, aber bei Bestechung mit Ribiselschaum-Schnitten würde ich einknicken, jede Wette.

Hermi setzt sich wieder zu mir, als ich mit Kuchen und Espresso an den Tisch zurückkehre. Sie streckt ihre Finger durch, krümmt sie wieder und ächzt leise. Die Rheumaanfälle machen ihr zu schaffen.

»Ich weiß nur, dass die zwei Brüder spinnefeind waren«, sagt sie und greift nach einer Dose mit Murmeltier-Salbe. »Wegen einer Frau.«

Hermi, gut informiert wie immer. »Woher weißt du das?«

Meine Schwiegermutter winkt ab. »Was man eben so aufschnappt. Die Brüder haben so getan, als gäbe es den jeweils anderen gar nicht, aber …«, sie schüttelt den Kopf und lächelt in sich hinein, »einen Zwillingsbruder, der in der Nähe wohnt, kann man halt nicht ewig geheim halten. Irgendwer kriegt immer etwas mit, wundert sich, fragt nach, und schon sickert die Neuigkeit durch. Die Welt ist ein Dorf, das darf man nicht vergessen.«

Sie cremt ihre Hände ein und massiert sie. Finger für Finger, Knöchel für Knöchel. Kunstpausen kann sie, das muss man Hermi lassen.

»Seine Charlotte singt mit mir im Chor der *Philharmonie*.«

Volltreffer, denke ich. »Du kennst sie?«

Hermi verzieht das Gesicht. »Hält sich für etwas Besseres, weil sie früher selber mal Orchestermusikerin war. Ich finde ja, sie hat ein viel zu starkes Tremolo in der Stimme. Aber bitte, das ist meine Meinung, sie selber sieht das natürlich anders. Hält sich für die Gruberová! Viele

Freunde hat sie ohnehin nicht mit ihrem Getue, nur mit der Anna hat sie sich gut verstanden.« Sie zuckt die Schultern. »Aber die ist jetzt tot.«

Hermi schraubt die Dose wieder zu. Ich stehe auf, um Kuchennachschub aus der Küche zu holen.

»Woher hast du überhaupt gewusst, dass sie die«, ich suche nach dem richtigen Wort. Flamme? Geliebte?, »dass sie die Partnerin vom Rettenbacher Klaus ist?«, rufe ich Richtung Esstisch. »Hat sie im Chor davon erzählt?«

»Nein, sie hat nie darüber gesprochen. Ich bin zufällig draufgekommen, als wir für ein Konzert geprobt haben. Ein wirklich schwieriges Stück, das viel Probezeit beansprucht hat. Also haben wir ein paar Extra-Übungseinheiten absolviert. Charlotte hat nach der Probe ihre Mappe mit allen Noten im Proberaum liegen gelassen.« Hermi seufzt und zuckt die Schultern.

»Da wär' sie am nächsten Tag aufgeschmissen gewesen, so ganz ohne Noten beim Konzert. Also bin ich mit dem Rad zu ihr gefahren und hab ihr die Mappe gebracht.«

Einer Chorkollegin die Noten hinterherfahren? Hermi steckt voller Überraschungen. Nach außen hin roh wie ein Metzgerhund, aber in Wirklichkeit eine gute Seele, auf die man sich verlassen kann. Meistens zumindest. Ich setze mich wieder zum Tisch.

»Du hast gewusst, wo sie wohnt?«

Hermi schüttelt den Kopf und grinst. »Da war ein Aufkleber mit ihrer Adresse auf der Mappe. Spießiger geht's kaum, oder?«

Ich nicke. Personalisierte Adresspickerl sind der Inbegriff von Geltungsdrang und Eitelkeit, finde ich, aber egal. »Und dann?«

»Wie, und dann?«

»Wie hast du rausgefunden, dass Charlotte ... wie heißt sie eigentlich mit Nachnamen?«

»Singer.«

»Also, dass diese Charlotte Singer die Partnerin vom Klaus Rettenbacher ist?« Ich nippe am Kaffee. »Das ist ja wohl kaum am Adresspickerl gestanden?«

Auch das zweite Kuchenstück ist fast aufgegessen. Der Teig hat die ideale Konsistenz: weder trocken noch matschig, sondern mit dem Aroma der Ribiseln durchzogen.

Hermi senkt die Stimme.

»Sie hat im Chor zwar nie von ihm erzählt, aber als sie mir die Tür aufgemacht hat, war ein Mann im Rollstuhl neben ihr im Flur.«

Rollstuhl! »Wie hat der ausgeschaut?«

»Der Mann?« Hermi hakt verwirrt nach. »Ja, wie wird er wohl ausgeschaut haben, wenn er der Zwillingsbruder vom Rettenbacher war?«

»Nicht der Mann, Hermi. Der Rollstuhl!«

Hermi starrt mich an, als hätte ich sie um ein veganes Rezept gebeten. »Was weiß denn ich, er ist ja drauf gesessen! Wie Rollstühle halt ausschauen. Warum ist denn das jetzt so wichtig?«

Ich weiß nicht einmal, ob es überhaupt wichtig ist, will ich sagen, verkneife es mir aber und deute Hermi weiterzuerzählen.

»Jedenfalls hat sie sich nur ganz kurz mit mir unterhalten und zu ihm gesagt, dass sie gleich wiederkommt.«

»Und daraus hast du geschlossen, dass sie seine Partnerin ist?«

Überzeugt mich nicht. »Sie hätte genauso gut seine Pflegerin sein können oder einfach eine Nachbarin.«

Hermi verschränkt die Arme vor der Brust und mustert mich. »Pflegerin?« Sie schüttelt den Kopf. »Nie im Leben! Auch wenn ich amoremäßig schon länger auf dem Trockenen sitze, kann ich immer noch eins und eins zusammenzählen! Zwischen den beiden war 100-prozentig mehr als nur Katheter setzen, da leg ich meine Hand ins Feuer!«

»Na gut«, lenke ich ein, »dann eben eine Nachbarin?«

Hermi schüttelt wieder den Kopf. »Die beiden haben im selben Haus gewohnt«, sagt sie.

»Woher weißt du das?«, frage ich verblüfft, »ich dachte, du warst nicht drinnen?«

»Dafür braucht man keine Miss Marple zu sein.«

Kleiner Seitenhieb auf meine Wenigkeit. Ich nehme ihn sportlich und lasse Hermi den Triumph. Meine Schwiegermutter strafft sich und reckt triumphierend das Kinn vor.

»Charlotte war dankbar, dass ich ihr die Mappe vorbeigebracht habe, und hat mich auf einen Kaffee eingeladen.« Sie schlägt unschuldig die Augen auf. »Hab ich natürlich nicht abgelehnt, das Angebot. Es hat mich sowieso schon lange interessiert, wie diese Charlotte wohnt.«

»Ich dachte, du magst sie nicht?«

Hermi zuckt die Schultern. »Das ist ein Grund, aber kein Hindernis, oder? Ich wollt' halt wissen, ob was dran ist an ihrer Angeberei.«

Kurze Pause, bedeutungsvoller Blick. »Auf das Haus muss sie sich jedenfalls nichts einbilden, das ist alt und heruntergekommen. Nichts Besonderes.«

»Und woher weißt du, dass Charlotte und Klaus ein Paar waren?«, lotse ich sie zurück in die Spur.

»Herrgott, so was merkt man doch!«, schnaubt Hermi. »Klaus Rettenbacher war die ganze Zeit über neben uns am Tisch. Die beiden waren 100-prozentig ein Paar, Rosmarie, das kannst du mir glauben. Man sieht doch, wie zwei Menschen miteinander umgehen, oder nicht? Sie hat ihn mit Kuchen gefüttert, und er hat ihr zugezwinkert. Außerdem sind Fotos von ihnen an der Wand gehangen. Aber es hätte auch gereicht, auf das Schild neben der Klingel zu achten.« Sie zwinkert mir zu. Eins zu null für Hermi. »Stimmt«, muss ich zugeben und nicke anerkennend. Mittlerweile ist der Kaffee kalt. Mit dem Zeigefinger picke ich die letzten Kuchenbrösel vom Teller auf und stecke sie in den Mund. »Wie lange ist das jetzt her?«, frage ich schließlich.

Hermi überlegt kurz. »Was weiß ich«, sie schiebt die Unterlippe vor, »ein halbes Jahr vielleicht?« Sie kneift die Augen zusammen und korrigiert sich. »Höchstens!«

»Und seitdem ich vom Kirchenchor zum *Chor der Philharmonie* gewechselt bin, sehe ich sie regelmäßig. So eine Stimme wie meine nehmen sie mit Handkuss, hat die Lisi gesagt.«

»Moment, welche Lisi jetzt?« Meine jüngste Tochter wird wohl kaum gemeint sein.

»Na, die Lisi Fuchs.« Hermi wartet auf einen Geistesblitz meinerseits, aber ich muss passen.

»Gründerin der *Philharmonie Salzburg*?«, hilft sie mir auf die Sprünge, »Chefdirigentin und Chorleiterin, hallo?«

»Ja gut«, ich räuspere mich verlegen und weiche ihrem Blick aus, »ist ja jetzt nicht so wichtig. Kannst du dich noch an die Adresse erinnern? Wo hat diese Charlotte Singer gewohnt?«

»In Eichet«, antwortet Hermi knapp, steht auf und drückt ihr Kreuz durch, dass die Bandscheiben nur so krachen. »Beziehungsweise an der Grenze zwischen der Stadt Salzburg und Grödig.«

»Geht's vielleicht ein bisschen genauer?«, frage ich.

»Birkenstraße.«

»Du warst also nur einen Katzensprung vom Haus des Verstorbenen entfernt?«

Vroni ist im Jagdmodus, das merke ich schon an ihrer Stimme, als ich es ihr am Telefon erzähle. Ich habe mich auf die niedere Steinmauer im Garten verzogen, die im Schatten und außer Hörweite von Laurenz' Büro liegt. Aus Hermis Gerätehäuschen tönt Kalliopes Geigenspiel zu mir herüber: die *Moldau* von Smetana, wenn mich nicht alles täuscht. Idealer Soundtrack, wenn es um zwei Wasserleichen geht. Neben mir leuchtet der Lavendel in sattem Violett und duftet intensiv und beruhigend zugleich. Ich kann gar nicht anders, als mit den Fingern durch die hohen Stiele zu kämmen.

Anfangs wollte Vroni das Gespräch zwar abwürgen, weil sie schon mit einem Fuß aus der Wohnung draußen war, unterwegs zur Bushaltestelle – kampelt und g'striegelt, 'putzt und g'schnäuzt für das Konzert, auf das sie sich schon so lange freut. In solchen Momenten telefoniert sie nur ungern, aber noch weniger schätzt sie zu viele Ohren um sich herum. Über den Fund einer zweiten Wasserleiche plaudert es sich leichter ohne Zuhörer im Wartehäuschen, also bleibt sie in der Wohnung, während ich ihr vom Rollstuhl, von Tante Martha und Miris Kollaps erzähle.

»Streng genommen war ich zwei Häuser vom Klaus Rettenbacher entfernt«, erkläre ich, »rechts von Miri wohnt Tante Martha. Rechts von Tante Martha wohnt Klaus Rettenbacher.«

»Wohnte!«, korrigiert mich die Vroni aus aktuellem Anlass. Sie kann eben nicht aus ihrer Lehrerinnenhaut heraus, aber mittlerweile ertrage ich ihren Klugschiss mit Fassung. Meistens jedenfalls.

»Tante Marthas Haus steht genau in der Mitte. Soweit ich weiß, ist das Rettenbacher-Haus nichts Besonderes. Ein Altbau, ziemlich heruntergekommen, mit ein bisschen Garten drumherum.«

Eine Hummel umschwirrt mich und entscheidet sich dann doch für den Lavendel. »Was, bitte«, frage ich ehrlich interessiert, »hätte ich deiner Meinung nach im Rettenbacher-Haus tun sollen?«

Vroni seufzt am anderen Ende der Leitung. Es ist ein Seufzer aus tiefstem Seelengrund. Einer der Sorte, bei dem Filmdiven in alten Schwarz-Weiß-Schinken sehnsüchtig aus dem Fenster starren, untermalt von Geigenklängen in Moll. Alles Elend einer Volksschullehrerin, die ein ganzes Schuljahr lang Eltern erklären muss, dass ihre Kinder nicht hochbegabt, sondern verhaltensoriginell sind, liegt darin. Die Enttäuschung darüber, dass die Sommerferien nicht verlaufen wie geplant. Wischmopp statt Luftmatratze, Schremmhammer statt Sonnenschirm, Baumarkt statt Strandbad. Und jetzt, da sie ihre gemarterte Seele mit einem Konzert verwöhnen will, pfusche ich ihr mit meinem Bericht dazwischen und hinke intellektuell hinterher, während sie der Erleuchtung schon so nahe ist. Das Leben ist nicht fair.

»Etwas über den Mann herausfinden, der vor drei Tagen aus dem Almkanal gefischt wurde, zum Beispiel«, antwortet sie gallig. Ich höre Schlüsselgeklimper und das Hallen von Schritten in einem Stiegenhaus. Vroni ist jetzt also doch auf dem Weg zum Bus, was bedeutet, dass sie das Gespräch bald beenden wird.

»Stimmt. Charlotte Singer kann uns sicher mehr über ihn erzählen. Außerdem würde mich interessieren, ob sie ein Alibi für den Abend hat, an dem Klaus Rettenbacher gestorben ist.«

Charlotte Singer befragen, notiere ich im Geist.

Unvermittelt blitzt Miris Gesicht wieder vor meinem inneren Auge auf. Das Grauen in ihren Augen, als sie Großtante Martha im Wasser treiben gesehen und am Nachthemd erkannt hat.

»Miri Pelzinger tut mir leid«, sage ich. »Der Schock sitzt tief bei ihr, sie ist von einem Weinkrampf in den nächsten gekippt.«

»Bist du dir da sicher?« Vroni muss die verlorene Zeit aufholen und ist jetzt im Laufschritt unterwegs. Ihr Atem geht schneller, und die Absätze klappern über den Asphalt.

»Na hör einmal«, bin ich entrüstet und rupfe energisch am Lavendel, »wie würdest du dich fühlen, wenn du zweimal hintereinander unfreiwillig als Erste an einem Tatort auftauchst?«

»Was heißt hier Tatort? Wir wissen doch noch gar nicht, ob Tante Martha ermordet wurde, oder? Vielleicht ist sie tatsächlich einfach nur ins Wasser gefallen.«

»Sie wird obduziert«, sage ich knapp. »Wenn Heidi Putschauer ihr Tempo beibehält, wissen wir morgen mehr.« Ich atme tief durch. »Trotzdem: Miri war fix und fertig, Vroni. Total verzweifelt. Das war echt, nicht gespielt.«

»Nur weil jemand weint, muss er oder sie nicht gleich unter Schock stehen. Es gibt auch Tränen der Erleichterung. Vielleicht hat der Tod ihrer Großtante für Miri auch Vorteile.«

»Willst du damit andeuten, dass Miri Pelzinger ihre eigene Großtante auf dem Gewissen hat? Die Frau, die sie jahrelang aufopfernd gepflegt und zum Mittelpunkt ihres Lebens gemacht hat? Das ist doch geschmacklos!« Ich mache eine Faust um ein paar Lavendelstiele und ziehe. Einzelne Blütenblätter rieseln in meine Hand. »Miri war ein Vorbild in Sachen Nächstenliebe und Fürsorge!«

»Ich deute gar nichts an«, sagt Vroni kühl, »und die Nächstenliebe lassen wir besser aus dem Spiel, wenn es um zweifachen Mord geht.«

»Moment«, funke ich dazwischen, »nicht so hastig, Vroni. Bis jetzt ist keiner der Todesfälle offiziell ein Mord. Weder bei Klaus Rettenbacher noch bei Martha Kugelbauer kann man einfach so von Fremdverschulden ausgehen.«

Aber das lässt Vroni nicht gelten. »Ich versuche nur, die Fakten zu sehen. Das Ganze nüchtern zu betrachten. Miri hat sich erdrückt gefühlt, die Verantwortung für ihre Großtante war ihr eine Last, das hast du selber gesagt. Miri Pelzinger hat ihre eigenen Bedürfnisse zurückgeschraubt, um für ihre Tante da zu sein. Ihre Ehe war am Sand deswegen.« Sie macht eine kurze Pause. »Zwei ihrer Nachbarn sind tot, Rosmarie, vergiss das nicht. Wir haben zwei Wasserleichen, die in unmittelbarer Nähe zu Miris Adresse gefunden wurden.«

Im Hintergrund rauscht ein herannahender Bus. Vroni rennt noch schneller. Sie keucht.

»Ich muss jetzt aufhören, der Bus kommt. Aber wenn du nach einer Verbindung zwischen den beiden Toten suchst, dann mach die Augen auf. Sie ist direkt vor deiner Nase!«

Mit dem unguten Gefühl, dass Vroni womöglich recht hat, bleibe ich noch eine Weile auf der aufgeheizten Mauer sitzen und beobachte die Hummel, die sich erfolglos in eine Blüte quetschen will. Kalliope ist fertig mit der *Moldau*, das Geigenspiel verstummt.

Urplötzlich fehlen mir die Klänge, die so sanft dahingeflossen sind. Es fühlt sich an, als lägen meine Gedanken auf dem Trockenen. Habe ich etwas übersehen? Mich von falschen Annahmen treiben lassen? Wer zur Quelle will, muss gegen den Strom schwimmen, heißt es. Aber was ist die Quelle allen Übels? Oder besser gesagt: wer? Bis vor sechs Monaten hat Miri bei uns in der Praxis geputzt. Sie musste damit aufhören, weil sie ihre Tante nicht einmal mehr für ein paar Stunden allein lassen konnte. Bei kurzen Besuchen, um ein Rezept zu holen, hat sie Tante Martha einfach mitgenommen. Mittlerweile sei es nicht mehr möglich, mit ihrer Großtante unterwegs zu sein, hat sie erst vor Kurzem gemeint. Von den vier Stadien, in die man eine Demenz-Erkrankung aufteilen kann, war Martha in Phase zwei, bevor sie verstorben ist: »Das verlorene Ich.« Patienten in dieser Phase haben ein erhöhtes Bewegungsbedürfnis, sind gleichzeitig aber desorientiert. Womit die Probleme für pflegende Angehörige erst so richtig losgehen, schätze ich. Denn mit fortschreitender Krankheit kommt nicht nur die räumliche, sondern auch die zeitliche Orientierung abhanden, was Tante Marthas nächtliches Herumgeistern erklärt. Vergangenheit und Gegenwart werden vermischt, Angehörige nicht mehr erkannt. Stattdessen kann es passieren, dass Fremde für bekannte Menschen gehalten werden; hier sind Konflikte vorprogrammiert, denn nicht alle Beteiligten wissen damit umzugehen. Manche nehmen es übel, nicht erkannt zu werden, obwohl der Sitznachbar, den die Erkrankte kaum kannte, herzlich umarmt wird. Kein Wunder also, dass Miri pro-

blematische Situationen vermieden hat. Für »Ausflüge«
mit Tante Martha zu uns in die Praxis fehlten ihr ganz einfach Zeit und Nerven. Es ging schneller ohne sie. Zumal
Tante Martha einen Tick hatte: Sie wollte nie ohne Jause
aus dem Haus gehen. Sogar für kurze Wege brauchte sie
ein eigenes Jausenpaket, das Miri ihr herrichten musste,
vorzugsweise Obst und etwas zu trinken. Vielleicht ein
Überbleibsel aus Tante Marthas Kindheit, die von extre-
mem Hunger geprägt war. Miri hatte also ständig Müsli-
riegel oder Smoothies für Tante Martha dabei, wenn sie
mit ihr unterwegs war. Sicher nicht immer schön, seiner
eigenen Großtante beim Verfall zusehen zu müssen. Und
anstrengend. Das bisschen Zeit, das Miri neben Pflege
und der Arbeit in zwei Haushalten noch blieb, wollte
sie wahrscheinlich lieber für sich selbst nutzen oder mit
ihrem Ehemann verbringen, statt mit der dementen Großtante einkaufen zu gehen. Irgendwie verständlich. Ich zerreibe ein paar Lavendelblüten zwischen den Fingern und
denke nach. Was hat Miri gesagt? »Dieses Problem löst
sich nur biologisch!« Ich versuche, mich zu erinnern, wie
Miri reagiert hat, als wir Tante Martha im Wasser entdeckt
haben. Sie ist beinahe kollabiert, aber das könnte sie auch
gespielt haben. Vronis Worte hallen in mir nach. War der
Schock wirklich echt? Vor allem: Ist der Unfall so passiert,
wie wir es vermuten? War Tante Martha tatsächlich allein
unterwegs in der Nacht und Miri ahnungslos? Die Wildkamera an der Hausmauer hat nur Tante Marthas Bewegun-
gen aufgezeichnet, der Eingangsbereich von Miris Haus
wurde nicht erfasst. Miri hätte genauso gut am Gartentor
auf ihre Großtante warten können. Sie hätte ihren Plan,
Martha loszuwerden, um wieder mehr Lebensqualität zu
haben, als nächtliches Ausreißen einer Demenzkranken

tarnen können. Womit wir bei der Kernfrage wären: War Tante Marthas Tod ein Unfall? Wozu ist eine verzweifelte Frau wie Miri, der längst alles über den Kopf gewachsen ist, fähig? Zu einem Spaziergang bei Vollmond, um mit der Tante in die Vergangenheit zu reisen? Ich streiche mir die Lavendelblüten von den Handflächen und stemme mich von der Gartenmauer hoch. Und frage mich, ob ich Miri gegenüber zu vertrauensselig war.

Den Rest des Nachmittags verbringe ich damit, Schulsachen einzukaufen. Dieses Jahr nur für zwei Kinder, denn Susi macht ein Auslandspraktikum in Italien. Max klaubt sich alles, was er braucht, selbst zusammen und ruft nur an der Kassa nach mir. Bei Lisi, meiner Jüngsten, komme ich voll auf meine Kosten, denn: Ich liebe den Zauber von neuen Heften und ungespitzten Bleistiften. Wirklich! Ich habe den September und Einkäufe für die Schule schon immer gemocht, egal in welchem Alter. Herbst und Schulanfang fühlen sich so reinigend an wie ein Neujahrstag, finde ich. Alle Zeichen stehen auf Neustart, quasi Reset nach dem Schlendrian, der sich über die Sommerferien eingeschlichen hat. Der Duft von Papier ist magisch, Farbstifte regenbogenartig anzuordnen fast so entspannend wie Yoga. Ich kann keinem Papierwarengeschäft widerstehen, sofern es einen gewissen Charme ausübt. Öde, neonbeleuchtete Regale in Supermärkten oder Diskontern ausgenommen. Um die Einkaufshöllen, in denen Loop-Schals vom Kaffeeröster gleich neben den Schnellheftern lagern, mache ich einen Riesenbogen. Aber die kleinen, feinen Papeterien mit Flair ziehen mich an wie die Motten das Licht. Gott sei Dank gibt es sie noch, vereinzelt jedenfalls, wo man den Unterschied zwischen Bleistiftstärken erfragen und buntes Tonpapier blattweise kaufen kann. Wo man von Fachkräften freundlich durch den Schulhefte-Dschungel gelotst wird und es noch die guten alten blau-roten Radiergummis gibt. Wo man Buntstifte nicht nur packungsweise, sondern auch einzeln bekommt. Bis vor ein paar Jahren hatte sogar Grödig noch so ein Kleinod am Marktplatz, aber das ist einem Tabakladen gewichen. Aber das nächstgelegene Schreibwaren-Paradies ist Gott sei Dank nicht weit, stadteinwärts am Anfang der Moosstraße. Die freundliche Dame hinter der Kassa zählt gerade Lisis Buntstifte, um sie zu verrechnen, als meine Chefin anruft.

Noch vor dem zweiten Klingeln hebe ich ab, und sie kommt ohne Umschweife zum Thema. »Heidi hat mich gerade verständigt. Das DNA-Ergebnis ist da!«

Überflüssig zu erwähnen, welche DNA gemeint ist. Jetzt geht es um alles. Verwandt oder nicht verwandt? Bin ich eine Rettenbacher oder nicht? Und somit, amtlich mit Brief und Siegel bestätigt, Halbwaise? Ist die Chance, meinen Vater zu finden, im selben Moment verpufft, wie sie aufgetaucht ist? Urplötzlich wird mir kalt. Ich bekomme Gänsehaut, sauge scharf die Luft ein und bewege mich einige Schritte weg von der Kassa, um außer Hörweite zu sein. Mein Puls rast. Mit einer Hand halte ich mich an einem Drehständer mit Gruß- und Glückwunsch-Billetts an, um nicht zu taumeln. Mein Blick fällt auf eine zartgrüne Karte: »Nichts ist entspannender, als das anzunehmen, was kommt. Dalai-Lama«

Ich schlucke trocken. »Und?«, flüstere ich rau.

»Negativ. Keine Übereinstimmung.«

Ich atme aus und schließe die Augen. Keine Übereinstimmung. Klaus Rettenbacher ist nicht mein Vater. Ich bin nicht die Tochter des Toten. Das Gefühl, das sich jetzt in mir breitmacht, kommt unerwartet: Erleichterung. Ich fühle mich befreit, bin seltsamerweise froh, dass sich aus meiner Haarprobe und Klaus Rettenbachers Blut keine Verwandtschaft ablesen lässt. Dass sich das Universum oder der große Unbekannte dort oben keinen weiteren Scherz mit mir erlaubt haben: Rosmarie, das Findelkind, das seinen Vater erst im Sektionssaal kennenlernt. Nein, das ist noch nicht das Ende. Er war's definitiv nicht, und ich muss weitersuchen. Oder darf.

Für Sekundenbruchteile meldet sich noch etwas anderes: mein schlechtes Gewissen. Ich schäme mich für meine Erleichterung. Als ließe ich den Toten damit auf eigenartige Weise im Stich, würde mich von ihm abwenden, fände ihn weniger interessant. Bis zu einem gewissen Grad stimmt das sogar; meine Neugier, eine eventuelle Vaterschaft betreffend, ist gestillt. Sache erledigt. Klaus Rettenbacher ist jetzt nur mehr Teil eines Falles, den ich aufklären will. Enttäuschung und Hoffnung liegen auf der Goldwaage meiner Gefühle, nicht sicher, wem von beiden mehr Gewicht zusteht. Die Enttäuschung springt in ihrer Waagschale auf und ab und stampft mit dem Fuß wie ein kleines Kind, dem der Kaugummi an der Supermarktkasse verwehrt wird. Gerade rechtzeitig kommt mein Optimismus mit Siebenmeilenstiefeln angerannt, springt mit Anlauf zur Hoffnung in die Waagschale und macht klar, wer hier das Sagen hat. Ich atme tief durch, lasse den Kartenständer los und richte mich ein wenig auf. Nein, ich muss kein schlechtes Gewissen haben. Für die Chemie, die zwischen dem toten Rettenbacher und mir im wahrsten Sinn des Wortes nicht stimmt, kann ich nichts. Das Schicksal hat mir soeben eine weitere Möglichkeit geschenkt, meinen Vater zum finden. Trotzdem werde ich alles tun, um

Klaus Rettenbachers Tod aufzuklären. Nur das zählt. Ich gebe dem Kartenständer einen Schubs, der sich sofort laut quietschend zu drehen beginnt. Mit geschlossenen Augen warte ich, bis die Fliehkraft ihre Wirkung verliert. Der Spruch, den ich gleich als Erstes sehe, wird die Richtung vorgeben. Nicht, dass ich abergläubisch wäre, aber manche Dinge geschehen aus gutem Grund. Das Quietschen wird leiser, ich öffne die Augen. »Das Ende ist nur die Chance auf einen Neuanfang.« Passt wunderbar.

Mein befreites Seufzen ist lauter als gedacht. Zwei Mütter mit Schul-Einkaufslisten schauen irritiert zu mir herüber, die Dame an der Kassa runzelt die Stirn.

»Rosmarie? Hallo? Bist du noch da?

Ich habe ganz vergessen, dass meine Chefin immer noch in der Leitung ist, und melde mich hastig.

»Damit wäre eine der wichtigsten Fragen geklärt, zumindest was dich persönlich betrifft«, nimmt sie den Faden von vorhin wieder auf. »Außerdem hat Heidi Spuren von Kalkgestein in seiner Kopfwunde gefunden.«

Was uns jetzt nicht wirklich weiterbringt, will ich sagen, verkneife es mir aber. Der Almkanal ist an der Stelle, an der man Klaus Rettenbacher gefunden hat, mit Kalkstein eingefasst. Wenn er mit dem Kopf daran gestoßen ist, würde das die Partikel in der Wunde erklären, aber gut. Heidemarie Putschauer hat den DNA-Abgleich mir zuliebe vorgenommen, wofür ich ihr echt dankbar bin. Da will ich es mir nicht anmaßen, ihre Arbeit zu bewerten, schließlich ist sie äußerst gründlich und verlässlich. Aber dass sich Klaus Rettenbacher die Kopfwunde am Bachbett zugezogen hat, haben wir längst vermutet. Der Rollstuhl, den ich hinter dem Baustellengitter gefunden habe, ist zwar nur ein Indiz, untermauert aber meine Theorie.

»Konnten Sie bei der Ärztekammer etwas erreichen?«, flüstere ich, weil ich das Wort »Praxisschließung« nicht aussprechen will. Zu viele Ohren rundherum, außerdem steht dort hinten im Eck, bei den Zeitschriften, der alte Kemmetinger, einer der längst gedienten Patienten der Praxis. Er blättert alibihalber in einem Groschenroman und linst zwischendurch zu mir herüber. Natürlich hat es sich längst herumgesprochen, dass ich zwei Mordfälle aufgeklärt habe. Einige Patienten werfen mir bedeutsame Blicke zu oder recken den Daumen hoch, wenn sie mich sehen. Sie wissen Bescheid. Klar, dass nach zwei Todesfällen innerhalb der letzten Tage die Ohrwascheln sämtlicher Patienten auf Empfang geschaltet sind. Ich winke dem Kemmetinger zu und drehe mich um. »Ich meine, sehen wir uns morgen Früh?«, hauche ich.

»Natürlich«, sagt meine Chefin schwungvoll, »morgen um 8 Uhr Früh in alter Frische, Rosmarie!« Dann legt sie auf.

Die Hitze des Tages hat sich verzogen. Langsam löst der Herbst den Sommer ab und beweist, dass auch er schöne Abendstunden zaubern kann. Laurenz und ich sitzen nach Sonnenuntergang auf der Terrasse bei Rotwein, Oliven, eingelegten Tomaten und Parmesanstücken. Seitdem Laurenz vor Kurzem ein italienisches Feinkostgeschäft entdeckt hat, macht sich mehr *Italianitá* auf unserem Speiseplan und unserer Terrasse breit. Auch eine Art, den Urlaub zu verlängern, denke ich und greife nach einem Stückchen Parmesan. Vor Laurenz liegt der Brief aus Italien, den die Christl heute für ihn abgegeben hat. Im Schälchen sind nur mehr fünf Oliven, drei schwarze und zwei grüne. Das Kerzenlicht spiegelt sich auf der glatten, prallen Haut der Früchte. Ein winziges Stillleben, auf seine Weise vollkommen, pur und harmonisch. Und da ist es wieder, dieses eine Wort, das mir schon seit Tagen im Kopf herumgeistert: Harmonie. Im Grunde dreht sich doch das ganze Leben um Ausgeglichenheit, spielt sich zwischen den Akkorden von Gut und Böse ab, zwischen Harmonie und Dissonanz. Alles muss ausgewogen sein, stimmig und wohlklingend, aber eben für jeden nach seiner eigenen Maxime, und genau da fangen die Schwierigkeiten an. Stimmungen prallen aufeinander, Wünsche zerschellen an der Realität. Menschen unterschiedlichster Couleur finden sich, ziehen einander magisch an oder stoßen einander ab, wie Teilchen mit konträren Polen. Wo Menschen und ihre Geschichten aufeinandertreffen, geht der Harmonie oft die Puste aus. Sie hinkt hinterher und bleibt schließlich auf der Strecke. Klinkt sich sozusagen aus dem Teamwettbewerb aus und überlässt die anderen sich selbst. Logische Konsequenz, wenn ein Teil der Gruppe plötzlich wegbricht: Störungen im Gefüge. Welche Störung hat wohl dazu geführt, dass der Rettenbacher sein Leben lassen musste? Hat *er* jemanden gestört? Oder provoziert, eigenmächtig die Zügel eines anderen Lebens in die Hand genommen und jemanden unter Druck gesetzt? Oder war er einfach nur jemandem im Weg, zur falschen Zeit am falschen Ort? Was hat ihn zum Opfer gemacht? Und vor allem: *Wo* wurde er zum Opfer? Denn das ist der nächste Punkt auf meiner Liste der unbeantworteten Fragen: der Fundort. Da stecke ich fest, trete auf der Stelle. Soll ich Laurenz davon erzählen? Ich greife nach einer schwarzen Olive und denke kurz nach. Wäge Schaden und Nutzen ab, wenn ich Laurenz in meine Ermittlergedanken einweihe. Schlimmstenfalls macht er sich über mich lustig, aber das halte ich aus. Andererseits: Warum sollte ich ihm nicht davon erzählen? Schließlich hat er mir ein Notizbuch geschenkt, seine Haltung gegenüber dem Thema Ermitteln hat sich also verändert. Laurenz hält die Augen immer noch geschlossen, womöglich ist er sogar eingeschlafen.

Ich räuspere mich. »Der Rettenbacher …«, fange ich an.

Laurenz richtet sich auf und ist sofort ganz Ohr. Als ob er einen Zwischenbericht in Sachen Ermittlungen geradezu erwartet hätte.

»Klaus Rettenbacher? Der Zwillingsbruder vom Hypochonder?«

Ich nicke. »Mich würde interessieren, wo und wann er ins Wasser gefallen ist. Und ob er tatsächlich gefallen ist, oder ob jemand nachgeholfen hat. Und …« Ich stocke kurz. Überlege, ob ich ihm vom Rollstuhl erzählen soll, der kurzfristig im Abstellraum der Ordination geparkt ist. »Ich habe einen Rollstuhl gefunden. Hinter dem Baustellengitter bei der *Pflegerbrücke*.« Ich atme tief durch. »Und ich vermute, dass der Rollstuhl mit Klaus Rettenbachers Tod zusammenhängt. In irgendeiner Weise, die mir jetzt noch nicht bekannt ist. Aber gesetzt den Fall, Klaus Rettenbacher wurde mit dem Rollstuhl an diese Stelle gefahren: Wann ist er in den Almkanal geplumpst?«

»Du suchst nach der genauen Uhrzeit?« Laurenz runzelt die Stirn. »Bringt dich das weiter?«

»Weiß ich noch nicht«, ich zucke mit den Schultern, »aber je mehr ich weiß, desto besser. Was man hat, das hat man.«

»Hm.« Laurenz, mittlerweile leicht beduselt vom Wein, nickt, schleckt seinen Zeigefinger ab und fährt damit am Glasrand entlang. Das Resultat ist ein dumpfer Ton. Seltsamerweise wirkt Laurenz kein bisschen überrascht wegen der Rollstuhl-Sache.

»Ob Klaus Rettenbacher gestürzt ist oder geschubst wurde, ist wahrscheinlich schwer herauszufinden. Kopfverletzungen kann man sich in beiden Fällen zuziehen. Du glaubst also, der Rollstuhl hat etwas mit dem Tatort zu tun?« Er legt den Kopf schief. »Dann wäre der Täter sehr ungeschickt, ihn im Bachbett liegen zu lassen. Auf den Griffen sind sicher jede Menge Fingerabdrücke drauf.«

Ich denke kurz nach und nicke langsam. Im Prinzip hatte ich diesen Verdacht auch schon, aber ausgesprochen hört er sich verbindlicher an. Nach einer Spur, die nur auf mich wartet und verfolgt werden will. Aber wie anfangen? Wie werden aus labbrigen Annahmen konkrete Ergebnisse? Ich bin aus der Übung, seit meinem letzten Fall ist gefühlt ein Jahrhundert vergangen.

»Du willst also die Tatzeit ermitteln?« Laurenz reißt mich aus meinen Gedanken. Er schüttelt den Kopf und korrigiert sich. »Nein, nicht die Tatzeit. Die Zeit, zu der Klaus Rettenbacher ins Wasser gefallen ist, bevor er zur Surfwelle gespült wurde. Dazu braucht's nur die Formel für die Fließgeschwindigkeit.«

»Danke für den Tipp«, ätze ich, »sehe ich aus wie Albert Einstein?«

Als ob ich ein Physik-Genie wäre. Fließgeschwindigkeit berechnen – das ist so leicht dahingesagt und klingt erst einmal simpel. In Fernsehkrimis wird ständig die Fließgeschwindigkeit von irgendwelchen Flüssen berechnet, wenn eine Wasserleiche entdeckt und an Land gezogen wird. Irgendein grantiger Kommissar, ein einsamer Wolf in olivgrünem Parka mit Dreitagebart und gescheiterter Beziehung, steht dann an einem Bachbett und schaut nachdenklich ins Wasser. Der Morgennebel hebt sich gerade, und der Kommissar lechzt nach der ersten Tasse Kaffee des Tages, die er aber so bald nicht kriegen wird, so viel steht fest. Vom Kaffeeentzug, seinem Schicksal und durchwachten Nächten kreuzweise schraffiert, schnauzt er seine Assistentin an, warum A) es noch immer keine Erkenntnisse über den genauen Tathergang gibt, und B) noch niemand auf die Idee gekommen ist, eine Thermoskanne mit Kaffee für ihn mitzubringen. Dann beschwert er sich, dass man alles, aber auch wirklich alles selber machen muss in diesem gottverdammten Job. Er fischt einen zerknitterten Kassazettel aus seiner Jackentasche, das einzige Papier, das er mit sich führt, und einen *IKEA*-Bleistift. Und dann passiert das Unglaubliche: Er berechnet die Fließgeschwindigkeit des Gewässers. Keine große Sache, die Formel dafür kennt er natürlich, er hat sie quasi erfunden, das Rechnen geht ihm leicht von der Hand, sogar ohne Koffein. Keine zwei Minuten später klemmt der grimmige Kommissar den Wisch mit dem richtigen Ergebnis unter die Jausenbox eines Kollegen, der ebenfalls unter Kaffeedurst und einer beginnenden Herbstdepression leidet. Anschließend stapft er mürrisch über den groben Kies des Bachbetts zurück zu seinem alten Auto und hinterlässt ein stumm staunendes Team, das jetzt nichts weiter tun muss, außer ratzfatz den Mörder zu finden, bevor der Film nach 90 Minuten endet. Aber, und da liegt der Hund begraben: Ich bin kein Kommissar, sondern nur eine einfache Arzthelferin mit Dyskalkulie. Sprich: Die Mathematik und ich haben ein schwieriges Verhältnis zueinander. Das war schon immer so.

»Ich kann das nicht«, seufze ich und bereue bitter, dass ich mit den Naturwissenschaften immer auf Kriegsfuß gestanden bin.

Laurenz stellt sein Glas beiseite, rutscht auf dem Sessel weiter nach vorn und setzt sich die unsägliche Brille wieder auf.

»Es ist gar nicht so schwer.«

Er sieht sich suchend um, steht auf, holt einen Kugelschreiber aus dem Haus und setzt sich wieder. Das Kuvert aus Italien dreht er um und schaut mich abwartend an. Als ich nichts sage, beginnt er, auf dem Papier herumzukritzeln.

»Was wissen wir?«, fragt er und gibt sich die Antwort gleich selber. »Der Leichnam wurde bei der Surfwelle im Almkanal gefunden.«

Er zeichnet zwei parallele Striche, die wahrscheinlich das Gewässer darstellen sollen.

»Um welche Uhrzeit war das?« Laurenz schaut mich über den Rand seiner Brille an.

»Miri ist spätabends mit ihrem Hund spazieren gegangen. Sie hat Klaus Rettenbacher um 22.30 Uhr im Wasser treiben gesehen.«

Laurenz nickt. »Angenommen, der Tote hatte circa 80 Kilo, der Wasserstand des Almkanals ist weder besonders hoch noch tief, also keine vorherige Trockenheit, kein Starkregen.«

Er notiert ein paar Zahlen am Rand seiner Zeichnung, hält kurz inne und nickt wieder. Dann schreibt er eine Formel auf.

»V ist gleich S durch T.«

»Wie bitte?«, frage ich verwirrt.

»Geschwindigkeit gleich Entfernung dividiert durch Zeit.«

Laurenz sieht mich wieder über den Rand seiner Brille an. Niemand, der noch halbwegs bei Verstand ist, setzt sich so etwas auf die Nase. Notiz an mich: demnächst mit meinem Mann den Optiker meines Vertrauens aufsuchen.

»Wir kennen zwar den Querschnitt und die Wassermenge des Almkanals nicht genau, aber ...«

»Wie bitte?« Das geht mir alles zu schnell.

Laurenz schreibt wieder etwas. »Querschnitt und Wassermenge. Wenn wir diese beiden Informationen hätten, könnten wir den Punkt ganz exakt berechnen, aber es geht wahrscheinlich auch so.« Er nickt und murmelt. »Die durchschnittliche Fließgeschwindigkeit beträgt zwischen 0,1 und 0,6 Meter pro Sekunde.« Kurze Pause. »Wir gehen von 0,5 Metern pro Sekunde aus. Ein halber Meter.«

Ich stehe total auf der Leitung, gebe ich zu. Daher bleibt mir nichts anderes übrig, als mich auf Laurenz zu verlassen. Ich nicke ernst und warte gespannt, was als Nächstes kommt. Laurenz greift nach seinem Smartphone und öffnet *Google Maps*. Dann nickt er zufrieden.

»Die Surfwelle ist ungefähr 1.000 Meter von der *Pflegerbrücke* entfernt.« Laurenz schaut kurz auf.

»Fließgeschwindigkeit und Entfernung sind uns also bekannt. Jetzt formen wir die Formel um«, er schreibt weiter, »damit wir die Zeit berechnen können, zu der Klaus Rettenbacher ins Wasser gefallen ist.« Er räuspert sich und tippt mit dem Kugelschreiber auf das Kuvert. »Zeit gleich Entfernung durch Geschwindigkeit. Beziehungsweise: 1.000 Meter durch 0,5 Meter pro Sekunde.« Laurenz rechnet emsig. »33 Minuten und 20 Sekunden! Auf die Zeit des Leichenfundes bezogen bedeutet das ...«, Murmeln, Schreiben, »dass Klaus Rettenbacher um 21.57 Uhr ins Wasser gefallen ist. Freiwillig oder unfreiwillig spielt dabei keine Rolle.«

Endlich nimmt er die Brille ab. Laurenz legt den Kugelschreiber beiseite und schiebt das Kuvert mit der Formel und dem errechneten Ergebnis zu mir herüber.

»Wieso hast du mir nie gesagt, dass du das kannst?«, flüstere ich fassungslos und greife nach dem eng beschriebenen Stück Papier.

Laurenz zuckt verlegen die Schultern. »Du hast nie gefragt!«

ACHTES KAPITEL

Erzählt von Träumen, Tee und Zufluchtsorten, von Markierbändchen, Wunschlisten und dem Tag X. Wir stehen Schlange, meine Chefin ist overdressed, und in der Kirche wird es laut.

Ich finde keinen Schlaf in dieser Nacht. Die Bilder des vergangenen Tages werden zu überlebensgroßen Gestalten in leuchtenden Farben, die durch Nebelschwaden auf mich zukommen. Tante Martha in ihrem weiten, knöchellangen Leinennachthemd, Onkel Stefan mit einer Eiswaffel in der Hand und Kalliope mit ihrer Geige. Ein Rollstuhl steht abseits und rollt sachte vor und zurück, Klaus Rettenbacher kleben die nassen Haare am aufgedunsenen Gesicht. Die Figuren tanzen durch unseren Garten, nehmen sich an den Händen, trennen sich wieder und winken mir zu. Über ihnen kreist ein Geier und stößt unheimliche Laute aus. Es ist ein Signal, das alle verstehen, denn die Gestalten sehen nach oben und scheinen sofort zu wissen, was sie zu tun haben. Ich sehe sie in die Hocke gehen wie Athleten am Start vor dem Lauf, sehe sie losrennen Richtung Untersberg, alle nebeneinander, immer schneller und schneller. Halt!, will ich ihnen zurufen, aber meine Stimme versagt. Ich will sie vor den schroffen Felsen warnen, auf die sie zulaufen. Sie hören mich nicht, erhöhen das Tempo, überholen einander und rasen auf die Felsen zu, direkt ins Verderben. Irgendwoher klingt Musik, eine Geige vielleicht, die Gestalten prallen gegen den Berg und zersplittern. Die Musik verstummt, der Geier lässt sich auf einem Felsen nieder und krächzt zufrieden. Teilchen liegen herum, Tausende winziger Scherben, die sich langsam vom Boden erheben und zu tanzen beginnen. Sie formieren sich neu, ergeben rätselhafte Bilder. Als wären meine Träume ein Kaleidoskop, in dem sich Onkel Stefan und Kalliope, Tante Martha, Klaus Rettenbacher, ein Rollstuhl und ein Geier zu symmetrischen Spiegelungen zusammenfügen. Aber so sehr ich mich auch anstrenge, ich kann die Bilder nicht deuten. Der Geier breitet seine Schwingen aus und erhebt sich in die Lüfte, umkreist dreimal den Untersberg und fliegt schließlich davon.

Ich wälze mich hin und her, schwitze, streife die Decke ab, friere und decke mich wieder zu. Laurenz neben mir schnarcht laut und sägend, an Schlaf ist nicht mehr zu denken. Ich stehe entnervt auf.

Eine Tasse Kräutertee täte jetzt gut, denke ich und schleiche die Stiegen hinunter in Richtung Küche. Hoffentlich ist noch etwas übrig von Tante Zenzis Kräutermischung mit Einschlaf-Garantie, die sie selber zusammenstellt und gegen die Albträume keine Chance haben. Durchs Glasfenster der Eingangstür scheint der Mond und taucht den Vorraum in milchiges Licht. Und plötzlich weiß ich, was ich zu tun habe. Ich bleibe stehen, schlüpfe in meine Flipflops und lächle in mich hinein. Warum ist mir das nicht längst eingefallen? So leise wie möglich drehe ich den Schlüssel im Schloss, öffne die Tür und schleiche mich aus dem Haus. Klare Nachtluft schlägt mir entgegen, irgendwo raschelt etwas im Garten. Vielleicht eine Katze, die durch die Wiese streift. Aus dem Wald am Schlossberg schreit ein Uhu, dann ist es still. Ich schließe leise die Tür hinter mir und steige auf mein Rad. Die Temperatur ist angenehm, gerade so, dass man mit Pyjama und Flip-flops nicht friert. Der leichte Stoff flattert im Fahrtwind und hinterlässt ein wohliges Gefühl auf der Haut. Auch wenn der Mond die Glanegger Allee fast taghell beleuchtet: Ich hätte den Weg blind gefunden. Es ist nicht das erste Mal, dass ich nachts zur Kapelle fahre. Eigentlich komme ich sogar öfter nachts hierher als tagsüber. Das kleine, gelb gestrichene Gotteshaus, das halb in den Schlossberg gebaut ist, ist mein Kraftplatz. Mein Zufluchtsort, an dem ich mich geborgen fühle, auch wenn meine Mutter mich genau dort ausgesetzt hat. Auch wenn meine Lebenskurve gleich am Anfang einen massiven Knick bekommen hat: Die Kapelle war ein Wendepunkt. Hier hat sich alles zum Guten gewendet. Vielleicht sind es positive Energien, die dort ihre Wirkung verströmen, freundliche Geister oder einfach der große Unbekannte dort oben.

Mit jedem Meter, den ich zurücklege und mich der Kapelle nähere, fühle ich mich leichter. Die schlechten Träume fallen von mir ab wie eine Last, bleiben auf der Straße hinter mir liegen und verpuffen. Ich trete schneller, sauge die warme Nachtluft ein und fühle mich befreit. Das kleine Bauwerk hat eine besondere Wirkung auf alle, die sich ihm nähern und sich darin aufhalten.

An der Kapelle strecke ich die Beine weit weg vom Rad und bremse langsam. Der Gutshof liegt dunkel und verlassen da. Irgendwo fauchen zwei Katzen, ein Ast knackt. Nur ein Teil des Gutshofes ist bewohnt, die meisten Flächen sind an Büros und Firmen vermietet. Nachts sind die Gebäude so gut wie leer. Trotzdem will ich die Stille nicht durchbrechen. Um keinen Lärm zu machen, lehne ich meinen alten Drahtesel an die verwitterte Steinmauer, anstatt den Radständer mit dem Fuß nach unten zu klappen. Am winzigen Friedhof neben der Kapelle, der über ein paar Stufen zu erreichen ist, leuchten zwei Grabkerzen. Es ist ein bisschen wie heimkommen: Ich war lange nicht mehr bei der Kapelle und fühle mich trotzdem auf Anhieb wohl. Allerdings war es wohl doch keine so gute Idee, Flipflops anzuziehen, das merke ich schnell. Auf der abgewetzten Steintreppe hinauf zur Kapelle rutsche ich zweimal aus und stürze fast. An der obersten Stufe halte ich kurz inne, greife nach dem Kreuz an meiner Kette und sehe mich um. Dort hinten, der Schatten – hat er sich bewegt? Ich presse mich an die Mauer der Kapelle, halte den Atem an. Etwas ist anders als sonst. Ich kann es nicht benennen, noch nicht einmal erfassen. Es ist nur ein Streiflicht, das über mich hinweghuscht, aber es stört. Ich stemme mich von der Mauer ab und bin auf mich selber wütend. Blödsinn! Was sollte sich denn verändert haben? Ich war Hunderte Male hier, alles ist wie immer!

Das Holztor ist nur angelehnt und knarrt leise, als ich es öffne. Sanftes Mondlicht fällt durch das kleine, ovale Fenster oberhalb des Holztors. Gerade genug, um das Inventar zu erkennen, sich zurechtzufinden und nirgends anzustoßen. Links neben dem Eingang baumelt das Seil, um die Glocke im Turm zu läuten. Eine Aufgabe, um die sich Kinder bei den Taufen oder Maiandachten reißen. Die Kapelle ist winzig; mehr als 40 Leute haben hier nicht Platz. Zur Maiandacht sind alle Bänke gut gefüllt, manchmal auch zur Rorate in der Vorweihnachtszeit. Spitzendeckchen, hohe Kerzen, der schwere rote Vorhang zur Sakristei und die wurmstichigen Kirchenbänke, der Chor, der nur von der Außenseite zu erreichen ist, und die hohen Bodenvasen, in denen immer frische Blumen stecken: Ich kenne die Kapelle in- und auswendig, liebe jeden ihrer wenigen Quadratmeter. An der fünften Bank links außen, gleich neben dem Mauervorsprung, ist mein Platz. Das war schon immer so. Jeder weiß das, diese Stelle ist auf wundersame Weise immer für mich frei, egal wie voll die Kapelle ist. Die Kirchenbank ächzt und knarrt leise, als ich mich hinsetze. Ich greife nach dem *Gotteslob*, das seit Jahren am selben Platz liegt, und blättere darin. Nicht, weil mir nach Singen zumute ist, sondern weil mir die Eselsohren und grünen Kritzeleien, mit denen sich Susi als Kind darin verewigt hat, ein gutes Gefühl geben. Es ist mein Ritual, über den roten, abgegriffenen Einband zu streichen und die Markierbändchen in Gelb, Rot und Lila zu glätten. Aber auch das fühlt sich diesmal anders an. Irgendwie beklemmend. Seit jemand ein Duplikat meiner Halskette in meinem *Gotteslob* versteckt hat, greife ich das Buch nicht mehr so gerne an. Es kostet mich tatsächlich Überwindung, es in die Hand zu nehmen. Was natürlich totaler Blödsinn ist, schließlich kann das Buch nichts dafür. Trotzdem ist es, als habe es sich mir entfremdet. Jemand hat absichtlich mit einem Teil meiner Vergangenheit gespielt und mich damit erschreckt. Eine Zeit lang habe ich die Kapelle gemieden, aus Angst vor einer weiteren Botschaft. Ich habe nie herausgefunden, wer dahintersteckt. Ob sich jemand einen üblen Scherz mit mir erlaubt hat oder ob die Kette tatsächlich ein Lebenszeichen meiner Mutter war. Ein Gruß an mich oder ihr Versuch, in mein Leben zu treten und ab jetzt für mich da zu sein. Kontakt aufzunehmen, in welcher Form auch immer. Oder ob die Kette womöglich gar nichts mit meiner Mutter zu tun hat, sondern nur zufällig in der Kapelle gelegen ist, weil irgendjemand sie verloren hat. Das ist allerdings die unwahrscheinlichste Variante, denn die zarte Goldschmiedearbeit ist eine Sonderanfertigung, von der es – die Kette am Hals des toten Rettenbacher mitgerechnet – wahrscheinlich nur wenige Exemplare gibt. Eine sehr aufwendige Goldschmiedearbeit, nichts für schmale Geldbörsen.

Ich habe mich nie getraut, die zierliche Kette aus dem Gesangsbuch mit nach Hause zu nehmen. Sie liegt noch immer im roten Büchlein, an genau derselben Stelle wie damals, als ich es entdeckt habe. Ich klappe das *Gotteslob* wieder zu und lege es zurück auf die Kirchenbank. Schiebe es ein Stück weiter weg als sonst, als könnte die Kette mein Tun beobachten. Ich schließe die Augen und lege den Kopf in den Nacken. Atme tief durch. Es war wohl alles ein bisschen viel die letzten Tage. Anders kann ich es mir nicht erklären, dass ich mich ausgerechnet an meinem Kraftort unsicher fühle. Das muss aufhören. Ich werde meine Kräfte brauchen, um diesen Fall aufzuklären, Vergangenheit hin oder her. Also zurück zum Fall.

Ich gehe meine Wunschliste durch. Vielleicht ist Gott ein Nachtmensch und hört gerade zu. Was verbindet die beiden Todesfälle? Ist es Zufall, dass beide Leichen im Wasser gefunden wurden? In welcher Beziehung steht Miri wirklich zu den Ereignissen? Und was soll das mit der Kette und dem Kruzifix bei Wasserleiche Nummer eins? Diesmal kommt mir meine Fragenliste unverschämt umfangreich vor. Was vielleicht daran liegt, dass ich schon wochenlang nicht mehr hier war und Privates unaufgearbeitet liegen geblieben ist. Es ist jedes Mal erleichternd, alles loszuwerden, auch heute, trotz des Unbehagens vorhin. Sogar die Kette im *Gotteslob* finde ich jetzt nur mehr halb so schlimm. Es gibt sicher eine schlüssige Erklärung, ich habe sie nur noch nicht gefunden. Ein hastiges Kreuzzeichen, danke im Voraus für die schnelle Bearbeitung, und nichts wie raus aus der Kapelle. Im Osten tupft der Morgen schon ein erstes zartes Rot an den Himmel. Als ich endlich wieder zu Hause ankomme, ist es 5 Uhr morgens. Das Bett ist weich, kuschelig und einladend. Sogar Laurenz hat aufgehört zu schnarchen und atmet ruhig und gleichmäßig. Mit dem festen Vorsatz, spätestens um 6 Uhr aufzustehen, krieche ich unter die Decke und schlafe an seiner Seite ein.

Der heutige Tag ist als Tag X auf meinem Kalender eingetragen; heute wird Klaus Rettenbacher beerdigt! Bei unserer letzten Teambesprechung habe ich mir erlaubt, meiner Chefin einen Arbeitsauftrag zu erteilen: Fühler ausstrecken bei der Trauerfeier! Gemäß Vronis Krimi-Basiswissen kommt der Mörder immer zum Begräbnis, und sie wäre bestimmt gern selber dabei gewesen. Aber es ist ihr tatsächlich gelungen, die Fliesenlieferung zu beschleunigen, und muss ihrem Franz zur Hand gehen. Für Vroni ist heute Fliesenkleber mischen angesagt. Leider tut sich meine Chefin ein bisserl schwer damit, Arbeitsaufträge von mir anzunehmen. Sie ist eben die umgekehrte Vorgehensweise gewohnt und kann nur schwer aus ihrer Haut heraus. Oder sie sucht nach einem Schlupfloch, um dem Begräbnis zu entkommen. Das letzte Begräbnis war das ihres Mannes, das reicht für die nächsten Jahre, meint sie.

»Muss das wirklich sein heute?«, jammert sie in der Praxis. »Ich meine, er war ja nicht einmal mein Patient!«

Aber mit so einer Arbeitsmoral kann sie mir natürlich nicht kommen. »Und wie das sein muss!«, sage ich streng. »Vielleicht hilft Ihnen das Rettenbacher-Begräbnis, Ihr

Trauma zu überwinden, Frau Doktor. Und außerdem kann ich mir beim besten Willen nicht vorstellen, dass das heute allzu lange dauern wird! Erstens, weil die beiden Brüder ewig Funkstille und somit nur wenige gemeinsame Bekannte hatten. Wer soll denn da kommen? Und zweitens lautet die Wetterprognose für heute: mehr als 30 Grad. An solchen Tagen liegen die Leute lieber am Pool, als sich ganz in Schwarz auf den Friedhof zu stellen.«

Meine Chefin hat jedenfalls – trotz klarem Ermittlungsauftrag und Aussicht auf eine kurze Zeremonie – keine Lust, alleine zum Friedhof zu gehen. Also sichere ich ihr zähneknirschend meine Anwesenheit zu und lege auf. Zuerst ärgere ich mich über meine Schnapsidee, mit der ich mir selber den Weg verbaut habe. Eigentlich habe ich mir für heute die Familiengeschichte der Rettenbachers vorgenommen, um nach irgendwelchen Schnittpunkten zu meiner eigenen Vergangenheit zu suchen. Aber dann finde ich den Gedanken an das Rettenbacher-Begräbnis gar nicht schlecht. So bekomme ich schließlich mit, was der Rettenbacher für seinen verstorbenen Bruder aus der Trickkiste der Trauerfeiern gezaubert hat. Noch mehr interessiert mich allerdings, wer aus seiner Familie überhaupt zum Begräbnis erscheint. Und wer nicht.

Der Grödiger Friedhof liegt im Zentrum der Gemeinde. Er ist vielleicht nicht so schmuck und idyllisch wie der Friedhof im Ortsteil Sankt Leonhard, aber er kann mit einem denkmalgeschützten Pfarrhaus und sogar einem römischen Weihe-Altar aus dem dritten Jahrhundert punkten. Hier am *Römerstein* wurde einst Jupiter und sämtlichen Göttern und Göttinnen gehuldigt, als Grödig noch *ad crethica ecclesia cum territorio* hieß und eine römische Siedlung war. Denn, das darf man nicht vergessen: Grödig war damals schon der kleine Nachbar von Salzburg. Und Salzburg und die Römer, das ist eine eigene Geschichte, Stichwort *Iuvavum*. Im Jahre 15 vor Christus rissen sich die Römer keltische Siedlungen auf den Stadtbergen unter den Nagel. Klingt rückblickend vielleicht nach einer lustigen Asterix-Geschichte, aber die Römer waren sicher nicht zimperlich als Eroberer. Sie legten eine neue Siedlung an und zwangen die bisherigen Einwohner, ihren Wohnort von den Bergen in den Talkessel am Ufer der Salzach zu verlegen. Die Strategie hinter diesem Schachzug: Wer im Talkessel sitzt anstatt auf einem Hügel, kann leichter unter Kontrolle gehalten werden. In Sachen Städteplanung waren sie fix, die Römer, da machte ihnen so schnell keiner etwas vor. Und deshalb war *Iuvavum* auch schon 30 nach Christus, also nicht einmal fünf Jahrzehnte nach Beginn der Besatzung, so groß wie die heutige Altstadt von Salzburg. Ausgrabungen belegen das. Verkehrsgünstig gelegen war es außerdem: Hier kreuzten sich die wichtige Ost-West-Verbindung und die Straße bis nach Aquileia. *Iuvavums* Umland wurde urbar gemacht, Gutshöfe, sogenannte *villae rusticae* entstanden, und der Handel florierte. Und etwas weiter südwestlich, am Untersberg, auch der Bergbau.

Ad crethica: Über die Bedeutung des Namens scheiden sich die historischen Geister: »Cret« aus dem Friaulischen bedeutet »der Fels«, das italienische »Crett« steht für Riss oder Spalte. Beides passt zum Untersberg, und genau darum ging es den Römern schließlich. Um den Koloss, in dessen Innerem ein farbenprächtiger Naturstein schlummert: Marmor. Seine Farbpalette reicht von hellbeige bis rosa, von rötlich und getupft bis hin zu gelb. Bildhauer verwendeten schon damals den Stein gern wegen seiner Dichte und Festigkeit. Und im 17. Jahrhundert war der Untersberger Marmor, der eigentlich ein Kalkstein ist, nicht nur in der Bildhauerei, sondern auch bei Architekten sehr beliebt. Ob man vor der Pestsäule in Wien steht, das Marmorschlössl in Bad Ischl besucht oder die gigantische Fassade des Salzburger Doms bestaunt: schönen Gruß vom Untersberg! Aber jetzt habe ich den Faden verloren.

Grödig ist ein Mix aus Bauernhöfen, Reihenhaussiedlungen, Plattenbauten und Einfamilienhäusern. Einen roten Faden sucht man hier vergebens.

Wie alles in der Untersberggemeinde konnte sich wohl auch die Grödiger Kirche nicht für eine einheitliche Linie entscheiden: ein romanisches Langhaus mit gotischem Chor und klassizistischen Stuckornamenten. Im Zweiten Weltkrieg durch Bomben beschädigt und fünf Jahre später wieder aufgebaut, steht sie heute strahlend weiß inmitten des Friedhofs. Und genau hier soll um 14.30 Uhr das Spektakel starten. Bühne frei für die Gebrüder Rettenbacher!

Was die Dimension der Feierlichkeiten angeht, habe ich mich gewaltig verschätzt. Die Parkplätze vor der Kirche und hinter dem Pfarrzentrum sind heillos überfüllt, bereits an der schmalen Straße entlang des Friedhofs und beim Bäcker ist nichts mehr frei. Sogar einen Reisebus habe ich wenden gesehen, nachdem er gut 50 Passagiere in elegantem Schwarz vor der Kirche ausgespuckt hat. Als die Frau Doktor und ich um 14.15 Uhr ankommen, stehen Trauergäste in Viererreihen schon Schlange, um den Hinterbliebenen in der Aufbahrungshalle zu kondolieren. Angesichts der Tatsache, dass Wolfgang und Klaus Rettenbacher einander ignoriert haben, sehr verwunderlich. Noch verwunderlicher ist, dass Klaus Rettenbacher als gebürtiger Pinzgauer, wohnhaft in Salzburg Stadt, so schnell eine letzte Ruhestätte am Grödiger Friedhof bekommen hat.

»Wahrscheinlich hat ihm der Wolfgang seinen Platz im Familiengrab abgetreten«, raunt mir meine Chefin zu und tupft sich die Stirn mit einem Tuch ab. Sie hat sich extra schick gemacht: schwarzes Seiden-Etuikleid, Stiletto-Peeptoes mit Samtschleife und eine Pillbox á la Jackie O als Kopfbedeckung, an dem sogar ein gepunkteter Tüll-Schleier befestigt ist. Die schwarzen Satinhandschuhe hat sie mittlerweile abgelegt und in ihre Clutch gestopft. Als verdeckte Ermittlerin ist sie ganz klar overdressed, so viel steht fest. Beim nächsten Mal, nehme ich mir vor, setze ich einen Dresscode fest. Wer beim Styling daneben greift, zieht zu viele Blicke auf sich, was beim Ermitteln nur stört. Mein Outfit hingegen ist wesentlich unauffälliger: schwarzes Dirndl, eine Taftschürze, die ich nur bei Begräbnissen trage, und schwarzer Hornschnitzerei-Schmuck von *Lieblingsstückerl*. Elegant und unaufdringlich. Trotzdem fühle ich mich nicht wohl.

»Ist dir nicht gut?« Meine Chefin nimmt mich an der Schulter und schaut besorgt.

»Alles bestens«, ächze ich, »nur der Kreislauf.« Ich atme flach. Die Hitze zwingt mich in die Knie, es ist ein gnadenlos heißer Septembertag. Auf Hermis Grammelknödel hätte ich heute vielleicht verzichten sollen, mein Magen ist wegen Überfüllung geschlossen. In Sachen Verdauung habe ich mit dem Sauerkraut wohl auf das falsche Pferd gesetzt, da war zu viel Wacholder drin. Ich schlucke tapfer gegen das Sodbrennen an und nicke matt. Die Malakoff-Torte danach war der pure Luxus und zusammen mit dem engen Dirndlmieder, den Grammelknödeln und Temperaturen von fast 40 Grad dann doch ein bisserl viel für den Kreislauf. Ich fächle mir Luft zu und sehe mich um: Sämtliche Schattenplätze sind besetzt. All meine Hoffnungen ruhen auf der kühlen Kirche, in die wir hoffentlich bald eintreten dürfen. Aber noch ist es nicht soweit. Noch steht der Sarg in einem Meer aus Blumen und Kränzen in dem niedrigen Gebäude am Friedhof und wartet darauf, beweint, bestaunt und mit Weihwasser bespritzt zu werden. Denn man darf nicht vergessen: Dieses Begräbnis hat der Rettenbacher organisiert. Also eine Extraprise Drama.

Meine Chefin und ich reihen uns halbherzig motiviert in die gigantische Warteschlange ein und versuchen, die Hitze mittels Sterbebildchen wegzuwedeln. So unauffällig wie möglich lasse ich meinen Blick über die schwarz gekleidete Menge schweifen. Natürlich kommen mir, beruflich bedingt, viele der Gesichter bekannt vor. Anzunehmen, dass etliche heute hier sind, um Wolfgang Rettenbacher einen Gefallen zu tun. Schließlich ist Grödigs Hypochonder Nummer eins bekannt wie ein bunter Hund und hat einen großen Fanklub. Trotzdem kenne ich von den gut 600 Leuten – Daumen mal Pi gerechnet – nur knapp zwei Drittel. Die restlichen Trauergäste wirken, als gehörten sie nicht hierher: teilweise geistig abwesend oder gelangweilt. Einige starren sogar ungeniert in ihre Smartphones während der Warterei. Diejenigen, die bereits kondoliert haben, haben sich am Kircheneingang versammelt, auf den unbarmherzig die Sonne knallt. Das Haupttor ist noch verschlossen. Die älteren Gäste harren im Schatten eines großen efeubewachsenen Gebäudes gegenüber der Friedhofsmauer aus.

Viererreihen rücken mit militärischer Präzision zur Aufbahrungshalle vor. Wie ein schwarzes Band, das sich über den Friedhof erstreckt. Eine Flut aus Trauernden, die geduldig ausharren, bis sie sich ins Kondolenzbuch eintragen und den Hinterbliebenen die Hand schütteln dürfen. Vier Friedhofswärter mit Anzug, Kappe und weißen Handschuhen achten darauf, dass niemand aus der Reihe tanzt oder sich vordrängt. Trotz der Menschenmassen hier am sonst beschaulichen Friedhof herrschen Ruhe und Ordnung. Logistisch einwandfrei geplant, das muss man dem Rettenbacher lassen.

Endlich ist es soweit: Die Viererkette vor uns ist dran mit Händeschütteln, Beileidsbekundungen und Weihwasser-Spritzen. An den vier schwarz gekleideten Gestalten vorbei erhasche ich einen Blick auf den Sarg und die Trauerfamilie. Eine Frau mit Hut, groß wie ein Wagenrad, steht dicht beim Sarg. Das muss Charlotte sein, denke ich und mustere den Rest der Trauerfamilie. Und dann erkenne ich, wer da neben dem Rettenbacher und seiner Frau steht: Kalliope.

Ich ramme meiner Chefin den Ellbogen in die Seite und will ihr etwas zuflüstern, aber schon rücken wir wieder ein paar Schritte vor und stehen plötzlich unmittelbar vor dem Sarg. Kein Einheitsmodell von der Stange, sondern eine schmal geschnittene Truhe mit wilder Maserung und leicht rötlichem Glanz. Apfelbaumholz, wenn mich nicht alles täuscht. Elegante Silbergriffe an den Seiten und Girlanden-Schnitzereien entlang der Kanten sorgen für das gewisse Extra. Wer so ein Modell aussucht, weiß, wie man den Tod inszeniert. Ein Bouquet aus Lilien bedeckt den Sargdeckel fast zur Gänze. Weiße Lilien stehen für die Reinheit der Liebe, für Unschuld und Tod. Efeuranken quellen aus dem Gesteck und berührten den Steinboden. Wie viel Mühe sich auch der Sargtischler mit den Schnitzereien gegeben hat: Der Florist stiehlt ihm mit dem pompösen Gesteck die Show.

»In Dankbarkeit, Kalliope.« Für den Bruchteil einer Sekunde muss ich an die Theorie vom Rettenbacher denken, was Sprüche auf Trauergestecken betrifft. Kontostand, Hinterlassenschaft, Notar, Dankbarkeit. Jetzt ist es meine Chefin, die mir ihren Ellbogen in die Seite rammt. Anscheinend stehe ich schon zu lange schon vor dem Kübel mit dem Weihwasser. Meine Chefin schüttelt kaum merklich den Kopf und blickt streng. Ich nicke eilig, tauche den Aspergill in den Weihwasserkessel und bekreuzige mich. Dann wende ich mich nach rechts, zu den vier Mitgliedern der Trauerfamilie.

Charlotte mustert mich kühl und aufmerksam. Die breite Hutkrempe wirkt wie ein Abstandhalter, Charlottes Haltung ist aufrecht. Sie wirkt unnahbar. Der Moment ist zu kurz, um etwas aus ihrem Gesicht zu lesen, die Viererreihe hinter mir rückt auf .

Iris Rettenbacher, die Schwägerin des Verstorbenen, wirkt neben Charlotte und dem monströsen Sarggesteck zart und zerbrechlich. Ich kenne sie nur mit Turnbekleidung, zusammengerollter ISO-Matte unter dem Arm und quietschbunten Sneakers an den Füßen. Power-Yoga und Fitnesstrainer Anfang 30 sind ihre großen Leidenschaften, das weiß so gut wie jeder in Grödig. Aber heute ist sie wie ein Schatten ihrer selbst. Sie steckt in einem schmal geschnittenen Hosenanzug mit Schulterpolstern und Goldknöpfen, die selbst für ein Mode-Revival noch als altbacken gelten. Auch das Haupthaar schreit laut »8oer!« Gut möglich, dass sie und ihr Friseur zu viel *Denver Clan* gesehen haben.

»Mein Beileid!«, murmle ich und nicke knapp. Iris Rettenbacher ringt sich ein dürres Lächeln ab und seufzt leise. Ich drücke die kalte, zarte Hand vorsichtig und suche Frau Rettenbachers Blick. Vergebens. Sie ist entweder in tiefer Trauer versunken oder einfach geistig abgetaucht, solang sie neben dem Sarg stehen und Hände schütteln muss.

Der Hypochonder an ihrer Seite dagegen ist präsenter denn je und sprüht vor Energie. Der Rettenbacher wirkt wie ein *Duracell*-Hase, der loslaufen und sich auspowern will, aber seinen Platz nicht verlassen darf. Muss man sich einmal vorstellen: Sterben ist seit Jahren sein großes Projekt, das Einzige, was ihm über die verhunzte Ehe und das Alkoholproblem hinweghilft. Der Tod hält ihn quasi am Leben. Der Rettenbacher hat ganze Ordner mit Kostenvoranschlägen, Testergebnissen und Begräbnis-Entwürfen gefüllt, Preise verglichen und unerbittlich gefeilscht. Alles für den Ernstfall, für den großen Moment, wenn er dereinst die Bühne dieser Welt mit Wumms und Applaus verlässt. Und jetzt? Jetzt stirbt sein Zwillingsbruder, sein Alter Ego, mit dem er sich Aussehen und Mutterleib geteilt hat. Klaus Rettenbacher war ein Teil von ihm, auch wenn sich die Brüder jahrzehntelang nichts zu sagen hatten, und sein Tod ist das beste Friedensangebot, das er seinem Bruder machen konnte: Der Rettenbacher darf das Begräbnis seiner Träume realisieren *und* es gleichzeitig miterleben! Das hier ist *seine* Arena, *seine* Show! Jackpot! Kein Wunder, dass er aufgekratzt, fahrig und gleichzeitig ergriffen ist.

Der Rettenbacher reißt meine Hand an sich und schüttelt sie kräftig. Ein Schmerz durchzuckt mein Handgelenk.

»Danke, dass du gekommen bist, Rosmarie!« Seine Augen glitzern feucht, mit der linken Hand tätschelt er meine Schulter, und hätte nicht die Viererreihe hinter mir nachgedrängt, dann hätte mich der Rettenbacher womöglich noch umarmt und mir über die Wange gestrichen. Es mag unpassend erscheinen, wenn ein Mensch nur wenige Armlängen von mit entfernt auf seine letzte Ruhestätte wartet: Aber so seltsam das auch klingt, ich freue mich für den Rettenbacher. Es rührt mich zutiefst, dass ihm dieser Moment vergönnt ist, quasi die Früchte seiner jahrelangen Arbeit als Lebender ernten und genießen zu dürfen. Das Schicksal war auf sonderbare Weise doch noch gnädig mit ihm. Tränen der Ergriffenheit steigen mir in die Augen, und ich lasse sie laufen. Nicht wirklich professionell, ich weiß, schließlich bin ich zum Ermitteln hier. Aber ich bin eben auch nur ein Mensch, außerdem kommt einfach alles zusammen: die Anspannung der letzten Tage, die Ungewissheit um meine leiblichen Eltern, die Trauer vom Rettenbacher um seinen Zwillingsbruder und Hermis Grammelknödel, die in regelmäßigen Abständen einen sauren Gruß aus Magensaft und Galle nach oben schicken. Erst als mich meine Chefin relativ unsanft anrempelt, ziehe ich die Nase hoch. Mangels Taschentuch wische ich mit dem Handrücken über die Nase. Ich straffe mich und schiebe den diffusen Mix aus Erleichterung, Trauer und ehrlicher Freude für den Rettenbacher zur Seite; schließlich bin ich nicht zum Spaß hier. Ich ermittle!

Die Nächste, die meiner Trauerbekundung harrt, durchbohrt mich mit eiskalten blauen Augen: Kalliope.

Ich strecke ihr die Hand hin. »Und Sie sind …?« Fehler im Drehbuch, denke ich noch und spüre nur Sekunden später die tadelnden Blicke von vier Trauergästen im Rücken. Mein Beileid, hätte ich sagen sollen. Der Ausrutscher bleibt nicht ohne Wirkung. Kalliope, überrascht und amüsiert über den Abstecher vom strikten Kondolenz-Protokoll, zieht eine Augenbraue hoch und mustert mich aufmerksam. Als überlege sie, wo sie mich zuletzt gesehen habe. Und aus welcher Schublade ihrer Erinnerungen sie mich hervorkramen soll.

»Kalliope Spinner«, sagt sie schließlich, und ihre Miene erhellt sich um ein paar Nuancen. Vielleicht, weil ihr eingefallen ist, wo wir uns erst vor Kurzem begegnet sind. »Ich bin die Tochter des Verstorbenen.«

Kalliope deutet mit dem Kopf zum Sarg, als ob sie klarstellen müsse, dass der Tote dort liegt und nirgends sonst.

»Das ist die Tochter?«, wispert mir meine Chefin zu, als die Viererreihe hinter uns endgültig nachgerückt ist, damit die Choreografie der Trauernden nicht unschön abreißt. Wir stehen wieder in der prallen Sonne, außerhalb der Aufbahrungshalle.

»Schon allein deswegen hat es sich ausgezahlt herzukommen.«

Auf dem Weg zur Kirche erzähle ich meiner Chefin von Hermis Gartenhäuschen, von Kalliopes stundenlangem Geigenspiel, ihrem Musikstudium und dem Engagement bei der *Philharmonie Salzburg*. Eben alles, was mir Hermi über ihre Einnahmequelle erzählt hat. Onkel Stefan und den Liebesbecher im Gastgarten erwähne ich vorerst nicht. Das tut ermittlungsmäßig nichts zur Sache, finde ich.

»Die *Philharmonie Salzburg* hat übrigens heuer Jubiläum.«

Meine Chefin stakst vorsichtig durch den Kies. Schwarze Stilettos sind nicht unbedingt das passende Schuhwerk für staubige Wege. Sie hakt sich bei mir unter und setzt vorsichtig einen Schritt vor den anderen. »Der Friedolin und ich haben uns vor Jahren ein Abo zugelegt, aber …« Sie stockt, wie immer, wenn sie über ihren verstorbenen Mann spricht. Kordula Fleischer-Kücher, wie meine Chefin mit vollem Namen heißt, hatte das unglaubliche Glück, die Liebe ihres Lebens zu treffen. Denkt man jetzt vielleicht nicht, wenn man meine Chefin so in ihrem schwarzen *Frühstück-bei-Tiffany*-Outfit sieht, aber sie ist eine leidenschaftliche Volkstänzerin. Mit ihrem Friedolin hat sie sich alle Leistungsabzeichen ertanzt, die die Salzburger Volkskultur zu bieten hat, und Österreich sogar bei Wettbewerben im Ausland vertreten. Die beiden haben sämtliche Bälle gerockt und waren das Traumpaar der Salzburger Volkstanzszene. Und wenn sie gerade nicht übers Parkett geschwebt sind, waren sie mit dem Motorrad unterwegs, am liebsten in den steirischen Weinbergen oder in Südtirol. Den Spagat zwischen Dirndl und schwarzem Motorraddress hat meine Chefin mühelos hingekriegt. Kordula und Friedolin waren ein Herz und eine Seele, der Albtraum jedes Scheidungsanwalts. Seit der Sandkiste zusammengeschweißt. Gemeinsame Schulzeit, danach WG und gemeinsames Studium. Die beiden waren füreinander geschaffen, muss man so sagen. Miteinander verheiratet waren sie leider nur wenige Monate. Ein Motorradunfall auf einer Südtiroler Passstraße hat die beiden für immer auseinandergerissen und meine Chefin zur Witwe gemacht. Seitdem ist sie Single.

»Ich hab Karten für eine Musik-Lesung mit Hans Sigl.« Meine Chefin lächelt versonnen durch ihren gepunkteten Tüll-Schleier.

»Der Bergdoktor?«, hake ich nach. »Was liest er denn?«

»Gedichte. Hans Sigl liest, und die *Philharmonie Salzburg* spielt dazu. Also eine Musik-Lesung.« Sie knickt um, fängt sich aber schnell wieder und schaut mich von der Seite an. »Nie davon gehört?«

Ich schüttle den Kopf, auch weil ich mir nichts unter dieser Kombination vorstellen kann: Lesung und Musik. Ich kenne Hans Sigl als Major Andreas Blitz in *SOKO Kitzbühel* und als Doktor Martin Gruber, der in einem alten Mercedes durch Tirol gondelt und seinem schmallippigen Bruder Hans reihenweise die Frauen ausspannt. Ein Ass in der Diagnostik, gegen den Doktor Fendrich und Doktor Kahnweiler in der Klinik einfach nur abstinken.

»Im vergangenen Herbst hat er Max von Schillings *Hexenlied* vorgetragen.« Frau Doktor Fleischer nickt im Vorbeigehen einer Patientin zu. »Es war ...«, sie bleibt kurz stehen und sucht nach dem richtigen Wort, »eine Wucht!« Sie kommt ins Schwärmen. »Da glaubst du, du sitzt leibhaftig in der verrotteten Zelle bei Bruder Medardus und der Verurteilten, in die er sich verliebt. Und erst die Musik dazu: Gänsehaut! Ein Fest für die Ohren!«

Wir sind am Eingang der Kirche angelangt. Irgendjemand hat sich der verschwitzten Meute in Schwarz erbarmt und endlich das Tor aufgesperrt. Angenehme Kühle, vermischt mit Weihrauch und einem Hauch feierlicher Andacht schlägt uns entgegen. Der Organist spielt Schuberts *Ave Maria*.

»Ich hab eine Karte über«, nimmt meine Chefin den Faden wieder auf, »weil ... naja. Das Abo war eben für den Friedl und mich, und ich habe es noch immer nicht gekündigt.« Sie strafft sich ein wenig und löst ihren Arm aus meinem. »Also Musik-Lesung. Kommende Woche, Freitagabend. Magst du mit mir hingehen?«

Ich bin zwar nicht sicher, ob meine Chefin und ich denselben Musikgeschmack teilen, aber ich liebe Konzerte, ganz im Gegensatz zu Laurenz. Mit Musik hat er nichts am Hut. Wenn es nach ihm ginge, wären unsere kulturellen Highlights Architektursymposien und Eröffnungen neuer Gebäude. Also ergreife ich die Gelegenheit beim Schopf. »Ja, gern!«

Sekunden später betreten wir das Gotteshaus.

Die Grödiger Kirche, vor über 1.200 Jahren erstmals genannt, präsentiert sich ein wenig unentschlossen und mit dem für Grödig so typischen Understatement, obwohl es das gar nicht nötig hätte. Immerhin malte Andreas Nesselthaler das Hochaltarbild. Nesselthaler war ein Star unter den Malern im 18. Jahrhundert, quasi der Rolling Stone der malenden Zunft. Hofmaler in Salzburg, Aufträge am russischen Hof, in Neapel und weiß Gott noch wo. Im Lauf der Jahrhunderte wurde die Kirche erweitert, der Turm erhöht, nach einem Brand wieder aufgebaut, zerbombt, wiederhergestellt und schließlich restauriert. Das Ergebnis ist ein Sammelsurium an Stilen, das das Gotteshaus nicht ganz mit sich im Reinen erscheinen lässt. Grödig eben, man kennt das.

Angenehme Kühle breitet ihre Arme aus und empfängt alle Hitzegeplagten, die sich erleichtert und ächzend auf die Kirchenbänke plumpen lassen. Das langatmige Schlangestehen, Kalliopes strenger Blick und die vielen Fragen, die mir im Kopf umherschwirren, treten in den Hintergrund, zumindest für den Moment. Links vom Eingang flackern, aufgefädelt wie Perlen, kleine Kerzen auf einem Eisengestell, die man gegen eine Spende anzünden darf. Ich hätte gern eine für meine Mutter angezündet, unbekannterweise sozusagen. Das mache ich immer, wenn ich an Opferlichtern vorbeikomme. Egal in welcher Kirche. Und aus gegebenem Anlass hätte ich gern eine für den verstorbenen Klaus Rettenbacher angezündet. Wobei die

Kerze eher meiner Erleichterung geschuldet wäre, dass ich weder mit ihm noch mit Wolfgang Rettenbacher verwandt bin. Quasi ein Schlussstrich unter den Schock.

Aber diesmal muss ich passen: Alle Lichtlein auf dem Gestell brennen bereits, kein einziger Platz ist unbenutzt. Die Pfarre Grödig war auf einen derartigen Ansturm nicht vorbereitet. Frau Doktor Fleischer bemerkt mein Zögern und drückt sanft meinen Arm. »Komm!«, flüstert sie und zieht mich Richtung Glastür, durch die man vom kleinen Vorraum ins Kirchenschiff gelangt.

Sämtliche Bänke sind besetzt. Die Leute stehen dicht gedrängt hinter den Reihen und bei den zwei Seitenaltären. Ich frage mich ernsthaft, wie es der Rettenbacher geschafft hat, in so kurzer Zeit so viele Trauergäste zusammenzutrommeln. Nicht einmal beim Begräbnis des Altbürgermeisters, zu dem sämtliche Grödiger Vereine angetanzt sind, war die Kirche so gut besucht. Full house heute.

Etliche Blicke kleben am Hintern meiner Chefin, als sie sich im engen Etuikleid geschmeidig durch die Menge bewegt. Den Methusalem, der seinen Marktwert und seine Chancen beim weiblichen Geschlecht maßlos überschätzt, weist sie unmissverständlich in seine Schranken, als er nach ihrem Po greift. Sie zieht ihm mit ihrer Clutch eins über, dass er nur so jault und fast zu Boden geht. »Pfoten weg!«, zischt sie.

Der alten Lienbacherin in der zweiten Bank von hinten, der nichts entgeht, kullern fast die Augen aus den Höhlen. Frau Doktor Fleischer hebt beschwichtigend die Hand in Richtung Lienbacherin und lächelt versöhnlich. »Alles gut, keiner von meinen Patienten!« Dann schreitet sie weiter. Wir trippeln zur sechsten Reihe, wo an der Wand noch gut ein Meter Holzbank frei ist. Gerade so breit, dass meine Chefin und ich uns beide dorthin quetschen können. Ein paar Leute maulen, als wir an ihren Knien vorbei durch die Kirchenbank staksen. Als wir endlich bei den Plätzen unserer Begierde angekommen sind, stimmen gefühlt 100 Kehlen *Imagine* von John Lennon an. »Stell dir vor, es gibt keinen Himmel.« Also, den Himmel im katholischen Sinn. »Und stell dir vor, da ist keine Hölle unterhalb von uns.« Eigentlich eine schöne Idee, mit dieser Ode an den Idealismus eine Begräbnisfeier zu eröffnen. Aber in einer Kirche dann doch ein bisschen gewagt, weil erstens Steilvorlage für jeden Pfarrer, und zweitens, gemessen am jahrzehntelangen Zwist der Rettenbacher-Brüder, ein Lippenbekenntnis. »A brotherhood of man«: leere Worthülse.

Meine Chefin sieht das pragmatisch und genießt einfach die harmonischen Akkorde. »Der Chor der *Philharmonie*!«, flüstert sie ergriffen und deutet nach oben. Durch den südlichen Eingang betreten Ministranten und Sargträger das Kirchenschiff. Im andächtigen Gleichschritt bewegen sie sich Richtung Altar. Das Schlusslicht bildet ein Geistlicher im Festornat.

»Haben wir einen neuen Pfarrer?«, flüstere ich meiner Chefin zu.

»Das ist nur die Urlaubsvertretung für den unsrigen.«

Frau Wolfinger mit der feuchten Aussprache, rechts von mir, rückt unerbittlich näher.

»Ravi Basumatary.« Sie betont jede einzelne Silbe, das S ist feucht. »Sehr nett. Kommt aus Südindien.«

Ich nicke wissend und weiche Frau Wolfinger und ihren Tröpfchen, so weit es geht, nach links aus. Der Priestermangel in Österreich ist eklatant, Grödig war allerdings immer gut aufgestellt. Pfarrer Basumatary hat mittlerweile den Altar erreicht, faltet die Hände und schaut zufrieden in die Runde. Als der Chor fertig ist, breitet er die Arme aus, nickt in alle Richtungen und eröffnet die Messe.

»Im Namen des Vaters und des Sohnes und des heiligen Geistes!«

»So ein netter Kerl.« Frau Wolfinger schickt wieder Informationen und Speichel in die Umlaufbahn.

»M-hm.« Ich tupfe mit einem Taschentuch über Stirn und Wangen. Bitte keine Wörter mit S mehr!

»Ist Ihnen heiß, Fräulein Rosmarie? So ein heißer September!«

Fräulein! Als Arzthelferin bleibt man immer das Fräulein, unabhängig von Alter und Familienstatus. Während des Glorias und der Lesungen tauche ich gedanklich zum Fall ab, schon allein, um nicht noch einen Redeschwall von Frau Wolfinger zu provozieren, aber bei der Predigt bin ich wieder voll dabei. Pfarrer Basumatary ist in seinem Element, *in the zone*. Er tigert vor dem Altar auf und ab, reckt abwechselnd die Hände zum Himmel und wirft den Kopf in den Nacken.

»Lobt ihn mit dem Klang der Posaune, lobt ihn mit Harfe und mit Zither!« Seine Stimme schwillt mit jedem Wort an. Einige Grödiger reagieren verschreckt und tauschen verunsicherte Blicke. Was aber nicht nötig ist, denn Pfarrer Ravi Basumatary hat es auf mich abgesehen. Seine gereckte Faust ist geballt, der Blick lodernd und auf mich gerichtet. Bilde ich mir zumindest ein.

»Lobt ihn mit Tanz und Tamburin«, dröhnt er, »mit Saiteninstrumenten und Flöten! Lobt ihn mit klingenden Zimbeln!«

Ein Psalm über das Lobpreisen mit allem, was die Instrumentenbauer zu bieten haben. Lobpreis mit Blech-,

Zupf- und Blasinstrumenten. Quasi mit einem ganzen Orchester.

»Orchester!«, flüstere ich. Da ist sie, die Idee. Sie trifft mich wie ein Blitz, so heftig und unerwartet, dass ich kurz die Luft anhalte und nach dem Arm meiner Chefin greife. Orchester! *Philharmonie!* Warum ist mir das nicht früher eingefallen? Wenn ich auf der Suche nach irgendeiner Verbindung in diesem Knäuel von unterschiedlichen Fäden war: Voilà, da ist sie! Die *Philharmonie Salzburg* ist das Bindeglied zwischen Kalliope, Charlotte Singer und Klaus Rettenbacher. Hier laufen die Fäden zusammen, Tante Martha ausgenommen. Mut zur Lücke, Perfektionismus war gestern! Man kann schließlich nicht alles haben, oder? Plötzlich halte ich es nicht mehr aus auf der Kirchenbank, so eingeklemmt zwischen meiner Chefin und Frau Wolfinger und zur Untätigkeit verdammt. Am liebsten würde ich sofort aufstehen, aus der Kirche stürmen und –

»Der Herr wünscht volle Aufmerksamkeit!«, donnert es durch die Kirche. »Er will keinen Lobpreis, der nur von unseren Lippen kommt! Gott will unser Herz! Unsere Seele!«

Ravi Basumatary gibt alles und lässt seine Predigt mit verbaler Wucht auf die Grödiger Schäfchen niedersausen. Gut möglich, dass er mit der Lautstärke ein bisschen übertreibt. Hier ist man sanftere Töne gewohnt, aber das kann der Gute ja nicht wissen. Jedenfalls ist das Getuschel, das sonst sanft während der Predigten dahintröpfelt, endgültig versiegt. Die Stille ist fast greifbar, aufgeladen mit Abertausenden Teilchen aus Schockstarre, Ehrfurcht und silbergrauem Haarfestiger. Neben mir presst sich Frau Wolfinger in stummer Demut ein Taschentuch vor den Mund. Nur der Atem der alten Lienbacherin rasselt leise.

»Der Herr ist unser Dirigent, und wir sind sein Orchester! Jeder Einzelne von uns hat sein eigenes Notenblatt, jeder muss seinen Part des Lebens spielen! Gott will, dass alle ihre Partitur beherrschen, und dennoch«, er macht eine theatralische Pause und lässt seinen Blick bedächtig von links nach rechts und wieder zurück schweifen, »dennoch will der Herr, dass wir alle gemeinsam spielen! Er liebt die Harmonie, er hasst Zwist und Streit, er verachtet Eitelkeit! Also lasst uns gemeinsam lobpreisen im großen Orchester des Herrn– Amen!«

Die Erleichterung ist groß, als der Organist *Time to say goodbye* anstimmt. Frau Wolfinger lässt ihr Taschentuch sinken. Während der Fürbitten sehe ich mich nach bekannten Gesichtern um und bleibe an einem hängen. An einem sehr jungen Gesicht. Ich zupfe am Ärmel meiner Chefin. Das gibt's doch nicht – schon wieder!

NEUNTES KAPITEL

Erzählt vom Schulanfang, von Bestechung und Schweinsbraten, von Wangengrübchen, Ansprachen und Fanfaren. Der Rettenbacher erscheint und wird ausgebremst, ich muss mich überwinden, und Vroni hat recht.

»Da!« Ich deute Richtung Seitenaltar. Frau Doktor Fleischer folgt meinem Blick und stößt einen leisen Schrei der Überraschung aus. Dort drüben lehnt, in voller Pracht und uniformierter Herrlichkeit, Lukas Kainberger lässig an einer der Kirchenbänke.

»Was will *der* denn hier?«, flüstert sie mir zu. »Ich dachte, es gibt keine offiziellen Ermittlungen?«

»Vielleicht eine Privatangelegenheit?«, murmle ich gedämpft zurück, glaube aber selber nicht daran. Natürlich kann ein Polizist an einem Begräbnis teilnehmen, warum auch nicht? Aber erstens wäre Lukas Kainberger dann in Zivil hier. Und zweitens kann ich mir einfach nicht vorstellen, was für eine Verbindung es zwischen ihm und Klaus Rettenbacher gegeben haben könnte. Andererseits, denke ich mir, ist die Welt ein Dorf und lässt immer wieder Allianzen aufploppen, wo man sie nicht vermutet, siehe Kalliope. Nie im Leben wäre ich drauf gekommen, dass sie Klaus Rettenbachers Tochter ist. Im Prinzip hätte ich sie ganz unverbindlich zum Mordfall befragen können, als ich im Garten gesessen bin und sie in Hermis Gartenhäuschen geübt hat. Wenn ich ihren Familienstatus gekannt hätte. Habe ich aber nicht. Das Leben und die Kriminalistik sind eben voller Geheimnisse. Kaum denkt man, man hat alles im Griff und schwimmt auf der Erfolgswelle, baut sich ein Hindernis auf und zwingt einen dazu, die Richtung zu ändern oder die Gedanken neu zu ordnen. Richtungsweisend beim Ermitteln ist sowieso immer die Frage: Cui bono? Also: Wem nutzt die aktuelle Situation? Dass Kalliope vom Tod ihres Vaters profitiert, steht außer Frage. Als Tochter des Verstorbenen ist sie die Haupterbin. Klaus Rettenbacher hinterlässt ein Haus in der Birkenstraße, oder zumindest die Hälfte davon, wenn Charlotte die andere Hälfte besitzt. Bei den derzeitigen Immobilienpreisen ist ein Haus in dieser Lage nahezu unerschwinglich. Logisch also, dass ich Hermis Mieterin vernehmen muss. So leise wie möglich öffne ich den Reißverschluss meiner Tasche und fische das pinkfarbene Notizbuch heraus. Meine Chefin zieht eine Augenbraue hoch und schüttelt tadelnd den Kopf, aber ich ziehe den Stift aus der Gummischlaufe, schlage das Buch auf und mache mir Notizen.

»Alibi«, kritzle ich auf die Seite mit meiner angefangenen To-do-Liste. Und: »Kalliope auf den Zahn fühlen! Wert Haus Birkenstraße?«

Aus der ersten Reihe löst sich jetzt eine schwarz gekleidete Gestalt. Der Rettenbacher bewegt sich Richtung Altar und nimmt Ravi Basumatary das Mikro ab. Nach ausgiebigem Räuspern lädt er die gesamte Trauergemeinde zum Leichenschmaus bei einem der größten Wirte in der Untersberg-Region. Auf sein Zeichen schultern die Sargträger den Sarg und verlassen, gefolgt von den Ministranten, Pfarrer Basumatary und der Trauerfamilie, die Kirche.

Bei der eigentlichen Beisetzung glüht die Sonne wieder unbarmherzig auf alle lebenden Geschöpfe am Friedhof herunter und macht klar, wer hier trotz Herbstbeginn immer noch das Sagen hat. Blumen lassen ihre Köpfchen hängen, Trauergäste tupfen sich die Stirn. Die Kolonne derer, die Abschied nehmen und Klaus Rettenbacher Erde, Weihwasser und eine Rose ins Grab nachwerfen wollen, ist unendlich lang, und als wir beim Wirt in Wals ankommen, ist es fast 19 Uhr. Meine Chefin kann kaum noch stehen in ihren High Heels. Wenigstens ist die Abendluft angenehm kühl.

Der *Laschenskyhof* ist ein alteingesessener Betrieb im Gemeindegebiet von Wals. Eine todsichere Kombination aus Fleischerei, Restaurant und Hotel. Ein touristischer Fels in der Brandung, die jährlich Tausende Touristen nach Salzburg spült. Der *Laschensky*, nach dem mittlerweile sogar ein Ortsteil von Wals benannt ist, übersteht als florierender Familienbetrieb sämtliche Krisen. Nach Umbau und Erweiterung vor ein paar Jahren finden hier mehrere 100 Gäste Platz, der *Laschensky* stemmt also sogar den gigantischen Leichenschmaus von Klaus Rettenbacher mühelos. Schon an der Glastür weht uns ein Duftkonglomerat aus Schnitzel, Pommes, Schweinsbraten und Krautsalat entgegen. Frau Doktor Fleischer, Vroni und ich steuern den letzten freien Vierertisch an. Hermi winkt von einem der Nachbartische gut gelaunt herüber – sie ist im siebten Fleisch-Himmel.

»Eine schöne Predigt war das.« Ein unverfänglicher Satz, den meine Chefin als Hors d'oeuvre in den Ring wirft, während sie die Speisekarte liest. Sie lächelt Vroni knapp zu. So ganz grün sind sich die beiden nicht, stelle ich fest und seufze leise. Sand im Getriebe der Ermittlungen ist das Letzte, was ich jetzt brauchen kann.

Miri sitzt weit abseits, allein unter teilnahmslosen Gestalten, die konzentriert in ihr Smartphone starren und einander konsequent anschweigen. Ich bezweifle, dass sich der Rettenbacher Gedanken über eine Sitzordnung gemacht hat; wie auch. Dazu war die Zeit zu knapp und die Gästeliste zu lang, und im Grunde ist es egal, wer neben wem um den Verstorbenen trauert. Aber solang nur der Hauch eines Verdachts besteht, Miri habe dem Tod auf die Sprünge und Tante Martha in den Kneissl Weiher geholfen, wird sie geschnitten und übernehmen lang einstudierte Verhaltensmuster das Skript. Neben einer Tantenmörderin will niemand sitzen, auch wenn man ihr keinen Mord nachweisen kann. Jeder wusste, dass Miri mit der Pflege von Tante Martha überfordert und ihre Ehe deswegen mehr oder weniger gescheitert war. Was läge da näher, als die Wurzel allen Übels radikal zu entfernen? Eben.

Vroni checkt zum gefühlt 100. Mal ihre Mails. Sie ist tatsächlich zum Begräbnis angetanzt, obwohl sie im Schulanfangs-Stress steckt und zu keinem der Rettenbachers einen persönlichen Bezug hat. Oder ihrem Franz beim Fliesenlegen helfen sollte. Natürlich hätte sie sich auf die Beobachtungen von Frau Doktor Fleischer und mir verlassen können, aber halbe Sachen macht sie nicht, sagt sie. Sie braucht die Eindrücke frisch, nicht aus der Dose, sagt sie. An diesem Punkt lächelt meine Chefin säuerlich.

»Außerdem tut mir ein bisserl Ablenkung vom Schulanfang gut. Es ist zwar erst September, aber es ist die Hölle, das sag ich euch. Da kommt ein Begräbnis als Gute-Laune-Kick gerade recht.«

Die alte Lienbacherin am Nachbartisch schickt einen bösen Blick zu Vroni. Ihre Ohren sind zwar nicht mehr die besten und Hörhilfen verweigert sie konsequent, aber für alles, was gegen ihre selbstgehäkelten Moralvorstellungen verstößt, hat sie feine Antennen. Beim Tuscheln über Miris Kompetenzen als Mörderin ist sie weit weniger zimperlich.

»Während der letzten Tage bin ich kaum zum Unterrichten gekommen«, jammert die Vroni leiser weiter und verschanzt sich hinter ihrer Speisekarte. »Ständig haben mir Eltern die Tür eingerannt.« Sie seufzt aus tiefstem Volksschullehrerinnen-Seelengrund. »Die einen wollen über bestehende Stundenpläne verhandeln, die anderen beschweren sich über die Hausschuhpflicht. Eine Mutter hat gemeint, sie könne sich leider nicht an die gesetzlichen Ferien halten, weil sie geschieden ist und der Kindsvater in Dubai lebt. Jedes zweite Wochenende fliegen sie hin.« Sie senkt die Stimme um noch ein paar Dezibel und zeichnet mit den Fingern Gänsefüßchen in die Luft. »Vaterwochenende. Und ein ganz besonders Schlauer hat mir ermäßigte Fußballtickets angeboten, wenn ich bei der Benotung seines Sohnes im kommenden Schuljahr beide Augen zudrücke.«

Besagter Vater muss gut informiert sein: Vroni ist ein riesen Fußballfan. »Hast du angenommen?«, frage ich und grinse.

»Also bitte!« Vroni klappt energisch ihre Speisekarte zu. »Irgendwann hat der Spaß ein Loch, gell? Meine Klasse ist doch kein Bazar! Der kann froh sein, wenn ich ihn nicht wegen versuchter Bestechung anzeige!«

Meine Chefin, die sich mangels Nachwuchs und Interesse nicht an Gesprächen über Eltern und Schule beteiligt, räuspert sich demonstrativ. Themenwechsel! Vroni bestellt sich aus vornehmer Bescheidenheit ein Mineralwasser mit Zitrone für den Anfang, aber ich schüttle den Kopf und tippe auf die Speisekarte. »Soweit kommt's noch, dass wir schlemmen, und du schaust hungrig zu. Schließlich sind wir dienstlich hier, der Rettenbacher hat mich gebeten, den Tod seines Bruders aufzuklären. Ganz offiziell. Der kann froh sein, wenn wir die Ermittlungen in die Hand nehmen. Auf den Freund und Helfer ist sowieso kein Verlass, und das weiß der Rettenbacher auch. Also!«

Ich nicke der Vroni aufmunternd zu. Sogar meine Chefin neigt ihr Haupt Richtung Vroni. »Bei der Menge an Trauergästen kommt's auf eine Portion Schweinsbraten mehr oder weniger auch nicht mehr an. Das wird er verkraften, der Rettenbacher. Auch wenn's mich wundert, dass nicht Charlotte die Zeche übernimmt.«

Vielleicht ist diese Charlotte eben kein Fan großer Feierlichkeiten. Vielleicht hätte sie ihren Klaus am liebsten kurz und schmerzlos ins Grab geschubst, wer weiß. Oder ihn verbrannt und über dem offenen Meer verstreut. Diese Frau ist mir ein Rätsel – ich brauche unbedingt eine Möglichkeit, um an sie heranzukommen. Ich versuche mich zu erinnern, wie sie sich am offenen Grab verhalten hat. Ihr Hut hat ihr Gesicht verdeckt, leider, und abgesehen von ihrer kerzengeraden Haltung und dem schmal geschnittenen Kostümchen ist mir nichts aufgefallen.

Ich sehe mich um. Der Saal ist gerammelt voll mit Trauergästen. Zwischen unserem und dem benachbarten Tisch sind maximal 50 Zentimeter Abstand. Ein fragliches Ambiente für eine Teambesprechung, allerdings: Gibt es eine bessere Tarnung als den Lärmpegel von mehreren 100 Gästen, die hingebungsvoll ihr kostenloses Trauermenü hinunterschlingen? Um nicht von ermittlungsfremden Personen gestört zu werden, blockieren wir den freien Platz mit unseren Handtaschen. Ich warte, bis die ersten Bestellungen an den Nachbartischen serviert werden und das große Schmatzen beginnt, erst dann eröffne ich die Runde.

»Also, was haben wir bisher?«

Meine Chefin zieht einen Zettel aus ihrer Handtasche und faltet ihn auf. Ich kann nicht alles lesen, erkenne aber den Briefkopf der Gerichtsmedizin und Heidi Putschauers Unterschrift. Das Obduktionsprotokoll von Klaus Rettenbacher.

»Bei der Todesursache von Klaus Rettenbacher gibt's keine neuen Erkenntnisse.« Sie sieht vom Zettel auf. »Ich hab Heidi noch einmal kontaktiert, aber sie bleibt beim ersten Ergebnis: Tod durch schweres Schädel-Hirn-Trauma, vermutlich ausgelöst durch einen Sturz am Bachbett des Gewässers ...«

»Wo aber keine Blutspuren gefunden wurden!«, redet Vroni dazwischen und richtet sich an mich. »Du hast doch das Gelände abgesucht! Ist dir etwas aufgefallen?«

»Bis jetzt nicht«, schwäche ich ab.

»Dann kann der Almkanal nicht der Tatort sein. Klaus Rettenbacher wurde irgendwo erschlagen und dann dorthin gebracht«, quasselt sie weiter. Im Grunde hat sie recht, trotzdem deute ich Vroni, still zu sein. Meine Chefin hasst es, unterbrochen zu werden. Frau Doktor Fleischer zieht eine Augenbraue hoch.

»Eins Komma acht Promille Alkohol im Blut, postmortaler Sturz in ein fließendes Gewässer.«

Vroni gießt Zitronensaft aus einem winzigen Glaskrug in ihr Mineralwasser. »Wissen wir schon!«, klugscheißt sie weiter und fängt mit dem Zeigefinger einen Tropfen auf, der am Krug entlang rinnt. Sie kann eben nicht aus ihrer Lehrerinnen-Haut: Jegliche Erkenntnis muss in die

Welt hinaus. Das Interesse der Welt ist dabei nicht von Bedeutung.

»Das ist mir bekannt«, erwidert meine Chefin jetzt gereizt und starrt missmutig auf die übergroßen Schnitzel am Nachbartisch. »Aber Rosmaries Frage war: Was haben wir bisher? Also fasse ich es noch mal zusammen.« Sie holt tief Luft. »Neu ist, dass Klaus Rettenbachers uneheliche Tochter hier am Begräbnis ist.« Sie legt das Protokoll beiseite.

Als sie Vronis Überraschung sieht, bessert sich Frau Doktor Fleischers Laune schlagartig. Sie prostet uns mit ihrem weißen Spritzer zu, grinst und gibt Vroni Zeit, die Nachricht sacken zu lassen. Vroni ist erst nach dem offiziellen Kondolieren zum Begräbnis gestoßen. Sie hat also Kalliope nicht neben dem Sarg stehen gesehen, sondern mustert sie jetzt, wie sie Bruder und Schwägerin ihres Vaters anschweigt.

»Also«, versuche ich einen Neuanfang, »wir haben zwei Todesfälle. Bei beiden könnte man Fremdverschulden ausschließen: Klaus Rettenbacher ist betrunken am Ufer entlang getorkelt und vermutlich ausgerutscht. Klingt plausibel, aber die Spuren von gelbem Lack in seiner Kopfwunde passen nicht ins Bild. Am Fundort der Leiche gab es keine gelben Bodenmarkierungen oder sonstige gelb lackierten Flächen. Tante Martha ist in der Nacht herumgegeistert und ertrunken. Einzige Verbindung zwischen den beiden war ihre Nachbarschaft. Beide wohnten in der Birkenstraße, unmittelbar nebeneinander.« Ich falte meine Serviette auf und wieder zu. »Das ist es, ehrlich gesagt, was mir gegen den Strich geht. Zwei Todesfälle innerhalb weniger Tage in derselben Gegend.« Ich blicke in die Runde. »Das und die Sache mit der Kette. Zwei Nachbarn, die knapp hintereinander sterben: Das kann vielleicht ein Zufall sein. Aber dass einer der Toten die Kette trägt, hat mit Zufall nichts zu tun. Da steckt mehr dahinter, die Frage ist nur, was.«

»Vielleicht«, gluckst Vroni, »musste der Rettenbacher sterben, weil er wusste, wer deine Eltern waren.« Sie grinst mich an.

»Haha, wahnsinnig witzig, Vroni!«

»Entschuldigung«, murmelt meine beste Freundin und dreht jetzt nervös ihr Glas in den Händen. »Hätte ein Witz sein sollen.«

An den umliegenden Tischen wird bereits das Dessert serviert.

Meine Chefin erkundigt sich bei einem Kellner nach unserer Bestellung und wird vertröstet.

»Leider«, sagt sie dann »fehlen uns, falls wir von Fremdverschulden ausgehen, sowohl Verdächtige als auch Motive.«

»Stimmt doch gar nicht!«, ruft Vroni und dämpft sofort wieder ihre Stimme, als die alte Lienbacherin ihre Ohrwascheln in unsere Richtung dreht. »Wir haben einfach noch nicht alle Möglichkeiten ausgeschöpft!«

»Eigentlich haben wir bis jetzt gar keine Möglichkeiten ausgeschöpft!«, korrigiert meine Chefin, und Vroni ist sogar d'accord. Sie nickt Frau Doktor Fleischer zu und ringt sich ein Lächeln ab. Ich atme erleichtert auf.

»Was, wenn der Rettenbacher seinen Bruder auf dem Gewissen hat?«, redet Vroni weiter und deutet mit dem Kinn zum Tisch der Trauerfamilie. »Wir sollten Iris Rettenbacher zum Verhältnis zwischen den Brüdern befragen. Außerdem: Wo war Wolfgang Rettenbacher, als sein Bruder zu Tode gekommen ist?«

Wolfgang Rettenbacher unterhält sich lebhaft mit der Christl von der Post, seine Frau rührt gelangweilt in ihrem Aperol Spritz. Kalliope dreht den beiden den Rücken zu. Interessante Konstellation. Onkel Stefan kommt gerade die Stiegen heraufgekeucht; offensichtlich war er im Keller auf der Toilette. In gebührendem Abstand zu Kalliope setzt er sich an einen Tisch mit ein paar Grödigern, die ich flüchtig kenne, wirft seiner Angebeteten aber schmachtende Blicke zu. Kalliope antwortet mit einstudiertem Grinsen und dreht sich schließlich um. Ich frage mich, wie Amor so grausam sein kann und meinen Onkel von einer unerwiderten Liebe in die nächste schickt.

»Was, wenn er einfach ein bisserl nachgeholfen hat beim Sturz?« Ich switche gedanklich von Onkel Stefans Liebesdesaster zu Vroni.

»Wenn Klaus Rettenbacher Alkohol nur annähernd so geliebt hat wie sein Bruder, war es ein Klacks, ihn betrunken zu machen.«

»Du meinst: Brudermord?«

Passt irgendwie nicht so recht zu meinem Lieblingshypochonder, finde ich. Wann immer der Rettenbacher bei uns in der Praxis aufgetaucht ist, war er der schutzbedürftige Kranke, der jeden Tag damit rechnet, vom Tod dahingerafft zu werden. Nein, der Rettenbacher ist eine extreme Nervensäge, aber kein Mörder. Obwohl … Als seriöse Ermittlerin darf so ein Gedanke gar nicht erst aufkommen. Sympathie und Beschützerinstinkte sind Gift für rationales Denken. Ich falte meine Serviette wieder auf und streiche sie glatt. Schaue zum Rettenbacher und denke nach. Das Bild von ihm neben dem Sarg fällt mir wieder ein: Er war aufgekratzt, beinahe gut gelaunt. Von Trauer keine Spur.

»Dreimal Schweinsbraten mit Knödel und Krautsalat?«
Eine Kellnerin mit Ostakzent, Dirndl und Sportschuhen
reißt mich aus meinen Gedanken. Wir nicken erleichtert
und nehmen unsere Teller entgegen. Hermis Grammelknödel und die Torte vom Mittagessen sind längst verdaut, ich sterbe vor Hunger.

»Was wissen wir eigentlich über Klaus Rettenbachers
Finanzen?«, frage ich nach den ersten Bissen. »Ich meine,
käme ein Mord aus wirtschaftlichen Motiven infrage?«

Meine Chefin zuckt die Schultern. »Da habe ich keine
Informationsquellen, leider.« Sie wischt sich den Mund
ab und schiebt ihren Teller beiseite. Den Knödel hat sie
nicht angerührt. Low Carb, nehme ich an. »Kontoauszüge wäre interessant, nur kommt man da nicht so leicht
ran. Aber«, sie senkt die Stimme, »vielleicht sollten wir
uns auch für die Finanzen von Wolfgang interessieren.
Könnte ein Motiv sein.«

»Soweit ich weiß«, beginne ich, »ist das Elternhaus im
Pinzgau längst verkauft. Es gibt also kein Erbe mehr, um
das gestritten werden könnte.«

Vroni schaufelt Reste vom Krautsalat auf ihre Gabel.

»Um Geld kann man immer streiten«, sagt sie zwischen zwei Bissen, »egal, ob es etwas zu erben gibt oder
nicht.«

Sie lehnt sich zurück, ächzt und verschränkt die Hände
über ihrem Bauch. »Ein Verdauungsschnaperl wär jetzt
fein!« Sie bestellt eine Runde Zirbenschnaps und fächelt
sich Luft mit der Serviette zu.

»Was ist eigentlich mit dem Rollstuhl?«, fragt meine
Chefin.

Genau die Frage, auf die ich gewartet habe. Zu diesem
Thema kann ich nämlich einiges vorweisen. Ich lege das

Besteck quer auf den Teller und nicke der Kellnerin zu, die abservieren will.

»Wäre das hier ein Fernsehkrimi, dann würden wir jemanden von der Spurensicherung bestechen. Wir könnten Fingerabdrücke nehmen und sie mit Fingerabdrücken aus unserer Patientenkartei vergleichen.« Leider nur Theorie. »Geht aber nicht. Wir haben weder Fingerabdrücke noch einen Spurensicherer.« Soweit die schlechte Nachricht, die eh nicht neu ist. Vroni und meine Chefin nicken enttäuscht. »Deshalb gilt: man nehme, was man hat!« Ich räuspere mich, schaue in die Runde und nehme Anlauf für die gute Nachricht. »Auf dem Rollstuhl war ein Aufkleber von einem Sanitätshaus. Ich hab dort angerufen, und …«

»Ist hier noch ein Platz frei?«

Eine männliche Stimme würgt mich ab, direkt neben uns. Vroni schaut überrascht, meine Chefin zuckt zusammen und errötet.

»Sicher«, haucht sie und räumt eilig die Taschen von der Sitzfläche. Das war's dann wohl mit der Teambesprechung. Vroni und ich tauschen einen vielsagenden Blick. Lukas Kainberger, immer noch uniformiert, wie aus dem Ei gepellt und kreislaufmäßig voll auf der Höhe, zieht den Stuhl zu sich heran und setzt sich neben Frau Doktor Fleischer.

»Danke!« Ein blendend weißes Zahnpasta-Lächeln. Grübchen in den Wangen und keine Spur von Strenge in seiner Stimme. Ist mir gar nicht aufgefallen, dass er nach dem Gottesdienst noch anwesend war. Ist er immer noch dienstlich hier? Wie zufällig berührt er den Rücken meiner Chefin, und sie streicht sich verlegen eine Strähne hinters Ohr. Hat er ihr gerade zugezwinkert? Vroni verdreht die

Augen und kippt den Zirbenschnaps auf Ex. Und noch bevor ich mich darüber wundern kann, wie sehr Lukas Kainberger Frau Doktor Fleischer auf die Pelle rückt, klopft jemand mit seinem Messer dreimal an ein Glas. Augenblicklich wird es still im Saal.

»Ansprache!«, flüstert Vroni überflüssigerweise.

Der Rettenbacher hat sich von seinem Platz erhoben. Mit Spickzettel und Mikrofon bahnt er sich seinen Weg, an den Tischen vorbei, zu einem Stehpult neben der Bar. Eine viel zu lange Girlande aus weißen Rosen und Lilien ist am Pult befestigt und hängt links und rechts davon zu Boden. Sogar am wackeligen Stativ des Lautsprechers ist ein Bund Rosen mit schwarzer Schleife befestigt.

Vier Musiker, die mir bislang gar nicht aufgefallen sind, haben sich und ihre Instrumente schräg hinter dem Pult in Position gebracht: eine Schlagzeugerin vor aufgebautem Schlagzeug, ein Trompeter und zwei Geigerinnen.

»Die kenn ich«, raunt Vroni, »das sind Musiker der *Philharmonie*.«

Was wahrscheinlich auf Kalliopes Kontakte zurückgeht. Ein schöner Zug von ihr, der Feier mit Chor und Quartett mehr Stil einzuhauchen. Die Schlagzeugerin fährt sich mit der Hand durch die kurzen Haare und lächelt Kalliope zu. Als der Rettenbacher das Mikrofon einschaltet, fiept es kurz und laut. Da und dort zucken Gäste zusammen, werden Hände auf Ohren und Hörgeräte gepresst. Die alte Lienbacherin kichert hämisch.

»Test, Test, Test!«, nuschelt der Rettenbacher, die Lippen ganz dicht am Mikro. Dann nickt er der Geigerin zu, und anstatt einem Tusch wie nach derben Gags oder gelungenen Zirkustricks, ertönt Trommelwirbel. Die Trompete setzt ein, dann die Geigen. Ich weiß nicht, warum, aber

schlagartig denke ich an eine Kinoleinwand, rote Plüsch-
sessel und Popcorn.

»Das ist die Fanfare der *20th Century Fox*!«, wispert
Vroni, »die kommt immer im Kino und vor den Filmen
zu Weihnachten!«

Rätsel gelöst. Der Rettenbacher steckt das Mikro in die
Halterung und wartet, bis die letzten Trompetenklänge
verhallt sind. Huldvolles Nicken in Richtung der Musiker.
Von großen Auftritten versteht er was, keine Frage. Alle
sind ganz Trommelfell, sämtliche Augen auf ihn gerichtet. Ich bin sicher, er genießt es.

»Liebe Gäste, liebe Trauernden!« Er stützt sich mit
beiden Händen am Pult ab wie ein amerikanischer Prä-
sident bei der Rede zur Lage der Nation. Einen Kellner,
der scheppernd drei Bierkrüge abserviert, vernichtet er
mit Blicken. Erst als sich alle Angestellten in die Küche
getrollt haben, hebt der Rettenbacher wieder seine Stimme.

»Alfredo und Angelo Castiglioni, die Stieber Twins oder
Kastor und Pollux: Die Liste berühmter Zwillingspaare
ist lang.«

Kurze Pause, sein Blick schweift durchs Publikum. Wie
ein C-Promi auf der Suche nach der nächstbesten Kamera,
in die er grinsen soll. »Zwei zur selben Zeit in derselben
Mutter reifende Früchte. Zusammen geboren, Freunde
für immer.«

»Ein Rhetorik-Genie!«, raunt meine Chefin, aber Vroni
schüttelt heftig den Kopf.

»Lauter Zitate«, klugscheißt sie. Der Rettenbacher faltet
den Zettel wieder zusammen, behält ihn aber in der Hand.

»Mein lieber Bruder Klaus ist nicht mehr! Ich danke
euch herzlich, dass ihr in diesen dunklen Stunden an meiner Seite seid!«

Er legt eine Pause ein, einige Leute klatschen verhalten, aber der Rettenbacher winkt gönnerhaft ab.

»Mein Bruder und ich sind in einfachsten Verhältnissen aufgewachsen. Der Pinzgau ist eine raue Gegend: schroffe Berge, harte Leute. Ein Landstreifen, der die Seele stählt.«

Er betont jede Silbe, spricht ohne jede Dialektfärbung und Lallen. Da bin ich anderes gewohnt. Er scheint sich wirklich gründlich vorbereitet zu haben, Alkoholabstinenz inklusive.

»Die ersten schweren Prüfungen des Lebens hätte ich nie ohne Klaus überstanden. Es gibt kein engeres Band als jenes, das Zwillinge verbindet, nicht einmal zwischen Mann und Frau.«

Kurzes bitteres Auflachen von Iris Rettenbacher. Charlotte zieht eine Augenbraue hoch.

»Nichts konnte uns je trennen. Nur der Tod vermag eine so enge Bindung zu zerreißen. Meinen Zwillingsbruder zu verlieren ist …«, jetzt tupft er sich die Augenwinkel mit einem Taschentuch ab, »als würde man mir bei lebendigem Leib das Herz herausschneiden. Ich bin am Boden zerstört!«

»Das kann er aber sehr geschickt verbergen.«

Ein verzichtbarer Schmäh, unpassend und deutlich hörbar. Lukas Kainberger ist stolz auf sein Bonmot und sieht sich Beifall heischend um. Stellvertretend für ihn werde ich rot und wünsche mir ein Loch im Boden, das mich auf der Stelle verschlingt, nur um nicht mit ihm in Verbindung gebracht zu werden. Ist das peinlich! Gott sei Dank sind um uns herum fast alle Gäste schwerhörig. Nur meine Chefin kichert wie ein Teenager und wird schon wieder rot. Was läuft da? Vroni schüttelt fassungslos den Kopf.

»Klaus und ich waren zeit unseres Lebens ein Herz und

eine Seele. Wir waren unzertrennlich, zwischen uns hat kein Blatt Papier gepasst, wie man so schön sagt.«

»Ja, genau!«, murmelt Lukas ironisch und nippt an seinem Bier, das er mit zum Tisch gebracht hat. Und obwohl ich diesen unsensiblen Klotz mitsamt seinem Imponiergehabe am liebsten verscheuchen würde, hat er nicht unrecht. Die Zwillinge waren doch seit Jahrzehnten zerstritten, das hat mir der Rettenbacher selbst erzählt! Ich frage mich, warum er jetzt so eine Show abzieht, und offensichtlich bin ich nicht die Einzige.

Die alte Lienbacherin meldet sich lautstark. »Geh, Wolfgang, so ein Schmarrn!«, wettert sie. »Wie Hund und Katz wart's ihr zwei, das weiß doch jeder!«

Ein paar der älteren Gäste nicken zustimmend, einige schaben peinlich berührt mit ihren Gabeln am Kuchenteller. Iris Rettenbacher zieht den Kopf ein wie eine Schildkröte. Sie versinkt förmlich im Eck der Sitzbank und stellt den Kragen ihrer weißen Bluse auf wie ein Schutzschild, um alle Unbill und alle Peinlichkeit dieser Welt daran abprallen zu lassen. Charlotte dagegen strafft sich und verzieht keine Miene. Der Rettenbacher bleibt eisern in seiner rhetorischen Spur und nimmt wieder Anlauf.

»Schon in unserer Jugend haben Klaus und ich jede freie Minute miteinander verbracht, sehr zur Freude unserer Mutter!«

»Was soll denn das?«, flüstert meine Chefin, jetzt ebenfalls irritiert, und blickt abwechselnd zu mir und zum Rettenbacher.

»So ähnlich wir uns waren, Klaus und ich, so verschieden waren wir dennoch. Jeder hatte seine Stärken und Schwächen, aber wir haben einander wunderbar ergänzt. Wo er stark war, war ich schwach und umgekehrt. Wir konnten uns immer aufeinander verlassen, und egal was passiert ist …«

»Jetzt reicht's aber!«

Gut 500 Köpfe schwenken nach hinten, 1.000 Augen starren auf die junge Frau, die die Trauerrede crasht: Kalliope.

Breitbeinig, Hände in die Hüften gestemmt, steht sie dem Rettenbacher gegenüber und funkelt ihn über die Köpfe der Sitzenden hinweg an.

»Ein Herz und eine Seele, dass ich nicht lache!«, faucht sie. »Im Stich gelassen hast du ihn, so schaut's aus!«

»Bitte lass gut sein, Kalliope!« Onkel Stefan meldet sich von der Seite zaghaft zu Wort und glubscht treuherzig. »Das bringt doch jetzt nichts mehr!«

Diese Art von Vertrautheit habe ich noch bei keiner von Onkel Stefans Affären beobachtet. Zuerst der Liebesbecher und gegenseitiges Füttern, jetzt besorgtes Eingreifen, bevor die Stimmung unrettbar vergiftet ist. Kalliope fährt herum, ihr Zeigefinger ist auf Onkel Stefan gerichtet. »Das ist das Begräbnis meines Vaters, also sag *du* mir nicht, was ich tun oder lassen soll, ist das klar?«

Onkel Stefan zuckt zusammen und setzt zu einer Antwort an, lässt es dann aber. Meine Chefin strafft sich, Lukas Kainberger nimmt die Hand von ihrem Rücken, und Dutzende Smartphones werden zur Seite gelegt oder in Taschen gesteckt. Auftritt für das wahre Leben! Christl von der Post, größter Bergdoktor-Fan auf Gottes weiter Erde, schaut erst gespannt zu Kalliope, dann zu meinem Onkel und schließlich zum Rettenbacher. Da baut sich ein Drama auf, keine Frage! Und mit Dramen kennt sich die Christl aus. Kalliope fixiert wieder den Rettenbacher.

»Wenn eure Beziehung wirklich so eng war, dann musst du mir mal was erklären.«

Der Rettenbacher, immer noch das Mikro in der Hand, ist die Ruhe selbst. »Aber gern«, säuselt er. »Nur zu, was möchtest du wissen?«

Kalliope verschränkt die Arme.

»Warum hast du meinem Vater damals die Frau ausgespannt?«

Ein Raunen geht durch die Menge, die alte Lienbacherin schlägt sich die Hand vor den Mund. Ein Herr mit schwarzem Hemd und Schuppen scheucht die Kellnerin samt Kaffee und Kuchen weg. »Jetzt nicht«, zischt er. »Später!«

Die Christl von der Post blickt gespannt zwischen Kalliope und dem Rettenbacher hin und her.

Mittlerweile hat sich Onkel Stefan von seinem Sessel erhoben und an Kalliope herangepirscht. Er zupft an ihrem Ärmel.

»Bitte hör jetzt auf!« Mit hängenden Schultern und Dackelblick steht er neben seiner Flamme, wie ein Kind, das auf sich aufmerksam machen will, ohne zu stören. Er meint es gut, mein Onkel, er meint es immer gut. Aber er trifft nie den richtigen Ton. Ich kann direkt sehen, wie Amor gerade die Augen verdreht.

Kalliope reißt sich los. »Lass mich doch endlich in Frieden!« Ihre Stimme kippt. »Du kennst das Leben doch nur aus deinen Geschichtsbüchern! Du mit deiner heilen Seifenblasenwelt!«

Onkel Stefan streichelt Kalliope unbeholfen am Arm, aber – sein altes Problem – falscher Zeitpunkt. Kalliope steht nicht der Sinn nach Zärtlichkeiten, nicht jetzt. Sie gibt meinem Onkel einen kräftigen Schubs, der taumelt zurück, rempelt eine Kellnerin an, die auf Zehenspitzen durch den Saal schleicht und einem Nachzügler einen Teller Kartoffelsalat serviert, und die wiederum stolpert und fällt auf eine Dame, die gerade an ihrer Kaffeetasse nippt. Eine Kettenreaktion, die niemand will, schon gar nicht bei einer Trauerrede, und am allerwenigsten, wenn es gerade spannend wird. Kartoffelsalat in Kürbiskernöl flutscht vom Teller zu Boden, braune Flüssigkeit schwappt über den Rand der Tasse. Kellnerin, Boden und Dame sind eingesaut und matschig. Kalliope, von Liebhaber und Lebensmitteln ausgebremst, erstarrt.

Onkel Stefan hat eben seine eigene Art, das Ruder herumzureißen.

Aber für den richtigen Abgang fehlt ihm wiederum die Coolness. »Tut mir leid«, murmelt er zerknirscht, »ich mein ja nur, weil …«

Er sucht nach Worten, findet nichts Passendes und lässt es schließlich bleiben. Es gibt auch nichts mehr zu sagen, die aufgeheizte Stimmung ist dahin, allgemeines Gemurmel füllt den Raum. Köpfe werden zusammengesteckt, Kalliopes Auftritt wird analysiert und Tipps zum Entfernen von Kernölflecken ausgetauscht. Der Rettenbacher fährt sich verlegen durch die Haare, sieht sich um, verlässt schließlich das Rednerpult und setzt sich wieder an seinen Tisch. Seine Frau rückt demonstrativ ein Stück von ihm ab. Charlotte bleibt cool und ohne Reaktion. Kalliope wirft ihr einen giftigen Blick zu und verlässt schnurstracks den Saal. Ratlose Blicke unter den Musikern. Die Schlagzeugerin packt als Erste zusammen. Der Rest der Truppe tut es ihr gleich. Schade eigentlich; wer weiß, welche Highlights der Filmmusik die sonst noch draufgehabt hätten. Der Trompeter kichert, als er an Onkel Stefan vorbeikommt. Keine Minute später sind vier Sessel, ein Pult und ein Mikro der traurige Rest dieses groß angelegten Nachrufes auf Klaus Rettenbacher.

»Kann mir bitte jemand sagen, was da gerade los war?«

Vroni schaut verwirrt in die Runde und wartet auf eine Antwort, aber ich schüttle nur den Kopf. Hat Kalliope gerade wirklich ihren Onkel attackiert? Beim Begräbnis ihres eigenen Vaters? Welchen Einfluss hatte Klaus Rettenbachers Seitensprung mit Charlotte auf Kalliope? Mir schwirrt der Kopf. So sehr, dass es mir mehr oder weniger egal ist, als Lukas den Handrücken meiner Chefin zum Abschied küsst.

»Ich muss dann wieder!« Er nickt Vroni und mir zu, tippt sich an die Polizeikappe und eilt mit strammem Schritt dem Ausgang zu.

»Und tschüs!«, murmle ich abwesend. Es ist immer dasselbe: Wenn die Informationen zu viel sind, um sie noch zu verarbeiten, brauche ich Ordnung. Listen. Sie helfen, Struktur ins Gedankenchaos zu bringen. Listen helfen mir in solchen Momenten immer, sie sind – neben dem Sticken – meine Geheimwaffe im Kampf gegen die Konfusion. Ich krame mein Notizbuch aus der Tasche und schlage eine neue Seite auf.

Konflikt Kalliope / Charlotte
Alibi Kalliope
Alibi Charlotte

Vroni liest mit. »Die Sache mit den Alibis könnten wir gleich hier klären«, sagt sie entschlossen. »Wen immer du befragen willst, sie sind alle hier. Die reinste Blumenwiese. Du musst nur pflücken.«

»Sehr schön gesagt«, ätze ich, »aber erstens gibt's dank Monokulturen und Überdüngung bald eh keine Blumenwiesen mehr.« Ich stopfe das Notizbuch zurück in die Handtasche. »Zweitens ist Ermitteln auf einer Trauerfeier taktlos. Und drittens. Ich hab keine Lust mehr! War ein langer Tag!«

Meine Chefin hat die High Heels von ihren Füßen gestreift und bewegt die Zehen unter dem Tisch. Nicht einmal an Powerfrauen wie ihr geht stundenlanges Stehen in der Hitze spurlos vorüber. Pillbox-Hütchen und Schleier liegen neben ihrer Tasche. Ich stemme mich hoch und drücke das Kreuz durch.

»Was?«, ruft die Vroni perplex. »Keine Befragungen?«

Vroni hat recht. Der Zeitpunkt könnte günstiger nicht sein, um Antworten auf ein paar Fragen zu bekommen. Andererseits habe ich bereits den ganzen Tag mit diesem Fall verbracht. Na gut, den halben. Ein Viertel. Die Beerdigung hat um 14 Uhr begonnen, mittlerweile ist es nach 21 Uhr.

»Morgen ist auch noch ein Tag«, sage ich, will meine Tasche schnappen und mich vom Acker machen, aber Vroni hält mich zurück. »Schau mal, dort drüben!« Sie deutet mit dem Kinn zum Tisch, an dem Charlotte sitzt. »Sie ist allein, keine Ohren, die mithören! Die perfekte Gelegenheit, um ihr ein paar Fragen zu stellen!«

Ich seufze zentnerschwer und schaue sie unwillig an. Vroni nimmt mich zur Seite. »Oder willst du, dass Lukas Kainberger uns zuvorkommt? Du hast ja gesehen, wie er sich an deine Chefin ranmacht. Ein Ehrgeizling auf der Überholspur, das sag ich dir!«

Überredet. Ich nicke meiner Chefin kurz zu, die lustlos auf ihrem Smartphone herumwischt und unter dem Tisch die müden Füße aneinander reibt. Dann nähere ich mich mit Vroni dem Tisch von Charlotte.

ZEHNTES KAPITEL

Erzählt von Hüten, Eisbergen und Alkoholproblemen, von Hunden, Sonnenbrillen und falschen Annahmen. Vroni geht aufs Ganze, und der Rettenbacher macht die Biege. Außerdem geht es um Imponiergehabe und Lackschäden.

Charlotte Singer wirkt komplett deplatziert an diesem Ort. Kerzengerade Haltung, eine Figur, die auf große Disziplin schließen lässt, und eine unbewegliche Miene. Niemand wagt sich auch nur in ihre Nähe. Eine Einzelgängerin. Nur die Hälfte ihres Gesichts ist sichtbar, den großen Hut hat sie immer noch nicht abgelegt; die obligatorische Armlänge Abstand ergibt sich also von selbst. Iris Rettenbacher sitzt ebenso allein am Nebentisch und knetet verlegen eine Stoffserviette zwischen den Fingern, aber ihr sieht man die unfreiwillige Einsamkeit an. Charlotte Singers Gehabe macht klar, dass sie Gesellschaft einfach nicht schätzt. Etwas an ihr fasziniert mich trotzdem, auch wenn ich nicht benennen kann, was es ist.

»Dürfen wir uns setzen?« Vroni deutet auf einen der freien Stühle. Charlotte lächelt schwach. »Bitte, gern.« Sie wartet, bis Vroni und ich Platz genommen haben, dann schweigt sie wieder. Vroni rutscht unbehaglich auf ihrem Sessel hin und her – sie sucht nach einem passenden Einstieg ins Gespräch.

»Das war ein wirklich großes Begräbnis heute«, sage ich schließlich, weil die Stille langsam peinlich wird.

»Ja, allerdings. Ich bin wirklich froh, dass Wolfgang die Organisation in die Hand genommen hat.«

Charlotte neigt den Kopf und lugt unter ihrer Hutkrempe hervor. Gegen diese riesige Kreation aus schwarzem Bast käme nicht einmal Prinzessin Kate an. Ich frage mich, warum Charlotte den Hut nicht einfach abnimmt, der so überhaupt nicht in dieses Landwirtshaus passt und ungefähr so dezent rüberkommt wie der Eisberg, der die *Titanic* aufgeschlitzt hat.

Ich nehme einen neuen Anlauf. »Sie singen im Chor der *Philharmonie Salzburg*?«

Vroni verdreht die Augen, muss aber mangels besserer Gesprächsthemen passen. Charlotte mustert mich erstaunt.

»Meine Schwiegermutter ist ebenfalls dabei«, erkläre ich und recke den Kopf, um nach Hermi zu suchen. Sie sitzt am anderen Ende des Saals und diskutiert gerade mit Pfarrer Basumatary. Schlimmstenfalls über indische Gemüsegerichte und den Verzehr von Rindfleisch. Wolfgang Rettenbacher steuert auf Charlottes Tisch zu, macht aber einen Bogen, als er mich dort sitzen sieht. Offensichtlich hat er etwas mit ihr zu besprechen, das nicht für unsere Ohren bestimmt ist.

»Wir stören auch gar nicht mehr lang«, sage ich hastig und stehe wieder auf, aber Charlotte Singer macht eine wegwerfende Handbewegung.

»Ich kann auch später mit meinem Schwager sprechen, bitte bleiben Sie doch.« Sie mustert mich neugierig. »Schöne Kette, die Sie da haben.«

Ich greife danach. »Ein Andenken«, weiche ich aus. Schließlich will ich nicht mit meiner Vergangenheit hausieren gehen, sondern Charlotte ein paar Fragen stellen. Sie nickt verständnisvoll.

»Andenken sind wichtig«, sagt sie. »Klaus und ich haben viel gemeinsam erlebt, aber am Ende bleibt nur mehr die Erinnerung.« Sie seufzt und rührt mit einem Löffel in ihren Kaffee.

»Wir hatten noch viel vor, wissen Sie? Klaus war immer schon kulturell interessiert.« Sie schleckt den Löffel ab. »Unsere Berufe haben uns zwar nicht viel Zeit füreinander gelassen«, sie legt den Löffel auf die Untertasse, »aber wir hatten viel gemeinsam. Die Liebe zur Musik, zum Beispiel. In meiner Schulzeit habe ich in einem Jugendchor gesungen, meine große Liebe war aber immer die Geige. Studium am Mozarteum, dann Sommerakademie, ein Stipendium für die New Yorker Juilliard School … ich bin viel herumgekommen, wissen Sie. Im Alter muss man kleinere Brötchen backen: ich spiele im Orchester der Salzburger Kulturvereinigung und singe im Chor der *Philharmonie Salzburg*. Klaus war an meiner Seite, so oft es ging.«

Vroni neben mir atmet hörbar aus. Charlotte ist ihr zutiefst unsympathisch, das spüre ich. Ich bin nicht sicher, was ich von dieser Person halten soll. Macht sie uns etwas vor?

»Andererseits wäre Klaus vielleicht noch am Leben, wenn ich an diesem Abend auf die Musik verzichtet hätte.« Sie sieht mir direkt in die Augen, und ihr Blick geht mir durch und durch. Eine Mischung aus Schmerz, Stärke und Schuldbewusstsein. Das ist echt, diesen Blick kann man nicht vortäuschen, denke ich.

»Wie darf ich das verstehen?« Vroni strafft sich.

Charlotte greift wieder nach dem Löffel. »Ich war bei der Chorprobe der *Philharmonie*. Heuer ist 25-jähriges Jubiläum, einige große Konzerte stehen an. Ich war nicht zu Hause, als Klaus seinen Unfall hatte.« Sie richtet ihren Blick an Vroni. »Klaus war betrunken, er hätte in diesem Zustand nicht allein unterwegs sein dürfen.«

»Hatte er ein Alkoholproblem?« Die Frage ist mir herausgerutscht, und eigentlich hätte ich sie gar nicht stellen müssen. In dieser Hinsicht weiß ich ohnehin Bescheid.

Vroni wirft mir einen vorwurfsvollen Blick zu.

»Ja, allerdings. Schon seit Jahren.« Charlotte lächelt schwach. »Ich habe auf ihn aufgepasst, so gut ich konnte, habe ihn immer wieder zum Entzug überredet. Aber letztlich ist jeder Mensch selbst für seine Gesundheit selbst verantwortlich, oder? Ich habe immer Musik gemacht, das wissen Sie vielleicht schon von Ihrer Schwiegermutter.« Charlotte zieht eine Augenbraue hoch und mustert mich. Hermi und die Informationspyramide.

»Klaus war in letzter Zeit in keiner guten Verfassung, deshalb habe ich ihm angeboten, die Chorprobe sausen zu lassen und bei ihm zu bleiben.« Sie seufzt. »Aber das wollte er auf gar keinen Fall.«

»Er war *körperlich* in keiner guten Verfassung?«

Charlotte schüttelt den Kopf und lächelt Vroni an. Sie deutet mit dem Kaffeelöffel kurz in Richtung Rettenbacher. »Ein Konflikt zwischen den Brüdern. Wolfgang hat seinem Bruder immer wieder das Leben schwer gemacht, mehr möchte ich dazu nicht sagen.« Vroni nickt verständnisvoll. »Dann war Ihr Mann ...«

»Wir waren nicht verheiratet«, unterbricht Charlotte.

»Entschuldigung. Dann war Ihr Lebensgefährte also nicht zu Hause, als Sie von der Chorprobe zurückgekommen sind?«

Charlotte legt den Kopf schief und mustert Vroni scharf. »Klaus wurde im Almkanal gefunden. Er war demnach nicht zu Hause, als ich nach der Chorprobe zurückgekommen bin. Oder wollen Sie damit etwas andeuten?«

Vroni schießt das Blut ins Gesicht. »Tut mir leid, ich wollte nicht …«

»Meine Schwiegermutter war ebenfalls bei der Probe«, springe ich ein »ich weiß, dass das Üben schwieriger Stücke viel Zeit in Anspruch nimmt. Drei Stunden oder mehr sind da schnell um.« Ich lächle versöhnlich. »*Carmina Burana*, oder?«

Charlotte lässt ihre Augen nicht von Vroni und nickt erst zeitverzögert. »Ja. Die Probe hat im Großen Festspielhaus stattgefunden. Sie können sich gern beim Portier erkundigen: Mein Anmeldeblatt müsste noch dort aufliegen.« Sie strafft sich und greift nach ihrer Handtasche. »Ich war übrigens mit dem letzten Bus unterwegs, bin also erst nach 23 Uhr zu Hause angekommen. Ganz leicht nachzuprüfen, wann die Busse fahren.« Sie macht eine Pause und blickt zu Iris Rettenbacher, die immer noch alleine am Nachbartisch sitzt. »Iris hat mich übrigens angerufen, als ich gerade mit dem Bus unterwegs war. Auch das prüfen Sie bitte nach, auch wenn ich nicht weiß, was Sie das überhaupt angeht. Erstens ist Klaus gestürzt und in den Almkanal gefallen, und zweitens übernimmt bei ungeklärten Todesfällen immer noch die Polizei die Befragungen. Was im Übrigen heute Vormittag schon passiert ist. Ansonsten fällt mir nur mehr eines ein: taktlos!« Sie steht auf und verlässt zügig den Saal.

»Wunderbar, gut gemacht, Vroni!«, ätze ich und lege den Kopf in den Nacken. »Einer Trauernden am Begräbnis unterstellen, sie hätte nachgeholfen. Schon mal was von der feinen Klinge gehört?« »Und was ist mit den gelben Farbpartikeln?«, zischt Vroni und funkelt mich an. »Davon war keine Rede, Frau Kommissarin!«

»Trotzdem hätte man ...«

Vroni steht ebenfalls auf und schiebt ihren Sessel energisch zum Tisch. »Ach, mach doch, was du willst!« Und weg ist sie.

Es dämmert bereits, als ich ins Freie trete. Die Abendluft ist lau und voller Leben. Ein Zeichen, dass sich das große Karussell, in dem wir sitzen, einfach weiterdreht, auch wenn einer von uns den Fuß zum Bremsen raushält und aussteigt. Drei Frauen in ärmellosen Cocktailkleidern prosten sich auf der Hausbank mit Aperol Spritz zu, neben einem Herzen aus rostigem Metall versinken zwei Verliebte in den Augen des jeweils anderen. Ein paar Teenager stehen im Halbkreis um eine Vespa und reißen Witze, zwei Hunde raufen zwischen parkenden Autos kläffend um ein Plastikspielzeug. Ein perfekter Abend, um Händchen haltend auf einer Bank der Sonne beim Untergehen zuzuschauen oder sich in der aufgeheizten Innenstadt noch schnell eine Kugel Eis zu gönnen. Als er mich sieht, lässt einer der Hunde, ein Beagle, vom Spielzeug ab und kommt auf mich zu. Er beschnuppert mich, stromert um meine Beine und trollt sich wieder, ganz auf die Rückeroberung des quietschenden Etwas konzentriert, auf dem sein Gegenspieler herumkaut.

»Er mag dich.«

Zuerst kann ich nicht orten, woher die Stimme kommt, aber dann sehe ich sie. Miri. Sie hockt auf einem großen Stein am Rande eines Biotops, gleich neben dem Parkplatz, gut versteckt hinter abgestellten Autos und Schilf. Eine nostalgische Laterne mit schmiedeeisernen Armen spendet schummriges Licht. Und obwohl um sie herum das Leben pulsiert und zig Fahrzeuge geparkt sind, wirken Miri und der Teich wie ein Paralleluniversum. Von der Hektik entrückt, aus der Zeit gefallen. Nachtfalter und eine verirrte

Libelle schwirren um die Laterne. Miri trägt ein ärmelloses schwarzes Rollkragen-Top, schmal geschnittene Hosen und flache Ballerinas. Ihr blonder Pferdeschwanz ist kaum schulterlang, die Sonnenbrille steckt in den Haaren.

»Das beruht wohl auf Gegenseitigkeit«, sage ich und komme näher, »ich mag Hunde auch gern. Besonders Beagles.«

»Würde gut zu dir passen, so ein Beagle. Kluge Tiere.« Sie nickt, ohne mich anzuschauen. »Zielstrebig, aber leicht dickköpfig, dafür unerschrocken, gesellig und neugierig.« In der hohlen Hand hält Miri Kieselsteine und wirft sie nacheinander ins Wasser. »Außerdem intelligent, neugierig und freundlich. Wie du.«

Erst jetzt fällt mir auf, dass sie heute ohne ihren Hund unterwegs ist, ebenfalls ein Beagle. Wahrscheinlich besser für den kleinen Kerl; die Hitze am Friedhof wäre ihm ohnehin zu viel geworden.

»Hast du Padrino heute zu Hause gelassen?«

Miri antwortet nicht. Sie wirft noch einen Stein ins Wasser und schüttelt den Kopf. Im schwachen Licht der Laterne erkenne ich schwarze Wimperntusche-Spuren auf ihren Wangen. Miri hat geweint.

»Ich weiß nicht, wo er ist.« Ihre Stimme ist brüchig. »Normalerweise weicht er nicht von meiner Seite, aber seit gestern Abend ...«

Miri kramt ein Taschentuch aus der Hosentasche und schnäuzt sich lautstark. Mit dem Handrücken wischt sie sich über die Augen. Sie lacht kurz und bitter auf.

»Irgendwie ist mein Karma aus dem Gleichgewicht. Hast du gemerkt, wie mich alle schneiden? Niemand wollte neben mir sitzen.«

»Wegen Tante Martha?«, hake ich nach.

Miri nickt. »Alle denken, ich hätte sie in den Weiher geschubst, weil mir die Pflege zu viel geworden ist. Wäre ja die schlüssigste Erklärung, oder?« Sie schnäuzt sich erneut, und ich lenke das Gespräch zurück auf den Hund. Ist mir unangenehm, dass ich Miris Unschuld nicht beweisen kann. Vielleicht hätte sie genau das von mir erwartet.

»Du meinst, Padrino ist davongelaufen? Genau wie Corleone vorige Woche?«

Miri lacht wieder auf. »Corleone ist nicht davongelaufen!«

»Nein?«

Miri schüttelt den Kopf. »Nie im Leben!«

»Aber warum hast du …«, ich stocke und korrigiere mich, »warum sagen dann alle, dass es so war?«

Ein fröhlicher junger Hund, der plötzlich nicht mehr auftaucht. Beagles sind unerschrocken und neugierig, das hat Miri selbst eben erst gesagt.

»Er war sicher auf Erkundungstour und hat nicht mehr nach Hause gefunden.« Das scheint mir die plausibelste Erklärung. »Oder jemand hat ihn angefahren.«

Miri dreht den Kopf und schaut mich fest an. »Nein.«

Sie erhebt sich und streicht ihre Hose glatt. »Corleone und Padrino waren unzertrennlich. Wenn Corleone wirklich angefahren worden wäre, hätte mich Padrino ganz sicher zu der Stelle gelotst.« Miri steigt über die niedrigen Randsteine, die den Teich einsäumen, und kommt auf mich zu. »Und nur, weil alle sagen, dass er davongelaufen ist, muss es noch lange nicht so gewesen sein! Es gibt noch andere Gründe, warum ein Hund plötzlich verschwindet.«

Ich denke kurz nach. »Was meinst du damit?«

Miri nimmt die Sonnenbrille aus ihren Haaren. Mit dem Kinn deutet sie in Richtung Speisesaal, in dem jetzt Licht brennt. Onkel Stefan hat, ohne es zu wollen, die Feier gecrasht und die Gäste verjagt. Der Saal ist leer gefegt, nur der harte Kern sitzt noch an der Bar bei Bier und Wein zusammen. Christl von der Post prostet gerade einem jungen Kerl von der Bank zu, Hermi angelt sich Nüsschen aus einer Schale. Etwas abseits falten zwei Kellnerinnen Stoffservietten und verteilen sie auf den Tischen. Alles wird fürs Frühstück am nächsten Morgen vorbereitet.

»Die Trauerrede war doch das beste Beispiel, oder? Der Rettenbacher hat uns allen etwas vorgemacht. Er wollte sich als den gönnerhaften, tief trauernden Bruder inszenieren. Es braucht nicht viel, um anderen Leuten einen Floh ins Ohr zu setzen. Man muss nur konsequent immer wieder dasselbe sagen.« Sie macht eine kurze Pause, rubbelt mit dem unteren Teil ihres Rollis an der Sonnenbrille herum, und steckt sie dann wieder in ihre Haare. »Nur dass in diesem Fall die Tochter des Verstorbenen eingegriffen hat.«

»Also: Wofür war die Trauerrede das beste Beispiel?«

»Habe ich doch gerade gesagt«, schnaubt sie ungeduldig. »Dafür, dass eben nichts ist, wie es scheint. Wolfgang Rettenbacher hat seinem Bruder die Frau ausgespannt. Kein feiner Zug, wenn du mich fragst. Sie hatten jahrelang Funkstille wegen dieser Charlotte. Erst in den letzten Jahren hat sich Wolfgang Rettenbacher wieder ab und zu bei seinem Bruder blicken lassen. Ich weiß das deshalb, weil ich sie ein paarmal zusammen im Garten gesehen habe, wenn ich bei Tante Martha war.«

Miri setzt die Sonnenbrille auf, obwohl es mittlerweile zappenduster ist. »Ich habe nie gesagt, dass Corleone weggelaufen ist. Ich glaube auch nicht daran. Vielleicht hat dir irgendjemand erzählt, dass er abgehauen ist, und du hast es geglaubt. Er war ein schlaues kleines Kerlchen.«

»War?«

»Ich glaube nicht mehr, dass ich ihn zurückbekomme. Weil ihn nämlich jemand auf dem Gewissen hat. Und dieser Jemand hat sich jetzt auch Padrino geholt.«

Mit diesen Worten entgleitet Miri in die Dunkelheit und lässt mich allein.

Miris kryptische Andeutungen und die Ereignisse der letzten Tage summen klangfarbenreich durch meinen Kopf.

Zwei Tote, die jahrelang nebeneinander gewohnt haben. Zwei Hunde, die plötzlich spurlos verschwinden. Wem nutzt das alles? Und wer ist für das Verschwinden von Miris Hunden verantwortlich? Einer von Miris Nachbarn? Soweit ich weiß, ist sie mit allen gut ausgekommen. Das ergibt alles keinen Sinn. Oder ist Miri selbst eine Blenderin, die mit dem Verschwinden ihrer Hunde nur von sich selbst ablenken will, weil sie womöglich doch Schuld am Tod ihrer Tante hat?

Nach Miris bühnenreifem Abgang sitze ich, wie sie selbst zuvor, auf dem Stein mit der blank gescheuerten Oberfläche und lasse das Gesagte nachhallen. Es hat abgekühlt, der Nachthimmel ist sternenklar. Irgendwo am Untersberg leuchten zwei winzige Lichter, die sich langsam abwärts bewegen. Wahrscheinlich Wanderer mit Taschenlampen, die den Rückweg nicht mehr bei Tageslicht geschafft haben. Schlimmstenfalls muss die Bergrettung ausrücken und sie aus den Felsen pflücken. Die Aussicht vom Berg auf die Stadt muss heute traumhaft gewesen sein. Hätte mir vielleicht gutgetan, so eine Wanderung zum Gipfel. Meinetwegen auch eine Fahrt mit der Gondel. Es wirkt Wunder, Abstand zwischen sich und Probleme zu bringen, die herunten unlösbar scheinen. Am Berg verpuffen sie auf wundersame Weise. Die Luft ist kühl und klar, der Kopf wird frei. Wann waren Laurenz und ich eigentlich das letzte Mal am Untersberg?

Eine tiefe Stimme holt mich aus meinen Gedanken auf den Parkplatz zurück. Lukas Kainberger. Hat sich der nicht längst verabschiedet? Ich stehe auf und spähe in Richtung Lärmquelle. Im funzeligen Licht der Laterne stehen Lukas und der junge Bankangestellte, der vorhin noch mit Hermi an der Bar gestanden ist. An seinen Namen kann ich mich nicht erinnern, irgendetwas mit G. Gerhard? Gustav? Günther?

Die beiden gestikulieren wild, wobei Lukas in Angriffsstellung ist und der andere sich verteidigt. Allerdings weicht er einen Schritt zurück, ist Lukas also deutlich unterlegen. Der Polizist deutet immer wieder auf ein Auto, beugt sich nach vorn und fährt mit der rechten Hand über den Lack. Außerdem steht noch eine junge Frau daneben, die sich aber nicht am Gespräch beteiligt. Ich bin viel zu weit weg, als dass ich einzelne Worte verstehen könnte, aber die Körpersprache transportiert unmissverständlich die Botschaft: Streit!

Ich habe mein Auto in der Nähe der beiden geparkt, muss also ohnehin in diese Richtung und gehe auf die drei zu. Neben Lukas steht, mittelgescheitelt und mit Designerhandtasche, ein junge Blondine, höchstens 20 Jahre alt. Der Kleinwagen mit dem aufgeklebten *Gucci*-Streifen, um den es geht, scheint ihr zu gehören. Trotzdem verströmt sie ein Gemisch aus Desinteresse, Langeweile und Kaugummigeruch. Kein Zweifel, dass Lukas sich nur für sie dermaßen ins Zeug legt. Seine Miene verhärtet sich, als er mich erkennt, er pumpt seinen Oberkörper regelrecht auf. Imponiergehabe pur. Beeindruckt mich aber null.

»Guten Abend«, begrüße ich die drei betont freundlich, »gibt's Probleme? Kann man vielleicht helfen?«

Blondie holt ihr Smartphone aus dem Täschchen, Lukas deutet mit dem Kinn auf den anderen jungen Mann.

»Der Kerl hier hat einen Parkschaden am Auto der Dame verursacht und wollte flüchten!«

»Der Kerl hier hat bestimmt einen Namen«, rüge ich Lukas scharf. Despektierliches Verhalten kann ich auf den Tod nicht ausstehen. Die beiden Männer sind ungefähr gleich alt, aber Lukas gibt sich erhaben und pfeift auf sämtliche Verhaltensregeln. Ich schätze, er rechtfertigt das mit seiner Uniform. Der junge Mann wendet sich an mich. Seine Schultern sind schmal und fallen nach vorn.

»Günther Oberstadler«, nuschelt er verwaschen, »ich glaube, wir kennen uns, Frau Dorn.«

Günthers Alkoholfahne weht, vermischt mit schlechtem Atem, in meine Richtung. Schlechte Karten im Streit mit einem Polizisten. Ich halte die Luft an, nicke und wende mich wieder an Lukas.

»Was hat denn der Herr Oberstadler angestellt, das Sie dermaßen echauffiert, Herr Kainberger?«

Lukas' Kiefer mahlen. Es passt ihm ganz und gar nicht, dass ich dazwischenfunke, wo er doch den schmächtigen Günther gerade wie ein Beutestück in der Luft zerfetzen und Blondie beeindrucken wollte. Stelle ich mir jedenfalls vor. Auch ohne Psychologiestudium erkenne ich, dass Lukas eine massiv verschobene Selbstwahrnehmung hat. Er braucht Macht und Anerkennung wie die Luft zum Atmen, seine Uniform ist Schutzpanzer und Legitimation für schlechtes Benehmen zugleich. Leuten wie Lukas sollte man den Polizeidienst verwehren, finde ich. Das kann echt danebengehen. Vor allem, wenn sie in einem unbedachten Moment Schwäche gezeigt haben und fürchten, dadurch etwas von ihrem Ansehen einzubüßen, Stichwort Kreislaufkollaps. Die Angst vor Autoritätsverlust ist ein Multiplikator aller schlechten Charaktereigenschaften. Ich muss also behutsam vorgehen, wenn ich die Situation für Günther Oberstadler nicht noch verschlimmern will. Deeskalation, Rosmarie!, rede ich mir selber ein. Blondie scrollt stumm auf ihrem Smartphone und verzieht keine Miene.

»Herr Oberstadler«, Lukas spuckt den Namen aus wie einen giftigen Käfer, »hat beim Ausparken dieses Auto touchiert und war gerade im Begriff, Fahrerflucht zu begehen.«

»Gar nichts hab ich«, jammert Günther verzweifelt, »das hätte ich doch gemerkt!«

Lukas grinst süffisant. »Das glaubst du doch nicht wirklich, oder?« Das *Du* soll nicht Freundschaft ausdrücken, sondern Lukas' Überlegenheit gegenüber dem armen Günther betonen. Wieder etwas, das ich hasse. Blondie hebt ihren Blick vom Smartphone und klimpert kurz mit den falschen Wimpern.

»Wenn Blech auf Blech trifft, ruckelt es ein bisserl, nur ganz kurz, das kriegst du gar nicht mit!«

Günthers Verteidigung lief bis jetzt auf Sparflamme, aber irgendwann reicht es eben auch ihm. Wer lässt sich schon gern einen Parkschaden in die Schuhe schieben? Vielleicht passt Blondie auch in Günthers Beuteschema, vielleicht war das *Du* der Tupfen auf dem I der Unverfrorenheit, ich weiß es nicht. Jedenfalls schwillt an Günthers Hals eine Ader an, in seinen Mundwinkeln sammelt sich weißer Belag, und er ballt die Fäuste.

»Ich *bin* an *keinem Auto angefahren*!«

Er hat definitiv an Lautstärke zugelegt. Steilvorlage für Lukas und seine glattgebügelte Autorität in Marineblau.

»Moment! Wenn du glaubst, du kannst mit mir schreien, dann hast du dich aber geschnitten! Du brauchst überhaupt nicht laut zu werden, verstanden?« Er will sich Günther nähern, aber ich stelle mich ihm in den Weg.

»Herrschaftszeiten, was soll denn das?«

Der Zug in Richtung Deeskalation ist endgültig abgefahren, ganz klar. Aber dieses primitive Alphamännchen-Gehabe kann man sich ja nicht bieten lassen! Nicht einmal von der Exekutive!

»Was das soll?« Lukas macht einen Schritt auf mich zu. Er steht jetzt so dicht vor mir, dass ich seinen Atem riechen kann. Der ist definitiv frischer als Günthers Leberwurst-Mundgeruch, der mir im Nacken klebt. Eher ein eisig-antibakterieller Luftstrom, der keinen Zweifel an der Entschlossenheit lässt, mit der Inspektor Kainberger gegen das Böse dieser Welt kämpft. Im Moment gegen den beduselten Günther, der sich jetzt hinter mir verschanzt.

»Herr Oberstadler streitet ab, einen Schaden verursacht zu haben. Der Lack ist zerkratzt, die Tür muss ausgetauscht werden. Das kostet ein Vermögen! Irgendjemand muss der jungen Dame schließlich den Schaden ersetzen. Und deshalb nehme ich Herrn Oberstadler jetzt mit auf die Polizeiinspektion.«

Auf meinen erstaunten Blick erwidert er: »Eine ganz normale Vorgehensweise. Herr Oberstadler hat jetzt Gelegenheit, seine Tat zu Protokoll zu geben und ein Geständnis zu unterschreiben. Im Prinzip ist das die letzte Chance für ihn, halbwegs glimpflich aus der Sache rauszukommen. Wenn er seine Tat nicht gesteht«, er macht eine kurze Pause und richtet seinen Blick auf Günther, »erstatten wir Anzeige gegen ihn, und dann wird die Sache so richtig ungemütlich, so viel kann ich schon einmal verraten!«

Die mittelgescheitelte Blondine lässt sich zu einem stummen Nicken hinreißen und starrt dann wieder auf ihr Handy.

»Ich will nichts unterschreiben, was ich nicht verbrochen habe!«, wimmert Günther hinter mir. Männer wie Lukas verspeisen Günthers zum Frühstück.

»Vielleicht hat aber gar nicht Herr Oberstadler den Schaden verursacht, sondern jemand anderer!«, fauche ich zurück.

Lukas baut sich vor mir auf und schubst mich mit seinem Oberkörper, wie so ein Dödel in einem schlechten Film.

»Wollen Sie damit andeuten, dass …«

»Na so was!« Ein Freudenschrei zerreißt die Luft. »Ist das nicht ein Kainberger-Gesicht?«

ELFTES KAPITEL

Erzählt von Rommé, Mittelscheiteln und Misstrauen, von Sanitätshäusern, Playlists und Druckern. Es geht um Mozartopern und Kalender. Meine Chefin ist gastfreundlich, die Christl lauscht, und jemand schuldet mir einen Gefallen.

Lukas gefriert praktisch am Fleck, Blondie schaut irritiert. Zeit, eine Armlänge Abstand zwischen mich und Lukas' Bügelfalten-Männlichkeit zu bringen. Hermi kommt quer über den Parkplatz auf uns zu gerannt und strahlt Lukas an.

»Jetzt hab ich die Stimme gehört und mir gedacht, das gibt's ja nicht – der Lukas! Grüß dich, Bub!«

Sie schlägt die Hände zusammen, dann umarmt sie den jungen Polizisten, der viel zu perplex ist, um zu reagieren. Günther traut sich vorsichtig aus seiner Deckung und atmet in eine andere Richtung. Endlich.

»Kennst mich nimmer?«, plappert Hermi drauflos, packt Lukas an den Schultern und hält ihn von sich weg. Dass er gut zwei Köpfe größer ist als sie, stört sie nicht im Geringsten.

»Ich hab mit deiner Oma immer Karten gespielt. Hab sie ja seit meiner Jugend gekannt. Die Maridi und ich, wir sind damals zusammen in die Lehre gegangen. Ich hab mich immer gut verstanden mit deiner Oma, und jeden Donnerstag war unser *Rommé*-Tag. Das haben wir eisern durchgezogen all die Jahre, von unserer Lehre bis kurz vor ihrem Tod! Sie hat dich immer mitgenommen zum Kartenspielen, da warst du noch soooooo klein!« Hermi tippt mit der Handkante auf Lukas' Schienbein. Blondie grinst verhalten.

»Weißt es nimmer?« Hermi strahlt erwartungsvoll. Lukas schweigt betreten.

Hermi gneißt, dass Lukas nicht nach Plaudern zumute ist.

»Au weh, hab ich euch leicht bei etwas Wichtigem unterbrochen?« Sie schaut zerknirscht und legt Lukas eine Hand auf den Arm.

»Nein, nein, wir waren eh grad fertig«, nutze ich den Überraschungseffekt. »Es geht um einen Lackschaden am Auto dieser jungen Dame, aber in der Finsternis lässt sich nicht mehr feststellen, wer den verursacht haben könnte.«

Ich lächle Lukas versöhnlich an, und als er zu einer Antwort ansetzt, schneide ich ihm das Wort ab.

»Das weiß der Inspektor Kainberger natürlich, und deshalb wollte er gerade Herrn Oberstadler vorschlagen, morgen Vormittag auf die PI Anif zu kommen.«

»Das ist g'scheit!« Hermi nickt eifrig und klopft lobend auf Lukas' Arm. »Ihr stellt einfach morgen die beiden Autos nebeneinander, dann sieht man gleich, ob die Kratzer auf derselben Höhe sind!«

Hermi strahlt, als wäre es ihre Idee gewesen.

»Bei Tageslicht sieht man ja viel besser! Mein Gott«, sie streichelt Lukas liebevoll über die Wange, »ich kann gar nicht glauben, dass du schon so groß bist! Da merkt man halt, dass man alt wird. Die Maridi wär ja so stolz auf dich, Bub!«

Jetzt erst lässt sie ihn los, und Lukas lächelt verlegen. Die Mittelgescheitelte steckt ihr Smartphone ins Designertäschchen.

»Sei so lieb und zünd' ein Kerzerl für die Maridi an, wenn du das nächste Mal bei ihrem Grab bist, gell?«

Hermi zwinkert mir zu und wendet sich an Günther.

»Und Sie, junger Mann, kenn ich auch irgendwoher!«

Günther lässt Lukas nicht aus den Augen, als er Hermi antwortet. Wahrscheinlich um sicherzugehen, dass er nicht doch noch im Spinnennetz des Inspektors kleben bleibt und gefressen wird.

»Wir sind uns vorher an der Bar begegnet«, antwortet er langsam und bemüht, nicht zu lallen. »Ich arbeite bei der Bank in Grödig.« Er kneift die Augen zusammen, als müsse er überlegen, in welcher Abteilung. »Immobilienanzeigen und Kontoauszüge!«, sagt er dann.

»Richtig, das hab ich schon wieder vergessen!« Hermi tippt sich mit dem Handballen an die Stirn. »Also wenn ich ein Haus kaufen will, bin ich bei Ihnen richtig?«, scherzt sie und hakt sich jetzt bei Günther unter. »Aber bis es soweit ist, haben Sie sicher nichts dagegen, wenn Sie eine vergessliche alte Schachtel wie mich nach Hause bringen, oder?«

Und weg sind sie.

»Hast du das Grab höchstpersönlich ausgeschaufelt und wieder zugeschüttet?« Laurenz wartet an der Tür, als ich heimkomme. Er tippt auf seine Armbanduhr. »22.30 Uhr!«

Ich ächze, lasse mich auf einen Hocker in der Garderobe plumpsen und streife die Schuhe von den Füßen. Ich werde aus Laurenz nicht schlau. Von der Gleichgültigkeit mit Vollgas zur totalen Überwachung – keine gute Entwicklung.

»Was hat denn da so lange gedauert?«, hakt er nach und nimmt mir die Tasche ab.

»Kondolieren, Messe, Begräbnis, Leichenschmaus.«

Mehr als Telegrammstil ist heute nicht mehr drin. Akku leer.

»Aber du hast den Mann ja nicht einmal gekannt!«

Wartet mein Mann auf eine Erklärung für mein spätes Heimkommen? Ist er etwa misstrauisch? Eigentlich gibt es dafür keinen Grund; vom Ausrutscher mit Henning beim letzten Fall kann er nichts wissen, zumal es gar nicht bis zum Äußersten gekommen ist. Trotzdem habe ich ein ungutes Gefühl. Meine Tasche hängt bereits am Garderobenhaken, aber ich öffne sie und fische das Notizbuch heraus.

»Beim Ermitteln kommt's nicht darauf an, ob man den Toten kannte oder nicht!«, sage ich und gehe die Stiegen nach oben, um mich umzuziehen. Laurenz folgt mir. »Außerdem sind Begräbnisse ein Geschenk für jede Ermittlerin. Man kann ungestört Leute beobachten, Gespräche mithören und Schlüsse daraus ziehen.«

Ich lächle treuherzig und beschließe, ihn mit seiner eigenen Waffe zu schlagen. »Das waren gefühlt 1.000 Eindrücke und Ideen«, sage ich und tippe auf das pinkfarbene Büchlein.

»Zum Glück hat mir jemand ein Notizbuch geschenkt, damit nichts verloren geht.« Ich ziehe Laurenz zu mir heran und hauche ihm einen Kuss auf den Mund.

»Also, was ist jetzt mit dem Rollstuhl?«

Anruf von Vroni am nächsten Morgen, noch vor 5.30 Uhr am Morgen. Mit Begrüßungen hält sie sich nie lange auf, sondern kommt immer gleich zum Wesentlichen. In diesem Fall das Rollstuhl-Thema, in das gestern Nachmittag Lukas Kainberger geplatzt ist, als er sich beim Leichenschmaus zu uns gesetzt hat.

Den Ermittlungs-Fauxpas von gestern hat sie anscheinend bereits verdaut; sie klingt weder eingeschnappt noch vorwurfsvoll. Ich schleiche mich aus dem Schlafzimmer und die Stiegen hinunter ins Erdgeschoss, das Handy am Ohr.

»Dir auch einen schönen guten Morgen, liebste Volksschullehrerin!«, gähne ich und schalte die Kaffeemaschine in der Küche ein. Draußen wird es langsam hell. »Freut mich, dass du ausgeschlafen und gut gelaunt bist!«

Das alte Spiel zwischen Vroni und mir: Je eiliger sie es beim Telefonieren hat, desto lieber bremse ich sie aus. Harmlos und seit Jahren Teil unserer Freundschaft. Ich stelle eine Tasse unter die Maschine und fülle den Milchtank. Die Maschine müht sich ächzend mit dem Cappuccino ab. Ist auch nicht mehr die Jüngste.

»Also, der Rollstuhl«, beginne ich und löffle Milchschaum von meinem Kaffee. »Kein wirklich besonderes Modell, eher älter. Die Rückenlehne war schon ziemlich mitgenommen.«

»Du hast etwas von einem Aufkleber gesagt?«, unterbricht Vroni mich ungeduldig.

»Genau. Das Pickerl am Gestänge des Rollstuhls war zwar nicht mehr vollständig, weil sich ein Teil abgelöst hat. Aber man konnte trotzdem noch die letzten Ziffern einer Nummer und ein Logo erkennen.« Nach ein paar Schlucken Kaffee fahre ich fort. »Es ist das Logo eines bekannten Sanitätshauses.«

Vroni dreht den Wasserhahn auf und lässt Wasser in ein Gefäß rinnen. Sekunden später höre ich ein leises Klicken und Brausen. Sie kocht Tee. »Okay. Und du hast natürlich dort angerufen?«

Sie öffnet eine Schachtel, ganz leise raschelt Papier.

Wahrscheinlich nimmt sie gerade einen Teebeutel aus der Verpackung. Schwarztee oder Früchtetee?

»Klar hab ich dort angerufen«, antworte ich, »und ich war total sicher, dass der Rollstuhl bei diesem Sanitätshaus ausgeliehen wurde. Was aber eigentlich nicht viel Sinn macht.«

Im Hintergrund brodelt es, dann plätschert Wasser in eine Tasse.

»*Machen* ist ein schwaches Verb. Man verwendet es, wenn etwas hergestellt, angefertigt, verursacht oder hervorgerufen wird«, klugscheißt die Vroni. »In Kombination mit *Sinn* ist dieses Verb unangebracht, Rosmarie, weil Sinn etwas Abstraktes ist, das nicht *gemacht* werden kann. Oder kennst du ein Rezept, nach dem man Sinn herstellt, fertigt oder zubereitet?«

Kurze Pause. Am liebsten würde ich Vroni jetzt eine launige Bemerkung um die Ohren knallen, aber ich beiße mir auf die Zunge und verkneife es mir. Auch das geht vorbei, sage ich mir im Stillen und stelle die Tasse unter die Kaffeemaschine. Zeit für den zweiten Cappuccino.

»*Sinn machen* wurde ja nur vom englischen ›to make sense‹ hergeleitet und ist grammatikalisch gesehen totaler Blödsinn.«

»Danke für die gratis Deutschstunde«, sage ich. »Und jetzt für die unterbelichtete Arzthelferin zum Mitschreiben: Man kann gut oder schlecht sehen, aber wie sieht man grammatikalisch?«

Touché! Vroni schweigt beleidigt, aber nur kurz. Ihre Neugier ist stärker. Ich höre, wie sie den Kühlschrank öffnet, gefolgt von leisem Plätschern. Also doch Schwarztee mit Milch.

»Also: Warum sollte das keinen Sinn ergeben?«, fragt sie.

»Weil das Sanitätshaus in Bergheim ist, also relativ weit von Grödig entfernt. Nicht gerade die nächste Gelegenheit ist, um sich einen Rollstuhl auszuborgen, meinst du nicht?«

Um in die Gemeinde Bergheim am nördlichen Stadtrand zu gelangen, muss man die ganze Stadt durchqueren. Ein Weg von mindestens 25 Minuten, je nach Verkehrslage.

»Jedenfalls habe ich eine Angestellte erwischt, die die Nummer vom Aufkleber zuordnen konnte und mir ganz nützliche Infos gegeben hat. Wem der Rollstuhl jetzt gehört, zum Beispiel.« Diesmal streue ich Kakao auf den Milchschaum und sehe auf die Uhr. Höchste Zeit, den Rest der Familie aufzuwecken und das Frühstück herzurichten.

»Und das hat sie dir einfach so gesagt? Verstößt das nicht gegen den Datenschutz?«

»Pffff«, mache ich und schaue ins Morgenrot, das sich draußen schon ausbreitet, »wir kennen uns halt schon ewig. Martina war früher selber Arzthelferin. Wir sind uns auf Schulungen begegnet und haben sogar eine Zeit lang zusammen in einer Gemeinschaftspraxis gearbeitet.«

Ich nippe noch einmal am Kaffee. »Aber der Praxisdienst war ihr zu stressig. Jetzt ist sie im Büro und schiebt einen ruhige Kugel.«

»Verstehe«, murmelt Vroni und schlürft laut. »Und was genau hat sie dir verraten?«

»Das Sanitätshaus mustert alle paar Jahre seinen Bestand an Leihgeräten aus«, sage ich. »Diejenigen Modelle, die noch funktionstüchtig, aber nicht mehr allzu appetitlich sind, werden an Altersheime gespendet.«

»Lass mich raten: weil sie dort nicht wirklich besser und appetitlicher werden?«

»So ähnlich. Jedenfalls wurde der Rollstuhl, den ich aus dem Almkanal gefischt habe, erst von zwei Monaten ausgemustert und an das Grödiger Altersheim verschenkt.«

»Wow, gute Arbeit!«, lobt mich Vroni. »Jetzt müssten wir noch beim Grödiger Altersheim anklopfen, um herauszufinden, wer sich von dort wiederum zuletzt den Rollstuhl ausgeliehen hat.«

»Schon erledigt«, antworte ich knapp.

»Und?«, fragt Vroni gespannt, »wer war's?«

»Pelzinger Miri.«

Eins muss man meiner Chefin lassen: Ihre Deals haben Handschlag-Qualität. Sie hat Max versprochen, ihn bei seiner Recherche für die VWA zu unterstützen, und genau das tut sie.

Seit Tagen liegen Arbeitsblätter mit Tabellen, die Max zu Hause erstellt hat, auf ihrem Schreibtisch herum. Abgestimmt auf die Playlists für jeden Wochentag, die genau eingehalten werden müssen, hat er einen Fragenkatalog erarbeitet, den er gemeinsam mit meiner Chefin am Ende jeder Arbeitswoche durchackern und auswerten will. Sie nimmt die Sache dermaßen ernst, dass sie sogar »VWA Max« jeden Freitag als Fixtermin in ihren Kalender eingetragen hat. Volltreffer in Sachen wissenschaftliches Arbeiten.

Als ich kurz vor 7.30 Uhr zur Praxis komme, ist sie schon da und verbindet einen Speicherstick mit der Lautsprecherbox, die sie eigens für die Recherchearbeit angeschafft hat. Der alte Kassettenrecorder, der uns bisher mit Natur-Gedudel beschallt hat, funktioniert zwar noch und ist so Retro wie die ganze Praxis, aber Max hat protestiert. Das wäre nicht mehr zeitgemäß, außerdem beißen sich die

Worte Playlist und Kassettenrecorder. Vom technischen Aufwand ganz zu schweigen. Back to Steinzeit.

Frau Doktor Fleischer steht also an der Sound-Bar, drückt Knöpfe, und von irgendwoher weht ein leiser Hauch der Veränderung. Wind of change, quasi. Ich betrachte sie verstohlen, während ich die Lulu-Becher neben der Toilette abzähle. Trägt sie die Haare anders? Benutzt sie ein neues Parfum? Oder ist es einfach ungewohnt, Cecilia Bartoli zu hören, die gerade Cherubinos Arie aus *Figaros Hochzeit* trällert? »Non so piú cosa son, cosa faccio.« Ich weiß nicht mehr, was ich bin oder tue.

»War's noch nett gestern Abend?«, fragt meine Chefin unvermittelt, als ich den PC einschalte und die Termineinträge am Kalender sichte.

Das Oversize-Begräbnis war zu keinem Zeitpunkt »nett«, und über die Begegnung mit Charlotte will ich lieber nicht reden.

»Geht so.« Ich schalte den Drucker ein. Ein Piepsen, ein dreieckiges Symbol, das am Display aufleuchtet und ein langgezogenes Knurren. Kein gutes Zeichen. Ich fluche, öffne die oberste meiner Laden und krame nach der Bedienungsanleitung. Ich ackere mich durch schlecht übersetztes Fachchinesisch, bis ich finde, wonach ich gesucht habe. »Verdammt«, zische ich, »der Toner ist leer!«

Ich öffne und schließe diverse Türen von Bürokästen, obwohl ich ganz genau weiß, dass kein Toner vorrätig ist. Ich weiß das deshalb so genau, weil ich vergessen habe, welchen zu bestellen. Trotzdem will ich den winzigen Funken Hoffnung, dass meine Chefin sich selbst darum gekümmert hat, nicht gleich im Keim ersticken. Vielleicht werde ich im hintersten Kasten fündig, wo noch das alte Briefpapier vom Vorgänger lagert und ausgeleierte Ringmappen vor ich hin verstauben. Ich gehe in die Hocke und suche weiter.

Meine Chefin trällert auf italienisch mit Cecilia um die Wette, füllt die Gießkanne und wässert den Gummibaum. Sie wirkt entspannt und total mit sich im Reinen.

»Lukas hat von einer Auseinandersetzung am Parkplatz erzählt?«

»Lukas hat – wie bitte?« Ich fahre hoch, pralle mit dem Kopf an eine offene Kastentür und halte den Atem an – vor Schmerz und vor Schreck. Kann das sein? Dass der schöne Polizist mit meiner Chefin locker über Amtshandlungen plaudert, ist die eine Sache. *Wann* er das tut, ist die andere. Und den Gedanken, dass das *Wann* unmittelbar mit der guten Laune meiner Chefin zusammenhängen könnte, will ich gar nicht erst fertig denken.

»Es war eher ein Missverständnis als eine Auseinandersetzung«, erkläre ich so neutral wie möglich und reibe mit der Hand über die schmerzende Stelle am Hinterkopf. »Sie sind gut informiert, Frau Doktor, und ich spiele gerade die Möglichkeiten durch, wie es zu diesem Wissensstand gekommen sein könnte.«

»Sehr schön gesagt.« Meine Chefin stellt die Gießkanne ab, dreht Cecilia Bartoli leiser und betrachtet mich amüsiert. »Ich höre?«

Ich räuspere mich. »Möglichkeit eins: Sie haben noch gestern Abend oder schon heute in aller Herrgottsfrüh mit Inspektor Kainberger telefoniert, oder ...«

Ich suche nach den richtigen Worten, aber meine Chefin zuckt nicht einmal mit der Wimper und kommt mir zuvor.

»Wir wissen beide, dass es Möglichkeit Nummer zwei war, Rosmarie. Also tu mir einen Gefallen und hör auf, um den heißen Brei herumzureden, okay? Lukas ist spätnachts überraschend vor meiner Haustür gestanden, und weil ich ein gastfreundlicher Mensch bin, habe ich ihn hereingebeten.«

»Gastfreundlich ...!«

Meine Chefin holt ein Coolpack aus dem Kühlschrank, in dem Milch für den Kaffee und Stuhlproben gelagert werden.

»Einen Polizisten schickt man nicht weg!«, sagt sie bestimmt und presst mir das Coolpack ohne Vorwarnung an den Kopf. Der Schmerz geht mir durch und durch.

»Aua!« Ich zucke zurück und schaue sie entsetzt an. Meine Chefin deutet mir, mich auf meinen Bürostuhl zu setzen und den Pferdeschwanz zu lösen.

»Er war ein bisschen neben der Spur«, sagt sie, während sie meine Haare zur Seite schiebt und nach einer Platzwunde sucht.

»Hat etwas von Demütigung erzählt und davon, dass er vor seiner neuen Flamme beinahe das Gesicht verloren hat.«

Sie steht jetzt hinter mir und tupft mit dem Coolpack wieder auf die schmerzende Stelle, diesmal vorsichtiger.

»Weißt du, was mit Demütigung gemeint sein könnte?«

Sie beugt sich zu mir herunter, hebt eine Augenbraue und mustert mich streng. Hermi und ihre Maridi-Kartenspiel-Story, mit der sie den beschwipsten Günther gerettet hat, was sonst. Aber darauf will ich jetzt nicht näher eingehen. Ich schüttle den Kopf und bereue es sofort. Die Bewegung schmerzt.

»Jedenfalls hat er Trost gesucht. Also war ich für ihn da.«

»Was auch immer das heißen mag«, murmle ich.

»Ich war voll und ganz für ihn da, wenn du es genau wissen willst.«

Ich fasse es nicht! Meine Chefin hat sich ernsthaft einen blutjungen Polizisten geangelt? Eigentlich keine Überraschung; schon gestern beim Leichenschmaus sind die Funken zwischen den beiden geflogen.

»Ich weiß, was du jetzt denkst: eine Witwe, die fast doppelt so alt ist wie ihr jugendlicher Liebhaber.« Sie lacht kurz auf. »Ganz ehrlich, Rosmarie: Wen interessiert das?«

Sie geht zurück zum Lautsprecher, dreht wieder lauter und lässt Cecilia Bartoli noch einmal die Arie des Cherubino singen.

»Es war Magie, anders kann ich es nicht erklären. Und wahrscheinlich dieses unglaublich schöne Gesicht. So jung und so perfekt, dass es fast nicht auszuhalten ist.«

»Zu schön, um es auszuhalten?« Ich greife mir an den Kopf. »Verstehe ich nicht.« Ich deute meiner Chefin, leiser zu drehen. Die laute Musik verstärkt das Kopfdröhnen noch.

»Hast du das noch nie erlebt? Lukas' Gesicht ist jung, prall und makellos schön. Fast schon unerträglich. Man weiß genau, dass mit der Zeit Falten und Furchen dazukommen werden, kleine Fehler eben, die die Schönheit durchbrechen. Aber bis es soweit ist, bestaunt man nur diese Perfektion. Man will diesen Menschen nur anschauen und die Momente genießen, in denen er dich ebenfalls anschaut.«

So habe ich das noch nie betrachtet.

»Erotik ist ein mächtiges Band, das hat überhaupt nichts mit Alter zu tun. Dagegen kann man einfach nicht an. Muss man ja auch nicht, Gott sei Dank. Wo steht geschrieben, dass man Uniformierte abweisen soll? Alles kann, nichts muss.« Sie öffnet das alte Fenster, um Frischluft hereinzulassen, verscheucht ein paar Marienkäfer, die sich immer in den alten Fensterflügeln sammeln, und dreht sich wieder zu mir um. Draußen nähert sich gerade die Christl von der Post. Höchste Zeit, das Gespräch zu beenden, sonst weiß noch vor dem Mittagessen ganz Grödig Bescheid und meine Chefin wird wegen Verführung Minderjähriger verhaftet oder so. Aber nix da, sie ist voll im Flow. Christl zieht gerade Briefe aus ihrer Umhängetasche und winkt mir damit zu. Meine Chefin verschränkt die Arme und lehnt sich an das marmorne Fensterbrett.

»Ich rede nicht von Liebe, dafür ist es ja noch viel zu früh. Außerdem ist da diese Blondine, von der mir Lukas erzählt hat. Ich glaube, er mag sie wirklich, also halte ich mich lieber im Hintergrund. Auf so ein Kopf-an-Kopf-Rennen hab ich keine Lust.«

Wow, Selbstbewusstsein hat sie!

»Im Prinzip haben wir beide kein Interesse an einer fixen Bindung, aber manchmal ist das Schicksal eben schneller und macht, was es will. Dann sollte man annehmen und genießen, was man geschenkt bekommt, findest du nicht?«

Sie deutet auf den Lautsprecher, als wüsste der genau Bescheid. »Denk an den Film *Die Reifeprüfung* mit Anne Bancroft und Dustin Hoffman. Nein«, sie unterbricht sich gleich wieder, »kein gutes Beispiel. Da verführt ja Mrs. Robinson den armen Schüler, und er wird quasi zum Opfer ihrer animalischen Triebe. Total wehrlos, der arme Kerl, übrigens grandios gespielt vom Dustin, das muss man schon sagen.«

Sie überlegt kurz. Christl hinter ihr grinst süffisant.

»Genau«, sagt meine Chefin schließlich, »*Figaros Hochzeit* passt besser. Da singt der junge Cherubino, dass jede Frau sein Herz höherschlagen lässt, sowohl die junge

Susanna als auch die wesentlich ältere Gräfin Almaviva. Er kann einfach nicht gegen die Liebe und den verführerischen Charme der Frauen an. Aber, und darum geht es: Er wird nicht verführt, sondern trifft selbst die Entscheidung.«

Meine Chefin nickt und trällert mit Cecilia Bartoli die berühmte Arie: »Ogni donna mi fa palpitar, ogni donna mi fa palpitar!«

Christl von der Post fährt mit der flachen Hand schnell und waagrecht durch die Luft. Sie hat genug. Die Briefe legt sie außen aufs Fensterbrett, winkt zum Abschied und macht sich aus dem Staub. Mir reicht es ebenfalls. Ich verdrücke mich aufs Klo, blättere den Spruchkalender um und hoffe, dass die Erotik-Märchenstunde meiner Chefin für heute beendet ist.

Ich starre auf die Kalenderseite des heutigen Tages: »Liebe ist keine Frage des Alters, sondern eine Frage der Leidenschaft.«

Na wunderbar. Das Kopfweh hat nachgelassen, ich lege das Coolpack wieder zurück in den Kühlschrank und mustere meine Chefin kritisch.

»Haben Sie sich schon einmal gefragt, warum Lukas Kainberger überhaupt hier aufgetaucht ist?«

»Du meinst, warum er in die Praxis gekommen ist, nachdem Klaus Rettenbacher tot aufgefunden wurde?«

Und dann bringt sie mich im Schnelldurchlauf, bevor die ersten Patienten die Praxis betreten und im Wartezimmer Platz nehmen, auf den aktuellen Stand der Dinge.

Lukas Kainberger ist erst seit ein paar Monaten auf der PI Anif, und zwar auf exakt jenem Posten, den der Roderich wegen seinem dienstlichen Ausrutscher – man erinnert sich: der Dirndl-Fall – verloren hat. Roderich Fuchs trauert seinem ursprünglichen Plan, zum LKA aufzusteigen, natürlich gebührend nach, kann man sich ja vorstellen. Ich weiß das übrigens deshalb, weil Roderich Fuchs immer noch Teil der *Geocacher*-Community ist und ab und zu Vroni beim Stammtisch trifft. Dort plauderte er dann über sein verkorkstes Leben, wahrscheinlich mehr, als er wollte, denn Vroni ist die beste Zuhörerin der Welt. Ihr würde sogar Boris Becker anvertrauen, wo er seine eisernen Bargeldreserven versteckt hat. Der Roderich plaudert also über den Tod seiner Frau, seine Schwester, die seit dem Urteil in einer Anstalt für geistig abnorme Rechtsbrecher steckt, und darüber, dass er jetzt Buße tut. Das ist zwar nicht auf seinem Mist gewachsen, war aber das Klügste, das er tun konnte, um nicht endgültig aus dem Polizeidienst auszuscheiden. Heißt konkret: zwei Monatsgehälter Strafe und die dringende Empfehlung, sich für eine andere Stelle zu bewerben. Wobei die Empfehlung von ziemlich weit oben kam und alternativlos war. Der Roderich musste sich also freiwillig um eine Stelle bewerben, bei der ihm ganz sicher keine Rolle als schimmernder Held zukommt. Bei der es keine Zeitungsberichte über ihn als smartes Superhirn und seine genial aufgeklärten Mordfälle geben wird, keine publikumswirksamen Fotos gemeinsam mit hohen Tieren, die ihm Orden an die Brust hängen, und keine Kollegen am Gang, die ihm anerkennend auf die Schulter klopfen. Nein, das PAZ sollte es sein. Quasi das polizeiliche Abstellkammerl für alle, die dringend in sich gehen müssen und bereit sind, eine Zeit lang zu schmoren und sich die berufliche zweite Chance zu erkämpfen. Das Novosibirsk der Salzburger Exekutive. Egos im Höhenflug kommen da ganz schnell wieder auf dem Boden der Realität an, und so mancher, der beim Balanceakt am Drahtseil der Dienstvorschriften runtergefallen ist, wurde einsichtig, klopfte sich den Staub der Fehltritte von der Uniform und gelobte Besserung.

Das Polizei-Anhaltezentrum ist das, was man früher landläufig als Polizei-Gefangenenhaus bezeichnete. Da das Wort Gefangener aber höchst negative Assoziationen auf den Plan ruft und ins juristische Out geschossen wurde, hat man den Begriff ein wenig geschönt. Die Funktion ist dieselbe. Wer im PAZ ist, kommt nicht einfach so wieder raus, ob er nun gefangen oder angehalten ist. Im PAZ wird keine Strafhaft vollzogen; die ganz harten Jungs sind also woanders untergebracht. Trotzdem schwirrt durch diesen Teil der Polizeidirektion Salzburg eher wenig bis gar kein Glamour. Schubhäftlinge und Verwaltungsstrafhäftlinge wollen raus, deren Besucher wollen rein, und die Dolmetscher, Rechtsanwälte und Aufseher schwirren von einem zum anderen und halten das Rad am Laufen, indem sie Aggressionen dämpfen, Versprechungen machen oder Hoffnungen zerschlagen, kulturelle Mauern überwinden, Essen austeilen oder einfach nur aufpassen, dass keiner ein Zimmer in Brand steckt.

Damit hier keine Missverständnisse entstehen: Nicht alle, die Dienst im Polizei-Anhaltezentrum schieben, sind dorthin strafversetzt worden. Gar nicht wenige wollen sogar freiwillig dorthin, weil ihnen der Dienst am Menschen am Herzen liegt oder der Einsatz auf Österreichs Straßen auf den Keks geht. Stelle ich mir vor. Und es gibt durchaus Polizeibeamte, die ihren Job im PAZ lieben. Aber wir reden vom Roderich, und der ist eben anders gestrickt. Labil und ein bisschen phlegmatisch, aber im tiefsten Innersten seines Polizistenherzens eben doch hungrig nach Ruhm und Ehre. Und dafür ist das PAZ ein denkbar schlechter Platz.

Wie gesagt: Der Roderich musste seinen Schreibtisch in der PI Anif räumen und schmort jetzt in der Polizeidirektion Salzburg.

Lukas Kainberger, der sich indessen an Roderichs Ex-Schreibtisch ganz gut eingerichtet hat, wurde zum ersten Mal mit einem halbwegs wichtigen Botendienst betraut. Bei einem bewaffneten Raubüberfall auf eine Tankstelle vor ein paar Wochen – einige haben es vielleicht in der Zeitung gelesen – war der Täter so freundlich, eine ganz besondere Spur zu hinterlassen: ein benutztes Taschentuch. Blöder Fehler, aber auch Tankstellenräuber können verschnupft sein und angerotzte Taschentücher verlieren, wenn sie jemanden mit einer geladenen Waffe bedrohen. Und eben jenes Beweismittel sollte der übereifrige Lukas, prallvoll mit jugendlicher Energie, bei der Kriminalpolizeilichen Untersuchungsstelle abgeben. Die KPU befindet sich ebenfalls in der Polizeidirektion Salzburg, und man ahnt es schon: Die Wege dieser beiden Herren werden sich kreuzen.

In Büros, wo wahllos zusammengewürfelte Menschen ihr täglich Brot verdienen müssen, hängen oft billig gerahmte Gruppenfotos an den Wänden. Erinnerungen an gemeinsame Aktivitäten, an Weihnachtsfeiern, bevor sie entgleist sind, oder weil man die neue Uniform und die Einzelteile des menschlichen Räderwerks im Bürobetrieb präsentieren will: Belegschaftsfotos gibt es überall, da bilden Polizeiinspektionen keine Ausnahme. Und eben ein solches Belegschaftsfoto hatte Lukas Kainberger genau studiert, um sich die Gesichter der neuen Kollegen auf der PI Anif gut einzuprägen. Auf sein fotografisches Gedächtnis ist Verlass, es war ihm schon oft zugute gekommen, und bei seinem Botendienst zur KPU meldete es sich wieder. In den weitläufigen Gängen der Polizeidirektion musste er zuerst an den Büros des Amtsarztes und dann beim PAZ vorbei, um zur Tatortgruppe der KPU zu gelangen. Und siehe da: An diesem Tag hatte Roderich Fuchs Dienst und war ebenfalls in den Gängen des großen Gebäudes unterwegs. So ganz genau wusste meine Chefin, die mir vom Aufeinandertreffen der beiden erzählt hat, nicht Bescheid. Sie und Lukas waren in der letzten Nacht schließlich noch anderweitig beschäftigt. Jedenfalls hat sich Lukas Kainberger beim Anblick des ruhmreichen Roderich an das Gruppenfoto in seinem Büro erinnert, und die Sache nahm ihren Lauf. An dieser Stelle endet der Bericht meiner Chefin, und ich muss mir den Rest selber zusammenzimmern, was keine große Kunst ist. Unschwer zu erraten, worüber ein frustrierter Polizist, von einer privaten Ermittlerin ausgebootet, und sein Nachfolger reden. Ich stelle mir vor, dass sich die beiden in der Kantine der LPD bei Cappuccino und Zimtschnecken über ihre Arbeit unterhalten haben. Vielleicht auch über den wahren Grund, warum der Roderich Anif verlassen musste, aber da bin ich mir nicht sicher, denn das wäre unweigerlich mit Gesichtsverlust einhergegangen, und damit tun sich Männer im Allgemeinen und der Roderich im Besonderen schwer. Ich habe ihn schon fast ein Jahr lang nicht mehr gesehen und kann schwer einschätzen, wie viel von seinem Stolz und seiner Überheblichkeit noch übrig ist. Vielleicht hat er Lukas seinen Dienst im PAZ sogar als Tapetenwechsel verkauft, den er ganz dringend nötig hatte, um nicht ewig in Anif zu versauern, wer weiß. Ganz sicher aber haben sich die

beiden über mich unterhalten. Über die neugierige Arzthelferin und ihre nervigen Miss-Marple-Spielchen. Und
der Roderich, naturgemäß sauer auf mich, hat Lukas Kainberger gewarnt. Stelle ich mir jedenfalls vor.

Ich stelle mir vor, dass der Roderich mit finsterer Miene
Schaum von seinem Cappuccino gelöffelt und mit den
Kiefern gemahlen hat. Und dass Sätze wie »Pass auf, dass
sie dir nicht ins Handwerk pfuscht!«, gefallen sind. »Die
ist mit allen Wassern gewaschen!«, könnte er auch gesagt
haben, und schlimmstenfalls sogar »Schau sie dir einmal
an, damit du vorbereitet bist!«. Was das plötzliche Auftauchen von Lukas Kainberger erklären könnte. Aber wie
gesagt: reine Hypothese. Und Lukas, ein großer Fan guter
Vorbereitung, hatte wahrscheinlich nichts Besseres zu tun,
als erstens vor unserer Praxis zu kollabieren und sich zweitens an Frau Doktor Fleischer ranzumachen. Mit einem
Liebespfeil im Köcher, den er zielsicher auf das verwit-
wete Herz meiner Chefin abgefeuert hat. Treffer! Schön
für meine Chefin, aber was habe ich davon? Emotionale
Verwicklungen, wie sie nur in Mozart-Opern vorkommen
und die nichts als Verwirrung stiften. Eine Schwärmerei,
die zum ernsthaften Problem werden und schlimmstenfalls sogar Ermittlungen behindern könnte. Meine Chefin steht jetzt schon zwischen den Stühlen, zwischen Exekutive und Untersberg-Miss-Marple, und dabei sind wir
erst am Anfang ihrer erotischen Abenteuer. Ob und wie
sehr ich ihr in Sachen Geheimhaltung trauen kann, wird
sich zeigen, aber ich ahne Schlimmes.

Heute ist erstaunlich wenig los in der Ordination. Entweder, unsere Patienten sind alle erledigt vom gestrigen
Begräbnis-Marathon und gar nicht erst gekommen. Oder

wir haben sie mit der Wartezimmer-Playlist vertrieben. Max hat für heute *Die Hochzeit des Figaro* vorgesehen, um herauszufinden, ob sich der Mozart-Effekt, also die Leistungssteigerung beim Hören von Mozart-Musik, auch auf das Kommunikationsverhalten der Patienten im Wartezimmer übertragen lässt. Sprich, ob mehr getratscht wird und die Qualität der Gesprächsinhalte steigt. Prinzipiell eine gute Idee, aber er hat dummerweise vergessen, die Rezitative, also die Sprechgesänge, rauszuschneiden. Das stört natürlich massiv beim Plaudern und Ratschen, man kommt aus dem Tritt und kann sich kaum noch auf das Wesentliche konzentrieren. Weshalb die Lienbacherin, der alte Seiwald und sogar der Rettenbacher noch vor ihrer Behandlung wieder abgehauen sind. Experiment gescheitert, könnte man sagen. Dabei brennen mir ein paar wichtige Fragen an den Rettenbacher unter den Nägeln. Zum Beispiel, ob er ein Alibi für den Abend hat, an dem sein Bruder ermordet wurde. Andererseits: Morgen ist auch noch ein Tag, und der Rettenbacher läuft mir nicht weg. Sein Bruder ist begraben, zurück zur Normalität. Ab jetzt konzentriert er sich wieder auf den eigenen Tod. Wetten, dass er morgen wieder auf der Matte steht?

Mangels Patienten, die ich betreuen müsste, und mangels funktionsfähigem Drucker bestelle ich also schwarzen Toner, topfe den Gummibaum um und entferne den Dreckrand in der Klomuschel. Eigentlich nicht mein Aufgabengebiet, aber irgendjemand muss den verdammten Job schließlich machen. Seit gut sechs Monaten hat Miri nicht mehr bei uns geputzt. Sie war einfach die Beste, und es ist unmöglich, gleichwertigen Putzfrauen-Ersatz zu finden. Also muss ich selber ran. Mit Handschuhen, WC-Ente und einer alten Zahnbürste hänge ich kopfüber in der Kloschüssel und zelebriere den Dienst am Patienten. Und während ich abwechselnd schrubbe und den braunen Belag, der sich nach und nach löst, hinunterspüle, lasse ich mir die Lukas-und-Günther-Sache von gestern Abend noch einmal durch den Kopf gehen. Günther kann wirklich froh sein, dass Hermi und ich zur richtigen Zeit am richtigen Ort waren. Das hätte sonst übel für ihn enden können, denn selbst wenn er den Parkschaden tatsächlich nicht verursacht hat: Allein schon seine Alkoholfahne hätte ihm (in Kombination mit dem Über-Ehrgeizling Lukas) ernsthafte Probleme bereiten können. Notiz an mich: Günther fragen, was die Gegenüberstellung der Fahrzeuge ergeben hat. Und den Gefallen einlösen, den er mir schuldet. Es ist 11.40 Uhr, als wir die Praxis zusperren. Eigentlich hätte ich heute vormittags und nachmittags Dienst, aber: nichts los heute. Frau Doktor Fleischer trifft sich spontan mit Heidi Putschauer zum Brunch in der Stadt. Wundert mich zwar, dass eine Gerichtsmedizinerin sich einfach so freischaufeln kann, andererseits: Ihre Patienten laufen schließlich nicht weg. Ich traue es den beiden Ladies sogar zu, dass sie es sich mit Kaffee und Kipferln an einem Sektionstisch gemütlich machen. Und noch bevor meine Chefin mich fragen kann, ob ich mit von der Partie sein will, steige ich auf mein Rad und düse davon. Von der Mission, auf die ich mich jetzt begebe, kann und will ich ihr nichts erzählen, Stichwort Lukas.

Beim *Jausenstadel* kaufe ich zwei Leberkässemmeln und lasse sie in Alufolie einpacken. Keine fünf Minuten später betrete ich die klimatisierte Eingangshalle der Bank.

Zwei Damen jenseits der 80 mühen sich mit dem Kontoauszugs-Automaten ab. Trotz Lesebrillen und Teamwork scheitern sie immer wieder an der Nummerneingabe und verfluchen zuerst einander und dann die Erfinder des Geräts aufs Übelste. Die Schalterhalle ist, gemessen an der Kundenfrequenz, absolut überdimensioniert. Aus einer mannshohen Vase ragen prächtige Orchideen. Der Münzzähl-Automat, in den Kinder und Vereine früher ihre Spardosen entleert haben, ist nur mehr stummer Platzhalter. Ein Opfer der Vollautomatisierung; seit sämtliche Wege online erledigt werden können, verirrt sich kaum noch jemand in die Darlehenstempel.

Günther Oberstadler winkt mir verhalten zu. Zum mausgrauen Hemd trägt er eine olivgrüne Krawatte mit Silberfäden. Eine Farbkombination, die bestenfalls Männern mit Oliventeint und dunklen Haaren steht. Alle anderen wirken darin bleich und kränklich. Für den farblosen Günther mit dem aschblonden schütteren Haar und der fahlen Haut ist diese Kleidung wie ein Tarnumhang: Er wird quasi unsichtbar. Niemand würde sich an ihn erinnern, wenn er ihm nach Dienstschluss auf der Straße begegnete. Die Glasscheibe, hinter der er sitzt, lässt ihn noch käsiger wirken, als er ohnehin schon ist. Der gute Mann braucht einfach mehr Sonne. Und eine Stilberatung.

»Was kann ich für Sie tun, Frau Dorn?«

Er bekommt mein charmantestes Lächeln.

»Hat die Gegenüberstellung schon stattgefunden?«, frage ich zurück, und Günther strahlt mich an.

»Ich war eindeutig nicht der Verursacher des Lackschadens. Frau Krötwang hat zuerst darauf bestanden, dass ich mich schuldig bekenne, aber der Sachverständige war skeptisch. Der Lackschaden an ihrem Fiat passte nämlich nicht zur abgeriebenen Stelle an meinem Auto. An dieser Stelle sind Frau Krötwang die Argumente ausgegangen.«

Mich wundert, dass sie überhaupt welche hatte. Schließlich ist sie kein Fan des gesprochenen Wortes. War zumindest mein Eindruck.

Günther kommt noch näher zur Glasscheibe, sein Blick huscht vorsichtig von links nach rechts. Er zieht die Schultern hoch und senkt die Stimme, als plaudere er ein Geheimnis der *Camorra* aus.

»Sie hat zugegeben, dass sie selbst die Schramme verursacht hat.« Günther hebt die Augenbrauen. »Eine Kollision zwischen Auto und Einkaufswagen.«

Ich verstehe nicht gleich. »Wie bitte?«

»Frau Krötwang hat auf dem *Hofer*-Parkplatz ihr eigenes Auto unabsichtlich mit einem Einkaufswagen gestreift. Weil aber die Versicherung den Schaden nur mit Selbstbehalt abgegolten hätte, hat sie sich auf die Suche nach einem anderen potenziell Schuldigen gemacht.« Günther wartet ab, ob ich ihm gedanklich folgen kann. »Weil es sonst zu teuer für sie geworden wäre!«

Cleverer Plan, eigentlich. Zur Absicherung hat sich Frau Krötwang noch an Lukas herangemacht, der als schillernder Ritter ohne Ross für Gerechtigkeit sorgen wollte. Hätte vielleicht sogar funktioniert, wenn nicht Hermi dazwischengefunkt hätte.

Ich nicke zufrieden. »Also dann: die Kontoauszüge, bitte!«, sage ich feierlich und nenne Günther die Nummer des Praxis-Kontos. Als ich die Auszüge in meiner Tasche verstaut habe, trete ich näher an die Glasscheibe.

»Wissen Sie, Günther, Banken sehen es gar nicht gern, wenn ihre Mitarbeiter in Konflikt mit der Exekutive geraten.«

Günthers Augen weiten sich. »Aber ich war's doch gar nicht! Die Sache ist vom Tisch, Frau Krötwang übernimmt die volle Verantwortung für den Schaden! Ich bin unschuldig!«

»Schon«, ich senke meine Stimme, »aber Sie haben ja erlebt, dass Inspektor Kainberger sehr ungemütlich werden kann.«

Betroffenes Nicken. Günther rutscht unruhig auf seinem Stuhl hin und her. Das hellgraue Hemd färbt sich dunkel unter den Achseln.

»Inspektor Kainberger hat große Pläne«, fahre ich fort, »er will hoch hinauf auf der Karriereleiter, ist voller Ehrgeiz und Tatendrang.« Ich mache eine kurze Pause. »Sie doch auch?«

»Ja«, piepst Günther schüchtern hinter der Glasscheibe hervor. Er hat keine Ahnung, worauf ich hinauswill, und schielt unsicher zu seinen Kollegen. Aber die verabschieden sich gerade in die Mittagspause und winken ihm zu. Günther und ich sind allein in der Schalterhalle. Besser könnte es nicht laufen.

»Zwei junge Männer also, die ihr erworbenes Wissen umsetzen und nutzen wollen.« Ich bemühe mich, nachdenklich zu wirken. Als dächte ich erst jetzt darüber nach, was das Universum für Lukas und Günther noch so auf Lager hat. »Sie sollten einander keinesfalls in die Quere kommen.«

»Aber ... tun wir das denn?« Günther wirkt besorgt, und ich wiege nachdenklich den Kopf hin und her.

»Es ist ja noch einmal gut ausgegangen gestern Abend. Aber Sie waren alkoholisiert und sind mit dem Auto gefahren.«

Das ist der heikelste Punkt meiner Rede, denn genau genommen hat Hermi den armen Günther ja erst dazu überredet, sie nach Hause zu bringen. Das wäre ein berechtigter Einwand, den er jetzt vorbringen könnte. Ich weiß nicht, ob er sich ohne Hermis Bitte überhaupt ins Auto gesetzt hätte. Vielleicht hatte er eigentlich vorgehabt, sich ein Taxi zu bestellen, und war durch das Hin und Her betreffend Parkschaden einfach nur froh, die Bühne verlassen zu können. Es kommt kein Gegenargument, Günther ist in Schockstarre. Also rede ich weiter, bevor er auf die Idee kommt, mich zu unterbrechen.

»Und ich weiß aus sicherer Quelle, dass Lukas Kainberger sich häufig und freiwillig für Straßenkontrollen meldet, um Alko-Lenker aus dem Verkehr zu ziehen. Das ist ihm ein großes persönliches Anliegen.« Ich nicke nachdrücklich und setze noch eins drauf: »Familiäre Vorgeschichte!«

»Um Himmels willen!« Günther schluckt. »Dann hätte die Sache gestern doppelt schiefgehen können?«

»Dreifach«, sage ich ernst und zähle auf: »Sachbeschädigung, Fahrerflucht und Alkohol am Steuer.«

Ich gebe Günther Zeit, das alles sacken zu lassen. »Nichts, was ein seriöser Arbeitgeber gerne sieht. Aber zum Glück war ich ja bei Ihnen.« Kurzer Blick auf die Uhr, dann lächle ich zerknirscht.

»Oh je, jetzt hab ich vor lauter Ratschen Ihre Mittagspause auf dem Gewissen, aber …«, ich hole die zwei Leberkässemmeln aus meiner Tasche und lege eine vor Günther ab, »wir könnten gemeinsam jausnen, wenn Sie möchten. Ich wollte Sie ohnehin noch etwas fragen. Hätten Sie ein bisschen Zeit für mich?«

ZWÖLFTES KAPITEL

Erzählt von Leberkäse und Eigentum, von Venflons, Blumentöpfen und Katzen. Es geht um Kaffeehäuser, Verzweiflung und bunte Streusel, außerdem um Laminiergeräte und Datenträger.

Günther ist leichte Beute und schnell für Recherche zu gewinnen. Sein Ausrutscher als Alko-Lenker scheint ihm wirklich zu Herzen zu gehen. Lukas Kainberger jedoch ist seit gestern Abend auf seiner persönlichen Abschuss-Liste, verständlich. Also gehe ich aufs Ganze und erzähle ihm von Lukas' Einmischen in meine Ermittlungen. Günther, ein leidenschaftlicher Krimileser vor dem Herrn, wittert die Chance, dem arroganten Inspektor Kainberger eins auszuwischen, und ist sofort Feuer und Flamme. Ich bilde mir sogar ein, dass seine graublauen Augen leicht aufblitzen.

Einen PC zu finden, der nicht von Überwachungskameras angestarrt wird, ist schon viel schwieriger. Aber Günther arbeitet lange genug bei der Bank, um zu wissen, welche Teile des Alarmsystems sich problemlos deaktivieren und zum richtigen Zeitpunkt wieder einschalten lassen.

»Was willst du wissen?«, fragt er nach dem letzten Bissen, kehrt Brösel von seinem Schreibtisch in die hohle Hand und kippt sie in den Mistkübel.

Du. Gemeinsames Leberkässemmel-Essen verbindet. Man kann einander nicht siezen, während man sich über die ideale Dicke der Scheiben unterhält oder diskutiert, ob süßer oder scharfer Senf besser zum Aroma passt. Leberkässemmeln werden zu Unrecht ins kulinarische Abseits gedrängt, denn sie sind weit mehr als ein hochkalorischer Snack. Leberkässemmeln sind völkerverbindend, überwinden mühelos gesellschaftliche Barrieren, Altersunterschiede und sogar Ernährungskonzepte. Egal ob Baustelle, Wiener Opernring oder Salzburger Grünmarkt: Leberkäse ist das Lieblings-Fastfood der Österreicher. Er wird mit Rind-, Schweine- oder Pferdefleisch zubereitet, ist als vegane Variante erhältlich, mit Chili, Pizzagewürzen oder – für die Extraportion Fett – mit Käse als Zutat. Noch vor 100 Jahren durfte nur als Leberkäse bezeichnet werden, was mindestens zehn Prozent Leber enthielt. Inspiriert von französischen Terrinen und Pasteten, entwickelte der Haus- und Hofmetzger des deutschen Kurfürsten Karl Theodor im Jahr 1776 ein neues Rezept: Er mischte Rind- und Schweinefleisch, das in einer Brotform gebacken und in Scheiben geschnitten wurde. Man sollte ihn für die Heiligsprechung vorschlagen!

Günther geht das *Du* jetzt ganz leicht über die Lippen, was alles wesentlich einfacher macht. Seine Finger wischt er sorgfältig mit einer Serviette ab und legt sie dann auf die Tastatur. Die Nägel sind sauber und ordentlich gefeilt, stelle ich fest. Günthers feingliedrige Hände schweben über den Tasten, bereit für mein Kommando, bereit, das Netz und alles Nötige anzuzapfen. So macht Recherche Spaß!

Am meisten interessiert mich natürlich das Grundbuch, in das Günther als Immobilienbeauftragter problemlos Einsicht nehmen kann. Im öffentlichen Eigentumsverzeichnis aller bebauten und unbebauten Grödiger Grundstücke ist das eine für mich wirklich Interessante schnell gefunden: das Haus von Klaus Rettenbacher. Ein paar Mausklicks, ein freundliches Surren vom Drucker, und schon halte ich das begehrte Blatt Papier in der Hand. Ich falte es und stecke es in meine Tasche.

»Eine Frage hätte ich noch.« Ich sehe zur Lade mit den Kontoauszügen, und Günther folgt meinem Blick. Er sperrt die Lade auf. Hektisch blättere ich durch gefühlt Hunderte Seiten Papier und finde schließlich, was ich suche.

»Wir haben nicht mehr viel Zeit.« Günther deutet mit dem Kinn zur Glas-Schiebetür am Eingang. Draußen parken gerade zwei Autos der Angestellten, die von ihrer Mittagspause zurück sind und gut gelaunt Richtung Bank schlendern. Günther schließt die Lade, sperrt ab und hängt sich das Schlüsselband wieder um den Hals.

»Günther«, flüstere ich hektisch, »mir ist noch etwas eingefallen!«

Ganz abgebrühter Vollprofi wischt sich Günther lässig eine aschblonde Strähne aus der Stirn und setzt sich abermals an den PC. Die Kollegen entriegeln soeben von außen die Glastür, aber Günther ist die Ruhe selbst. Nicht gestresst oder genervt, sondern fokussiert, und ich bin überrascht, wie viel Abenteuerlust in diesem grauäugigen Kerl flackert.

»Also?« *Oceans Twelve* stinken ab gegen Günthers Pokerface.

»Wolfgang Rettenbachers Haus in Fürstenbrunn – diesen Grundbuchauszug bräuchte ich bitte auch noch!«

»Geht klar!«

Wenige Minuten später bedanke ich mich, gut hörbar und per Handschlag, bei Günther für die gute Beratung betreffend Hausverkauf. Das Pro-forma-Beratungsprotokoll liegt unterschrieben auf Günthers Schreibtisch. Ein eifriger Bankbeamter, dem Kundenzufriedenheit mehr bedeutet als seine Mittagspause: Traum eines jeden Filialleiters. Niemand wird Verdacht schöpfen. Ich winke Günther und seinen Kollegen zu und verlasse zügig die Bank.

»Das hätte ich mich nicht getraut«, flüstert Vroni ehrfürchtig, als ich ihr am Telefon die Kurzversion erzähle.

»Was sein muss, muss sein.« Ich gebe mich betont locker, obwohl ich vor Stolz fast platze. »Jedenfalls sind wir einen großen Schritt weiter.«

»Ich höre!« Vroni schlürft irgendein Getränk mit dem Strohhalm, bereit für die lange Version mit allen Details. »Aber bitte schnell, ich hab wahnsinnig viel zu tun! Du kannst dir gar nicht vorstellen was es heißt, Lehrerin von Erstklässlern zu sein! Ich muss mich noch auf einen Elternabend vorbereiten, Arbeitsblätter für die kommende Woche erstellen, das Klassenzimmer dekorieren und mir Gedanken über die Sitzordnung machen. Stress pur!«

»Dekorieren?«, frage ich. »Du bist Lehrerin und nicht Martha Stewart! Übertreibst du nicht ein bisschen?«

Aber so kann ich Vroni natürlich nicht kommen. Sie schnaubt verärgert. »Du hast wirklich keine Ahnung von Pädagogik! Da sieht man wieder, dass du den ganzen Tag mit Alten und Kranken zu tun hast«, schimpft sie. »Komplett andere Zielgruppe.«

»Ich finde sogar, dass sich unsere Berufe sehr ähnlich sind. Wir sitzen beide vor einer Horde ungeduldiger Menschen, die ständig plappern und sich beschweren, wenn sie nicht drankommen.«

»Mag sein«, grantelt sie, »trotzdem brauchen Kinder Farbe, aber da kannst du eben nicht mitreden. Für deine Kunden tut's auch ein alter Gummibaum.«

Ich kommentiere das besser nicht, also zurück zum Thema.

»Laut Grundbuch hat Klaus Rettenbacher das Haus, in dem er bis zuletzt wohnte, in den späten 80er-Jahren gekauft. Erst vor kurzer Zeit hat er die Hälfte seiner Tochter überschrieben.«

»Kalliope?«, fragt Vroni.

»Ja. Die andere Hälfte gehörte noch ihm.«

»Beziehungsweise geht nach seinem Tod ebenfalls an seine Tochter über. Ein Grundstück in dieser Lage«, sinniert Vroni, »ungefähr 500 Quadratmeter groß, mit Altbestand – was, schätzt du, könnte das wert sein?«

»Bei den derzeitigen Preisen: 700.000 Euro!«

Ich verlasse mich auf Günthers Einschätzung; wäre das Haus neu, wäre sogar eine Million Euro realistisch, hat er gemeint. Die Salzburger Immobilienpreise gehen seit Jahren durch die Decke, speziell in der Stadt und am Stadtrand. Am anderen Ende der Leitung blubbert Flüssigkeit in einem Trinkhalm. Vroni ist beeindruckt. Ich deute Max, der in die Küche kommt, dass ich noch ein bisschen Zeit zum Telefonieren brauche. Wie ein geprügelter Hund schleicht er wieder hinaus.

»Das heißt in weiterer Folge: Charlotte steht bald ohne Unterkunft da.«

»Stimmt«, ich gebe Vroni recht, »sobald Kalliope das ganze Haus besitzt, kann Charlotte gehen. Außer, es ist ein Wohnrecht eingetragen. Davon war aber im Grundbuch nichts zu sehen. Und wie wir seit dem Begräbnis wissen, haben Charlotte und Kalliope nicht das beste Verhältnis zueinander. Sie braucht also nicht auf die Milde der neuen Besitzerin zu hoffen.«

»Allerdings.« Vroni schenkt sich Flüssigkeit nach. »Kann sich diese Charlotte überhaupt eine neue Bleibe leisten?«

»Gute Frage. Ihre Zeiten als Orchestermusikerin sind definitiv vorbei, und was sie danach gemacht hat, weiß ich gar nicht so genau. Wieder irgendetwas mit Musik, glaube ich. Laut Hermi hat sie Geigenunterricht an einer Musikschule gegeben, aber das muss ich erst nachprüfen.«

»Musikschullehrer sind nicht gerade überbezahlt. Die Gehälter sind überschaubar.«

Vroni verspricht, sich an Kalliopes Fersen zu heften. Die junge Frau ist ein weißer Fleck auf unserer Ermittlungs-Landkarte.

»Wenn ich das mache, ist das weniger auffällig, mich kennt sich ja nicht. Bei dir schöpft sie sofort Verdacht, schließlich bist du jetzt ihre Nachbarin, zumindest für ein paar Stunden täglich.« Sie gluckst. »Und womöglich bald mit ihr verwandt.« Ein Seitenhieb auf Onkel Stefans Beziehungsstatus.

»Wie stellst du dir das vor?« Ich bin skeptisch. »Willst du sie täglich vor ihrem Probelokal abpassen? Oder vor der Uni? Kalliopes Tag ist durchgetaktet; entweder sie übt oder sie studiert. Die Frau macht quasi nichts anderes!«

»Einspruch!«, funkt Vroni dazwischen. »Erstens haben wir Mitte September, Semesterstart am Mozarteum ist aber erst Anfang Oktober. Uni ist also noch kein Thema.« Sie schlürft wieder.

»Und zweitens braucht jeder Mensch, auch der fleißigste, kleine Fluchten vom Alltag!«

»Verstehe, du meinst Onkel Stefan!«, murmle ich säuerlich. Wenn Vroni damit meint, sie könne meinem Onkel auflauern oder die beiden Turteltäubchen stalken, werde ich sie bremsen müssen.

»Ich rede nicht von Zweisamkeit. Das fällt ja wieder in die Kategorie Alltag.« Ich kann ihr nicht gleich folgen, und sie seufzt.

»Wo treffen sich Künstler aller Genres immer noch am liebsten?«

»Äh … im Café?«

»Bingo! Das ist auf der ganzen Welt gleich. In Salzburg gehen Schauspieler, Festspielgäste, Schriftsteller und Intellektuelle ins *Café Bazar*.« Erneutes Schlürfen. »Auch Musiker. Aber Kalliope ist sicher noch nicht in den *Bazar*-Olymp aufgestiegen. Die findet man wahrscheinlich im *Café San Marco*.«

»Das Kaffeehaus für Gottes zweite Garnitur?«

»Auf keinen Fall! Das *San Marco* ist ein Treffpunkt der Mozarteum-Studenten und Orchester-Musiker. Intellektuell hohes Niveau, aber weniger Glamour. Und genau deswegen werde ich mir dort in nächster Zeit öfter einen Cappuccino gönnen.«

Vroni ist immer für Überraschungen gut; plötzlich ist keine Rede mehr vom Schulstress. Das kann nur eines bedeuten: Sie ist im Jagdmodus.

»Ja genau, verteil' ein bisschen Feenstaub und Glamour«, ätze ich und stelle mir meine beste Freundin bei einem Undercover-Einsatz vor. Nicht, dass ich ihr Derartiges nicht zutrauen würde. Vroni macht auch im Fluchtauto, ganz in Schwarz, eine gute Figur. Bei unserem ersten Fall sind wir sogar gemeinsam in ein Haus eingebrochen, um Beweismittel zu sichern. Aber der Spagat zwischen

Schönschrift, Hauspatschen, Elternabend und verdeckter Ermittlung ist dann doch recht groß. Finde ich jedenfalls.

»Vergiss dein Laminiergerät nicht!«

Kleine Anspielung auf das Lieblings-Spielzeug aller Volksschul-Lehrerinnen. Es ist natürlich ein böses Gerücht, dass Lehrerinnen alles laminieren, was sie in die Finger kriegen. Dabei ist es nur löblich, mühsam gebasteltes und ausgeschnittenes Unterrichtsmaterial in Folie einzuschweißen und so haltbar für die Ewigkeit oder zumindest für die nächsten zehn Generationen von Schülern zu machen. Eine liebevolle Art der Konservierung, praktisch und ganz im Sinne der Nachhaltigkeit. Leider gibt es mittlerweile zahlreiche böse Witze über das Verhältnis von Lehrpersonal und Laminiergeräten. Zum Beispiel den: Wie flirten Volksschullehrer? Lass uns heute Abend gemeinsam laminieren! Oder den: Was macht eine Volksschullehrerin, wenn sie ein Eichkätzchen überfährt? Sie nimmt es mit nach Hause und laminiert es.

Das sind natürlich bitterböse Lästereien, allesamt weit überzogen.

»Wahnsinnig witzig!« Vroni dreht den Wasserhahn auf, es plätschert. »Wann kommt eigentlich das Obduktionsergebnis von Tante Martha?«

Verdammt! Das habe ich komplett vergessen! Eigentlich wollte ich Heidi Putschauer am Vormittag anrufen und mich danach erkundigen.

»Müsste schon da sein, ich kümmere mich drum, okay?«

»Mach das«, sagt Vroni und trinkt wieder ein paar Schucke, »vielleicht bringt uns das weiter.« Sie macht eine kurze Pause. »Glaubst du, dass die beiden ermordet wurden?«

»Hm.« Ich starre aus dem Fenster und überlege.

»Wir drehen uns im Kreis, Rosmarie. Vielleicht sollten

wir mal ums Eck denken. Angenommen, sowohl Klaus Rettenbacher als auch Tante Martha wurden ermordet.«

»Was momentan nur eine Hypothese ist«, unterbreche ich sie. »Nach dem Obduktionsergebnis wissen wir mehr.«

»Ja, okay. Aber vielleicht gibt es eben nicht nur den *einen* Mörder, sondern zwei. Oder Klaus Rettenbacher wurde gar nicht vorsätzlich ermordet, sondern im Affekt getötet. Von einer an Demenz erkrankten Frau, zum Beispiel. Tante Martha hat ihn erschlagen und hat dann Selbstmord begangen. Wäre möglich, oder?«

»Blödsinn«, schnaube ich, »warum hätte denn sie ihren Nachbarn erschlagen sollen? Sie wusste doch gar nicht mehr, was sie tut!«

»Eben! Das eröffnet neue Möglichkeiten im Bezug auf die Motive! Vielleicht ist gerade Tante Marthas Krankheit die Lösung! Nehmen wir an, die beiden hatten, als Martha noch gesund war, Nachbarschaftsstreitigkeiten. Es ging um Grundstücksgrenzen, Bepflanzung, Lärm, was weiß ich. Worüber man eben so streitet. Tante Martha hat ihn gesehen, sich an all die Konflikte erinnert und ist wütend geworden. Sie war in ihrer unruhigen Phase, praktisch ihren eigenen Emotionen ausgeliefert, konnte ihre Kraft nicht mehr einschätzen und – wumms! – hat sie ihm eins übergebraten!«

»Völlig aus der Luft gegriffen!«, protestiere ich. »Und was ist mit dem Rollstuhl? Hat sie Klaus Rettenbacher etwa damit herumgefahren und ihn dann in den Almkanal gekippt? Obwohl sie selber total gaga war? Nie im Leben!«

»Warum denn nicht?« Vroni scheint von ihrer eigenen Theorie zwar nicht sehr überzeugt, spinnt den Faden aber trotzdem weiter. »Jedenfalls war sie zur Tatzeit in seiner Nähe, hatte also die Gelegenheit. Sie war eine große, kräftige Frau. Warum sollte sie nicht einem Mann den Schädel einschlagen können?«

»Sie war nicht groß und kräftig, sie war hager. Außerdem: Was ist mit den verschwundenen Hunden?«, frage ich grantig, weil mir Vronis selbstgehäkelte Theorie langsam auf die Nerven geht. »Welchen Grund hätte Tante Martha gehabt, Corleone und Padrino verschwinden zu lassen?«

»Was weiß denn ich?«, grantelt Vroni zurück, »vielleicht hatte das wiederum überhaupt nichts mit Klaus Rettenbacher zu tun! Miri hat doch erzählt, wie sehr Tante Martha ihr das Leben schwer gemacht hat! Warum sollte sie da nicht auch die Lieblinge ihrer Nichte verschwinden lassen? Demenzkranke können sehr boshaft sein, das ist medizinisch erwiesen!«

Max erscheint wieder in der Küchentür und deutet mir, das Telefonat jetzt wirklich zu beenden. Scheint ernst zu sein.

»Irgendjemand muss einen triftigen Grund gehabt haben, die beiden Hunde verschwinden zu lassen«, sage ich noch. »Vielleicht sind wir, was die Verdächtigen angeht, auf dem Holzweg. Vielleicht gibt es ja noch Mr. oder Mrs. X. Irgendjemanden, den wir bis jetzt noch nicht auf dem Schirm hatten. Einen neuen Player sozusagen.«

Vroni schnaubt empört. »Mehr fällt dir nicht ein? Der große Unbekannte, den du wie ein Kaninchen aus dem Hut ziehst, weil du nicht mehr weiterweißt?«

Ich nicke Max zu. »Komme schon!«, flüstere ich.

»Außerdem hast du noch etwas Wichtiges vergessen«, sagt Vroni triumphierend. »Das größte Rätsel von allen: die Kette mit dem Kreuz!« Und dann legt sie auf.

Der nächste Tag ist wieder halbwegs normal in der Praxis: Sämtliche Ärzte im Umkreis von zehn Kilometern sind endlich zurück aus dem Urlaub, was bedeutet, dass die Flut an Fremdpatienten langsam verebbt. Im Wartezimmer wurde das Begräbnis von Klaus Rettenbacher ausreichend durchgekaut und macht anderen Themen Platz. Zurück zum Alltag!

Die Christl von der Post schwenkt ein Packerl, als sie die Praxis betritt. »Deine Druckerpatronen sind da!«

Sie wendet sich an den Rettenbacher, der mit seiner beigefarbenen Jacke wieder an seinem Stammplatz sitzt.

»Für Sie habe ich auch was: die Abrechnung vom Wirt für das Trauermenü. Und«, sie dreht einen Brief und hält ihn ans Licht, »einen Brief vom Steinmetz. Wahrscheinlich ein Kostenvoranschlag für den Grabstein. Bitte schön!«

Der Rettenbacher seufzt abgrundtief und nimmt seine Post entgegen. Ich reiche ihm stumm den Brieföffner und öffne den Medikamentenschrank mit den Leckerlis. Er wird sie brauchen. Keine Minute später schluchzt er auf, der arme Kerl, und bricht regelrecht zusammen. Die Christl schüttelt den Kopf.

»Hab ich mir gleich gedacht, dass das nicht gut ausgeht. Einen Leichenschmaus für 500 Leute muss man sich leisten können!«

Die Frau Doktor wieselt aus dem Behandlungsraum und geht vor dem Rettenbacher in die Hocke. Er wird von Weinkrämpfen geschüttelt. Ich reiche ihr die Dose mit den Leckerlis, aber sie schüttelt den Kopf.

»Der braucht was Stärkeres!« Sie holt den Infusionsständer aus dem Behandlungsraum, krempelt den Ärmel der beigefarbenen Jacke hoch und legt dem Rettenbacher einen Venflon. Dann schließt sie eine Infusion mit hochdosiertem Beruhigungsmittel an. Sie kontrolliert die Tropf-geschwindigkeit, nickt zufrieden und klopft dem Retten-bacher auf die Schulter. »Das wird schon wieder.«

Nach einer halben Stunde ist der Rettenbacher derma-ßen relaxed, dass wir ihn nach Hause schicken können. Kurz von 12 Uhr wartet Lukas Kainberger mit laufendem Motor auf meine Chefin, und sie entschwebt glückselig nach draußen. Die Tür fällt ins Schloss, und ich bin allein.

»Geh'n Sie ruhig, Frau Doktor, ich schaff das schon«, murmle ich und komme mir schrecklich einsam vor.

Und dann, als ich Drucker und Kopierer ausgeschaltet und alle Blutproben für den Transport ins Labor vorbe-reitet habe, klingelt das Telefon. »Wir haben schon zu!«, brumme ich und lasse es läuten. Nach dem vierten Klin-geln hebe ich doch ab.

»Allgemeinpraxis Doktor Fleischer, Rosmarie Dorn am Apparat, was kann ich für Sie tun?« Mein Standardsatz, den ich am Tag bestimmt hundertmal aufsage.

»Hier ist Iris Rettenbacher.«

»Falls Sie ihren Mann vermissen, Frau Rettenbacher, der müsste auf dem Weg zu Ihnen nach Hause sein.«

»Mein Mann?« Frau Rettenbacher kichert matt. »Ich habe mir schon lange abgewöhnt, auf meinen Mann zu warten. Aber ich habe etwas, das Sie vielleicht interes-siert, Frau Dorn!«

Ich sehe mich um. Die Praxis ist zwar leer und meine Chefin mit Lukas Kainberger abgedampft, trotzdem ist es nicht ausgeschlossen, dass noch jemand hereinschneit und mithört. Das direkte Gespräch ist auf jeden Fall sicherer.

»Sind Sie zu Hause, Frau Rettenbacher? Ich bin in 20 Minuten bei Ihnen!«

Das Rettenbacher-Haus ist ein typischer 70er-Jahre-Bau am Fürstenbrunner Waldrand: eineinhalbstöckig mit Holzbalkon, einer Erker-Warze am Hauseck und einem Bogen, der den Eingang zum Mausloch macht. Frau Rettenbacher öffnet die Tür bereits, als ich vor ihrem Haus parke. Diesmal trägt sie wieder Fitness-Kleidung und weiße Sneakers. In Leggings und Yoga-Shirt bewegt sie sich deutlich geschmeidiger als in Trauerkleidung und High Heels.

»Schön, dass Sie so schnell kommen konnten!« Iris Rettenbacher schließt die Haustür hinter mir und geht voran ins Wohnzimmer. »Inspektor Kainberger hat sich für den Nachmittag zu einer Befragung angekündigt, und ich hab mir gedacht …«, sie bleibt vor einem Sofa mit blütenweißem Leinenbezug stehen, »ich rede vielleicht vorher mit jemandem, der schon zwei Mordfälle aufgeklärt hat.«

Sie lächelt verschmitzt, deutet mir, Platz zu nehmen, und setzt sich dann auf einen weiß bezogenen Fauteuil mir gegenüber. Auf einem Tischchen zwischen Sofa und Fauteuil stehen eine Karaffe mit Wasser und zwei Gläser.

»Wissen Sie«, fängt sie an, noch bevor ich die erste Frage stellen kann, »mein Mann und sein Bruder Klaus waren Zwillinge, aber das ist noch lange keine Garantie für ein gutes Verhältnis.«

Ich sehe sie abwartend an. Hat sie mich herzitiert, um mir von Charlottes Verhältnis mit ihrem Mann zu erzählen?

Iris Rettenbacher gießt Wasser in die Gläser und stellt die Karaffe wieder ab. »Ich will ganz offen zu Ihnen sein, Frau Dorn: Mein Mann war ein Betrüger. Er hat Versicherungssummen gefälscht und viele seiner Kunden betrogen.«

»Was?« Ich bin perplex. »Wie, ich meine … Wer wusste alles davon?« Iris Rettenbacher winkt ab. »Er hat es

261

geschickt angestellt. Es waren nie große Summen, immer nur kleine Beträge. Gerade soviel, dass man es als Rechenfehler durchgehen lassen kann und nicht weiter nachverfolgt. Kleinvieh macht auch Mist. Wolfgang ist ein guter Redner – er weiß, wie man Menschen für sich gewinnt.« Sie mustert mich neugierig und trinkt einen Schluck Wasser. »Es ist ihm bei fast allen seiner Kunden gelungen, sie übers Ohr zu hauen, außer bei seinem Bruder.«

Draußen streift eine Katze über die Terrasse, eine antike Wanduhr tickt laut. Sonst ist es still. Ich sammle mich und greife nach einem Wasserglas.

»Verstehe ich Sie richtig: Wolfgang Rettenbacher hat seinen eigenen Bruder um Geld betrogen? Von welcher Summe reden wir?«

»Über die Jahre gerechnet: fünfstellig!«

Ich schüttle den Kopf und kann es nicht glauben. »Und das ist Klaus nie aufgefallen? Ich meine, er war Lehrer, er hätte ganz sicher …«

»Klaus hat jahrelang überhaupt nichts bemerkt! Er war Sportlehrer! Kein Zahlengenie, wenn ich das so sagen darf.«

»Aber letztendlich ist er Ihrem Mann doch auf die Schliche gekommen, oder?«

Iris Rettenbacher nickt. »Der Anruf ist erst gute zwei Wochen her. Klaus hat meinen Mann angerufen und sich furchtbar aufgeregt. Offenbar ist er alte Dokumente durchgegangen, als er seiner Tochter die Haushälfte überschrieben hat. Da muss er den Betrug bemerkt haben. Er hat gedroht, Wolfgang anzuzeigen.«

Ich seufze und stelle mein Glas wieder zurück. »Frau Rettenbacher, es tut mir leid«, ich stehe auf, »aber ich glaube, Ihre Angelegenheit ist bei mir nicht gut aufgehoben. Vielleicht sollten Sie lieber die Finanzpolizei oder einen Wirtschaftsanwalt konsultieren, aber …«

Frau Rettenbacher lacht kurz und freudlos auf. »Ich bitte Sie, Frau Dorn. Früher oder später kommt sowieso alles auf, aber ich hatte mit Wolfgangs Geschäften Gott sei Dank nie etwas zu tun. Mir kann man nichts anhängen. Verstehen Sie nicht, worauf ich hinaus will?«

Ich nicke. »Doch, allerdings. Falls Klaus Ihren Mann angezeigt hätte, wären schlimmstenfalls alle anderen Ungereimtheiten ans Licht gekommen. Alle Sterbeversicherungen, mit denen Ihr Mann sich im Laufe der Jahre bereichert hat. Ein Skandal, schlimmstenfalls der finanzielle Ruin, vom guten Ruf ganz zu schweigen. Sie wollen Ihren Mann anschwärzen und mir zu verstehen geben, dass er womöglich schuld am Tod seines Bruders ist.«

Iris Rettenbacher sagt nichts. Die Katze zwängt sich durch einen Schlitz in der Terrassentür ins Wohnzimmer und streift Iris Rettenbacher um die Beine.

»Klaus Rettenbacher ist seinen Kopfverletzungen erlegen«, fahre ich fort. »Sie implizieren, dass Ihr Mann etwas damit zu tun haben könnte.« Ich schüttle den Kopf und gehe Richtung Ausgang.

»Mag sein, dass Sie noch die eine oder andere Rechnung mit ihm offen haben, Frau Rettenbacher, aber jemandem Totschlag oder sogar Mord zu unterstellen ist mehr als bedenklich.«

»Interessant, dass gerade Sie das sagen. Wenn man bedenkt, dass Sie Hubert Pechtl damals zu Unrecht verdächtigt haben …«

Eine kleine, fiese Spitze, die meinen ersten Fall betrifft. Ich lasse mir nichts anmerken. Dass in der Kopfwunde von Klaus Rettenbacher gelbe Farbpartikel gefunden wurden, kann seine Schwägerin nicht wissen. Da braucht's schon ein bisschen mehr, wenn sie ihrem Mann einen Mord anhängen will.

»Danke für das Wasser, Frau Rettenbacher, und alles Gute.« Ich trete ins Freie und atme tief durch. Und kurz bevor ich ins Auto steige, sehe ich den gelb lackierten Blumentopf.

Es ist wie ein höhnisches Kichern meines kriminalistischen Paralleluniversums: Gerade als ich die losen Handlungsfäden dieses ganzen Theaters in der Hand habe und versuche, ein halbwegs stimmiges Bild daraus zu weben, funkt mir der Alltag dazwischen. Besser gesagt die Tatsache, dass ein Wimpernschlag nicht nur die Welt verändern, sondern sogar aus den Fugen heben kann und nichts mehr ist, wie es war. Klingt abstrakt, ist aber so. Konkret geht es um meinen Sohn und seine wissenschaftliche Arbeit. Der USB-Stick, auf dem Max alle ausgewerteten Daten, alle Texte, Tabellen, Interviews und Quellenangaben in monatelanger Arbeit zusammengetragen und gespeichert hat, ist unauffindbar. Einfach weg. Mein Sohn ist fertig mit den Nerven, verständlich.

»Wie konnte denn das passieren, um Himmels willen?«, frage ich entsetzt und helfe Max beim Suchen.

»Keine Ahnung!« Seine Stimme ist schrill und kurz vor dem Kippen. Seit Stunden kreisen seine Gedanken um nichts anderes. Verzweifelt leert er den Inhalt seines Schulrucksacks auf den Boden in seinem Zimmer und beginnt zu wühlen, aber außer längst verschollen geglaubten EarPods und einer Packung Kondome ist nichts Spannendes dabei. Max wird rot bis unter die Haarwurzeln, als er meinen Blick bemerkt, also wende ich mich diskret ab und warte, bis er alles wieder ordentlich eingeräumt hat.

»Wann hast du den Stick zuletzt benutzt?«

»Heute in der Mittagspause«, jammert Max. »Ich war mit ein paar Leuten aus meiner Klasse im Café und hab am Laptop gearbeitet. Eigentlich wollte ich nur das heutige Arbeitsprotokoll speichern, und da ist sie mir über den Weg gerannt …«

»Sie?«

»Lilli. Eine Studentin, recht viel mehr weiß ich nicht über sie.«

Max' Blick ist eine Mischung aus Verzweiflung, Sehnsucht und Schuldbewusstsein. »Sie wohnt im Unipark, glaube ich.«

»Und dann?«

»Hat sie zu mir herübergeschaut.« Er hockt im Schneidersitz am Boden, inmitten von Büchern, Stiften und achtlos weggeworfener Kleidung, und lässt den Kopf hängen wie eine Blume nach dem Gewitter. Ich muss an Donizettis *Zaubertrank* denken, an den schüchternen Nemorino, der sich in die schöne Adina verliebt. Unglückliche Liebe. Jetzt hat es Max also erwischt.

»Und dann war der Stick auf einmal weg?« Ich schüttle ungläubig den Kopf. »Nichts verschwindet einfach so! Hat ihn jemand eingesteckt, der mit dir am Tisch gesessen ist?«

Max rollt mit den Augen. »Da waren nur Leute aus meiner Klasse. Was sollten denn die mit meinen Unterlagen anfangen? Die haben doch ihre eigenen Themen, an denen sie arbeiten!«

»Bleibt noch die Möglichkeit, dass er dir irgendwo runtergefallen ist! Hast du den Boden im Café abgesucht?«

»Dort hab' ich zuallererst nachgeschaut, aber da war nix!«

Wir suchen weiter, ohne Erfolg. Max wird hysterisch und fahrig. Die Lage ist fatal und scheinbar aussichtslos. Max' Nervenkostüm hat aufgrund der unglücklichen Liebe ohnehin ein paar Blessuren, und nachdem er auf seinem Schreibtisch zum dritten Mal das Unterste zuoberst dreht, ist er am Rande der Verzweiflung. Er flucht und schluchzt abwechselnd, will alles hinschmeißen, bekommt einen Schreianfall und bleibt schließlich kraftlos und apathisch auf seinem Bett liegen. Er starrt auf den Plafond, Tränen rinnen aus den Augenwinkeln, kullern seitlich an seinem Gesicht herab und versickern im Polster. Reden hilft da nichts mehr. Also bereite ich ihm eine große Tasse heiße Schokolade zu und reichere sie mit Nerventropfen an. Er ist dermaßen fertig mit der Welt, dass er sich nicht einmal gegen die bunten Einhorn-Streusel wehrt, mit denen Lisi die Schlagobershaube für ihren großen Bruder verziert. Sie ist fest davon überzeugt, dass mit bunten Streuseln alles wieder gut wird.

»Wo hast du eigentlich deine handschriftlichen Aufzeichnungen?«, frage ich, als Max die Tasse halb geleert und sich einigermaßen beruhigt hat. Max zieht schweigend eine Ringmappe aus dem Regal und reicht sie mir. Sie ist prall gefüllt mit eng beschriebenen Zetteln in Max' Schrift. Auf manchen sind Kurven und Balkendiagramme fein säuberlich aufgezeichnet. Bunte Blätter aus Tonpapier trennen die einzelnen Abschnitte voneinander, sogar ein Inhaltsverzeichnis gibt es. Das Ergebnis von Max' Recherchearbeit seit dem Frühling. Er hat sich echt ins Zeug gelegt. Ich seufze und fasse einen Entschluss, auch wenn das bedeutet, dass ich in nächster Zeit kaum den Schreibtisch verlassen werde.

»Hast du die Texte noch halbwegs im Kopf?«

Max klammert sich an seine Tasse und überlegt.

»Nicht alles, aber einiges schon.« Sein Seufzen klingt jetzt weniger verzweifelt. Er wirkt gesammelt und hockt im Schneidersitz auf seinem Bett. Die Tränen sind getrocknet.

»Gut. Wir machen Folgendes: Du rekonstruierst anhand deiner Aufzeichnungen und der Erinnerung die Texte, ich tippe alles für dich ab. In spätestens einer Woche sollte alles wieder komplett sein, damit du den Abgabetermin einhalten kannst.«

Max schaut kugelrund. »Ich soll … alles noch einmal machen?«

»Nicht alles«, bessere ich ihn aus, »nur die Texte neu verfassen. Das Schreiben kannst du auf mich abwälzen, im Tippen bin ich nämlich unschlagbar. Wenn ich dir das abnehme, sparst du Zeit und wirst rechtzeitig fertig.« Ich schaue ihn abwartend an. »Oder hast du eine bessere Idee?«

Hat er nicht. Somit sind die Ermittlungen erst einmal auf Eis gelegt – zumindest von meiner Seite.

Die geplante Befragung von Kalliope muss ich an Vroni abtreten, was mir wirklich schwerfällt.

»Traust du's mir nicht zu?«, fragte sie bitter, als ich ihr am nächsten Tag die Liste mit wichtigen Fragen am Telefon durchgebe.

»Doch, natürlich.« Ich merke selbst, wie halbherzig das klingt. »Übrigens«, wechselt Vroni das Thema, »gestern habe ich deine Chefin und Lukas zusammen in der Stadt gesehen. Im *Café San Marco*. Ich war mit Franz nach unserem Telefonat noch dort und habe mir einen Teller Pasta gegönnt. Hätt' fast vergessen, zu recherchieren, weil es so gut geschmeckt hat. Das musst du unbedingt …«

»Das darf nicht wahr sein!«, unterbreche ich Vroni. Frau Doktor Fleischer besucht *nie* das *Café San Marco*, seit sie mit einem der Kellner dort aneinandergeraten ist. Das kann nur eines bedeuten: Sie war wegen Lukas dort.

»Haben sie dich gesehen?«

»Nein, ich glaube nicht. Wer so heftig turtelt wie die beiden, kriegt von der Umwelt nix mit. Deine Chefin hat's echt erwischt, würde ich sagen.« Sie kichert. »Bei Lukas bin ich mir da nicht so sicher.«

»Warum?«

Vroni räuspert sich. »Ich habe mich bei einem der Kellner nach Kalliope erkundigt. Hab gesagt, ich wollte mich im Café mit ihr treffen und hätte sie knapp verpasst. Sie geht wirklich oft ins *San Marco*, ist dort bekannt wie ein bunter Hund. Der Kellner hat mir verraten, dass sie vor den Proben gern im Café frühstückt.«

»Wahnsinn. So viel zum Thema Diskretion«, murmle ich. Trotzdem: Chapeau, Vroni!

»Als seine Kollegin mitgekriegt hat, dass ich mich nach Kalliope erkundige, war sie ein wenig ungehalten. Sie hat gemeint, das Café wäre kein Auskunftsbüro. Außerdem hätte sie einem jungen Polizisten bereits alles gesagt.«

»Lukas«, schlussfolgere ich.

»Wer sonst?

»Das mit der Telefonnummer hättest du dir sparen können«, seufze ich, »schließlich sitzt Kalliope jeden Nachmittag stundenlang im Garten meiner Schwiegermutter und übt. Du kannst sie auch dort befragen.«

»Und deine SchwiMu kriegt dann alles mit, oder wie hast du dir das vorgestellt? Im Idealfall sitzt noch Onkel

Stefan daneben, dann kann ich gleich ein Kaffeekränzchen draus machen! Auf gar keinen Fall!«

Ich seufze zentnerschwer. »Meinetwegen. Aber melde dich, sobald du was weißt, okay?« Und dann lege ich auf.

DREIZEHNTES KAPITEL

Erzählt noch einmal von Blumentöpfen, von Smoothies und Laufrunden, von Gartenzäunen, Flüssigkeitsmangel und bösen Briefen. Es geht um Erste Hilfe, eine
Pinnwand und zwei Putzfeen, außerdem um eine Muse
und Saiteninstrumente.

Die nächsten Tage laufen nach dem gleichen Muster ab:
Vormittags arbeite ich in der Praxis, nachmittags tippe ich
alle handgeschriebenen Texte ab, die Max in mühsamer
Arbeit neu verfasst. Manchmal sitzen wir auch gemeinsam Stunde um Stunde am Schreibtisch, fügen Grafiken in
Dokumente ein, zitieren aus Büchern oder zeichnen Kurven. Der Aufwand ist enorm; Max muss mehr als 100 Seiten rekonstruieren und dafür etliche der bereits zurückge-
gebenen Bücher noch einmal ausleihen, aber es hilft alles
nichts: Der Stick ist wie vom Erdboden verschluckt. Was
die *Philharmonie* betrifft, kann Max von Glück reden, dass
alle so kooperativ sind: Vom Bassisten bis zur Schlagzeugerin, von der Assistentin bis zu Elisabeth Fuchs stehen
alle nochmals Rede und Antwort, wenn Max anruft und
Recherchefragen stellt.

Der Blumentopf vor dem Rettenbacherhaus geht mir nicht
aus dem Kopf. Zwei Nächte lang liege ich wach und überlege, ob Iris Rettenbachers gelegte Spur zu offensichtlich

ist. Schließlich könnte sie genauso gut selbst ihren Schwager erschlagen haben, aus Angst vor einer Anzeige. In der dritten schlaflosen Nacht setze ich mich schließlich aufs Rad und fahre nach Fürstenbrunn. Ein wenig unheimlich ist es zwar, mitten in der Nacht allein am Waldrand unterwegs zu sein, aber es geht nicht anders. Vor dem Haus der Rettenbachers steige ich ab und hoffe, dass mich kein Bewegungsmelder erfasst und Flutlichtbeleuchtung auslöst. Aber meine Sorgen sind unbegründet – es dauert keine zehn Sekunden, bis ich den gelben Blumentopf von der Stiege am Eingang geschnappt und in einem großen Plastiksack verstaut habe. Ob und wann ich Frau Doktor Putschauer um einen Abgleich mit den gefundenen Farbpartikeln bitte, weiß ich noch nicht.

Die nächsten beiden Arbeitstage sind dermaßen intensiv und vollgepackt mit anspruchsvollen Patienten, dass ich den Blumentopf und Frau Doktor Putschauer komplett vergesse. Eigentlich wollte ich mich nach Tante Marthas Obduktionsergebnis erkundigen. Meine Chefin hat ebenfalls nicht daran gedacht, die schwebt auf Wolke sieben. Lukas Kainberger holt sie jetzt beinahe täglich von der Praxis ab, wenn es sein Dienstplan erlaubt. Vroni kennt die Handynummer der Gerichtsmedizinerin nicht und fällt somit ebenfalls aus. Laurenz ist es schließlich, der mich daran erinnert.

»Was ist jetzt mit dem zweiten Todesfall?«, will er wissen, als ich gerade wieder ein paar Seiten abtippe. Er wedelt mit dem pinkfarbenen Notizbuch, sein Blick ist vorwurfsvoll.

»Hast du aufgegeben? Ermittelst du nicht mehr?«

»Hab ja keine Zeit dazu«, grantle ich und hacke missmutig in die Tastatur. »Arbeit, Familie, Haushalt. Das ist an und für sich schon genug für 24 Stunden. Wenn dann noch ein Sohn in Not ist und meine Hilfe braucht, muss man Abstriche machen.«

Ich sehe kurz vom Bildschirm auf. »Heißt konkret: Zeit einsparen. Dinge streichen, die nicht unbedingt notwendig sind. Ermitteln, zum Beispiel. Oder hast du eine andere Idee?«

Laurenz wischt meinen Einwand weg. »Das heißt also, du willst Miri dem Willen der Exekutive überlassen? Das Feld für Lukas Kainberger räumen? Das kann doch nicht dein Ernst sein!«

Von der Ermittlungsbremse zur ersten Geige. Die Metamorphose meines Mannes ist mir nicht mehr Wurscht. Er holt sich ein kleines Fläschchen aus dem Kühlschrank und kommt damit zurück. Spinatsmoothie mit Basilikum und Ingwer – ich verziehe angewidert das Gesicht. Laurenz hält mir mein Smartphone hin und öffnet das Fläschchen.

»Also gut«, seufze ich, greife nach dem Telefon und wähle Frau Doktor Putschauers Nummer. Laurenz stützt sich auf die Armlehne meines Sessels und beugt sich dicht zu mir, damit ihm nichts entgeht. Der Smoothie riecht erbärmlich. Nach dem zweiten Klingeln hebt Frau Doktor Putschauer ab.

»Endlich«, beginnt sie das Gespräch. Charme geht anders, aber bitte. Sie muss meine Nummer ebenfalls eingespeichert haben. Wahrscheinlich hat meine Chefin sie ihr gegeben.

»Ich dachte schon, es interessiert Sie nicht mehr, was ich im Magen der armen Frau gefunden habe.«

Laurenz neben mir nickt zustimmend, ich drehe den Kopf ein wenig zur Seite, um ungestört telefonieren zu können, aber er rückt nach.

»Tut mir leid, Frau Doktor, ich habe aufgrund familiärer …«

Ich breche mitten im Satz ab. Was bei uns zu Hause gerade los ist, interessiert Frau Doktor Putschauer bestimmt nicht. Und warum, zum Henker, rede ich so geschraubt? Ich bin total aus dem Tritt, wenn Laurenz an meinem Ohr klebt und noch dazu ständig am Smoothie nippt. Also stehe ich auf und gehe im Raum auf und ab. Frau Doktor Putschauer beginnt einstweilen mit ihrem Bericht.

»Martha Kugelbauer wurde vergiftet.« Frau Doktor Putschauers Worte hallen; höchstwahrscheinlich steht sie gerade im Sektionssaal. »Gestorben ist sie allerdings durch das Einatmen von Wasser.«

»Ertrunken? Aber, ich verstehe nicht ganz …«

Frau Doktor Putschauer atmet hörbar aus. »In ihrem Magen konnte ich vier verschiedene Gifte feststellen: Oleandrin, Amygdalin, Coniin und Scopolamin.« Sie macht eine kurze Pause. »Jedes Gift für sich ist schon tödlich, aber in dieser Vierfach-Kombination beinahe schon teuflisch. Nichts, was man unabsichtlich zu sich nimmt. Die Frau hatte keine Chance.«

Ich lasse das ein paar Sekunden sacken. Laurenz, der mir schon wieder dicht am Ohr klebt, streckt vier Finger hoch und weitet entsetzt die Augen.

»Vier Gifte?«, frage ich nach und überlege kurz. »Ich bin nicht besonders firm, was Pflanzen betrifft, aber Oleandrin klingt nach Oleander. Woher kamen die übrigen drei Substanzen?«

»Amygdalin ist das Gift des Kirschlorbeers, Coniin ist im Schierling enthalten und Scopolamin findet man in der guten, alten Tollkirsche.« Papierrascheln mit Hintergrund. Wahrscheinlich blättert Frau Doktor Put-schauer gerade im Bericht. »Jemand muss der Frau das Gift absichtlich zugeführt haben, ich nehme an, als Brei oder Smoothie.«

»Smoothie?«

Laurenz neben mir verschluckt sich beinahe und nimmt endlich Abstand. Das Fläschchen schraubt er zu und stellt es wieder in den Kühlschrank.

»Warum denken Sie, dass Martha das Gift als Smoothie zu sich genommen hat?«

»Erstens aufgrund der Konsistenz. Es war ein Brei, keine zerkauten Blätter. Außerdem waren Banane und Honig beigemengt, anders lässt sich so ein Mix gar nicht verabreichen. Oleander schmeckt bitter, ist eigentlich ungenießbar. Extrem süße Zutaten könnten die Bitter-keit überdecken.«

Ich blase die Luft aus den Backen und denke nach. Gift für Tante Martha, getarnt als Smoothie. Wer hat ihr den verabreicht? Und wo? Schließlich wurde sie im Kneissl Weiher gefunden und nicht zu Hause.

»Sie sagten, Martha Kugelbauer ist ertrunken?«

»Ja, sagte ich.« Frau Doktor Putschauers Ton ist unwirsch.

Ist sie immer so kurz angebunden? Oder liegt es daran, dass sie sich umsonst mit Tante Marthas Obduktion beeilt hat? Das würde dann auf mein Konto gehen, schließlich habe ich vergessen, mich bei ihr zu melden. Meine Che-fin hat extra um schnelle Bearbeitung gebeten.

»Wie lange hätte sie nach Einnahme der Giftmischung noch gelebt«, hake ich nach, »wenn sie nicht ertrunken wäre?«

»Maximal eine Stunde. Kein schöner Tod, das können

Sie mir glauben. Atemlähmung, Krämpfe und schließlich Herzstillstand. Nichts, was man alleine durchmachen will, und schon gar nicht freiwillig.«

Gibt es überhaupt einen schönen Tod? Laurenz hat sich in sein Büro verzogen – auch passives Ermitteln ist nichts für schwache Nerven. Frau Doktor Putschauer atmet laut aus und räuspert sich dann. »Haben Sie noch Fragen?«

Klingt schon besser. Offenbar hat sie selber bemerkt, dass sie ein wenig zu brüsk war vorhin. Ja, allerdings habe ich noch Fragen. Ich überschlage im Kopf die Entfernung von Tante Marthas Haus in der Birkenstraße bis zum Kneissl Weiher: maximal eineinhalb Kilometer Fußweg, schätze ich.

»Könnte Martha Kugelbauer nach Einnahme des Giftes einen Fußweg von eineinhalb Kilometern zurückgelegt haben?«

»Auf gar keinen Fall! Mit starken Krämpfen und Atemlähmungen macht man keine Spaziergänge mehr. Sie muss den Smoothie in unmittelbarer Nähe des Weihers getrunken haben. Bei dieser hohen Konzentration an toxischen Substanzen machen die Organe schnell schlapp, sie kann höchstens noch ein paar Schritte gegangen sein.« Kurze Pause. »Eher getorkelt, würde ich sagen. Gut möglich, dass sie sogar deswegen ins Wasser gefallen ist.«

Das Smartphone zwischen Ohr und Schulter geklemmt, schlage ich mein Notizbuch auf und halte das Nötigste fest.

»Das heißt, hier liegt eindeutig Fremdverschulden vor?«

Frau Doktor Putschauer lässt sich Zeit mit der Antwort.

»Martha Kugelbauer war an Alzheimer erkrankt, das ist die häufigste Form von Demenz. Nervenzellen im Gehirn und deren Verbindungen sterben nach und nach ab, das war auch bei Frau Kugelbauer so. Sie war körperlich noch fit genug, um sich von A nach B zu bewegen, aber ich bin sicher, sie war zunehmend hilfsbedürftig, konnte ihr eigenes Handeln und die Konsequenzen nicht mehr ausreichend einschätzen.« Sie atmet wieder tief durch. Im Hintergrund höre ich eine Tür, die geöffnet oder geschlossen wird. Jemand ruft nach Frau Doktor Putschauer, sie murmelt etwas, bevor sie weiterspricht. »Manche Patienten tun in diesem Stadium erstaunliche Dinge. Ich habe schon von Leuten gehört, die in ihrem eigenen Garten sitzen und Nacktschnecken essen, ganz einfach, weil sie hungrig sind und vergessen haben, dass das eklige Tiere sind. Es wäre – rein theoretisch – also möglich, dass Martha Kugelbauer Blätter von Pflanzen in ihrem Garten abgezupft und sie gegessen hat. Sie hatte schlicht vergessen, dass es sich um hochgiftige Blätter handelt. Allerdings …« Wieder ruft jemand nach Frau Doktor Putschauer, sie antwortet verhalten. »Allerdings glaube ich bei dieser Vierfachkombination an Giften nicht mehr an ein Versehen. Ein derartiger Smoothie ist nirgendwo erhältlich, den hat jemand zubereitet. Gnade demjenigen, der ihn trinkt.« Wieder raschelt es. »Somit würde ich sagen, Martha Kugelbauer ist ganz klar ermordet worden.« Frau Doktor Putschauer ist mit ihren Ausführungen fertig. Ich höre Schritte, wahrscheinlich verlässt sie den Sektionssaal.

»Eine Frage noch«, beeile ich mich, bevor sie auflegt, »kennt die Exekutive schon das Obduktionsergebnis?« Eine heikle Frage, schließlich zweifle ich damit Frau Doktor Putschauers Integrität an. Aber ich muss es einfach wissen: Ist Lukas schon auf der Überholspur oder tappt er noch im Dunkeln?

Im Hintergrund Stimmengemurmel, offenbar Kollegen

von Frau Doktor Putschauer. Metall klappert, etwas wird auf Schienen bewegt und dann angehalten. Der nächste Patient?

»Eventuelle Operationswunden, Narben oder Pigmentflecken dokumentieren!« Dem scharfen Ton nach zu urteilen weist sie gerade einen rangniederen Kollegen ein. »Erst danach werden Schädel, Brust und Bauchhöhle geöffnet, also legen Sie das Skalpell weg, aber zackig!« Sie senkt die Stimme. »Frau Dorn, Sie wissen, dass in der Gerichtsmedizin eklatanter Personalmangel herrscht. Ich hatte also noch keine Zeit, mich mit der Exekutive in Verbindung zu setzen, niemand wird sich darüber wundern. Ein paar Tage auf oder ab sind in unserem Geschäft ganz normal.«

Der ironische Unterton ist überdeutlich. Ich grinse – vielleicht ist Frau Doktor Putschauer doch lockerer, als ich dachte.

Ich schlüpfe in die Laufschuhe und starte eine meiner Lieblingsrunden: über den Grödiger Ortsteil Eichet zum Almkanal und dann weiter stadteinwärts, solange meine Kondition eben ausreicht nach dem langen Sitzen. Felder, Stallduft, zwei alteingesessene Wirtshäuser, eine Greißlerei und das *Lagerhaus*; das sind die Highlights von Eichet. Eichet ist der Ortsteil von Grödig, der mit Abstand am wenigsten Charme versprüht und sich auch nicht die Mühe gibt, irgendjemanden verzaubern zu wollen. Wozu sich in Schale werfen? Wer ein gutbürgerliches Mittagessen, ein paar Laufmeter Gartenzaun oder eine Wurstsemmel mit Gurkerl will, kommt eh von selber nach Eichet. Alle anderen passieren dieses schmucklos zersiedelte Stück Grödig nur, weil sie Besseres vorhaben und auf dem Weg in die Stadt sind. Vielleicht bin ich nicht auf dem neuesten

Stand, aber bislang lockt nicht einmal eine lausige Bank damit, sich irgendwo hinzusetzen und die Aussicht auf den Untersberg zu genießen. Straßenlaternen sind Mangelware; wer nachts mit dem Rad oder zu Fuß durch Eichet will, muss selber sehen, wo er bleibt.

Ich nehme nicht die Strecke bis zur *Pflegerbrücke*, sondern biege schon vorher beim *Gasthof Mostwastl* nach links in die Birkenstraße ab, mit Kurs auf Miris Adresse.

Es ist eine ruhige Straße. Nicht allzu dicht verbaut, gepflegte Gärten, schmiedeeiserne, ein bisschen in die Jahre gekommene Gartentore, da und dort ein modernes überdimensioniertes Carport. Sensationeller Blick auf den Untersberg, die nächste Bushaltestelle ist nicht weit entfernt. Kein Wunder, dass die Grundstückspreise hier hoch sind. Miris Haus ist am Anfang der Straße, und ich drossle das Tempo, als ich sie vor der weißen Hausmauer entdecke. Der Garten ist sauber wie geleckt, die Topfpflanzen sind ausreichend gewässert und voller Blüten, der Rasen saftig grün, die Hecken akkurat getrimmt. Alles wie immer. Oder? Ich tripple auf der Stelle, umklammere das weiß gestrichene Gartentor. Es ist wieder einer dieser Momente, in denen die Veränderung nur spürbar, aber noch nicht sichtbar ist.

Irgendetwas ist anders, hat sich verschoben, die Richtung geändert, aber ich weiß nicht, was es ist. Noch nicht.

Miri sitzt mit steinerner Miene auf der Hausbank und starrt ins Leere. Sie trägt eine lange schwarze Tunika und schwarze Flipflops. Die zwei Pölster mit den Bildern von Padrino und Corleone, vor ein paar Tagen noch säuberlich in die Ecken der Bank drapiert, sind weg.

»Hallo?« Ich winke, aber Miri reagiert nicht. »Hallo, Miri!«

Jetzt hat sie mich bemerkt. Langsam wie eine Schildkröte dreht sie den Kopf in meine Richtung und starrt mich reglos an. Sie nimmt ihre Sonnenbrille von der Stirn, setzt sie auf und dreht den Kopf wieder weg. Als hätte sie mich am Gartentor bemerkt, aber nicht erkannt. Oder noch schlimmer: nicht erkennen wollen. Erst jetzt fällt mir auf, dass ich seit unserem Gespräch nach dem Begräbnis nichts mehr von ihr gehört habe. Mit dem unguten Gefühl, dass irgendetwas hier gründlich schiefgelaufen ist, dass Miri aus dem Gleis ist und womöglich Hilfe braucht, greife ich entschlossen von außen über das hüfthohe Gartentor und drücke innen die Klinke herunter. Es quietscht laut und durchdringend. Keine Reaktion seitens Miri, weder Schreck noch Freude oder Einspruch. Sie erinnert mich an eine Figur aus Madame Tussaud's Wachsfiguren-Kabinett. Das blonde Haar trägt sie offen, ihre gebräunte Haut schimmert leicht golden, aber ihre Gesichtszüge sind starr. Eingefroren. Sie ist wunderschön, aber ungewohnt emotionslos. Normalerweise würde sie mich begrüßen, hereinbitten und mir einen Cappuccino und frisch gebackene Cantuccini anbieten. Oder einen Limoncello aus eigenen Zitronen, den sie selber ansetzt, denn Miri liebt alles Italienische. Aber heute schwebt sie in anderen Sphären. Wie so eine entrückte Madonna von Raffael, nur eben mit Sonnenbrille. Vorsichtig setze ich mich neben sie auf die Bank.

»Miri, was ist denn?« Jetzt erst höre ich, dass sie schwer atmet. »Ist dir nicht gut?« Ich greife nach ihrer Hand.

Ihr Kopfschütteln ist kaum wahrnehmbar, eine minimale Bewegung nur. Sie wehrt sich nicht, als ich ihre Hand in meine nehme: trocken, aber trotz der Hitze eiskalt. Miri bewegt tonlos die Lippen. Ich rücke näher an sie heran, bringe mein Ohr nah zu ihrem Mund. Miri duftet nach Mandeln, Orangen und ganz schwach nach Waschmittel.

»Er ist weg.«

Nicht mehr als ein angestrengtes Hauchen, aber ich verstehe sofort. »Padrino?«, frage ich. Dass jetzt auch der zweite Hund verschwunden ist, scheint Miri arg mitzunehmen. Ich lege meine Hand auf ihren Oberarm, aber Miri schüttelt wieder den Kopf.

»Mein Mann.« Ein trockenes Schnalzen begleitet die zwei Worte, als wäre ihr Mund ausgedorrt, als hätte sich ihre Zunge klebrig vom Gaumen gelöst. In Zeitlupe dreht Miri den Kopf zu mir. Ihre Lippen sind trocken und rissig. Wie lange hat sie nichts mehr getrunken? Sie schwankt zur Seite, und ich stütze sie. Schwindel, verlangsamte Reaktion und trockene Mundschleimhaut: Miri ist dehydriert! Das Blut wird dicker, wird langsamer durch die Adern gepumpt, das Gehirn ist unterversorgt, die Konzentration sinkt. Sie braucht dringend Wasser!

»Ich bringe dir etwas zu trinken«, sage ich und stehe hastig auf, »bleib solange sitzen, okay?«

In ihrem Zustand ist ohnehin nichts anderes zu erwarten. Reaktionen sind schwierig auszumachen, da Miri immer noch die Sonnenbrille trägt. Ich eile zur Haustür: verschlossen. Also ums Haus herum, westseitig steht eine Terrassentür offen. Ich muss nur die Insektenschutz-Tür beiseiteschieben, halte kurz inne und lausche. Alles ist still. »Hallo?«, rufe ich, weil man nicht einfach ungebeten fremde Häuser betritt, und weil ich niemanden stören oder erschrecken will. Was aber kaum der Fall sein dürfte, denn Miris Kinder sind längst ausgezogen, ihr Mann ist Handelsvertreter und übernachtet oft auswärts. Er scheint nicht da zu sein. Niemand antwortet, also betrete ich das Wohnzimmer.

Mein letzter Besuch ist lange her. Während Tante Marthas intensiver Pflege hat Miri nur mehr funktioniert und immer seltener Gäste empfangen, obwohl sie eine hervorragende Köchin und eine aufmerksame Gastgeberin ist. Sie war vollends damit ausgelastet, Arbeit, Haushalt und Pflege unter einen Hut zu bringen. Für soziale Kontakte blieb keine Zeit mehr.

Ich lasse meinen Blick kurz durch den Raum schweifen; alles unverändert. Ein großes Sofa, ein Esstisch aus unbehandeltem Holz, vier moderne Stühle aus Plexiglas. In einem niedrigen Schrank mit Glasfront sind Bücher und ein paar Reiseandenken untergebracht, auf dem Tisch steht eine Vase mit bunten Wiesenblumen. An den Wänden abstrakte Bilder, die Miri selbst gemalt hat, als sie noch Zeit für sich selbst und ihre Hobbies hatte. Obwohl der Raum nur spärlich möbliert ist, wirkt er einladend und gemütlich. Alles ist farblich aufeinander abgestimmt, da und dort finden sich gelbe Akzente. In der angrenzenden Küche steht eine dottergelbe amerikanische Küchenmaschine. Hier wird viel und gern gekocht, das sieht man gleich. Neben dem Abwaschbecken stehen saubere Gläser umgedreht auf der Tropftasse. Ich nehme eines davon, um es mit kühlem Wasser zu füllen. Während das Wasser plätschert, fällt mir der Obduktionsbericht wieder ein. Jetzt, da feststeht, dass Tante Martha ermordet wurde, ist die Lage für Miri prekärer als vorher. Sie hat das stärkste Motiv. Ich denke an Tante Martha und den Obduktionsbericht und überfliege die Titel der Kochbücher in Regal. Keine Fachliteratur über Kräuter oder Pflanzenheilkunde. Stattdessen Schmöker über italienische Küche und Brot backen im Holzofen. Was keinesfalls reicht, um Miri zu entlasten. Trotzdem beruhigt es mich. Als ich mit dem vollen Glas wieder zurück in den Garten gehen will, fällt

mir ein hellblaues Kuvert auf, das halb unter der Blumen-
vase am Tisch liegt. Die Lasche ist nicht verklebt, sondern nur ins Kuvert gesteckt. Ich stelle das Glas ab, sehe
mich vorsichtshalber um und hebe dann die Vase hoch.
Der hellblaue Bogen Papier, den ich aus dem Umschlag
ziehe, erinnert mich an meine Brieffreundin aus Schulzei-
ten. Das Blatt ist dicht beschrieben, die Schrift schwungvoll und regelmäßig.

»Ich kann das nicht mehr.«

Keine Anrede, aber nach Miris Worten »Er ist weg« hat
höchstwahrscheinlich ihr Mann den Brief geschrieben und
an sie gerichtet. Also lese ich weiter.

»Wir leben nebeneinander her, es hat keinen Sinn mehr.
Jahrelang habe ich mir vorgemacht, dass wir irgendwann
doch noch zueinanderfinden. So richtig gefunkt hat es
zwischen uns nie, das weißt du. Du warst nie meine große
Liebe. Versteh mich bitte nicht falsch, ich schätze dich sehr
und bewundere dich. Du bist eine schöne Frau, du küm-
merst dich um die Familie und willst es allen recht machen.
Das war sicher nicht immer einfach für dich, und vielleicht
hätte ich dich mehr unterstützen sollen. Trotzdem hatte ich
immer schon Zweifel, was unsere Ehe betrifft. Ich wusste
schon vor dem Traualtar, dass wir beide nicht füreinander geschaffen sind, falls es so etwas überhaupt gibt. Ich
habe gespürt, dass wir beide nicht zusammen alt werden.
Ein Teil von dir wusste das auch, stimmt's? Tante Martha
kannte deine dunkle Seite. Musste sie deshalb sterben? Ich
habe Angst. Jeder Mann an deiner Seite hätte das. Bis dass
der Tod uns scheidet? Was passiert als Nächstes? Immer,
wenn dir ein Problem über den Kopf gewachsen ist, hast
du es beseitigt. Wie Tante Martha. Es ist dir sicher nicht

schwergefallen, sie zum Weiher zu locken. Ich brauche eine Pause, versteh das bitte. Ich möchte in Ruhe darüber nachdenken, wie es mit uns weitergeht. Du bist stark genug, um das alles allein zu schaffen.«

Kein Gruß zum Abschied, kein Name, keine Information, wo er sich jetzt aufhält. Aus gutem Grund, nehme ich an. Miese Ratte! Ich überfliege das Geschriebene nochmals, suche nach einem versteckten Hinweis. Nichts. Nur das Schriftbild bestätigt mir, was ich ohnehin vermutet habe: Jedes geschriebene Wort zieht am Ende tendenziell nach unten, was auf Kraftlosigkeit und wenig Mut schließen lässt. Zumindest wenn es stimmt, was ich in einem Artikel über Grafologie gelesen habe. Miris Mann ist ein Feigling! In meinem Bauch brodelt Wut, als ich den Brief wieder ins Kuvert stecke. Wut auf mich selbst, weil ich sie noch immer nicht entlasten kann und womöglich bald die Polizei auf Miris Spur kommt. Frau Doktor Putschauer wird die Polizei bald verständigen, ich habe nur einen hauchdünnen Vorsprung. Und Wut auf diesen Waschlappen von Ehemann. Kein Rückgrat, der Kerl! Nicht nur, dass er Miri mit diesem Brief schwer belastet. Er zieht sich aus der Affäre, überlässt seine Frau einfach ihrem Schicksal, anstatt ihr beizustehen. Und als Draufgabe haut er ihr noch um die Ohren, dass er sie nie geliebt hat. Ich muss mich kolossal zusammenreißen, ihn nicht sofort anzurufen und ihm ordentlich den Kopf zu waschen. Ich weiß, dass seine Nummer in Laurenz' Adressbuch eingetragen ist, die beiden hatten schon oft beruflich miteinander zu tun. Gnade ihm Gott, dass ich das Büchlein heute nicht finde! Was denkt sich der Kerl eigentlich? Hat der Mann denn gar keine Hemmungen? Auf jemanden zu treten, der schon am Boden liegt, ist die leichteste Übung. Vor lauter Grant hätte ich fast vergessen, warum ich in Miris Haus gekommen bin. Hastig lege ich das Kuvert wieder auf den Tisch und stelle die Vase halb darauf. Einer Eingebung folgend, renne ich nochmals in die Küche, reiße das Geschirrtuch vom Haken und nehme es mit. Dann presche ihn den Garten.

Miri ist zur Seite gesunken, als ich zur Bank zurück komme. Sie ist apathisch und blass.

»Miri?« Sie reagiert nicht mehr. Die Sonnenbrillen müssen runter, ich will ihre Augen sehen. Miris Lider sind halb geschlossen. Ich schütte einen Teil des Wassers auf das Geschirrtuch und presse Miri den feuchten Lappen auf die Stirn. Dann versuche ich, ihr Wasser einzuflößen. Gar nicht so einfach, denn obwohl Miri ein Fliegengewicht ist, hängt sie schwer wie ein Sack in meinem Arm.

Ich brauche hier jemanden, der mich unterstützt. Jemanden, der sich mit Erster Hilfe auskennt und die Ruhe bewahrt. Gott sei Dank habe ich mein Smartphone an einem Gurt am Oberarm befestigt – eigentlich, um die gelaufene Strecke aufzuzeichnen. Mit Miri, die mehr schlecht als recht an meiner Schulter lehnt, wische ich übers Display und wähle die Nummer.

»Tante Zenzi, bist du zu Hause? Ein Notfall!«

Keine zehn Minuten später bremst Tante Zenzis kleine Blechdose mit quietschenden Reifen vor Miris Haus. Mit Erste-Hilfe-Koffer und einer Decke ausgerüstet, eilt meine Tante durch das Gartentor auf uns zu, und ich erkläre ihr das Nötigste im Telegrammstil. Vom Brief, der Miri wahrscheinlich aus der Bahn geworfen hat, erzähle ich nichts.

»Sie war allein, als ich sie gefunden habe«, sage ich nur und hoffe, dass Miris Mann die Füße still hält, wo auch immer er gerade ist. Nicht auszuschließen, dass er mit seinem Verdacht zur Polizei geht und alles noch schlimmer macht.

»Kannst du auf sie aufpassen?«, bitte ich Tante Zenzi.

Ich muss dringend nach Hause, die Zeit läuft. Mein schlechtes Gewissen frisst mich beinahe auf. Genau genommen kann ich es mir allerdings nicht einmal leisten zu ermitteln. Max muss seine VWA in ein paar Tagen abgeben. Bis dahin ist noch höllisch viel zu tun. Aber Miri so zu sehen, bricht mir das Herz. Tante Zenzi stellt keine Fragen, sondern nickt nur und öffnet den Erste-Hilfe-Koffer.

»Mach dir keine Sorgen«, sagt sie und legt Miri die Manschette des Blutdruck-Messgerätes um den Arm. »Ich versorge sie und bleibe da, bis es ihr besser geht!« Und nach einem kurzen Blick auf meine Lauf-Ausrüstung ruft sie noch: »Nimm mein Auto, damit du schneller daheim bist!«

Die Entspannung muss warten. Während der kurzen Strecke von Eichet nach Hause überlege ich fieberhaft, wo ich ansetzen muss, um schnellstmöglich konkrete Ergebnisse zu bekommen. Tatsache ist, dass ich viel zu lange untätig war. Miris Mann hätte gar nicht auf die Idee kommen dürfen, seine Frau zu verdächtigen. Aber er hat es getan, weil ich nicht das Gegenteil beweisen konnte. Mag sein, dass er eine feige Nuss ist und sie früher oder später sowieso verlassen hätte. Seine Anschuldigung ist eine tickende Zeitbombe; bis jetzt hat er den Verdacht nur ihr gegenüber in Briefform geäußert, aber wer weiß, wozu er noch fähig ist. Ich komme mir schäbig vor. Ich hätte viel intensiver nach dem Zusammenhang zwischen den zwei Todesfällen suchen sollen. Miri hat vielleicht ein Motiv, was Tante Martha angeht, aber ganz sicher keines in puncto Klaus

Rettenbacher. Das hellblaue Kuvert aus Miris Haus liegt am Beifahrersitz. Ich habe es mitgenommen, bevor ich in Tante Zenzis Auto gestiegen bin. Das Risiko, dass die Zeilen in falsche Hände geraten, ist einfach zu groß. Besser, der Brief ist bei mir. Außerdem tut es Miri nicht gut, diesen verdammten Mist noch mal zu lesen.

Zu Hause dusche ich schnell, schlüpfe wieder in Jeans und T-Shirt und trinke einen starken Espresso. Dann hole ich mein pinkfarbenes Notizbuch hervor und blättere zu der Seite, auf der ich nach dem Rettenbacher-Mord die Motive aufgelistet habe.

Hilft mir nicht weiter. Ich starre auf die Zeilen, kann mir aber keinen Reim darauf machen. Vielleicht funktioniert es besser, wenn ich alles auf Kärtchen schreibe und an die Wand pinne?

Aus Susis Zimmer hole ich mir einen schwarzen *Edding-Stift* und Karteikärtchen, die sie früher mal zum Vokabel-Lernen benutzt hat. Momentan braucht sie keine Kärtchen, sie lernt die Sprache vor Ort.

Was haben wir bisher? Tante Martha ist vergiftet worden, so viel steht fest. In Klaus Rettenbachers Kopfwunde war Lack, womöglich vom Blumentopf seines Bruders. Charlotte Singer stand zwischen den Zwillingsbrüdern. Wolfgang Rettenbacher war ein Betrüger, Klaus wusste davon und hat mit Anzeige gedroht. Kalliope ist jetzt Besitzerin des Hauses in der Birkenstraße. Ich nehme für jede Person ein Kärtchen, schreibe die Namen und darunter das Motiv auf. Miri: Überlastung. Wolfgang Rettenbacher: Angst aufzufliegen. Kalliope: Hier setze ich ein Fragezeichen. Muss erst mit Vroni telefonieren. Charlotte? Ich überlege. Habe ich eigentlich schon überprüft, ob sie tatsächlich bis zu Ende der Chorprobe im Festspielhaus geblieben ist?

Und wie lange hat die Busfahrt von der Innenstadt bis zur Birkenstraße gedauert? Ich öffne die App des Salzburger Verkehrsverbundes am Smartphone und gebe die beiden Haltestellen ein, um die Fahrtdauer zu berechnen. Laut Hermi hat die Probe an besagtem Abend tatsächlich bis 22.20 gedauert. Wenn Charlotte den Bus Nummer 7 bis Mozartsteg genommen hat und dann in die Linie 5 umgestiegen ist, wäre sie erst um 23.01 bei der Birkenstraße angekommen. Ich verfluche mich selber, dass ich vergessen habe, mich beim Portier nach dem Anmeldeformular zu erkundigen. Alle Künstler, die das Festspielhaus zu Probezwecken betreten, müssen sich registrieren. Andererseits: Das hätte mir nur bedingt weitergeholfen. Über den Zeitpunkt, wann Charlotte das Festspielhaus verlassen hat, hätte das nichts ausgesagt, denn man muss sich nicht abmelden. Ich seufze und pinne die Kärtchen lose verteilt an meine große Kork-Pinnwand in der Küche und sehe mir alles noch einmal an. Schon besser. Der Blick aufs Wesentliche fällt leichter, wenn alles groß und übersichtlich, mit fetten Buchstaben und Platz für Notizen, vor mir an der Wand hängt.

Was wissen wir über Klaus Rettenbachers Vergangenheit? Wer ist die Mutter seiner Tochter Kalliope? Was haben Klaus Rettenbachers ehemalige Lehrerkollegen über ihn zu sagen? Da wird's schon schwieriger, schließlich sind von seiner Generation nicht mehr viele aktiv im Beruf. Aber möglicherweise gibt es zu diesem Punkt bereits Informationen. Also Vroni anrufen. Gott sei Dank hebt sie bereit nach dem zweiten Klingeln ab.

»Hast du etwas über Klaus Rettenbacher herausgefunden?«

Ihr ohne Begrüßung die erste Frage um die Ohren zu

knallen, damit habe ich Vroni überrumpelt. Normalerweise ist das ihr Part.

»Rosmarie, geht's dir gut?«

Ich höre sie etwas flüstern, wahrscheinlich zu einer ihrer Töchter. Dann meldet sie sich wieder und kommt gleich zum Punkt.

»Ja, hab ich.« Im Hintergrund rattert und faucht eine Kaffeemaschine. »Ich hab mich schon gewundert, wann du danach fragst. Oder ob es womöglich nichts mehr zu ermitteln gibt.«

»Sorry, ich war die letzten Tage auf Tauchstation!«

In aller Kürze erzähle ich ihr von Max und seinem VWA-Problem.

»Oh Gott, schlimmer geht nimmer!« Sie schlürft an ihrem heißen Kaffee. Für Probleme dieser Art hat sie vollstes Verständnis.

»Wer stiehlt denn den einen Speicherstick eines Schülers?«

»Keine Ahnung, aber ist ja jetzt auch egal. Wir sind bald fertig mit der Rekonstruktion. Also«, ich lotse sie wieder zurück in die Spur, »was hast du für mich?«

Vroni räuspert sich. Ein Zettel raschelt, offenbar hat sie sich Notizen gemacht. »Klaus Rettenbacher«, sagt sie geheimnisvoll und macht eine kleine Kunstpause, »hat an einer Schule im Nonntal unterrichtet.«

Das war's? Ich stöhne. »Geht's vielleicht ein bisserl genauer, Vroni?« Der Salzburger Stadtteil Nonntal ist *der* Schulbezirk schlechthin. Allein auf einer Fläche von nicht einmal einem Quadratkilometer sind dort fünf Schulen untergebracht. Daneben ist noch die Uni im neu gebauten Unipark mit eben jenem Café, das Max so gern besucht, und einen Steinwurf entfernt zwei weitere Gymnasien.

Von der pädagogischen Hochschule ganz zu schweigen. Nur die Worte »Schule« und »Nonntal« bringen uns nicht weiter.

»Grenz' es ein bisschen ein, okay?«

»Wollt' ich ja gerade«, mault Vroni. »Also: Gymnasium, Oberstufe, Josef-Preis-Allee. Reicht dir das?«

Ich grummle etwas Zustimmendes, und Vroni fährt fort.

»Also: Klaus Rettenbacher hat, wie man so sagt, nichts anbrennen lassen. Die Liste seiner Fehltritte als Lehrperson ist elendslang: Er hat sich an sämtliche Junglehrerinnen und sogar einige Schülerinnen herangemacht.«

»Okay. Und weiter?«

»Der Gipfel war schließlich, dass er eine Schülerin geschwängert und sogar die Frau des Direktors verführt hat.«

»Eine Schülerin geschwängert?«

»Ja, das Mädchen war damals noch keine 18 Jahre alt. Meine Informantin sagt, das war damals ein riesen Skandal, allerdings nur schulintern. Nach außen wurde nichts kommuniziert.«

»Du meinst, es wurde unter den Teppich gekehrt«, sage ich.

»Wurde er zur Rechenschaft gezogen? Ich meine, hat er sich zu dem Kind bekannt? Unterhalt bezahlt?«

»Laut meinen Informationen hat der Vater der Schülerin massiv Druck auf Klaus Rettenbacher ausgeübt. Schließlich wurde die Vaterschaft von seiner Seite offiziell anerkannt. Ich schätze, er stand einfach mit dem Rücken zur Wand. Vom Direktor konnte er sich keine Rückendeckung erwarten.«

»Weil er sich mit dessen Frau etwas angefangen hat.«

Unfassbar, finde ich.

»Er muss sich für unwiderstehlich gehalten haben«,

redet Vroni weiter, »quasi der Don Giovanni des Konferenzzimmers.«

»Also kein Verantwortungsbewusstsein, keine Moral. Es ging ihm nie um Liebe, sondern nur ums Erobern, oder?« Ich starre auf meine Kärtchen. »Woher weißt du das eigentlich alles? Von den damaligen Lehrerkollegen waren sicher keine mehr übrig, oder?«

Vroni schlürft wieder. »Man muss eben wissen, *wen* man anzapft«, sagt sie stolz. Klarer Fall: Sie will gefragt werden.

»Also, *wen* hast du angezapft?«

»Die Mutter der Putzfrau, die in unserer Schule sauber macht.«

»Du unterrichtest an einer Volksschule, Klaus Rettenbacher war an einem Gymnasium«, sage ich verwirrt, »noch dazu in einem ganz anderen Stadtteil. Wo ist da der Zusammenhang?«

»Der Zusammenhang«, erklärt Vroni stolz, »ist, dass der Apfel nicht weit vom Stamm fällt. Beziehungsweise vom Besenstiel. Mutter und Tochter üben den gleichen Beruf aus. Hilde Kerschbaumer ist längst in Pension, aber sie hat ihr Leben lang als Reinigungskraft in verschiedenen Schulen gearbeitet. In jenem Gymnasium war sie sogar fast zwei Jahrzehnte lang. Glaub mir, da kriegt man einiges mit, sogar, wenn es hinter verschlossenen Türen passiert.«

Sie flüstert ihren Kindern wieder etwas zu. »Sorry«, entschuldigt sie sich dann bei mir, »wir basteln gerade an einer Erlebniserzählung.« Sie seufzt. »Die Hausaufgabe für morgen. Ich hab nicht mehr viel Zeit.«

Was mich an Max und seine VWA erinnert – ich sollte dringend zurück an den Schreibtisch.

»Die Mutter deiner Putzfrau hat also in Klaus Rettenbachers Schule sauber gemacht und dir das alles erzählt?«, fasse ich zusammen. Hilde Kerschbaumer; den Namen merke ich mir. Man kann nie genug Informanten haben.

»Exakt. Mir war schon klar, dass ich aus der Kollegenschaft niemanden mehr erwische. Die sind längst alle in Pension oder unter der Erde. Und einfach so in die Direktion hineinspazieren und eine Befragung starten, das geht auch nicht. Abgesehen davon, dass solche Unterlagen längst nicht mehr aufliegen, wenn es überhaupt jemals welche gegeben hat. Aber Hauswarte und Putzfrauen, das musst du dir merken, sind quasi wandelnde Chroniken. In jeder Schule, in jedem Krankenhaus – einfach überall! Die haben Zutritt zu allen Bereichen, kriegen hautnah mit, was passiert, und sind quasi unsichtbar. Niemand schert sich um eine Reinigungskraft, die mit dem Schrubber unterwegs ist.«

»Gut gemacht«, lobe ich sie, »wirklich!«

Bei Vroni wird es lauter im Hintergrund. Eines ihrer Mädchen beschwert sich über einen Radiergummi, der schmiert, und darüber, dass der Tintenkiller ausgetrocknet ist. Ende der Informationsrunde.

»Na gut, Vroni. Wegen der Sache mit Kalliope und dem *Café San Marco* telefonieren wir später, okay?« Ich will auflegen, aber Vroni protestiert.

»Halt, du weißt ja noch gar nicht, wie das Kind heißt!«

»Welches Kind?«, frage ich verwirrt.

»Das Kind, das Klaus Rettenbacher mit seiner damaligen Schülerin gezeugt hat!«

»Ist das denn wichtig?«

So, wie Klaus Rettenbacher gestrickt war, hat er sich wahrscheinlich über Jahre und sämtliche Landesgrenzen hinweg munter fortgepflanzt. Fruchtbare Lenden hatte er ja. Unmöglich, sämtliche Nachkommen aufzuspüren, auch wenn uns damit einige Motive durch die Lappen gehen.

»Schlag dir das aus dem Kopf, Vroni. Es gibt ja auch noch andere Spuren, die wir verfolgen sollten. Wenn wir alle von Klaus Rettenbachers unehelichen Kinder jetzt auch noch aufspüren und befragen müssen …« Mir bricht der Schweiß aus. Wie soll das alles zu schaffen sein? Das Ganze nimmt ungeheuerliche Ausmaße an.

»Nicht alle Kinder«, sagt Vroni vergnügt, »aber dieses eine ganz sicher. Du kennst es sogar: Kalliope.«

Kalliope, die Schönstimmige. Der eine oder andere ist vielleicht bei einem Kreuzworträtsel schon über diesen Namen gestolpert. Nenne eine der neun Musen, ist eine beliebte Frage bei Denkspielen, an der ich regelmäßig verzweifle. Das kommt davon, wenn man heimlich Freundschaftsbändchen unter der Schulbank knüpft, anstatt beim Kapitel »Griechische Mythologie« aufzupassen. Kalliope, die Muse der epischen Dichtung, der Wissenschaft und des Saitenspiels. Sie war die älteste und weiseste der neun Musen.

Kalliope Spinner wiederum ist – zumindest laut Hilde Kerschbaumers Informationen – die unter besonderen Umständen gezeugte Tochter von Klaus Rettenbacher. Abgesehen davon, dass sie die wahrscheinlich einzige Frau in ganz Salzburg ist, die diesen Namen trägt. Kalliope ist das *missing link* zwischen damals und heute. Sie hat Wolfgang Rettenbachers Begräbnisrede sabotiert, meinem Onkel den Kopf verdreht und so nebenbei mit ihrem stundenlangen Geigenspiel Laurenz den einen oder anderen Arbeitstag erschwert. Warum ist mir nicht längst aufgefallen, welche Schlüsselrolle die junge Frau in der ganzen Sache spielt?

Ich setze mich wieder zurück an den Laptop, kann mich aber kaum konzentrieren. Mich lässt das Gefühl nicht los, dass ich etwas Wichtiges übersehen habe. Also speichere ich den soeben getippten Text, lehne mich zurück und greife nach meinem Smartphone. Ich öffne den Fotoordner und scrolle zurück zu den Bildern vom Begräbnis. Hunderte schwarz gekleidete Leute, das riesige Bouquet auf dem eleganten Sarg: Das sind die Bilder, die ich vor der Aufbahrungshalle gemacht habe. Während des Trauergottesdienstes habe ich mir das Fotografieren verkniffen. Aber vom Leichenschmaus im *Gasthaus Laschensky* gibt es wieder einige Aufnahmen.

»Mama?« Max reißt mich aus meinen Gedanken. »Oma hat Apfelstrudel gemacht!« Er hält mir eine Tasse Kaffee entgegen. Auf einem Teller, den er vor mich hinstellt, ist ein Stück Strudel, dick mit Staubzucker bestäubt. Genau wie ich es mag.

»Was machst du da?« Er beugt sich über mich und mustert die Fotos, durch die ich blättere.

»Keine Ahnung«, murmle ich und nehme einen Schluck Kaffee, »ich hab das Gefühl, dass mir ein entscheidendes Teilchen fehlt.«

»Was meinst du mit Teilchen?«, fragt er, zieht einen Stuhl heran und setzt sich neben mich. »Eine Person, einen Gegenstand oder etwas, das jemand gesagt hat?«

»Wenn ich das wüsste.« Ich steche mit der Gabel ein Stück Apfelstrudel ab. Die Fülle ist noch warm, die Äpfel leicht säuerlich, die Kruste knusprig. Hermi hat geriebene Mandeln statt Brösel für die Fülle verwendet, der Strudelteig ist handgezogen. Was wäre Österreich ohne die böhmische Mehlspeisküche? Der Teig ist erst dann dünn genug, wenn man ihn über eine Zeitung legt und trotzdem noch alles lesen kann. Apfelstrudel mit einer winzigen Kugel Vanilleeis und ein paar Spritzern Kürbiskernöl – die geschmackliche Wolke sieben! Ich schiebe den Teller beiseite und konzentriere mich wieder auf die Fotos. Auf einem ist meine Chefin zu sehen, wie sie Lukas Kainberger anhimmelt. Ich scrolle schnell weiter. Auf dem nächsten sieht man Miri mit einer älteren Dame plaudern.

»Halt!«, ruft Max, als ich weiterblättern will, »die hab' ich schon einmal irgendwo gesehen!«

»Du meinst Miri Pelzinger? Das kann gut sein, schließlich –«

»Nein, nein!« Max ist aufgeregt und nimmt mir das Smartphone aus der Hand. Er zoomt das Bild größer und tippt auf die Frau.

»Wer ist das?«, fragt er aufgeregt.

»Das ist Charlotte Singer. Sie war mit dem verstorbenen Klaus Rettenbacher zusammen, hat mit ihm in einem Haus gelebt. Ich kann mir nicht vorstellen, dass du sie kennst. Woher auch?«

Max schüttelt heftig den Kopf, schließt die Augen und greift sich an die Schläfen. »Ich weiß, dass ich sie schon einmal gesehen habe, Mama, ganz sicher! Ich weiß nur nicht mehr, wo!«

»Wird dir schon wieder einfallen.«

Ich trinke den Kaffee aus und sehe auf die Uhr. Ob Tante Zenzi noch bei Miri ist? Wenn ich hier fertig bin, fahre ich nach Eichet und sehe nach, ob alles in Ordnung ist.

»Jetzt muss ich weiterschreiben, Max.« Ich öffne das *Word*-Dokument, an dem ich zuletzt gearbeitet habe, und lege die Finger auf die Tastatur. »Ob der Stick jemals wieder auftaucht?«

Max stößt einen Schrei aus. »Das ist es, Mama! Der Stick!«

»Was ist mit dem Stick?«

»Das ist der Moment, als ich diese Frau gesehen habe! Im Café auf der Dachterrasse vom Unipark!«

Ich zucke die Schultern. »Naja, warum auch nicht? Wer sagt, dass nur Schüler und Studenten dort sein können?« Ich grinse meinen Sohn an. »Oder vielleicht war sie eben genau wegen euch dort! Weil sie den ganzen Tag nur den tattrigen Rettenbacher gesehen hat. Soweit ich weiß, hat Charlotte Singer nichts anbrennen lassen. Sie wollte wieder mal unter junge Leute. Gönn halt einer alten Frau auch ein bisserl Spaß!«

Ich zwinkere ihm zu, aber Max wirkt irgendwie fahrig und greift nach meinem Smartphone. Er blättert zu jenem Foto, auf dem Miri und Charlotte Singer zu sehen sind, zoomt es größer und nickt heftig.

»Jetzt weiß ich's wieder.« Er hält mir das Handy mit dem vergrößerten Foto hin. »Sie ist am Nebentisch gesessen und hat die ganze Zeit zu mir herüber gestarrt.« Er nickt wieder.

»Warum hätte sie das tun sollen? Hast du ihr einen guten Platz weggeschnappt?«

»Nein, sie war schon da, als meine Freunde und ich gekommen sind.«

»Vielleicht hast du sie an jemanden erinnert«, versuche ich, eine Erklärung zu liefern, »und sie hat dich deshalb angestarrt. Dann hatte es gar nichts mit deiner Person zu tun.« Ich stelle die leere Tasse auf den Teller und stehe auf. Max schüttelt heftig den Kopf.

»Sie hat mir eine Zeit lang beim Arbeiten am Laptop zugesehen und ist dann aufgestanden. Aber das Komische war, dass sie sich zwischen ihrem und meinem Tisch hindurchgequetscht hat.«

»Was ist daran komisch? Manchmal sind Kaffeehaus-Tische eben eng aneinander gestellt, damit mehr Gäste Platz im Lokal haben. Mehr Gäste, mehr Umsatz!«

»Das meine ich aber nicht!«, ruft Max. »Links von ihrem Tisch hätte sie locker Platz gehabt, um bequem aus dem Lokal zu gehen. Stattdessen hat sie sich rechts zwischen den beiden Tischen hindurchgequetscht. Sie hat den umständlichen Weg gewählt, obwohl es eine bequemere Alternative gegeben hat!«

Max schließt nochmals die Augen und ruft sich den Moment ins Gedächtnis. Er nickt langsam.

»Sie hat mit ihrer Handtasche beinahe ein Wasserglas umgestoßen«, sagt er, als sähe er die Situation noch einmal vor sich, »und sie ist ganz knapp an meinem Laptop vorbeigekommen.« Er öffnet die Augen und schaut mich durchdringend an. »Seitdem ist mein Speicherstick weg!«

VIERZEHNTES KAPITEL

Erzählt von Wissenschaft, Formeln und Salzburg, von Kleptomanie, den *Carmina Burana* und von Apfelstrudel. Hermi spielt UNO und gibt an, meine Chefin begeht Hochverrat. Außerdem geht es um Silberfischchen und Pflanzengift.

Wenn das Universum einen schlechten Tag hat, braucht es einen Gute-Laune-Kick, stelle ich mir vor. Dann öffnet es die Schreibtischschublade, nimmt eine Mappe mit der Aufschrift »Kleine-Welt-Phänomen« heraus und blättert darin. Das Kleine-Welt-Phänomen, in den 60er-Jahren erstmals untersucht und seitdem Fixpunkt auf der Agenda der Wissenschaftler, besagt, dass jeder Mensch auf der Erde jeden anderen um statistische sechs Komma sechs Ecken herum kennt. Diese simple Formel des global umspannenden, menschlichen Netzwerkes lässt sich vereinfachen, wenn man in Salzburg wohnt. Ich sage das jetzt so locker und flockig, obwohl ich alles andere als ein Mathegenie bin, aber das Universum würde sich wundern, wie klein Salzburg wirklich ist. Hier kennt jeder jeden um wahrscheinlich nur drei Ecken herum. Das kann erheiternd sein, weil man im Gespräch mit Wildfremden unverhofft gemeinsame Bekannte entdeckt, oder aber extrem peinlich, weil man über jemanden lästert, mit dem das Gegenüber bestens befreundet ist. Womit wir wieder beim Gute-Laune-Kick des Universums wären.

Welche Fäden tatsächlich gezogen werden, damit wir uns von A nach B bewegen, Person X kennen oder Person Y plötzlich tot in einem Weiher treibt, wird wohl nie erforscht werden. Um wie viele Ecken herum sich schlechte Energie, Zufälle und unglückliche Umstände verketten und am Ende ein Verbrechen auslösen, bleibt ein ewiges Mysterium. Ebenso mysteriös wie die Tatsache, warum Charlotte Singer ausgerechnet den Speicherstick von meinem Sohn entwenden sollte statt einen Schal von *Louis Vuitton* zum Beispiel. Nicht, dass ich an Aussage oder Verstand meines Sohnes zweifle, aber ich kann mir beim besten Willen nicht erklären, was diese alte Dame mit den Daten von Max' wissenschaftlicher Arbeit anfangen könnte. Mit einem Designerschal lässt sich wenigstens angeben, aber wozu beklaut man einen Jugendlichen?

Laut Max sind weder Fotos noch andere Daten auf dem Stick gespeichert – er hat diesen Datenträger extra für die VWA gekauft und trägt ihn normalerweise immer bei sich. Außer eben, er arbeitet an seinem Laptop und hat den Stick angesteckt.

Ich grüble darüber nach, während ich mit Tante Zenzis kleiner Blechdose zu Miri fahre, um meine Tante abzuholen und nach Hause zu bringen. Tante Zenzi ist allein im Garten und macht sich nützlich. Sie rupft Unkraut aus einer Rabatte, als ich vor Miris Haus parke. Als sie mich sieht, sammelt sie die abgerupften Ackerwinden ein und trägt sie zu Miris Komposthaufen. An einem kleinen Waschbecken an der Hausmauer schrubbt sie sich die Erde von den Händen. Die Bank, auf der Miri kollabiert ist, ist leer.

»Wie geht es ihr?«

»Ich habe Miri ein Beruhigungsmittel gegeben.«

Tante Zenzi schrubbt sich mit einer kleinen Nagelbürste, die sie vom Waschbeckenrand nimmt, Dreck von den Fingern.

»Zuerst wollte sie nichts trinken, aber ich habe ihr gut zugeredet und sie ins Haus gebracht.« Sie legt die Bürste zurück und mustert mich genau. »Hat sie mit den beiden Todesfällen etwas zu tun?«

Das ist das Unverwechselbare an Tante Zenzi: Sie ist immer direkt und kommt gleich zum Punkt. Mit Andeutungen und Konjunktiven hält sie sich gar nicht erst auf, sondern nimmt gleich die Direttissima. Lernt man wahrscheinlich als Krankenschwester in der Notaufnahme: Unsicherheit und Umwege kosten Zeit, und die wird nicht verschwendet, wenn man Leben retten muss. Basta!

Daher fragt sie nicht nach meiner Meinung, sondern nach Tatsachen.

»Kann ich mir nicht vorstellen«, weiche ich aus, weil mir tatsächlich noch Beweise fehlen, um das felsenfest behaupten zu können. Tante Zenzis Blick sagt: Klär das ab, aber schnell! Sie seufzt, nimmt ihren Erste-Hilfe-Koffer und geht mit mir zum Wagen.

»Miri schläft jetzt. Ich habe die Terrassentür geschlossen und die Haustür von außen versperrt. Gott sei Dank habe ich einen Ersatzschlüssel gefunden.« Sie hält ein graues Filzband hoch, an dem ein Schlüssel baumelt. »Casa dolce casa« ist in grünen schwungvollen Lettern auf den Filz gestickt. Miri und ihr Italienfimmel.

»Dasselbe Versteck wie wahrscheinlich überall auf dieser Welt: unter einem Blumentopf neben dem Eingang. Einbrecher herzlich willkommen.« Sie steckt den Schlüssel ein. »Solang ich nicht sicher sein kann, dass sie kollabiert oder sich womöglich etwas antut, behalte ich den Schlüssel, damit ich ins Haus kann, wenn ich nach ihr sehe.«

Daran habe ich noch gar nicht gedacht: Was, wenn all das – Tante Marthas Todesfall, das Verhalten ihres Mannes und der Verlust ihrer Hunde – mehr ist, als Miri verkraftet? Was, wenn sie sich entschließt, diese Bühne für immer zu verlassen, bevor sie ausgebuht und mit faulen Eiern oder Tomaten beworfen wird?

Das könnte ich mir nie und nimmer verzeihen. Mich schaudert, als ich die Beifahrertür öffne. Ich halte mich am Autodach fest, atme ein paarmal tief durch und warte, bis Tante Zenzi Platz genommen hat. Im Auto vermischt sich die Hitze mit dem dezenten Duft von Zahnpflege-Kaugummis und Handcreme.

»Morgen in der Früh schaue ich noch einmal, wie es ihr geht.«

Während der kurzen Fahrt nach Glanegg sagt Tante Zenzi nichts. Erst dann, kurz vor dem Aussteigen, dreht sie sich zu mir.

»Was ist eigentlich mit der Kette, die am Hals von Klaus Rettenbacher gefunden wurde?«

»Keine Ahnung.« Ich zucke die Schultern. »Aber im Prinzip gibt es nur zwei Möglichkeiten. Entweder, seine Tochter hat ihm die Kette abgenommen und bewahrt sie jetzt auf.«

Tante Zenzi nickt. »Oder er wurde damit beerdigt.« Sie sieht mich direkt an. Ein Weichzeichner wischt alle Strenge aus ihrem Gesicht. »Ich wünsche dir wirklich, dass du deine Mutter findest, Kind.« Dann streicht sie mir über die Wange und steigt aus.

Etwas bedrückt parke ich den Wagen, lege den Schlüssel auf Tante Zenzis Gartentisch und trotte nach Hause. Es hat gutgetan, einige Tage nicht darüber nachzudenken, was es mit der Kette auf sich haben könnte. Trotzdem ballt sich die Frage über mir wie eine Gewitterwolke. Ich schiebe den Gedanken so gut es geht zur Seite und konzentriere mich wieder auf den verschwundenen Stick. Die Frage, was darauf so interessant für Charlotte Singer sein könnte, lässt mich nicht mehr los. Hat sie Max zufällig gesehen oder auf ihn gewartet? Und woher wusste sie überhaupt, dass er in genau diesem Café sitzt?

Hermi sitzt in ihrem Garten und spielt *UNO* mit Lisi, aus dem Gartenhäuschen tönt schwungvolles Gefiedel. *Carmina Burana*, wenn mich nicht alles täuscht. Onkel Stefan sitzt auf einer Holzstufe vor dem Häuschen, lauscht und glubscht seine Kalliope glückselig an. Jetzt wäre die perfekte Gelegenheit, um ihr ein paar Fraggen zu stellen, aber Kalliope nimmt mich gar nicht wahr. Sie ist hochkonzentriert, wirkt aber trotzdem lockerer als auf der Beerdigung. Zufrieden. Hat sie meinem Onkel eben zugezwinkert? Vielleicht gibt es für Onkel Stefan und die Liebe irgendwann doch ein Happy End. Auf einem Tischchen steht unter einem Glassturz, geschützt vor Wespen und anderem Getier, ein Teller mit Apfelstrudel. Ich bedanke mich bei Hermi für die Mehlspeise und lobe ihre Kochkünste. Wer hört das nicht gerne?

Hermi ist die Parade-Oma: Sie kocht, spielt mit ihren Enkelkindern Karten und genießt die Zeit mit ihnen.

»Wie geht's Max mit seiner VWA? Kommt ihr voran mit dem Arbeiten?« Sie zieht eine gelbe Karte und legt sie auf den Tisch.

»Ich hab aber kein Gelb«, mault Lisi und hebt strafweise zwei Karten vom Stapel ab. Sie strampelt unwillig mit den Beinen.

»Nächste Woche ist Abgabetermin«, antworte ich. »Könnte knapp werden, aber wir schaffen das.«

Hermi nickt erleichtert und legt eine grüne Karte auf den Tisch. Lisi strahlt und fischt ebenfalls eine grüne aus den aufgefächerten Karten in ihrer Hand. Alles wieder gut.

»Komisch ist nur, warum Max den Stick nicht mehr hat.«

»Verloren wahrscheinlich, was sonst?«, ruft Hermi und legt die Karte mit zwei Pfeilen vor Lisi auf den Tisch. Richtungswechsel.

»Wäre möglich, klar. Aber eher unwahrscheinlich, denn Max hütet den Stick wie seinen Augapfel.« Ich setze mich auf Hermis Gartenmauer, die von hellvioletten Polsterpflanzen überwuchert ist. »Möglichkeit zwei: Diebstahl.«

Hermi zieht die Stirn in Falten, sagt aber nichts.

»Max hat sogar schon einen Verdacht«, lege ich nach.

Lisi springt auf und jubelt – sie hat gewonnen.

»Nämlich?« Hermi sammelt die Karten ein und schlichtet sie in die kleine Kartenhülle.

»Charlotte Singer.«

Meine Schwiegermutter sieht mich kurz von der Seite an und schüttelt den Kopf. »Geh, Schmarrn«, ruft sie, aber mir ist der Schreck nicht entgangen, der über ihr Gesicht gehuscht ist. Ich mustere sie streng, und da ist sie plötzlich, die Idee. Wie es sein kann, dass Charlotte Singer Bescheid weiß.

»Du warst vorige Woche zwei Mal bei der Chorprobe, oder?«

»Und? Ist das etwa verboten?« Hermi rutscht unruhig auf ihrem Sessel hin und her. »*Carmina Burana* steht auf dem Programm, zusammen mit dem Orchester der *Phil-*

harmonie. Ziemlich anspruchsvoll, hörst es ja.« Sie deutet Richtung Gartenhäuschen, wo Kalliope übt.

»Komm, trink deinen Saft«, flötet sie Lisi zu.

»Gar nichts ist verboten.« Ich lasse Hermi nicht aus den Augen. »Aber könnte es sein, dass du bei der Probe mit jemandem über Max und seine VWA gesprochen hast?«

Hermi weicht meinem Blick aus. Dann steht sie auf, sammelt die benutzten Teller und Gabeln ein und stapelt sie auf ein kleines Tablett.

»Mei«, sagt sie gedehnt und hebt die Schultern, »kann schon sein, dass ich jemandem erzählt hab, wie tüchtig mein Enkelsohn ist. Dass er sich ins Zeug legt und Interviews führt und alles Mögliche auswertet, damit er eine gute Note bei der Matura bekommt. Ich bin halt eine stolze Oma, was ist denn daran verkehrt?«

»Gar nichts«, sage ich, »aber genau das ist der Punkt: Stolz. Kann es sein, dass du im Chor ein bisschen damit angegeben hast, dass Max in der *Philharmonie* und bei Elisabeth Fuchs für seine VWA recherchieren darf?«

Hermi sagt nichts. Sie steht neben Lisi und wartet, bis die ihren Saft ausgetrunken hat. Dann nimmt sie das Glas, stellt es ebenfalls auf das Tablett und will damit Richtung Haus gehen, aber ich schneide ihr den Weg ab. Hermi rollt mit den Augen.

»Wäre es außerdem möglich«, fahre ich fort, »dass du das absichtlich nicht besonders leise, sondern gut hörbar neben Charlotte Singer erwähnt hast? Damit sie es auf jeden Fall mitbekommt?«

Hermi dreht auf dem Absatz um und knallt das Tablett auf den Tisch. »Ja, Herrschaftszeiten noch einmal, muss ich mich jetzt rechtfertigen, wenn ich auf meinen Enkel stolz bin? Ja, kann schon sein, dass ich ein bisserl angegeben hab, aber was ist denn schon dabei? Die Singer ist ja selber die allergrößte Wichtigtuerin!«

Hermi verdreht die Augen, spreizt die Hände kapriziös von sich weg und verstellt die Stimme. »Ich hab an der MET gespielt«, äfft sie Charlotte nach und wackelt mit dem Hintern, »ich war Konzertmeisterin, ich kenne Riccardo Muti!«. Lisi lacht.

»Im Prinzip geht's mir sonst wo vorbei, worüber ihr tratscht.«

Ich deute Lisi, aufzustehen und mitzukommen. »Aber aus irgendeinem Grund wusste Charlotte Singer sehr genau über Max Bescheid. Wie er arbeitet und wo. Und sogar, wann seine Mittagspause ist.«

»Ich weiß gar nicht, was du hast«, faucht Hermi wieder und stemmt die Hände in die Hüften. »Ich hab nur gesagt, dass mein Enkerl in jeder freien Minute an dieser VW-Dings arbeitet und dass das heutzutage so praktisch ist mit diesen Laptops und Speichersticks. Weil man die überall hin mitnehmen kann, sogar ins Café.«

Ich seufze zentnerschwer. So raffiniert Hermi arme Günthers vor der Polizei rettet, so ungefiltert posaunt sie alles Mögliche in die Welt hinaus.

»Und du hast ihr natürlich genau verraten, in welchem Café Max seine Mittagspause verbringt?« Eine rein rhetorische Frage, natürlich hat sie. Ich massiere meine Schläfen; es pocht.

»Ja, ist das denn so ein Geheimnis?« Hermi versteht die Welt nicht mehr. »Kennt doch eh ein jeder, das Unikumski!«

Aus ihrem Mund klingt es wie der Name eines abgehalfterten russischen Entertainers.

»Du meinst das *Unikum-Sky* auf der Dachterrasse der Uni?«

Hermi brummt etwas von neumodernem englischem Zeug und schlichtet Teller und Gläser auf dem Tablett um.

»Dann ist jetzt zumindest klar, woher Charlotte Singer wusste, wie sie an den Stick kommt.« Ich nehme Lisi an der Hand und wende mich zum Gehen. »Bleibt noch die Frage, warum sie ihn genommen hat.«

Oleander, Kirschlorbeer, Schierling und Tollkirsche. Wer diese Kombination benutzt, geht auf Nummer Sicher. Hier gibt es kein Zurück, kein »vielleicht« und keine Rettung. Wer so teuflisch mordet, ist frei von Empathie. Vier Giftgewächse verabreicht man nicht einfach so im Vorübergehen; da steckt Vorsatz dahinter, das Wissen um die Wirkung und gründliche Vorbereitung. Hier macht sich sogar der Zufall aus dem Staub und sagt: »Ich war's nicht!« Jede einzelne der Zutaten ist tödlich genug, der Mix ist am tödlichsten. Notiz an mich: Lässt sich das Wort »tödlich« überhaupt steigern? Und wie, um Himmels willen, kommt man überhaupt auf diese höllische Vierfach-Kombination? Haben die Zutaten eine Bedeutung?

Im Idealfall würde ich jetzt jemanden anzapfen, der sich mit Giftpflanzen auskennt, aber woher nehmen auf die Schnelle? Ich kenne weder Kräuterhexen noch Giftmischer oder Apotheker persönlich. Sicher gibt es genügend Literatur zu dem Thema, aber die Stadtbibliothek ist um diese Uhrzeit längst geschlossen, die Uni-Bibliothek ebenso. Internet-Recherche allein ist mir hier zu wenig, ich brauche Hintergrundinfos.

Nach den letzten Zeilen, die ich für heute abtippen muss, dehne und strecke ich mich und gönne mir einen

Espresso. Ich mag ihn am liebsten stark und ohne Zucker, genau wie Onkel Stefan. Und da ist er, der Funke. Der Geistesblitz: Onkel Stefan! Er ist ein wandelndes Lexikon, ein Nachschlagewerk für fast alle Lebensbereiche. Geschichte ist Onkel Stefans Spezialgebiet, trotzdem kennt er zu jedem anderen Thema ebenso weiterführende Literatur, Webseiten oder Spezialisten, an die man sich wenden kann. Ich stelle die leere Tasse in die Spüle, gebe Laurenz Bescheid und den Auftrag, Lisi rechtzeitig ins Bett zu bringen, und setze mich aufs Rad. Es dämmert schon, als ich mich auf den Weg mache, aber das ist mir egal. Nach dem stundenlangen Sitzen am Schreibtisch brauche ich Bewegung.

Onkel Stefan wohnt in Gneis, einem südlichen Stadtteil von Salzburg, von Glanegg aus mit dem Fahrrad in gut 20 Minuten erreichbar. Die Straße, in der sein Häuschen steht, ist unaufgeregt, immer zugeparkt und wie aus der Zeit gefallen. Winzige Reihenhäuschen aus der Nachkriegszeit stehen Wand an Wand. Mehr als ein Zimmer oben und eines unten ist wohl nicht drin, aber gerade das macht die Bauten so besonders. Beim Anstrich der Fassade hat der Maler richtig tief in den Farbtopf gegriffen, jede ist anders koloriert. Trotzdem wirkt die Häuserreihe stimmig und charmant, und jede Einheit verfügt über einen winzigen Vorgarten, kaum größer als ein Strand-Liegetuch, trotzdem liebevoll bepflanzt und dekoriert.

Onkel Stefan freut sich, als er mich sieht. Er ist allein. Ich sehe mich um. Das Haus ist tipptopp aufgeräumt und geputzt, am Schreibtisch türmen sich nicht halb so viele Bücher wie sonst, die Topfpflanzen sind ausreichend gewässert. Kalliope scheint ihm gutzutun. Als ich mich zum Tisch setzen will, bemerke ich, dass er festlich gedeckt

ist: Tischläufer, edles Porzellan für zwei Personen, Sektgläser, Kerzen und eine Vase mit roten Rosen. Bin ich
hier in etwas hineingeplatzt? Onkel Stefan entgeht mein
Blick nicht.

»Kalliope hat ein Konzert im Großen Festspielhaus,
aber sie kommt später noch vorbei. Ich hab gekocht.«

Er öffnet das Backrohr. In einer gläsernen Form blubbert rötliche Masse mit einer dicken Schicht Käse oben-
auf. Onkel Stefan kocht?

»Gemüselasagne«, erklärt er stolz. »Und hinterher gibt's
Mousse au Chocolat – hast du Hunger?«

Um Himmels willen, nein! Das hier ist Onkel Stefans
Abend, nicht meiner. Wenn Amor sich schon die Mühe
macht, zwei Mitglieder aus dem Klub der einsamen Herzen zueinander zu führen, dann soll man nicht stören.
Nicht einmal, wenn es um Giftmord geht.

Kaum zehn Minuten später verabschiede ich mich also
wieder von Onkel Stefan, ein Sachbuch über Giftpflanzen
und eine kleine Tupperschüssel mit Mousse au Chocolat
im Gepäck. Er hat es sich nicht nehmen lassen, mir eine
Kostprobe einzupacken und mich um ehrliche Kritik zu
seiner Kochkunst zu bitten.

Auf dem Weg zurück ändere ich meine Route und fahre
durch die Birkenstraße. Aus einem der Gärten dringt
gedämpftes Gelächter. Ein Mann, dessen Alter sich in der
Dunkelheit nicht ausmachen lässt, führt noch seinen Hund
Gassi. Am Ende der Straße drossle ich das Tempo, steige
vom Rad ab und schiebe. Klaus Rettenbachers Haus liegt
im Dunkeln, weder im Erdgeschoss noch im ersten Stock
brennt Licht. Charlotte Singer scheint nicht da zu sein.
Eigentlich hatte ich gehofft, ihr ein paar Fragen stellen

zu können. Sie vielleicht sogar konkret auf Max und den Speicherstick anzusprechen. Auf der Terrasse sind Gartenmöbel aus Korbimitat ineinander gestapelt, das Gartentor steht offen. Eigentlich keine Einladung, einfach so ein fremdes Grundstück zu betreten, aber ohne darüber nachzudenken, stehe ich plötzlich vor der Haustür. Massives Holz, eingerahmt mit Granit, wie in unserer Gegend üblich. An einem Nagel im Holz ist ein Kranz befestigt. Und plötzlich übernimmt meine Neugier die Regie: Ich drücke die Klinke nach unten und presse meine Schulter gegen die Tür. Abgesperrt, denke ich enttäuscht und wundere über mich selber. Was habe ich erwartet? Charlotte Singer ist auf Kalliopes guten Willen angewiesen, wenn sie weiterhin hier wohnen will, vielleicht ist sie sogar schon ausgezogen.

Was hat Tante Zenzi über Verstecke für Schlüssel gesagt? Ich setze die Taschenlampe nur sparsam ein, um keine Nachbarn auf mich aufmerksam zu machen. Zur Sicherheit schirme ich den Lichtkegel noch mit der Hand ab. Vorsichtig taste ich mich an der Hausmauer entlang, bis mir eine Hausbank, ebenfalls aus Korbimitat, den Weg versperrt. Ein mickriges Oleanderstämmchen in einem viel zu großen Tontopf steht daneben. Ich lege das Smartphone auf den Boden, richte den Lichtkegel auf den Oleander und hebe den Topf hoch. Der Beton unter dem Topf ist feucht, Asseln krabbeln aufgescheucht und vom Licht irritiert durcheinander. Schlüssel sehe ich keinen. Stattdessen fällt etwas aus dem Topf, als ich ihn schräg halte, und schlägt mit metallenem Geräusch am Boden auf. Ein gellender Schrei – ich zucke zusammen, halte den Atem an. Mein Herz pocht gegen die Rippen, ich presse mich an die Wand, spüre den Herzschlag im Hals. Zwei glühende Punkte lauern im Gebüsch, fixieren mich. Ich lasse die Schultern sinken und atme aus. Eine Katze! Die Luft ist kühl, aber windstill. Nichts regt sich, kein Ast, der im Wind zittert. Es war nur der Schrei einer Katze, mehr nicht. Ich gehe in die Hocke und richte das Licht auf den Gegenstand, der zu Boden gefallen ist. Kurze, gebogene Klinge, roter Plastikgriff mit gelber Schrift darauf. Eine Schlinge aus grünem Textilband, um sich das Gerät ums Handgelenk oder nach getaner Arbeit an einen Haken zu hängen: eine Gartenschere, Standardmodell in Gartencentern oder Baumärkten. Trotzdem fische ich einen Zipperbeutel aus meiner Hosentasche, stülpe ihn über wie einen Handschuh und greife dann nach der Gartenschere. Es kann Zufall sein, dass sie genau hier beim Oleander liegt. Ich stecke den Beutel mit der Schere in meine Jackentasche und gehe zurück zur Eingangstür.

Der Lichtkegel der Straßenlaterne reicht nicht bis hierher, ich leuchte mit der Taschenlampe nur kurz zur Klingel. Hermi hatte recht: Hier sind beide Namen angeschrieben. Ich lege den Kopf in den Nacken, sehe zum oberen Fenster und richte die Taschenlampe darauf. War das eben …? Ich zucke zusammen. Hat sich die Gardine bewegt? Ein weißer Haarschopf dahinter verborgen? Blödsinn! So etwas kommt nur in Hitchcock-Thrillern vor. Hier ist alles dunkel. Nur die zwei leuchtenden Augen starren aus dem Gebüsch noch zu mir herüber.

Ich sehe mich um, verlasse das Grundstück und schließe das Gartentor hinter mir.

Als ich zu Hause ankomme, ist es fast Mitternacht. Im Haus ist alles still, nicht einmal in Laurenz' Büro brennt noch Licht.

Die Küche ist aufgeräumt, die Schultaschen von Lisi und Max stehen griffbereit im Flur; Laurenz hat seine Sache gut gemacht. Es hat gutgetan, durch die Nachtluft nach Hause zu radeln, trotzdem bin ich noch zu aufgewühlt, zu fahrig, um ins Bett zu gehen. Mit einer Tasse Kräutertee und einer Wolldecke verziehe ich mich auf die Couch und nehme mir das Sachbuch vor: ein Nachschlagewerk über tödliche Gewächse, verfasst von Klaudia Blasl, *der* österreichischen Expertin für Giftpflanzen schlechthin.

Viele der grünen Mordwaffen kenne ich bereits, andere sind eine echte Überraschung. Ich konzentriere mich auf die vier Hauptdarsteller, die Tante Marthas Leben ausgelöscht haben: Oleander, Kirschlorbeer, Schierling und Tollkirsche.

Was üppig blüht, Gärten eingrenzt und italienisches Urlaubsflair auf Balkone und Terrassen zaubert, kann durchaus zum *Highway to Hell* werden. Oleander, zum Beispiel. Schon fünf Blätter oder ein paar Blüten reichen aus, und man kann Italien für immer vergessen, denn das Gift Oleandrin wirkt schnell. Nach wenigen Stunden ist alles vorbei.

Beim Kirschlorbeer ist das Gift Amygdalin in Samen und Blättern enthalten. Tod durch Atemstillstand und Herzstillstand. 2013 war der Kirschlorbeer sogar Giftpflanze des Jahres – Glückwunsch! Schierling benutzten schon die Griechen in der Antike für Hinrichtungen: Man nehme eine enthülste Frucht, zerstampfe sie und streue das Pulver in Wasser. Dann nur mehr auf die Wirkung des Giftes Coniin vertrauen, tschüs und baba forever, siehe Sokrates. Bleibt noch die Tollkirsche. Atropa Belladonna. Auch mit ihr stirbt es sich nicht schön: Die Substanz Scopolamin löst zuerst heftige Krämpfe und Lähmungen aus,

bevor man über den Jordan geht. Alles äußerst ungemütlich. Ich klappe das Buch wieder zu.

Vier Giftpflanzen, vier toxische Substanzen. Tante Martha hatte praktisch keine Chance, genau wie Frau Doktor Putschauer gesagt hat. Ich frage mich trotzdem, wie
man auf genau diesen Mix kommt. Hat er eine besondere
Bedeutung? Wofür stehen die einzelnen Pflanzen? Ich
greife nach meinem pinkfarbenen Notizbuch und schlage
eine unbeschriebene Seite auf. Zeit für eine Runde Brainstorming. Ungefiltert Ideen finden, querdenken und erst
danach auswerten.

Oleander könnte man mit Italien assoziieren; was in
unseren Breiten mühsam als Kübelpflanze gehegt und
gepflegt werden will, wächst in Bella Italia wild und
mannshoch am Straßenrand. Zum Schierling fällt mir der
Satz »Ich weiß, dass ich nichts weiß« vom Philosophen
Sokrates ein, der durch den Schierlingsbecher starb. Ich
nippe ein wenig am Kräutertee. Tollkirsche? Vergrößerte
Pupillen, Wahnvorstellungen, schöne Frauen. Klingt kryp-
tisch, aber Brainstorming hat ja selten etwas mit Logik zu
tun. Zu Kirschlorbeer fallen mir nur Gärten und grüne
Zäune ein. Relativ unspektakulär, verglichen mit den ersten
drei Kandidaten. Eine Zeit lang starre ich auf das Notizbuch und habe das Gefühl, dass es hier um mehr als die
Namen von vier Giftpflanzen geht. Dass dieser tödliche
Vierfachmix Größeres als nur toxische Substanzen beinhal-
tet. Italien, Philosophie, schöne Frau, Gartenzaun. Ich
lehne mich zurück und schließe die Augen. Verrenne ich
mich da gerade in etwas oder lässt sich die Lösung des Falles wirklich auf ein paar Begriffe eindampfen? Und selbst
wenn: Die Wege, die zur Lösung führen, sind verworre-
ner als die Handlungsstränge in so mancher Mozart-Oper.

Ich schreibe noch »Oper« ans Ende der Seite und trinke den restlichen Tee aus. Und mit der dumpfen Ahnung, dass mich schon bald etwas Unerwartetes aus der Bahn werfen könnte, schalte ich das Licht ab und gehe ins Bett.

Schlafmangel und die Grübelei über Giftpflanzen, Fließgeschwindigkeit, Gartenscheren und Kettenanhänger rauben mir die Energie. Am nächsten Vormittag in der Praxis bin ich unkonzentriert und gereizt. Der Versuch, mich mit drei Tassen Espresso ins Hier und Jetzt zu beamen, scheitert gründlich: Ich vergesse, Blutproben zu beschriften, überweise eine Patientin zum Urologen anstatt zum Gynäkologen und lasse die Chefarztbestätigung für ein dringendes Medikament am Schreibtisch liegen. Vor den Patienten verkneift sich meine Chefin jegliche Kritik. Sie wippt zwar energischer auf ihrem grünen Gymnastikball auf und ab, lässt sich ansonsten aber nichts anmerken. Erst als ich einer Jugendlichen kurz vor dem Blinddarmdurchbruch ein Mittel gegen Regelschmerzen in die Hand drücke, reißt ihr die Hutschnur. Sie zerrt mich am Ärmel in den Behandlungsraum und knallt die Tür zu.

»Was soll das?«, zischt sie und funkelt mich an. »Willst du, dass ich meine Zulassung verliere? Hat dir die Waffe in der Schreibtischlade nicht gereicht?«

Ich schüttle kleinlaut den Kopf, murmle etwas von »Tut mir leid, kommt nicht mehr vor« und drehe auf dem Absatz um. Ich bin schon halb zur Tür draußen, als ich ihre Hand auf meiner Schulter spüre. »Rosmarie!«

Ich drehe mich um. Zerknittert sieht sie aus, meine Chefin. Krähenfüße, eine Zornesfalte zwischen den Augenbrauen, fahle Haut. Kein Nachhall eines nächtlichen Liebesrausches mit einem blutjungen Polizisten; eher die

Spuren frustrierender Beziehungsgespräche. Stelle ich mir vor. Sie seufzt zentnerschwer und lässt sich wieder auf den grünen Gymnastikball plumpsen.

»Geht's Ihnen gut?« Ich bin ehrlich besorgt, aber meine Chefin winkt müde ab.

»Geht schon.« Sie ringt sich ein dürres Lächeln ab. »Lukas und ich hatte heute Nacht einen ... nennen wir es Interessenskonflikt.«

Ich suche nach einer Zweideutigkeit, werde aber nicht ganz schlau aus meiner Chefin.

»Der Rollstuhl ...«, beginnt sie zögernd und weicht meinem Blick aus, »könnte eine entscheidende Rolle spielen, was Klaus Rettenbachers Tod betrifft.«

Ganz was Neues. Ich verdrehe die Augen. »Das weiß ich, Frau Doktor, genau deshalb habe ich ihn schließlich aus dem Bachbett gezogen und hier deponiert!«

»Er ist ... naja.« Sie deutet auf den bunten Vorhang, hinter dem sich mehr oder weniger dezent eine zusammengeklappte Reserveliege, ein Staubsauger und ein Infusions-Ständer verstecken. Ich lupfe den Stoff und erstarre. Dort, wo gestern noch der Rollstuhl gestanden ist, gähnende Leere. Nur ein Silberfischchen kriecht über den Fußboden.

»Wo ist der Rollstuhl? Haben Sie ihn weggeräumt? War er im Weg?«

Frau Doktor Fleischer schüttelt den Kopf. »Jemand hat ihn abgeholt. Heute.«

»Das gibt's nicht, ich war die ganze Zeit über in der Praxis!«

Meine Chefin windet sich. »Vorhin, als du auf der Toilette warst.«

Ich lasse den Stoff wieder los. »Jemand vom Altersheim? Weil Miri ihn noch immer nicht zurückgegeben hat, obwohl Tante Martha längst tot ist und sie ihn nicht mehr braucht?«

Noch während ich es sage merke ich, dass das überhaupt keinen Sinn ergibt. Meine Chefin schüttelt den Kopf. Schon wieder weicht sie meinem Blick aus. Was läuft hier? In meinem Kopf rattert es. Ich habe niemandem davon erzählt, was ich über den Rollstuhl herausgefunden habe. Dass Miri ihn ausgeliehen und bestimmt einige Male benutzt hat, um Tante Martha zu transportieren, wenn es nötig war. Nur Vroni und meine Chefin wissen davon. Der Rollstuhl ist quasi das Zünglein an der Waage: Die Fingerabdrücke darauf könnten Täter oder Täterin überführen. Klar geht das nicht ohne das ganze polizeiliche Tamtam: Spurensicherung, Datenabgleich und so weiter. Andererseits: Jeder Fingerabdruck, den die Polizei *nicht* findet, ist eine Spur weniger. Im konkreten Fall eine Spur zu Miri, denn ihre Fingerabdrücke sind ganz bestimmt auf den Griffen zu finden. Meine übrigens auch. Selbst wenn Pflegerinnen oder der Hausmeister vom Altersheim sich nach dem Rollstuhl erkundigt hätten: Woher hätten sie wissen sollen, dass der Rollstuhl bei uns in der Praxis steht? Dass ich ihn aus dem Bachbett gefischt und einstweilen hier deponiert habe? Das war Insider-Wissen. Und plötzlich ist mir alles klar! Ich sauge scharf die Luft ein und mache einen Schritt auf meine Chefin zu.

»Lukas!«, zische ich. Sie nickt stumm. Ich fasse es nicht!

»Welcher Teufel hat Sie geritten, ausgerechnet ihm vom Rollstuhl zu erzählen?«

»Ich hab ihm nicht davon erzählt. Nicht direkt. Er hat den Rollstuhl entdeckt, als er mich einmal abgeholt hat und wir …« Ihr Blick schweift zur Behandlungsliege. Ich drehe angewidert den Kopf zur Seite. Meine Chefin, Lukas,

Liege. Das Bild kriege ich nie wieder aus dem Kopf! Wie um mich zu vergewissern, dass der Rollstuhl tatsächlich nicht mehr da ist, reiße ich den Vorhang zur Seite. Der Infusions-Ständer fällt krachend um.

»Hat Lukas gesagt, was er mit dem Rollstuhl vorhat?«

Es kostet mich all meine Selbstbeherrschung, um nicht laut zu werden. Immerhin ist das Wartezimmer voller Patienten.

»Ich weiß nicht«, die Stimme meiner Chefin ist piepsig, »vielleicht zur KPU?«

»Ganz genau«, donnere ich, »Lukas bringt ihn zur KPU! Und dort passiert dann genau das, was ich vermeiden wollte: Man entdeckt Miris Fingerabdrücke darauf und bringt sie auch noch mit dem Tod von Klaus Rettenbacher in Verbindung!« Mittlerweile bin ich doch laut geworden, aber es ist mir egal. Meine Chefin lässt das Gewitter über sich ergehen und fällt regelrecht in sich zusammen.

»Als ob die Sache nicht schon kompliziert genug wäre, verdammt noch einmal! Warum haben Sie Lukas überhaupt etwas darüber erzählt? Sie hätten doch sagen können, dass der Rollstuhl zum Praxisinventar gehört, oder? Das hätte er nie und nimmer infrage gestellt, und alles wäre gut gewesen!«

Meine Chefin hebt den Kopf. »Ich wollte nur ehrlich sein!«

Ich starre sie fassungslos an und stürme aus der Praxis.

Das Kalbsrahmgulasch ist ziemlich salzig, und statt dem üblichen Serviettenknödel als Beilage gibt's heute nur trockene Semmeln, mit denen wir die Sauce auftunken. Hermi, sonst mit einer Rossnatur und Nerven aus Stahl gesegnet, wird zusehends nervöser, je näher das *Car-*

mina Burana-Konzert rückt. Beim Kochen und Aufdecken macht sie Stimmübungen, beim Mittagessen murmelt sie Texte, und nach dem Essen dirigiert sie in der Küche einen imaginären Chor mit der Spülbürste. Sie ist dermaßen auf das Werk konzentriert, dass ihr meine miese Laune gar nicht auffällt.

»Die *Carmina* sind ein forderndes Werk«, erklärt sie Laurenz, der für ihren Eifer nur Kopfschütteln überhat. »Da geht's gnadenlos ins Fortissimo für den Chor, das ist körperliche und stimmliche Höchstleistung, ja, jetzt lach nicht! Singen kann anstrengend sein.«

»Mindestens so anstrengend, wie Hochhäuser zu planen?«

Laurenz trägt seinen Teller zur Spüle.

»Dass du ein Kulturbanause bist, ist ja nix Neues«, grantelt sie. »Ich weiß gar nicht, von wem du das hast!«

Onkel Stefan rückt auf der Eckbank näher zu mir heran und senkt die Stimme.

»Ich hab zwei Dinge gefunden, die dich vielleicht interessieren! Passend zu deiner Frage von gestern Abend!«

Er greift in seine lederne Umhängetasche, die er neben sich auf der Eckbank abgestellt hat, und zieht ein Büchlein im Postkartenformat heraus. »Erstens: ein Opernführer!«

Opern – Onkel Stefans Lieblingsthema. Ich rolle mit den Augen. »Eigentlich brauche ich nicht noch mehr Drama um mich herum, aber danke!« Dann greife ich doch nach dem Büchlein und blättere darin. Eine Stelle ist mit einem gelben Post-It markiert.

»Du hast mir von dieser Vierfach-Kombination an Giften erzählt!« Onkel Stefan quetscht sich zwischen Tisch und Eckbank hervor und trägt seinen Teller in die Küche.

»Ich hab noch länger darüber nachgedacht, und da ist mir mein Kollege von der portugiesischen Uni eingefallen. João Paolo André.«

Er betont jede Silbe extra, hörbar stolz auf die südländische Färbung, die er so authentisch hinkriegt. Bitte keine Anekdoten aus Studienzeiten, denke ich und lächle säuerlich. Hermi singt im Fortissimo die *Carmina* in der Küche. Voller Körpereinsatz.

»Jedenfalls ist João ein ganz toller Pädagoge und obendrein ein riesiger Opern-Fan. Super Unterrichtsmethoden hat der! Deswegen sind seine Hörsäle auch immer voll.«

»Was unterrichtet er denn?« Eigentlich ist es mir egal.

»Chemie!«

Ich klappe das Büchlein zu und reiche es ihm.

»Nimm's mir nicht übel, Onkel Stefan«, ächze ich, »aber ich hab momentan echt keinen Kopf für portugiesische Chemieprofessoren und ihre Leidenschaft für Opern!«

»Solltest du aber!« Onkel Stefan nimmt mir das Büchlein aus der Hand. »Es gibt nämlich einen Zusammenhang zwischen dieser Giftmischung und Musik, das hat der João herausgefunden. Eine Oper, in der genau diese chemischen Substanzen vorkommen!«

Er schlägt die markierte Seite auf. »Oleandrin, Amygdalin, Coniin und Scopolamin!«

Urplötzlich wird mir heiß. Ich starre auf die Stelle, auf die Onkel Stefans Wurschtfinger tippt. Tatsächlich!

»*Suor Angelica*, ein Werk von Giacomo Puccini. Wurde im Jahr 2022 sogar bei den Salzburger Festspielen aufgeführt, aber die allerbeste Inszenierung gab's vor 42 Jahren an der *Met* in New York. Starbesetzung, sag' ich dir!«

»Das heißt, Tante Marthas Mörder war ein Opern-

Fan?«, lotse ich meinen Onkel zurück in die Spur und nehme ihm das Büchlein wieder weg. Er zuckt mit den Schultern.

»Opern-Fan, Opern-Sänger, Orchester-Musiker ... Das herauszufinden ist jetzt deine Aufgabe!« Er greift noch einmal in die Umhängetasche. »Hier, das Orchesterbuch des *MET Sinfonie-Orchesters*. Die haben damals *Suor Angelica* legendär aufgeführt, im Jahr 1981. Es hat einfach alles zusammengepasst: Orchester, Inszenierung, Sänger. Steht alles da drin, falls es dich interessiert.«

Ich beeile mich, nach Hause zu kommen und rufe sofort Vroni an: Lagebesprechung.

»Charlotte Singer hat Tante Martha auf dem Gewissen, ganz sicher!«

Vroni sagt zuerst nichts. Vielleicht wundert sie sich auch nur, dass schon wieder ich es bin, die das Gespräch ohne Begrüßung beginnt. Nachdem ich sie auf den neuesten Stand gebracht habe, räuspert sie sich.

»Na gut, spielen wir das Ganze durch. Warum sollte Charlotte Singer Miris Tante umbringen wollen?«

Ich höre die Kühlschranktür, dann Eiswürfel in ein Glas klirren und Flüssigkeit, die darübergegossen wird. Vroni schlürft ein paar Schlucke. »Gegenfrage« sagt sie, »warum sollte Charlotte Singer deinem Sohn den Stick geklaut haben?«

Ich ziehe die Unterlagen von Max' VWA zu mir heran, die am anderen Ende des Tisches liegen.

»Da gibt's eigentlich nicht allzu viele Möglichkeiten.«

Ich schlage die Mappe auf und beginne zu blättern. Bis auf ein paar kleine Korrekturen und das Quellenverzeichnis ist alles fertig.

»Max hat einige Interviews für seine Arbeit geführt, vielleicht sollte man da nach dem Grund suchen.«

Vroni ist skeptisch. »Da geht's doch um den Zusammenhang zwischen Musik und Patientenverhalten. Nichts, was für sie brauchbar wäre, soweit ich weiß, ist Charlotte Singer keine Medizinerin.« Sie gießt sich neue Flüssigkeit ein. »Außer, sie arbeitet selber an dem Thema und will sich mit fremden Federn schmücken. Plagiate sind ja schon gesellschaftsfähig heutzutage.« Sie gluckst. »Hüte dich vor Oldies und Außenministern mit blauem Geblüt!«

Geistesabwesend fahre ich mit dem Finger über das Inhaltsverzeichnis. Ich habe zwar während der letzten Tage alles abgetippt, aber nicht verinnerlicht. Max hat mehrere Interviews mit Elisabeth Fuchs geführt. Eines davon bezieht sich auf die Frequenz des Kammertons a, dem gemeinsamen Ton, nach dem ein Orchester gestimmt wird. Ist der Kammerton a auf die Frequenz von 440 Hertz gestimmt, entstehen Stress und Anspannung in jeder Körperzelle. Ich überfliege das Interview. Nicht alle Orchester stimmen ihre Instrumente auf 440 Hertz ein; manche nutzen eine andere Frequenz. Generell lässt sich sagen, dass der Kammerton im Laufe der Zeit nach oben geschraubt wurde. In der Klassik lag er bei nur 415 Hertz. Ich blättere weiter. Ein Interview mit einem Mediziner über die Wechselwirkung von Richard-Strauß-Musik und Psychopharmaka. Statistiken über Selbstmorde nach dem Besuch von Psychologen-Praxen, die mit Richard-Wagner-Opern beschallt wurden, und jede Menge Balkendiagramme. Ich will die Mappe schon zuklappen, als mir ein Erfahrungsbericht auffällt: eine Hebamme, die ihre Patientinnen bei der Geburt mit Musik unterstützt hat. Ihr Name ist –

Vroni reißt mich aus meinen Gedanken. »Wann wird eigentlich Tante Martha beerdigt?«

»Keine Ahnung.« Ich halte es jetzt nicht mehr aus auf dem Sessel. Die Hebamme – warum ist mir das nicht früher aufgefallen?

»Vroni? Kannst du dich noch an den Artikel über die Hebamme erinnern, die Selbstmord begangen hat?«

Hoffentlich – Vroni und ich haben die gleiche Tageszeitung abonniert. Meistens liest sie schon zum Frühstück das Wichtigste aus dem Lokalteil, Sterbeanzeigen lässt sie sich sowieso nie entgehen. Es ist immer jemand dabei, den sie gekannt hat.

»Ja, da war etwas«, sagt sie gedehnt, »die Hebamme, die sich mit einer Kontrabass-Saite aufgehängt hat?« Ich höre, wie sie aufsteht und einen Sessel rückt. »Jemand aus der *Geocacher*-Runde hat mir davon erzählt. Grausige Sache. Anscheinend war sie depressiv, wollte immer Musikerin sein, hat aber den falschen Beruf ergriffen. Das mit dem Selbstmord ist gar nicht so lange her, glaube ich. Vielleicht habe ich die Zeitung sogar noch.«

Sie öffnet eine Tür. Es raschelt. Anscheinend blättert sie in alten Zeitungen, die sie fürs Katzenklo aufhebt.

»Warum willst du das wissen?«

»Ich brauch' den Namen, Vroni!«

»Jaja, ich such' ja schon!« Vroni blättert schneller, dann ein Ausruf.

»Ich hab's! Anna Tischlinger, geborene Fischer.« Sie murmelt etwas Unverständliches. »Da ist sogar eine großformatige Todesanzeige, inseriert von ehemaligen Kolleginnen. Unerwartet von uns gegangen«, murmelt sie, »das ist der Standardsatz für Unfalltod oder Selbstmord. Geboren am 1.1. 1950, verstorben am 31.

8. 2023. Ein Neujahrsbaby also, hat ihr aber kein Glück gebracht.«

Ich gehe zurück zum Tisch und starre auf das Interview. Anna Tischlinger. Die Hebamme, mit der Max das Interview über Musik und Geburten geführt hat. Mir wird kalt.

»Vroni?« Mehr als ein Krächzen bringe ich nicht heraus. »Max war zwei Tage vor ihrem Tod noch bei ihr!« Ich schlucke. »Er hat sie interviewt, an einem Dienstag Ende August. Ich kann mich noch genau erinnern: Sie hatte nur zu diesem Termin Zeit, weil sie am Tag darauf zur Chorprobe mit der *Philharmonie Salzburg* musste! Max hat deswegen ein Fußballspiel in der Allianz-Arena München versäumt und war ein bisschen sauer.«

»Anna Tischlinger war Mitglied im Chor?«

Ich nicke, obwohl Vroni das nicht sehen kann. »Sie hat im Alt gesungen, ist sogar direkt neben Hermi gestanden.«

Jetzt fällt es mir wieder ein – meine Schwiegermutter hat von einer Anna erzählt, die schon Tausenden Kindern auf die Welt geholfen hat, aber selbst kinderlos war. Hermi hatte damals den Kontakt zwischen ihr und Max hergestellt, damit das Interview stattfinden konnte. Wahrscheinlich nicht gerade im Flüsterton, es gab also genügend Ohren, die davon erfahren haben.

Anfang September hat Hermi noch darüber gewitzelt, dass besagte Anna seit dem Interview zu keiner Chorprobe mehr erschienen ist. Von der Kontrabass-Saite wusste sie nichts.

»Wie lang ist eigentlich eine Kontrabass-Saite?«

»Das weiß ich!« Vroni trinkt schon wieder irgendetwas und schluckt. »Die schwingende Saitenlänge beträgt 103 – 106 Zentimeter, zumindest bei einer ¾-Größe. Die Gesamtlänge der Saite ist natürlich mehr, weil man das

Einspannen einrechnen muss. Ein 4/4-Kontrabass ist größer, benötigt daher längere Saiten. Logisch.«

Nach dem Telefonat mit Vroni schwirrt mir der Kopf. Ich schnappe ein wenig Luft im Garten und setze mich zu Lisi, die ihre Hausaufgaben erledigt. Ein Aufsatz zum Thema »Das Leben meiner Oma«. Lisi kaut an ihrem Bleistift und starrt Löcher in die Luft.

Ein unerfüllter Berufswunsch; eine Hebamme, die nach einem Interview stirbt; *Suor Angelica* in New York. Wie passt das alles mit den anderen beiden Todesfällen zusammen? Aus Hermis Gartenhäuschen tönt heute Maurice Ravels *Boléro*. Obwohl ich nur Kalliopes Part höre, habe ich das ganze Stück im Kopf und summe mit. Zwei Melodien, die in jeweils 18 Variationen gespielt werden. Immer und immer wieder dasselbe; eigentlich die besten Voraussetzungen für ein Stück, das spätestens nach einer Minute anödet. Aber das Gegenteil ist der Fall: Ravels Werk gehört zu den meist gespielten Orchesterstücken. Das Crescendo und die wechselnden Instrumente halten den Spannungsbogen und fesseln die Zuhörer. Der *Boléro* ist das musikalische Äquivalent zum Krimi. Es geht zwar immer um dasselbe: Mord und Verbrechen. Trotzdem kommt keine Langeweile auf, weil die Konstellationen ständig wechseln.

»Rosmarie!« Hermi ruft mir über die Gartenhecke etwas zu. Als ich nicht gleich reagiere, winkt sie heftig und hält etwas in die Höhe. Ich reiße ein paar Lavendelblüten ab, zerreibe sie zwischen den Fingern und inhaliere den Duft. So richtig entspannt bin ich zwar nicht, als ich auf Hermi und die Hecke zugehe, aber es hilft ja alles nichts. Sie lässt nicht locker.

»Ich hab nachgedacht«, eröffnet sie mit feierlicher Miene. »Hätte ich Charlotte nichts von Max und seiner VWA erzählt, dann wäre dir eine Menge Arbeit erspart geblieben.«

Ich nicke zögernd. Edle Selbsterkenntnis ist nicht gerade Hermis Spezialdisziplin. Sie hat zwar recht, aber ich bin nicht sicher, worauf sie hinaus will.

»Ich werde sie bei der nächsten Chorprobe zur Rede stellen! Ich werde sie fragen, ob sie überhaupt weiß, was sie angerichtet hat! Dass sie meiner Schwiegertochter …«

»Nein!«, unterbreche ich hastig und etwas schroff. Hermi schaut verwundert.

»Das muss nicht sein, Hermi, wirklich!«, rudere ich zurück. »Wenn überhaupt, dann würde ich sie gern selber darauf ansprechen.«

»Aber du kennst sie doch gar nicht!«

Ich winke ab, und Hermi wechselt das Thema. Allzu sehr liegt ihr Charlotte Singer auch wieder nicht am Herzen.

»Jedenfalls tut's mir leid«, sagt sie und überreicht mir einen Teller mit Ribiselschaum-Schnitten. »Bitteschön: etwas Süßes als kleine Wiedergutmachung.«

»Danke.« Ich nehme den Teller entgegen und wende mich zum Gehen. Irgendwie ist mir heute nicht nach Plaudern, ich bin ganz in Gedanken. Aber Hermi ist noch nicht fertig.

»Ich hab vorhin ein bisserl mitgehört, als du mit dem Onkel Stefan über diesen Giftmix geredet hast.« Sie beugt sich näher zu mir über die Hecke. »Und da ist mir etwas eingefallen. Kannst dich noch erinnern, als ich mit der Zenzi zur Seelenmesse von dem armen Felix gegangen bin? Der kopfüber in der Regentonne ertrunken ist?«

Kann ich. Hinter mir räumt Lisi ihr Heft in die Schultasche ein und macht mit lautem Ratsch die Reißverschlüsse zu. Fertig für heute.

»Man hat allerhand geredet.« Hermi schaut bedeutungsvoll und beugt sich noch weiter vor. »Der war nicht ganz richtig im Kopf, der Felix. ›Nicht ganz ausgebacken‹, hat es geheißen. Heute weiß man ja, dass man Down-Syndrom dazu sagt, aber damals ...«

Sie winkt ab. »Wo war ich stehen geblieben? Ah ja, Gift!«

Und dann kommt sie, wahrscheinlich um ihre Halswirbelsäule zu schonen, um die Hecke herum und nimmt mir den Teller mit den Ribiselschaum-Schnitten wieder ab. »Dauert ein bisserl, wenn ich dir alles erzähl. Soll ich Kaffee machen?«

*

Wenn du denkst, es tut mir leid, dann liegst du falsch. Ich würde es wieder tun, weil es das einzig Richtige war. Was weißt du schon? Du hast keine Ahnung, wie es sich anfühlt, eingeengt zu werden. Meiner Mutter ist es nicht anders ergangen. Sie wollte hoch hinaus, ihre Talente nutzen und unabhängig sein. Sie war begabt, vielleicht noch mehr als ich, aber sie hat sich nicht durchgesetzt. Weich war sie, viel zu weich, hat sich bremsen lassen von mir und alles aufgegeben für mich. Sie hat mich spüren lassen, dass ich an allem schuld war. Dass ich es war, die ihr Leben verändert hat. Hätte ich es ihr gleich tun sollen? Denselben Fehler wiederholen? Wozu? Niemand hätte etwas davon gehabt, niemandem hätte es genützt, dir am allerwenigsten. Glaub mir, es war das Beste.

FÜNFZEHNTES KAPITEL

Erzählt von Ketten, Regentonnen und davon, wie es wirklich war. Es geht um Hefte, um Ciabatta und Generalproben, um Gurken, Gift und Steaks. Ich radle zur Kapelle, fasse einen Entschluss, trinke Sekt und fühle mich lebendig.

Die Geschichte, die meine Schwiegermutter mir erzählt, ist dramatischer als jede Verdi-Oper. Eine Chronik des Bösen, wenn man so will. Der Beweis, dass am Land nicht immer alles so *cosy* ist, wie mancher Regionalkrimi verspricht.

Barbara Pernerstätter wurde zu Kriegsbeginn als achtes von neun Kindern geboren. Ihre Kindheit war eine Gratwanderung zwischen Diphterie, Lebensmittelrationen und Bombenangriffen. Sie überlebte. Barbara war ein fröhliches Kind, manchmal etwas zu still, vertrauensselig, aber bestimmt nicht dumm. Sie war herzlich, geduldig und eifrig in der Schule. Ihr einziger Makel: Barbara schielte ganz entsetzlich.

»Die bleibt über!«, diagnostizierte ihre Mutter früh und gewöhnte das stille Mädchen rechtzeitig an harte Arbeit, körperliche Züchtigung inklusive. Ihrer Meinung nach war das die beste Vorbereitung für ein selbstbestimmtes Leben, das für ein Mädchen wie Barbara kein Zuckerschlecken werden würde. Sie behielt Recht. Barbaras Selbstwertgefühl war von ihrer Mutter im Keim erstickt worden. Aus Angst, tatsächlich »überzubleiben« wie ein eingedellter Apfel, war Barbara für jede Art männlicher Zuneigung dankbar. Was im Klartext bedeutete: Sie ließ sich bereitwillig nach Hause bringen, entkleiden und ausnutzen, denn in der Ekstase sind Männern Fehlstellungen des Augenmuskels herzlich egal. Sobald sie die Hosen zugeknöpft und Barbara verlassen hatten, stempelten sie die junge Frau als »Matratze« ab. Barbara wurde ins gesellschaftliche Eck gedrängt, wo die Prophezeiung ihrer Mutter sich schließlich erfüllte.

Irgendwann, als niemand mehr daran glaubte, traf sie schließlich doch »den einen«, der sie mit ihrem kleinen Schönheitsfehler und den großen Komplexen von Herzen liebte. Barbara heiratete und wurde schwanger. Sie freute sich von Herzen auf ihr Kind, aber die Geburt war schwierig, um nicht zu sagen lebensbedrohlich. Barbaras Kind hatte sich nicht gewendet, die Hebamme war mit der Steißgeburt überfordert, der eilig herbeigerufene Pfarrer versprach Barbara einen Platz im Paradies. Aber daraus wurde nichts, denn der viel zu spät herbeigerufene Arzt ordnete einen Not-Kaiserschnitt an. Als Barbara ihr Kind zum ersten Mal sah, weinte sie bittere Tränen. Der kleine Felix war, was man zu jener Zeit »mongoloid« nannte: Er hatte das Down-Syndrom. Barbaras Mutter, gottesfürchtig und seit dem Makel ihrer Tochter ewigem Hohn und Spott ausgesetzt, verließ zügig das Geburtszimmer. Sie war davon überzeugt, ihre Tochter habe durch ihr liederliches Verhalten Gottes Zorn auf sich gezogen, der kleine Felix sei die gerechte und fleischgewordene Strafe. Barbaras Mann dagegen war einfach nur froh, dass Frau und Kind am Leben waren, alles andere würde sich schon ergeben.

Genauso kam es: Kaum zwei Wochen nach Felix' Geburt verunglückte er bei Baumfällarbeiten tödlich.

Von nun an waren Mutter und Kind auf sich gestellt. Barbara verdiente mehr schlecht als recht als Verkäuferin in einem kleinen Lebensmittelgeschäft. Der Besitzer stellte eine Dachkammer in seinem Haus für Barbara und Felix zur Verfügung, die Miete musste sie entweder im Geschäft oder im Schlafzimmer abarbeiten. Aber das Schicksal war noch nicht fertig mit seinem grausamen Werk: Noch vor seinem achten Geburtstag erlitt Felix einen Schlaganfall. Aufgrund der Hirnschädigung trat eine massive Sprachstörung ein. Mit dem Begriff »Aphasie« konnte Barbara nicht viel anfangen; entscheidend für sie war, dass das Leben mit Felix ab jetzt noch komplizierter wurde, denn Felix konnte sich kaum mehr mitteilen. Es waren unverständliche Laute und seine Mimik, mit denen er sich ausdrückte. Niemand außer Barbara verstand ihn. Allem zum Trotz war er ein braver Bub, der seine Mutter abgöttisch liebte. Seine Mutter und – Ketten. Felix hatte eine Schwäche für Damenschmuck. Er war ganz aus dem Häuschen, sobald eine Dame mit Halskette das Geschäft betrat. Alles, was glitzerte, baumelte und er irgendwie in die Finger kriegen konnte, sammelte er in einer kleinen Schachtel unter dem Dach. Nicht um des Stehlens willen, sondern weil ihn das Glitzern glücklich machte. Jeden Abend holte Felix seine Schätze aus der Schachtel und ließ sie durch seine Finger gleiten.

Eines Tages, im Sommer des Jahres 1982, lockte wüstes Geschrei Barbara in den Garten hinter dem Geschäft. Eine junge Frau, vermutlich die aktuelle Flamme des gut aussehenden Klaus von nebenan, hielt Felix fest umklammert und versuchte, ihm etwas zu entreißen. Felix, mittlerweile ein junger Mann, wehrte sich nach Leibeskräften, zwickte, biss und tobte. Er schrie das einzige Wort, das er fehlerfrei aussprechen konnte: Kette. Barbara verstand. Felix hatte eine Kette entdeckt und entwendet und war nun nicht bereit, sie zurückzugeben. Ein häufiges Problem, das sich nur durch gutes Zureden auf Felix oder einen Tausch mit der Besitzerin lösen ließ. Aber die junge Frau wollte ihr Schmuckstück keinesfalls aufgeben. Gemeinsam mit Barbara gelang es ihr, Felix seinen Schatz zu entreißen, und stürmte davon.

»Tja, und ein paar Tage später ist dann der arme Felix mit dem Kopf voran in der Regentonne gesteckt«, schließt Hermi ihren Bericht. Ich verstehe nicht ganz.

»Was hat das mit dem Gift zu tun? Felix ist doch ganz offensichtlich ertrunken!«

»Der Hausbesitzer, der die Barbara ... weißt schon. Dem ist das komisch vorgekommen. Er wusste, dass Felix panische Angst vor Wasser hatte. Nie im Leben wäre der freiwillig auch nur in die Nähe einer Regentonne gegangen, geschweige denn hineingeklettert! Und deshalb hat er nicht an einen normalen Todesfall geglaubt, sondern den Felix untersuchen lassen. Und was, glaubst du, hat man in seinem Magen gefunden?« Sie reckt mir triumphierend ihr Kinn entgegen.

»Oleander, Kirschlorbeer, Schierling und Tollkirsche!«

»Noch ein Mord.« Vroni sitzt neben mir auf einer Bank am Almkanal. Irgendwie war mir telefonieren jetzt nicht mehr genug, ich musste sie sehen. Vroni nippt an einer Wasserflasche.

»Lebt Barbara noch?«

Ich schüttle den Kopf. Laut Hermis Erzählungen hat sie sich ein Jahr nach dem Tod ihres Sohnes umgebracht.

»Auch wenn es mehr als 40 Jahre her ist«, sagt Vroni, »wer Felix ermordet hat, hat auch Tante Martha umgebracht. Dasselbe Gift. Und Mord verjährt nicht.« Sie seufzt.

Ich starre eine Zeit lang auf den Almkanal, der im Abendlicht glitzert. Natürlich wollte ich wissen, ob das kleine Geschäft noch existiert. Schon lange nicht mehr, war die Antwort meiner Schwiegermutter, dort stünde jetzt eine Reihenhaus-Siedlung. Aber sie wisse, wer damals direkt neben Barbara und ihrem Kind gewohnt hat. Wer der gut aussehende Klaus war. Klaus Rettenbacher.

»Denkst du, was ich denke?«, frage ich Vroni, und sie nickt.

»Klaus Rettenbacher war damals mit Charlotte Singer zusammen. Sie trug eine Kette, die Felix unbedingt haben wollte, aber Charlotte gab sie nicht her. Jedes Mal, wenn Felix Charlotte und ihre Kette sah, gab's Ärger.«

Die Kette. Charlotte. Mein Herz pocht so laut von innen gegen meinen Brustkorb, dass Vroni es ganz sicher hören kann. Jetzt weiß ich, wer das fehlende Puzzleteilchen ist. Was Felix, Charlotte und Klaus Rettenbachers Tod verbindet.

Vroni atmet tief durch. »Diese Charlotte muss ein eiskaltes Miststück sein. Sie hätte ihm doch den Schmuck geben können, dann wäre gar nichts passiert.«

»Wollte sie aber nicht.« Ich greife nach meiner eigenen Kette.

Vroni streicht sich eine Haarsträhne hinters Ohr.

»Was ich außerdem nicht verstehe: warum Gift *und* Wasser? Eine von beiden Methoden hätte doch gereicht, um Felix aus dem Weg zu räumen, oder?«

»Vielleicht wollt sie auf Nummer Sicher gehen. Diese Kette muss also etwas ganz Besonderes gewesen sein«, sage ich und zupfe an meinem T-Shirt und weigere mich auszusprechen, was mir soeben klar geworden ist. Welche Kette es gewesen sein muss, die Charlotte dem armen Felix nicht überlassen wollte.

»Charlotte hatte nichts zu befürchten. Einem geistig beeinträchtigten Buben traut man alles mögliche Unvernünftige zu, weil man immer davon ausgeht, er wisse nicht, was er tut. Wenn ein Bub mit Down-Syndrom an giftigen Pflanzen stirbt, glaubt alle Welt, er habe freiwillig von den Sträuchern genascht. Darum gab's auch keine polizeilichen Ermittlungen, also bestand für Charlotte keine Gefahr, unter Verdacht zu geraten.«

»Das Blöde war nur«, spinnt Vroni den Faden weiter, »erstens: Barbaras Arbeitgeber hat Felix untersuchen lassen. Zweitens: Klaus hat den Mord an Felix beobachtet. Solang er und Charlotte ein Paar waren, hat er die Füße still gehalten und geschwiegen. Aber sie hat ihn mit seinem Bruder beschissen. Das Schlimmste, was man einem Mann antun kann. Großer, großer Fehler. Klaus war sauer und verletzt. Er hat beschlossen, sich zu rächen. Als er alt und gebrechlich war, kam ihm sein Wissen gerade recht. So konnte er sicher sein, dass Charlotte Singer ihn nicht wieder verlassen würde. Er hatte sie in der Hand. Ihre Lage war aussichtslos, quasi mit dem Rücken zur Wand.«

Ein Radfahrer nähert sich in gemächlichem Tempo. Ich warte, bis er an uns vorbeigefahren ist.

»Charlotte muss klar gewesen sein, dass sie aus der Nummer nicht mehr raus kommt. Sie musste ihn loswerden.«

In meiner Tasche vibriert mein Smartphone. Als ich es heraushole, streife ich die Gartenschere im Plastiksack, die ich aus Klaus Rettenbachers Garten mitgenommen habe. Die werde ich noch brauchen, denke ich und schiebe sie zurück in die Tasche.

Ehrlich gesagt habe ich den Anruf erwartet. Ich hätte nur nicht gedacht, dass er mich so schnell erreicht.

»Schon aufgelegt?«, fragt Vroni, als ich das Smartphone nach ein paar Sekunden Gespräch schon wieder wegstecke. Ich nicke. Die Botschaft, die ich Miris Mann in ihrem Haus hinterlassen habe, hat gewirkt.

»Was hast du ihm denn geschrieben?«, will Vroni wissen, aber ich winke ab.

»Dass er ein erbärmlicher Feigling ist, der sich besser hier nicht mehr blicken lässt, wenn er nicht zur Besinnung kommt. Ich hab geschrieben, was ich schreiben musste. Alles nicht mit der feinen Klinge, aber der Kerl braucht das anscheinend.«

Ich stemme mich von der Bank hoch und gehe zu meinem Rad, das an den Holzzaun gelehnt ist.

»Außerdem hab ich ihm dringend dazu geraten, die Augen aufzumachen. Im übertragenen Sinn.«

Was er somit getan hat. Vroni schaut mich fragend an und will nachhaken, aber ich komme ihr zuvor.

»Ich muss noch einen Besuch machen, aber da muss ich alleine durch, okay?«

Vroni wirkt ein wenig enttäuscht, aber ich nehme sie in den Arm und hauche ihr ein Bussi auf die Wange. Was täte ich ohne sie?

»Also dann bis morgen Abend bei der Generalprobe?«

Sie nickt, und dann trennen sich unsere Wege.

Als ich an Onkel Stefans Tür läute, habe ich Herzrasen und ein flaues Gefühl im Magen. Kalliope öffnet die Tür und lächelt entwaffnend. Sie trägt Jeans, ein schlichtes, weißes T-Shirt und Flipflops. Kein Make-up.

»Schön, dass du gekommen bist, Rosmarie!«

Ich finde beim besten Willen keinen Sarkasmus in ihrer Stimme. Statt dessen habe ich das Gefühl, wirklich willkommen zu sein.

»Danke, dass ihr euch so spontan Zeit genommen habt!«, sage ich und trete ein. Es duftet nach frischgebackenem Brot und Rosmarin. In der Küche deckt Onkel Stefan bereits den Tisch: Gläser, eine Schüssel mit Oliven, ein Schneidbrett mit frischem Brot. Dazu Parmesan und Prosciutto, fein aufgeschnitten.

»Hunger?«, fragt er und lächelt mir zu. Er wirkt entspannt wie schon lange nicht mehr. Amor hat es gut gemeint, als er ihm Kalliope geschickt hat, denke ich und freue mich für meinen Onkel. Erst jetzt sehe ich die Frau, die neben der Anrichte steht und gerade eine Flasche Wein entkorkt.

»Ah, guten Abend!« Sie sieht auf. »Rosmarie, oder?«

»Darf ich vorstellen?« Kalliope springt ein und stellt uns vor. »Elisabeth Fuchs – Rosmarie.«

Frau Fuchs stellt die Flasche beiseite, schüttelt energisch den Kopf und kommt auf mich zu. »Nicht Elisabeth – Lisi!«

Sie schüttelt mir die Hand. Ihre hellen Augen sind wach und freundlich, und mit einem Mal fällt jede Nervosität von mir ab, denn Lisi Fuchs versprüht lockere Herzlichkeit.

Sie hält mir ein Glas Rotwein hin. »Trinkst du Lambrusco?«

»Äh, ja … gern!« Ich weiß nicht genau, wie ich mir die Gründerin und Chefdirigentin der *Philharmonie Salzburg* vorgestellt habe. Oder die Chorleiterin der *Philharmonie Salzburg*. Oder die Gründerin der *Kinderfestspiele Salzburg* – denn Elisabeth Fuchs ist alles in Personalunion. Aber alle Sorgen, dieses Treffen könnte steif und ungemütlich werden, sind unbegründet und verpuffen sofort.

Als wir zu viert am Tisch sitzen, schlägt Lisi das Orchesterbuch des *MET Symphonic Orchestra* auf, das mir Onkel Stefan geliehen hat. Ich habe es wieder mitgebracht und die Seite markiert, zu der ich Fragen habe. Lisi überfliegt den Text und begutachtet das Foto.

»Ja, eindeutig.« Sie nickt. »Das ist sie. Deutlich jünger zwar, das Foto ist ja gute 40 Jahre alt. Aber sie ist es. Charlotte Singer. Damals Konzertmeisterin des *MET Symphonic Orchestra*, heute Alt-Stimme im Chor der *Philharmonie Salzburg*.« Sie zupft ein kleines Stück von ihrem Brot ab, lässt es aber auf dem Teller liegen. »Man muss extrem hart arbeiten, um es zur Konzertmeisterin zu bringen. Das ist ein Schleudersitz-Job mit hoher Verantwortung bei wichtigen Entscheidungen.«

Sie nimmt einen Schluck Rotwein und isst ein Stück Ciabatta.

»Angenommen, eine Musikerin strebt genau diese Stelle an«, beginne ich. »Sie übt stundenlang, jeden Tag, stellt die Musik über alles und arbeitet konsequent auf ihr Ziel hin – wäre so ein Leben mit einem Kind vereinbar?«

Lisi Fuchs überlegt und schüttelt dann langsam den Kopf. »Wer bereits fix in einem staatlichen Orchester angestellt ist, hat Beamtenstatus und kann sich das leisten. Es ist aber nicht leicht, eine Fixanstellung zu bekommen.« Sie nippt wieder an ihrem Glas. »Man muss erst einmal das Vorspielen überstehen und dann das Probejahr im Orchester. Das braucht Kraft und Durchhaltevermögen. Eine

Schwangerschaft während des Probejahrs könnte die Fixanstellung ins Wanken bringen. Wer es bis zur Konzertmeisterin gebracht hat, hat zwar bereits eine Fixanstellung, will diesen Job aber nicht so leicht aufgeben.«

Onkel Stefan lädt sich Prosciutto und Parmesan auf den Teller.

Kalliope steht auf, geht ins Wohnzimmer und kommt mit einem braunen Kuvert zum Tisch zurück.

»Ich glaube, jetzt ist der passende Zeitpunkt dafür.« Sie reicht mir den Umschlag und nickt mir aufmunternd zu.

Ich öffne die Lasche und werfe einen Blick in das Kuvert. Und obwohl ich damit gerechnet habe, wirft mich der Inhalt aus der Bahn: die Kette, mit der Klaus Rettenbacher im Almkanal gefunden wurde. Mein Herz pocht gegen die Rippen, ich schlucke trocken.

»Mein Vater hatte keinen Bezug dazu, soweit ich die Fakten überblicke, und da dachte ich, du solltest es haben.«

Die Kette. Zum ersten Mal, seit ich weiß, dass es sie gibt, halte ich sie in der Hand. Es ist nur ein zartes Goldkettchen, aber der einzige Bezugspunkt zu meinen Eltern. Hat meine Mutter sie anfertigen lassen? Eine für mich, eine für meinen Vater und eine für sich selbst? Lisi reicht mir stumm eine Box mit Taschentüchern. Ich zupfe eines heraus und presse es auf die Augenwinkel. Onkel Stefan legt mir kurz eine Hand auf die Schulter. Kalliope wartet, bis ich mich einigermaßen gefangen habe.

»Da ist noch etwas drin!«, sagt sie dann und deutet mit dem Kopf auf das Kuvert.

Ich schütte das Kuvert über dem Tisch aus. Ein kleines Heft fällt auf die Holzplatte. Ein altes Schulheft, dunkelblau mit roter Beschriftung am Deckblatt.

»Das waren Papas Wetteraufzeichnungen.« Kalliope

schwenkt ihr Weinglas und beobachtet mich. »Darin hat er jeden Tag zur selben Uhrzeit alles eingetragen, was ihm wichtig erschienen ist: Temperatur, Niederschlag, Luftfeuchtigkeit. Und besondere Beobachtungen, die er gemacht hat.«

Sie blickt mich bedeutungsvoll über den Rand ihres Glases hinweg an. »August 1982, zum Beispiel.«

Ich blättere, bis ich die Stelle gefunden habe.

»6 Uhr, bereits 18 Grad, Starkregen, 75 % Luftfeuchte. Wieder Streit Felix/Charlotte.«

Und tags darauf: »6 Uhr, 16 Grad, Starkregen, 75 % Luftfeuchte. Felix Tee, Krämpfe, Schaum vorm Mund, Regentonne, Beine festgehalten, Exitus«

Ich lasse das Heft fallen, als wäre es glühendes Eisen. Mir wird übel. Der Tod eines Menschen, stichwortartig in ein Schulheft geschmiert! Erst jetzt merke ich, dass sich Kalliope neben mich gesetzt und den Arm um meine Schulter gelegt hat. In ihren Augen stehen Tränen.

»Mein Vater war ein Monster«, sagt sie mit brüchiger Stimme. »Er hat den Mord an Felix nicht nur beobachtet, er war einer seiner Mörder. All die Jahre dachte ich, er wäre vom Schicksal benachteiligt gewesen, wäre im Schatten seines Zwillingsbruders gestanden und Charlotte hätte ihn nur ausgenutzt.« Sie schüttelt den Kopf. »In Wirklichkeit ist er Charlotte Singer in nichts nachgestanden.« Sie nimmt den Arm von meiner Schulter und schnäuzt sich lautstark.

»Warum macht man so etwas?« Meine Stimme versagt. Niemand am Tisch kann mir eine Antwort geben.

»Ich habe das Büchlein gestern Abend unter seinen Sachen entdeckt.« Kalliope lächelt schwach gegen die Tränen an. »Du hast mich übrigens wirklich erschreckt, als du um das Haus gegeistert bist!«

»*Du* warst das am Fenster?« Plötzlich muss ich lachen, trotz des Horrors, der in dieses unscheinbare Heftchen gekritzelt ist. Das Lachen tut gut.

Der Inhalt dieses Heftes bildet die grauenvolle Grundlage für die Beziehung zwischen Klaus und Charlotte. »Charlotte hat bestimmt ewig nach diesen Aufzeichnungen gesucht«, sage ich, »wo waren sie denn versteckt?«

Kalliope nimmt den leeren Krug vom Tisch und geht in die Küche, um ihn mit frischem Wasser zu füllen.

»Zwischen Schaumstoff und Bezug eines alten Sessels.«

Der Wasserkrug ist voll, Kalliope kommt zum Tisch zurück und setzt sich wieder. »Es ist bestimmt irgendwann in diesen Spalt gerutscht und dann dort liegen geblieben. Die Polstermöbel hätten schon längst restauriert werden müssen, aber mein Vater hatte nie Geld dafür übrig.« Sie nimmt ein paar Schlucke Wasser. »Gott sei Dank!«

An dieser Stelle schaltet sich Lisi Fuchs wieder ein. »Wie kann ich dir helfen, Rosmarie?«

Ich atme ein paarmal tief durch und erkläre, was ich mir für die Generalprobe von *Carmina Burana* überlegt habe. Lisi unterbricht mich kein einziges Mal. Erst als ich fertig bin, nickt sie.

»In Ordnung. Morgen kommen alle zusammen: Chor und Orchester. Sei bitte um kurz vor 11 Uhr in der Universitätsaula.«

Ich umschließe die Kette, die exakt aussieht wie meine eigene, mit meiner Faust und verabschiede mich. Für alles, was morgen kommt, brauche ich Kraft und noch ein paar Stunden Schlaf.

Zwei Brüder. Mord. Betrug. Ehebruch. Ich wälze mich hin und her, träume von der Farbe Gelb, von blauen Regenton-

nen und feinen Goldkettchen. Noch bevor die Sonne auf-
geht, stehe ich auf und radle zur Kapelle. Fast eine Stunde
lang sitze ich an meinem Platz in der fünften Reihe, starre
ins Nichts und weine still vor mich hin. So lange habe ich
den Moment herbeigesehnt, mir gewünscht, meine Mutter
zu treffen. Warum muss es auf diese Art und Weise passieren? Warum kann sie keine einfache Putzfrau sein, keine
Polizistin oder meinetwegen sogar Müllfrau. Alles wäre mir
lieber als eine Mörderin, die ihr Kind auf einer Steinstiege
ablegt, um an der MET in New York spielen zu können.
Deren große Liebe die Geige war, nicht ihr neugeborenes
Kind. Die ihren eigenen Lebensgefährten erschlägt, weil
er sie mit seinem Wissen erpresst hat und weil er den verdammten Giftmix nicht getrunken hat, den sie ihm unter-
jubeln wollte. Die das Fläschchen am Gartentisch stehen
lässt und das Risiko eingeht, dass jemand anderer daraus
trinkt. Die den Blumentopf ihres Schwagers klaut und damit
zuschlägt, damit der Verdacht nicht auf sie fällt. Die ihre
eigene Freundin mit einer Cellosaite erdrosselt, aus Angst,
sie könnte einem Schüler verraten, dass seine Mutter als
Säugling ausgesetzt wurde? Die ihren eigenen Enkelsohn
bestiehlt und ihn an den Rand der Verzweiflung bringt?
Warum? Ich weiß, dass ich keine Antworten finden werde.
Dass ich mir die Frage nach dem Warum nicht stellen darf.
Ich weiß nur, dass ich endgültig damit abschließen muss.

Es nieselt schwach, als ich am Vormittag die Hofstallgasse
durchquere. Der kleine Park mit den senkrechten Gur-
ken-Skulpturen unmittelbar vor der Aula ist heute wie
ausgestorben. Normalerweise lernen hier Studenten oder
ruhen Touristen ihre glühenden Fußsohlen aus, aber heute
ist keine einzige Bank besetzt. Die Studenten kommen erst

ab Oktober, den Touristen ist es heute zu nass. Ich haste über den Straßenbelag, der seine goldene Farbe längst ausgehaucht hat, auf das Große Festspielhaus zu. Vor einer der Glastüren steht ein Mann Mitte 20 mit Warnweste, Funkgerät und einem Kärtchen, das an einem blauen Band um seinen Hals hängt.

»Ich muss zur Generalprobe«, sage ich so entschlossen wie möglich. Dass sich mein Herz anfühlt, als würde es wie eine Zitrone ausgepresst, sieht er mir hoffentlich nicht an. Er winkt mich durch. Bereits im Foyer höre ich das Einstimmen des Orchesters, ich haste die Stufen zum Zuschauerraum hinauf.

Die Chorsänger haben hinter dem Orchester Aufstellung genommen, das Dirigentenpult ist leer. Lisi Fuchs steht etwas abseits und geht mit einer ihrer Assistentinnen letzte Anweisungen durch. Als sie mich sieht, zeigt sie mir ein Daumen hoch. Dann nimmt sie den Dirigentenstab und steigt die Stufe zum Pult hinauf.

»Wir steigen gleich ein«, sagt sie freundlich, aber energisch und hebt die Arme. Streicher und Chor legen los; die ersten Töne von *Carmina Burana* erklingen im Fortissimo und lassen die Luft im Saal vibrieren. Ich suche mir einen Platz in der ersten Reihe und setze mich. Der Chor ist eine stimmgewaltige Einheit. Ich schweife mit den Augen über die Reihen und zähle rund 80 Mitglieder. Dort hinten steht Hermi; sie hat mich ebenfalls entdeckt und nickt mir kurz zu. Unmittelbar neben ihr steht Charlotte Singer. Mein Hals fühlt sich eng an, trotzdem richte ich den Blick weiter nach vorn.

Lisi unterbricht nach den ersten Takten. »Die Passage bitte noch einmal, das darf ruhig lauter sein im Chor! Drei, vier!«

Sie hebt ihre Arme, Orchester und Chor beginnen vorn vorne.

Lisi dreht sich zu mir um und winkt mich zu sich. Jetzt ist es also soweit. Meine Hände sind schweißnass, als ich mich vom Sitz hochstemme. Lisi nickt und richtet sich wieder ans Orchester. »Weiter!«

Ich bahne mir meinen Weg durch die Sitzreihen der Musiker.

Am Boden neben den Stühlen liegen Taschen und Smartphones, stehen Wasserflaschen und Kaffeebecher. Ich achte darauf, nirgends anzustoßen. Niemand wundert sich, niemand schaut auf. *Carmina Burana* geht monumental weiter. Ich steuere auf Charlotte Singer zu, gebe mir Mühe, aufrecht zu gehen. Den Kopf nicht einzuziehen oder sonst irgendwie Schwäche zu zeigen. Unsere Blicke treffen sich. In ihren Augen liegen Staunen und Skepsis. Es ist kein freundlicher Blick. Niemand im Chor lässt sich ablenken; Lisi hat alle gut auf diesen Moment vorbereitet. Alle außer Charlotte. Als ich unmittelbar vor Charlotte Singer stehe, ziehe ich die Kette aus meiner Jackentasche und halte sie auf Augenhöhe vor ihr Gesicht. Sie zuckt zusammen, ihre Augen weiten sich, die Lippen bewegen sich nicht. Ein kurzer Aussetzer, aber Charlotte hat sich sofort wieder im Griff und singt weiter. Ich greife jetzt nach meiner eigenen, ziehe sie unter dem T-Shirt hervor und halte sie Charlotte gut sichtbar hin. Ihr Gesicht verliert an Farbe, sie sieht sich hastig nach links und rechts um. Der Chor singt weiter, niemand nimmt Notiz von uns. Das Forte geht ins Fortissimo über, das Drama steigert sich. Ich sehe Charlotte fest in die Augen, weiche keinen Millimeter zurück. Da ist er, der Moment! Hunderte, nein, Tausende Male habe ich ihn mir herbeigewünscht! Habe mir vorgestellt, wie es wäre, endlich vor meiner Mutter zu stehen. Ich habe durchgespielt, was ich ihr sagen würde, wie sie reagieren würde, wenn wir uns endlich finden. Ich habe gehofft, sie würde mich in den Arm nehmen, mich an sich drücken und nie wieder loslassen. Nichts. Nichts passiert. Alles weg, alles verpufft. Die Person vor mir bewegt sich nicht, singt einfach weiter. Sie konzentriert sich auf das große Ganze, nimmt mich nicht mehr wahr. Ich fühle mich leer und erfüllt zugleich. Vielleicht ist es gut so. Die Frage nach dem Warum hat mich mein ganzes Leben lang begleitet; jetzt habe ich die Antwort. Charlotte wollte mich nicht haben, um ihrer Karriere willen. Ich war ihr im Weg, als Mutter wären all ihre beruflichen Mühen und Entbehrungen umsonst gewesen. Sie hat mich nicht allein entbunden. Auf keiner Bahnhofstoilette, in keinem Krankenhaus, sondern bei der Hebamme Anna Tischlinger. Und noch am selben Tag musste Charlotte mich loswerden, um ihre Stelle in New York antreten zu können: Konzertmeisterin im *MET Symphonic Orchestra*. Das ist alles, das ist die ganze Erklärung. Mehr gibt es nicht zu sagen.

Ich drehe mich um und gehe einfach. Sie hält mich nicht auf, läuft mir nicht nach. Mein ganzes Leben lang habe ich das Wort »Mama« freigelassen; Charlotte Singer hat es nicht verdient, so genannt zu werden. Tante Zenzi sitzt in der erste Reihe.

Ich weiß, dass die Polizei am Ausgang auf Charlotte wartet. Ich weiß, dass noch viele Fragen offen sind, aber für heute habe ich genug.

»Gehen wir«, sagt Tante Zenzi und legt den Arm um mich. Hinter mir donnert die Pauke das Finale.

EINE WOCHE SPÄTER

»Vegane Steaks, so ein Schmarrn!« Hermi schimpft und verteilt Hühnerkeulen und Bauchfleisch mit einer Zange am Grill. Onkel Stefan und Kalliope steigen aus dem Auto und kommen mit einer großen Schüssel Salat auf unsere Terrasse zu. Tante Zenzi schenkt Sekt in Gläser, Vroni kostet die Grillsoßen und würzt nach.

Laurenz überlegt. »Warum hat Charlotte Klaus Rettenbacher die Kette umgehängt?«

Ich zucke die Schultern. »Diese Frage hat die Polizei ihr auch gestellt. Sie hat geantwortet, es war eine gute Gelegenheit, das Ding endlich loszuwerden, sie brauchte es ohnehin nicht mehr.«

Laurenz schnaubt empört. »Und die Kette im *Gotteslob*? Die du voriges Jahr in der Kapelle gefunden hast?«

»Davon wusste sie anscheinend nichts«, sage ich.

Laurenz schweigt. »Wie bist du eigentlich draufgekommen, dass sie es war?«, fragt er schließlich.

»Durch das Gift. Ich habe wirklich lange nicht daran geglaubt, dass die beiden Morde zusammenhängen, aber das Gift hat mich schließlich auf die richtige Spur gebracht. Die Zusammenstellung, genau wie in der Oper, und das gleich zwei Mal.« Ich schüttle den Kopf. »So etwas konnte kein Zufall sein. Und, zugegeben, Miris Mann hat seinen Teil dazu beigetragen. Er hat mir das Material überlassen, das seine Überwachungskamera gefilmt hat. Man sieht ganz deutlich, wie Charlotte die giftigen Blätter in

Tante Marthas Garten abschneidet. Sie wusste nicht, dass sie gefilmt wird.«

»Und Tante Martha hat den Smoothie erwischt?« Laurenz ist entsetzt. »Aus Versehen?«

Ich nicke. »Klaus Rettenbacher hat ihn am Gartentisch stehen gelassen. Tante Martha dachte, er wäre als Jause für sie gedacht und hat ihn mitgenommen, als sie zum Weiher gegangen ist.«

»Ich hab trotzdem noch eine Frage: Warum hast du die Gartenschere aufgehoben?«

Hermi winkt zu uns herüber. »Essen ist gleich fertig!«

Ich nicke. »Auf den Schnittflächen der Schere waren die Spuren von allen vier Giftpflanzen zu finden, die Charlotte für ihren Giftcocktail abgeschnitten hat«, sage ich zu Laurenz, »und am Griff waren ihre Fingerabdrücke. Dieselben übrigens wie auf der Kontrabass-Saite, mit der Anna Tischlinger erdrosselt wurde, und auf dem gelben Blumentopf.«

»Und warum«, raunt er mir zu, als wir an Miri und ihrem Mann vorbeikommen, »hat Charlotte Corleone und Padrino umgebracht?«

Ich nehme zwei Sektgläser vom Tablett, das Tante Zenzi am Tisch abgestellt hat. »Die beiden müssen mitbekommen haben, wie sie Klaus Rettenbacher in den Rollstuhl gehievt hat, als es bereits dunkel war. Normalerweise hat sie mit ihm um diese Uhrzeit das Haus nicht mehr verlassen. Hunde haben ein feines Gespür; die beiden haben jedes Mal geknurrt, wenn sie Charlotte gesehen haben, also hat sie die beiden Kerlchen kurzerhand beseitigt.«

»So, Schluss jetzt mit dem Ermitteln!« Hermi macht mit ihren Ofenhandschuhen das Time-Out-Zeichen.

»Heute steht der Max im Mittelpunkt, und kein Mordfall!«

Zustimmendes Nicken. Jeder nimmt ein Glas, prostet Max zu und gratuliert ihm zum Abschluss seiner Arbeit. »Der Mozarteffekt im Spannungsfeld zwischen Arzt und Orchestergraben« ist fertiggestellt, korrigiert und abgegeben. Sache abgehakt. Während sich alle anderen zuprosten, plaudern und ihren Sekt trinken nippt Max nur an seinem Glas. Er stellt es am Tablett ab, geht kurz zurück ins Haus und kommt dann mit einem Geschenk auf mich zu.

»Mama, danke!« Er umarmt mich und haucht mir ein Bussi auf die Wange. Ich drücke ihn fest an mich und kämpfe mit den Tränen. »Gemeinsam haben wir's hingekriegt, es war knapp, aber wir haben es geschafft«, sage ich.

»Meine eigene Großmutter hätte zwar fast meine Matura gecrasht«, Max lacht kurz und gibt mir noch ein Bussi, »aber sie hat nicht mit dir gerechnet!«

Er überreicht mir eine schwarze Schachtel mit pinkfarbener Schleife. Der silberne Schriftzug auf dem Karton lässt mein Herz höher schlagen: *Lieblingsstückerl.* Max strahlt mich an. Trotz Maturastress und seiner Flamme Lilli hat er sich überlegt, womit er mir eine Freude machen kann, und einen Volltreffer gelandet: mit Ohrringen von Elisabeth Limmert. Ich öffne die Schachtel und halte die Schmuckstücke in die Höhe.

Hermi und Vroni kommen angetrabt und bewundern mein Geschenk. Eine wunderschöne Hornschnitzerei in Türkis, mit schimmerndem Amazonit auf dem Stecker. Genau mein Geschmack.

»Ist das neueste Modell.« Max grinst verlegen. »Und

ich hab mir gedacht, es passt perfekt zu dir, schon allein wegen dem Namen und nach allem, was in letzter Zeit passiert ist!«

»Wie heißt das Modell denn?«, frage ich gerührt.

»*Vivace*! Lebendig!«

ENDE

GLOSSAR

... und hier noch ein paar Ausdrücke aus dem Salzburgischen, damit alle verstehen, was Rosmarie meint:

Bescheißen (Verb)/ Beschiss, der: salopper Ausdruck für Betrug

Odraht (Adjektiv): Dialektwort für »abgedreht«, hier nicht in Bezug auf Elektrogeräte, sondern auf eine Charaktereigenschaft. Odrahte Menschen sind listig und verschlagen

Wildschiacher Ast, der: Mensch, nicht mit Schönheit gesegnet

Grammelknödel, der: Knödelvariation aus der österreichischen Küche, die als Hauptspeise serviert wird. Kartoffelteig, gefüllt mit gehackten Grammeln (erhitzte und ausgepresste Schweinespeckwürfel)

Grant, der: Übellaunigkeit, Unmut

Gschaftsnasen, die: neugierige Person, die ihre Meinung anderen aufdrängt und sich darum reißt, alle Probleme zu lösen

Gschnas, das: zur Faschingszeit ausgerichteter Kostümball

Gspusi, das: bezeichnet ein Liebesverhältnis oder den/die Liebste, oft außerehelich bzw. heimlich

Hacheln (Verb): bezeichnet Gemüse, das gehobelt wird oder (hier) kleinere Streitereien

Parte, die bzw. Partezettel, der: Schriftliche Mitteilung eines Familienereignisses, meist Tod, in Österreich

Pfarre, die: Gemeinschaft von Gläubigen, der ein Pfarrer vorsteht.

Unsympathler, der: unsympathischer Mann

Verlassenschaft, die: Gesamtvermögen und Schulden von Verstorbenen, das an Erbe/Erbin übergeht

Wetterfleck, der: Großes Stück Stoff mit Ausschnitt für den Kopf in der Mitte. Idealerweise aus Loden. Wärmt, hält Feuchtigkeit ab und ist atmungsaktiv

DANK

Meine geduldige Familie hat mir wieder den Rücken zum Schreiben freigehalten. Keine Selbstverständlichkeit; ich danke euch von ganzem Herzen dafür!

Ich danke außerdem (sehr un-österreichisch ohne Angabe von Titeln):

Martina Kapeller für den Anstoß, die Philharmonie Salzburg in einen Krimi zu schreiben,

Lisi Fuchs, Gründerin und Chef-Dirigentin des Orchesters, die sofort auf den Krimi-Zug aufgesprungen ist und mich tatkräftig unterstützt hat. Ich durfte recherchieren, Proben besuchen und konnte trotz Lisis straffem Terminplan immer auf sie zählen,

Julia Mörtelmaier, Ria Rinnerthaler und Theodor Ganev für Musiker-Insiderwissen und das Arrangieren von Terminen,

Elisabeth Maurer für Auskünfte in Sachen Physik,

Klaudia Blasl für giftige Rezepte und Pflanzenwissen,

Georg Angerer für wertvolle Einblicke in den Polizeibereich,

Theresa Eigner für Fachwissen aus der Neuro-Linguistik,

meinem Vater Peter Stadlober für sein Wissen um Opern,

Wolfgang Stocker für Auskünfte betreffend Immobilien,

meinem Onkel Karl Mitterhöfer für Ratschläge aus der Juristerei,

Norbert Wen für Tipps betreffend Alarmanlagen,

meiner Lektorin Claudia Senghaas für wertschätzende Kritik und den langen Geduldsfaden

und allen LeserInnen, die sich auf Rosmaries nächsten Fall freuen!

Bis bald & alles Liebe, Katharina Eigner

Alle Bücher von Katharina Eigner:

Arzthelferin Rosemarie Dorn ermittelt:

1. Fall: Salzburger Rippenstich

ISBN 978-3-8392-0074-2

2. Fall: Salzburger Dirndlstich

ISBN 978-3-8392-0297-5

3. Fall: Salzburger Saitenstich

ISBN 978-3-8392-0442-9

Restauratorin Rosina Gamper ermittelt:

1. Fall: Diva del Garda

ISBN 978-3-8392-0348-4

GMEINER SPANNUNG

WWW.GMEINER-VERLAG.DE
Wir machen's spannend